저주를 부르는 북 **자명고**

자명고

지은이	문영
펴낸이	박대일
펴낸곳	파란미디어
편집	임수진
교정	박준용
디자인	office d.e.n
주소	서울시 마포구 합정동 387-18 현화빌딩 B1층
전화	3141-5589 (FAX) 3141-5590
출판등록	2004년 9월 14일 제 313-2004-00214호
초판인쇄	2009년 3월 20일
초판발행	2009년 3월 25일
ISBN	978-89-6371-000-6(03810)
E-mail	paranbook@korea.com
Blog	paranbook.egloos.com

잘못된 책은 바꿔드립니다.
이 책의 무단 전재와 복제를 금합니다.
copyright ⓒ2009, 문영

저주를 부르는 북 **자명고**

문영 장편소설

파란

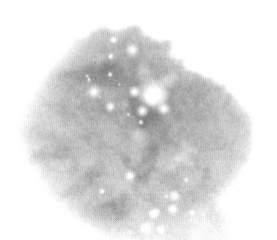

차 례

서장	7
1. 영고	13
2. 만남	41
3. 납치	97
4. 귀국	139
5. 죽음	175
6. 비밀	207
7. 전쟁	243
8. 동굴	297
9. 침입	351
10. 바다	397
종장	423
작가 후기	427

서장

고약한 냄새가 코를 찔렀다. 황룡국黃龍國 사휴왕鷥携王은 미간을 찌푸렸다. 초로에 접어드는 오십 대의 나이였지만 정력으로 똘똘 뭉친 듯한 얼굴에선 나이를 찾아보기 쉽지 않았다.

"어찌 되고 있는가?"

커다란 세발솥을 젓고 있던 노파가 고개를 들었다. 얼굴의 본모습은 알 수도 없게 겹겹이 축 처진 주름살밖에 보이지 않는 얼굴이었다. 메마르고 갈라 터져 붉은 기운도 보이지 않는 노파의 입술은 이미 딱 들러붙어 떨어지지도 않을 것처럼 보였다. 과연 말이나 할 수 있을지 의심이 될 정도였다. 그런데 이건 무슨 조화일까? 노파의 메마른 입술은 열리지도 않았는데 어디선가 여자의 목소리가, 그것도 새된 목소리가 흘러나왔다.

"지겨워, 지겨워. 이런 짓은 그만둬! 역하다고! 더럽다고! 고름이 질질 흐르는 늙은 뱀가죽 같은 걸 삶는 건 날 모독하는 거야!"

노파가 긴 나무 주걱으로 검은색 솥을 딱 때렸다.

"조용히 해라, 이년아!"

그런 뒤에야 노파는 사휴왕에게 고개를 까닥이는 정도로 인사를 했다. 의외로 몸매는 늘씬해서 얼굴만 아니라면 노파라는 생각은 들지 않을 정도였다.

"폐하, 이제 때가 되었습니다."

사휴왕은 세발솥 가까이로 다가갔다. 솥에서는 허연 김이 계속 뿜어져 나오고 있었다.

"흡!"

너무 가까이 다가갔던 모양이다. 김을 한 모금 들이마셨던 사휴왕이 깜짝 놀라 두어 걸음 뒤로 물러났다. 순식간에 현기증이 일면서 다리에서 힘이 쭉 빠졌던 것이다.

"후후. 조심하십시오, 폐하."

노파는 두 팔을 활짝 펼쳤다. 얼굴과는 달리 손과 팔은 주름 하나 없는 백옥 같은 모습이었다. 마치 젊은 여인이 흉측한 가면을 쓰고 있는 것만 같아, 기괴하기 이를 데 없었다.

솥 안에서 연기와 같은 김이 노파의 팔을 감고 솟아올랐다. 김은 흩어지지 않고 어떤 고대의 괴물과 같은 형상이 되어 실내를 천천히 돌아보았다. 진기한 광경임에 분명했지만 사휴왕은 그쪽으로는 눈길도 주지 않았다. 그의 모든 신경은 거품이 끓어오르고 있는 세발솥 안에 쏠려 있었다. 옅은 미색을 띤 기름 덩어리에서 거품이 터질 때마다 진하고 역한 비린내가 솟아올랐다.

사휴왕은 초조함을 감추지 못하고 노파를 바라보며 재촉했다.

"빨리 꺼내라! 빨리!"

노파는 입을 벌리며 소리 없이 웃었다.

"이제 다 되었습니다."

노파는 펄펄 끓는 기름 물에 하얀 두 손을 거침없이 밀어 넣었다.

"어떤가?"

"잘 익었습니다. 이제 칼만 대면 바로 갈라지겠군요."

그러자 조금 전의 여자 목소리가 다시 들렸다.

"그럼 빨리 꺼내! 나도 더는 못 참아!"

노파가 킬킬거리며 웃었다.

"시끄럽다, 이년아! 솥에 뭘 삼든 그건 인간 맘이야! 솥 주제에 못 하는 소리가 없어! 니가 뭐라든지 꺼낼 때가 되면 꺼내는 거고, 꺼낼 때가 아니면 꺼내지 않는 거야!"

"아, 진짜! 어휴, 짜증 나! 솥이라고 부르지 마! 오정五鼎이라고 부르라고!"

노파는 더 이상 말대답을 하지 않았다. 노파의 얼굴이 문득 굳어지더니 입을 달싹거리며 뭔가 중얼거리기 시작했다. 사휴왕은 그것이 주문을 외우는 행위라는 것을 알고 있었다. 손바닥에 땀이 차는 것이 느껴졌다. 천 일. 그동안 천 개의 해가 뜨고 천 개의 달이 졌다. 그리고 이제야 그 결실을 맛볼 수 있는 순간이 온 것이다.

"아얏!"

노파의 입에서 탁한 호통이 터져 나왔다. 그리고 솥 안에서 노파의 두 손에 단단히 잡힌 짐승의 머리가 튀어나왔다. 소의 귀, 토끼의 눈,

낙타의 머리를 가진 그것은, 비록 뿔이 없었지만 분명 용의 머리였다. 용의 머리만 나온 것이 아니었다. 그 뒤로 용의 몸통이 계속 끌려 나왔다. 노파는 미리 솥 가에 대어 놓은 탁자 위에 용의 몸뚱이를 내려놓았다. 얼마나 용의 몸통이 길었던지, 기다란 탁자 위를 다 덮었음에도 불구하고 절반이나 나왔나 싶었다.

세발솥이 비록 커다랗기는 했지만, 그 큰 용이 어떻게 들어가 있었는지 영문을 알 수 없는 노릇이었다. 사휴왕도 이번에는 놀란 눈치였다.

"대체 저 솥의 정체는 뭔가? 말도 하고, 자기보다 더 큰 용을 넣어서 삶을 수도 있다니."

"후후, 참 일찍도 물으십니다. 3년이 가도록 이 솥에는 아무 관심이 없지 않으셨던가요?"

사휴왕이 싸늘하게 말했다.

"내 관심을 네게 설명해야 하는가?"

처음으로 노파의 눈에 두려움이 깃들었다.

"아닙니다. 그러실 필요는 없지요."

"그럼 말하라. 이 솥의 정체가 무엇인지."

"황제의 솥입니다. 하夏의 우禹가 천하를 아홉 개의 주로 나누고, 세상의 모든 금속을 섞어 아홉 개의 보정寶鼎을 만들었습죠. 세상의 어떤 물건도 집어넣을 수 있고, 세상의 어떤 물건도 익혀 낼 수 있습니다요. 게다가 불을 때지 않아도 혼자 펄펄 끓는답니다. 오호호호."

"그런 물건이 어째서 여기 있는 건가?"

"진秦나라의 소양왕昭襄王이 주周 왕실을 점령하고 솥을 옮기다가 하나를 강에 빠뜨렸습니다. 이 물건이 바로 그것이지요. 그래서 자기를 다섯 번째 솥이라는 의미로 오정이라 불러 달라고 하는 것입니다. 이 물건은 스스로 주인을 찾습니다요."

"그런데도 널 주인으로 삼았단 말이냐?"

"엄밀히 말하면 주인으로 삼은 것은 아닙니다. 저와는 약조를 맺었지요. 이년은 그저 용을 한번 삶아 보고 싶었던 모양입니다."

솥이 투덜댔다.

"거짓부렁도 잘하네. 네년의 사기에 걸려서 3년이나 여기서 썩었잖아. 다시는 이런 일 하나 봐라!"

노파가 다시 솥을 걷어찼다.

사휴왕은 혀를 끌끌 차며 말했다.

"그런 보물치고는 입이 너무 험하구나. 그나저나 그럼 이 짐승이 용이 맞긴 맞는 거냐?"

"그렇습니다."

"그런데 왜 뿔이 없는 것이냐?"

노파는 용의 머리를 쓰다듬으며 대답했다.

"이 용은 이룡 螭龍 이라 부릅니다. 본래 뿔이 없습니다."

노파의 얼굴이 음흉하게 일그러졌.

"고서에 이르기를 '이룡은 뿔이 없으며 만물에 해를 끼친다.'라고 했습니다."

사휴왕이 흡족한 얼굴로 고개를 끄덕였다.

"그렇군. 그래, 이제 이 용의 가죽을 벗겨 북을 만들면……."

노파가 말을 받았다.

"그 북은 적군이 오는 것을 저절로 알려 주는 신령한 북이 될 것이나, 결국은 그 나라를 망하게 할 것이며……."

다시 사휴왕이 말을 받았다.

"이 용의 심줄로 활을 만들면……."

"그 활은 겨눈 것을 모두 맞히는 신궁神弓이 될 것이나, 결국은 그 주인을 잡아먹고 말 것입니다."

사휴왕은 자신의 허리춤에서 보검을 풀어 노파에게 내밀며 말했다.

"그럼 어서 용의 가죽을 벗겨 다오."

노파가 고개를 저었다.

"비록 이 용을 보정에서 3년이나 삶았다 하지만 일반 칼로는 흠집조차 낼 수 없습니다. 오직 이 검만이 용의 가죽을 벗기고 심줄을 끊을 수 있습죠."

노파는 탁자 귀퉁이에서 한 자 길이의 단검을 집어 들었다. 양쪽 날이 모두 거무튀튀한 것이 전혀 귀한 물건으로 보이지 않았다.

"그건 또 뭔가?"

노파가 다시 의뭉스럽게 웃으며 말했다.

"박룡검이라는 것입니다요. 이것이 자명고를 만들어 줄 것입니다. 나라를 멸망으로 이르게 하는 저주받은 북을!"

1. 영고

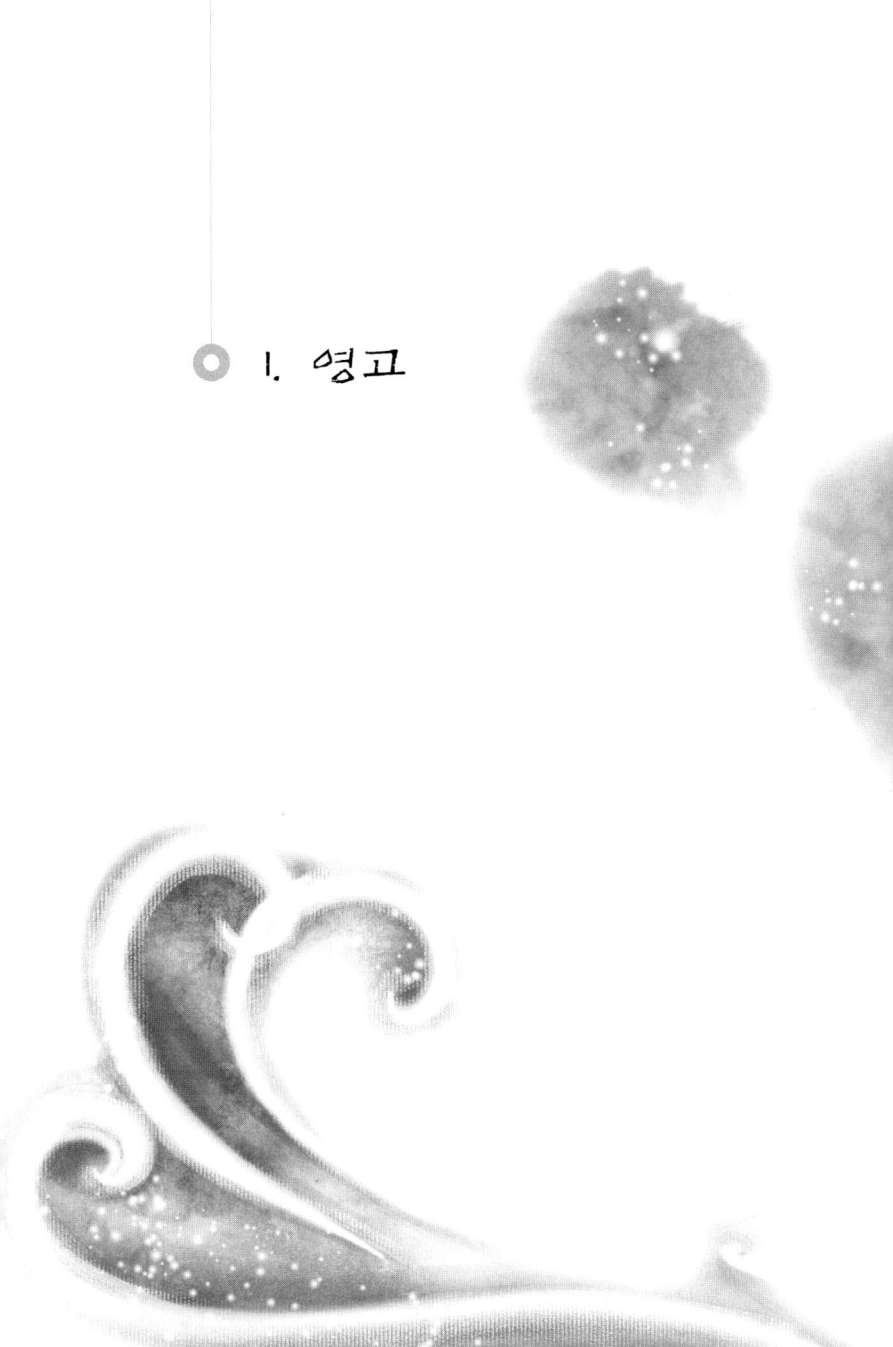

소의 달. 삭풍이 불어 닥치는 한겨울이다. 가장 깊은 밤에 하루가 바뀌듯이, 가장 추운 이때를 기점으로 한 해가 바뀐다. 그리고 한 해가 바뀌는 것을 기려 북맞이[迎鼓]가 시작된다. 소의 달에 소가죽으로 만든 북을 치며 새해를 맞이한다는 것은 그럴듯한 이야기였다.

소의 달은 납월臘月. 한 해의 수확을 천신天神에게 바치는 달. 이때만큼은 모든 나라가 전쟁을 잊고 신에게 바칠 제물을 찾아 활을 든다. 제물감으로는 멧돼지가 최고지만, 운이 없는 날에는 산토끼로 만족해야 했다.

새벽의 붉은빛이 하늘을 가르기 시작했다. 이미 도열해 있던 사내들의 가슴이 조금씩 펴진다. 얼음처럼 무겁던 공기가 조금씩 풀려 나가는 듯하다. 각 나라에서 모여든 삼천여 명의 장정들이 벌써 제단 앞에 도열해 있었다. 드디어 북잡이의 손이 하늘을 향해 솟아올랐다. 그 북채에 닿아 벌써 북소리가 한 번 울리는 것만 같다. 그리고 드디어 첫 북소리가 울렸다. 이어서 좌우로 늘어선 오백 개의 북들이 차례로 몸을 떨기 시작한다. 북소리가 심장을 울린다. 심장이 한 번 뛸 때마다 북이 한 번씩 울린다. 아니, 북이 한 번 울릴 때마다 심장이 한 번씩 뛰기 시작한다.

북풍에 단련되었다고는 해도 이 시기의 바람은 정말 거세다. 바람 소리를 따라 살갗에 부딪치는 북소리가 없었다면 견딜 수 없었을 것이다. 장막의 휘장이 갈라지는 것이 아직 흐린 빛 사이에서도 선명하게 보였다. 비단으로 치장한 장막. 그 사이로 제의를 주관할 갈사국葛思國 왕 해연解椽이 지팡이를 짚고 천천히 나타났다. 병중이라는 소문이 있었는데 사실인 모양이었다. 이마에 새겨진 주름이 한층 더 깊어져 있다. 반 너머 벗겨진 머리는 금테두리에 자줏빛 비단으로 만들어진 골소骨蘇가 적당히 가려 주고 있었으나, 이제는 수염마저 볼품없이 드문드문 나 있어 그 쇠약함을 쉬이 알 수 있었다.

호동은 저도 모르게 자리에서 일어나려 하다가 자신이 지금은 외손자 자격으로 온 것이 아니라 고구려를 대표하는 사신으로 참석했다는 점을 상기하고 뛰는 가슴을 진정시켰다. 하지만 소용없는 짓이었다. 해연왕 뒤에 나타난 인물 탓에 심장은 더 격하게 뛰고 말았다. 황룡국의 사휴왕이 해연왕의 뒤를 쫓아 제단에 등장했다.

북맞이의 자리에서 그를 만나리라는 걸 모르진 않았다. 하지만 그건 고구려와 대등한 자리에서 만나는 것이지, 결코 짙은 눈썹 아래 쑥 들어가 그 깊이를 알 수 없는 눈으로 제단에 버티고 서서 자신을 굽어

보게 되는 장면일 수는 없었다. 호동은 으드득 이를 갈았다.

부여와 고구려가 싸워 서로 깊은 상처를 입고 물러난 지 벌써 10년. 부여는 아직 그 위세를 되찾지 못했으나 고구려는 점차 그 상처를 메워 가고 있었다. 4년 전 한漢의 요동태수가 보낸 대군을 잘 막아 낸 후, 고구려의 위세는 그 힘을 더해 가고 있었다. 그러나 그사이에 남쪽에서는 갈사국이, 북쪽에서는 황룡국이 기세를 올리기 시작했다. 특히 황룡국은 천하의 중심이 자기 나라라고 주장하며 중앙을 의미하는 황색과 영물 중의 영물인 용을 상징으로 내세웠으며, 고구려보다 더 긴 자신들의 역사를 자랑하고 있기도 했다. 또한 고구려에서 보면 동쪽, 황룡국에서 보면 남쪽에 있는 갈사국도 만만한 나라는 아니었다. 갈사국을 세운 해정解停은 왕자 호동의 외증조부가 되는 사람으로 부여 금와왕金蛙王의 막내아들, 대소왕帶素王의 동생이었다. 갈사국은 바로 이 고귀한 혈통을 내세워 천하의 중심이 자신이라 주장하고 있었다.

따라서 천하의 중심을 자처하는 이 두 나라, 황룡과 갈사는 결코 서로 손을 잡을 수 없는 것이 당연한데, 어인 까닭으로 두 국왕이 함께 제단에 나온 것인지 알 도리가 없었다. 더구나 호동이 이곳에 와 있는데, 어찌 외조부가 철천지원수나 다름없는 사휴왕을 제단 위로 맞이하는 있을 수 없는 일이 일어난 것인지 호동은 아무래도 이해할 수가 없었다.

해연왕이 손을 들어 올렸다. 북소리가 멎었다.

"천신의 후손들이여, 동명東明의 자손들이여!"

해연왕이 제단 아래 서서 큰 소리로 외쳤다. 그가 생명력을 소리로 바꾸고 있음이 분명했다.

"지난 10년간 우리 피를 나눈 형제들은 서로 싸워 그 원기를 상하기만 했을 뿐, 천하 만민을 위해 무엇 하나 좋은 일을 만들지 못했도다!"

해연왕의 굵은 목소리는 많이 약해져 있어 세찬 겨울바람이 그의 목소리를 날라다 주지 않았다면 멀리 떨어진 사람들은 그 소리를 듣지 못했을 것이다.

"이제 천신께 우리가 잡은 제물을 올리고자 하니, 제물을 바쳐 피를 마시고 우리가 한형제라는 것을 깨닫도록 하자!"

해연왕은 그렇게 말하며 사휴왕의 손을 굳게 잡았다. 마치 자신의 손이 떨리는 것을 감추려고 하는 것처럼.

호동의 미간에 굵은 주름이 잡혔다.

"여기를 보라! 저 먼 북방에서 북맞이를 위해 한달음에 달려온 이 영웅을 보라! 황룡국을 다스리는 사휴왕이시다!"

왼편에서 거센 함성이 터져 나왔다. 황룡국의 수행원들이 그곳에 자리했음을 알 수 있었다.

"휘장을 걷어라!"

제단의 중앙에는 장막이 쳐져 있었다. 제의를 주관하는 신녀들이 줄을 당겨 장막을 내렸다. 북이 있었다. 넉 자 받침대 위에 올라가 있는 지름 석 자짜리 북이었다. 겉보기에 특이해 보이진 않았다. 붉게 칠해진 북통 위로 용들이 꿈틀거리듯이 그려져 있긴 했으나 그런 장식 정도일 뿐, 방금 전까지 울려 퍼졌던 오백 개의 북과 그리 달라 보일 것은 없었다.

"이 북을 보라! 북은 음악의 시작을 알리는 신성한 도구. 북은 우리의 심장을 뛰게 하고 우리에게 앞으로 나아가라 명한다! 그러나 이 북은 그보다 더, 그보다 더……."

해연왕은 다음 순간 격렬한 기침을 토해 내느라 말을 잇지 못했다. 그만큼이나 오래 발작을 누른 것 자체가 대단한 일이었다. 해연왕은 손짓으로 사휴왕에게 다음 말을 해 달라는 시늉을 했다. 사휴왕은 사양을 모르는 성격답게 한 걸음을 앞으로 디딘 뒤에 입을 열었다. 해연왕은 시종들의 부축을 받으며 제단에서 내려가 버렸다.

"이 북은 신령스러운 북이오."

사휴왕은 고함을 지르지 않았다. 성량이 작은 목소리는 아니었으나 큰 소리로 말하지 않았기에 모든 사람들은, 호동마저도 그의 말을 좀 더 잘 듣고자 상체를 기울였다. 제단을 향해 모든 사람들이 일시에 허리를 숙인 꼴이었다.

"보시오! 이 북에는 북채가 없소!"

사휴왕은 제단을 한 바퀴 돌았다. 사람들의 눈길도 사휴왕을 따라 돌았다. 거센 바람에도 흔들리지 않는 그의 뻣뻣한 콧수염이 인상적이었다.

"이 북은 저 스스로 울리는 북이오. 그리하여 그 이름도 자명고自鳴鼓라 하오."

사휴왕은 자신을 응시하는 일만의 눈을 즐기며 말했다.

"어찌 북이 혼자 우는가 궁금할 것이오. 이 북은, 용의 가죽으로 만든 것이기 때문이오!"

좌중이 파도처럼 물결쳤다.

"기룡夔龍이라 들어 보았소? 기룡은 용 중의 용을 가리키는 말이라오. 용의 왕! 하늘로부터 전해지는 말로는 그 용의 가죽으로 북을 만들면 오백 리까지 그 소리가 들릴 것이라 했소. 또한 그 가죽으로 북을 만들면 그 나라에 적이 쳐들어올 때 북이 저절로 소리를 내어 위험을 경고하리라 말했소!"

왕의 말이니 허튼소리는 아닐 것이다. 하지만 그 말을 선뜻 믿을 수도 없었다. 사휴왕은 자신의 말이 불러일으키는 반응을 천천히 살펴보고 있었다. 경악, 호기심, 두려움, 무시, 경멸까지 볼 수 있었다. 경멸의 시선을 보내고 있는 자는 고구려의 왕자 호동이었다. 사휴왕의 입가에 잔인한 미소가 살짝 걸렸다가 사라졌다. 아무도 눈치 채지 못할 변화였지만 호동은 알 수 있었다. 물론 사휴왕도 호동이 알아주길 바라고 내비친 웃음이었다.

"이런 말, 쉽게 믿을 수 없을 것이오. 사실 나도 믿지 못했소. 북이 저절로 울린다느니, 그 소리가 오백 리를 간다느니, 이런 말을 어찌 믿을 수 있겠소."

사휴왕이 농담처럼 이야기했지만 아무도 웃지 않았다. 사휴왕이 말끝에 주먹을 들어 북을 쳤기 때문이다. 그리고 그 북에서 아무 소리도 들리지 않았기 때문이다.

"북채를 가져오라!"

그때서야 기침이 진정된 해연왕이 직접 북채를 들고 제단 위로 올라왔다. 사휴왕은 제왕처럼 그 북채를 받아 들었다. 다시 한 번 호동의 미간이 찌푸려졌다.

사휴왕은 북채를 높이 들었다가 힘차게 북면을 두들겼다. 아무 일도 일어나지 않았다. 아무 소리도 들리지 않은 것이다. 좌중이 다시 술렁였다. 그 순간 사휴왕이 다시 한 번 북채를 높이 들었고 장내는 일순간에 조용해졌다. 사휴왕은 다시 북을 내리쳤다. 적의 목을 단칼에 베기라도 하듯 인정사정없는 몸짓이었다. 하지만 이번에도 역시 아무런 소리가 나지 않았다. 소리가 북면 속으로 빨려 들어가 북통 속에서 녹아 버리는 모양이었다.

이번에는 술렁임도 일어나지 않았다. 사휴왕이 만족스러운 미소를 띠고 좌중을 둘러보았다. 그 순간 더 이상 참지 못하고 호동이 벌떡 일어났다.

"내가 그 북을 쳐 봐도 되겠습니까?"

사휴왕은 빙긋이 웃으며 대답했다.

"이게 누구신가? 고구려의 왕자 호동 아니신가. 대왕께서는 강녕하신지?"

호동은 입술을 질끈 깨물었다. 저 능구렁이에게 한 수 당하고 만 것이다. 인사도 올리지 않고 용건부터 불쑥 들이민 무뢰배가 되고 말았다.

"문후에 감사드립니다. 대왕과 대왕의 나라가 무궁하기를 기원하나이다."

호동이 뭐라 말할까 망설이는 잠깐을 참지 못하고 한 사내가 호동 뒤편에서 일어나 읍을 올리며 말했다. 삼십 대 후반으로 보이는 사내는 눈이 튀어나와 붕어를 연상시키는 얼굴을 가지고 있었다.

사휴왕도 반례를 하며 말했다.

"고구려에 인물이 아주 없는 것은 아니구려. 예의를 갖춘 분이 이리 오셨으니 참으로 경사가 아닐 수 없소이다. 귀공은……."

"하잘것없는 몸으로 비류부장沸流部長의 직에 있는 일구逸苟라 합니다."

 "오오, 높은 이름 많이 들었소이다. 이리 올라와 북을 쳐 북의 신령함을 증명해 보시오."

 일구의 이름을 들었다는 것은 거짓말일 게 분명했다. 비록 일구가 주몽朱蒙으로부터 내려오는 공신 가문의 후예라고는 하지만, 이렇다 할 전공을 세운 바 없고 지위도 보잘것없는 부장에 지나지 않아 나라 밖까지 그 이름이 알려질 이유가 없었다. 반면 나라 안에서는 작은 악명을 떨치긴 했다. 일구는 공신의 지위를 남용하고 있었다. 더구나 왕비인 원비元妃가 총애하고 있는 신하이기도 했다. 그러나 그런 일을 사휴왕이 알 리는 없었다. 사휴왕은 그저 호동을 욕보이고 싶었을 뿐이었다.

 "그건 아니 될 말씀입니다. 왕자께서 북을 치겠다 하셨으니 신하 된 몸이 어찌 웃전의 말씀에 누를 끼치겠습니까."

 일구가 붕어눈을 뒤룩거리며 짐짓 사양했다.

 사휴왕은 껄껄 웃으며 말했다.

 "하하하! 장부로고, 장부시오. 호동왕자, 이리 올라오시오."

 호동이 옷깃을 떨치고 성큼성큼 걸어가 단상 위로 올라갔다. 호동이 늘어선 북들 사이를 지나가자 북채를 쥐고 있던 신녀들 사이에서 낮은 한숨 소리가 하얀 입김과 함께 새어 나왔다. 거센 바람에 조우관鳥羽冠에 꽂은 세미계細尾鷄의 기다란 깃털이 파르르 떨고 있었다. 하지만 호동의 얼굴은 얼음으로 빚은 사람처럼 추위에 붉어지지도 않았고, 바람에 눈살이 찌푸려지지도 않았다. 그렇게 완벽히 무표정한 얼굴로 걸어갔지만, 엄격하게 남자들과 격리되어 오직 음악만 생각하게 단련받아 온 신녀들조차 그가 지나갈 때 꽃잎이 흩날리는 것 같은 따스한 느낌을 받았다.

고구려의 주류왕朱留王은 아직 태자를 정하지 않았지만 고구려의 사정을 모르는 사람들은 호동이 곧 태자로 임명될 것이라고 입방아를 찧기도 했다. 호동은 스물다섯. 아직 혼약을 맺지 않은 홀몸이었다. 혼담이 종종 들어오기도 했지만 호동은 그리 신경 쓰지 않았다.

호동은 백첩포白疊布로 만든 하얀색 옷을 입고 있었다. 하얀색은 부여인들이 가장 좋아하는 색이기도 했으며, 호동의 맑고 투명한 피부와도 잘 어울렸다. 단상에는 더 세찬 바람이 불어오고 있었다. 품이 넓게 만들어진 옷이 호동의 몸에 감기며 그의 강인한 허벅지와 팔뚝을 절로 드러내었다. 호동이 꼿꼿이 허리를 펴고 사휴왕을 향해 서자 단상 아래에 있는 사람들은 호동의 칼로 자른 듯한 이마와 높은 코, 굳게 다물려 있으나 한없이 부드러울 것 같은 입술을 또렷이 볼 수 있었다. 호동의 얼굴에는 독해 보이는 부분이 하나도 없었으나, 지금 이 순간 호동의 눈빛만은 사휴왕을 잡아먹을 듯 이글거리는 중이었다. 하나 사휴왕은 신경도 쓰지 않고 그저 기름을 잘 먹인 콧수염을 쓰다듬을 뿐이었다.

"북에 무슨 속임수라도 있을까 걱정되시오?"

호동은 대답하지 않고 손만 내밀었다. 북채를 내놓으라는 표시였다.

"허허, 성질도 급하시구려. 그 고운 얼굴에 어울리지 않소이다."

호동은 처음으로 곧잘 온화한 모습으로 표현되는 자신의 외모에 짜증이 났다. 호동의 어머니는 갈사국 해연왕의 딸로 천하절색으로 이름이 높았다. 그녀가 고구려로 시집가게 되었을 때, 여러 나라의 왕실에서 울음소리가 났다는 이야기까지 있었다. 호동은 그런 어머니의 미모를 그대로 가지고 태어났다. 그 이름도 외모를 본떠 지어진 것이었다. 아름다운 남자 호동好童.

하지만 지금 눈앞에 있는 이자는 불공대천의 원수 아닌가. 이런 자에게서조차 '고운 얼굴'과 같은 말을 듣는다는 것은 수치에 불과했다.

"북채나 주시죠."

사휴왕이 북맞이를 주관하는 신녀장神女長에게 손짓을 했다. 신녀장이 곧 북채를 들고 물 위를 걷듯 부드러운 걸음걸이로 다가왔다. 삼십 대 중반을 넘어섰을 그녀도 호동에게 북채를 건네면서는 저도 모르게 흐뭇한 웃음을 머금고 말았다. 하지만 호동의 눈에는 오직 북채만 들어올 뿐이었다. 호동은 북채를 단단히 쥐고 자명고 앞으로 다가갔다.

자명고 앞에 서 보자 이것이 심상찮은 북이라는 느낌이 들었다. 팽팽하게 당겨진 가죽은 새 북이니 당연히 그럴 것이었으나, 그 가죽이라는 것이 생전 처음 보는 것이었다. 푸르스름한 광채가 은은히 배어 있는 그 가죽은 마치 어피魚皮처럼 비늘 문양이 깔려 있었다. 북의 지름이 석 자나 되는데, 그런 북을 만들 수 있는 가죽을 가진 물고기란 들어 본 적이 없었다. 그 눈알이 빛을 낸다는 고래가 크다지만, 고래는 특이하게도 비늘이 없다고 했다.

호동은 저도 모르게 손을 들어 자명고의 북면을 쓰다듬고 있었다. 그것은 강철 같았다. 북채를 들어 치면 쇳소리가 날 것만 같았다. 그 쇳소리에 하늘이 깨어져 인간이 보지 못하고, 또 갈 수도 없는 다른 세계가 허물을 벗고 나타날 것만 같았다. 그 세계가 강림하면 하늘에 붙어 있는 해와 달과 별이 모두 쏟아져 내릴 것이며 세상은 거꾸로 뒤집혀 땅과 바다가 서로를 삼키고, 호수와 산이 바뀌어 뭍짐승과 날짐승마저 그 사는 곳을 달리하게 될 것이다.

"흠흠. 호동왕자?"

호동은 잠시 현기증을 느꼈다. 허공을 노닐던 정신이 갑자기 육체로 끌어내려진 것 같은 충격이었다. 호동은 사납게 눈을 치떴다. 외할아버지인 해연왕이 말을 걸었다 해도 화가 날 판이었다. 하물며 사휴왕임에야.

"자명고를 쳐야 하겠소만."

어질어질하던 정신이 다시 자리를 잡았다. 자명고를 치기 위해 이곳에 올라왔다는 사실이 그제야 상기되었다. 호동은 북채를 높이 들어올렸다. 장내가 일순 조용해졌다. 호동의 북채가 강하게 북면을 때렸다. 사방은 여전히 고요했다. 아무런 소리도 들리지 않았다. 설령 자명고 안에 솜을 집어넣어 놓았다고 해도 북채가 북면을 치면 툭 소리라도 나야 했다. 그러나 고요했다. 소리는 북면을 통해 자명고 안으로 빨려 들어가는 것처럼 사라져 버렸다.

호동은 다시 한 번 북을 쳤다. 북면이 바르르 우는 것을 눈으로 확인할 수 있었다. 북면이 진동하고 있었지만 소리는 없었다. 호동은 다시 한 번, 북이 찢어져라 힘껏 내리쳤다. 하지만 소리는 끝이 없는 우물 속으로 던진 돌멩이처럼 그저 어둠 속으로 사라져 버리고 말았다. 이것은 정말 소리가 나지 않는 북이었다.

"이건 자명고가 아니라 무음고無音鼓군요."

호동의 소리가 나오고서야 죽을 것 같던 고요가 깨졌다. 사람들이

웅성대기 시작했다. 아는 사람들은 호동과 사휴왕 사이의 악연을 알고 들 있었다. 다시 말하자면 저 자명고는 정말 신이한 북이라는 것이 분명하게 증명되었던 것이다.

"하지만 적군이 오면 북이 절로 울린다는 말은 아직도 믿을 수가 없군요."

사휴왕은 호동을 측은하다는 듯이 바라보았다. 왜 그렇게 자기 무덤을 파느냐는 무언의 조롱이었다.

"자명고의 신령함을 눈으로 보고도 어이 그런 말씀을 하시오! 그러다가 신령의 저주라도 내리면 어쩌시려고?"

호동은 말없이 돌아서서 단상에서 내려왔다. 사휴왕과 더 이상 대거리를 하는 것 자체가 있을 수 없는 일이었기에.

사휴왕은 그런 호동을 잡아먹을 듯이 바라보다가 문득 이야기를 시작했다.

"방금 고구려의 호동왕자께서 보여 준 바와 같이 이 북은 평상시에는 절대 소리를 내지 않소. 하지만 나라에 위기가 닥친다면, 나라 경계에 타국의 군인들이 접근한다면 이 북은 스스로 소리를 낼 것이오. 그렇기에 이 북의 이름이 스스로 우는 북, 자명고인 것이오. 북은 음악을 연주하는 도구일 뿐이오. 음악이란 무엇이겠소? 대저 음音이란 사람의 마음에서 생겨나는 것이고, 악樂이란 윤리와 통하는 것이오. 이런 연유로 소리는 알지만 음을 모르는 것을 금수라 하고, 음은 알지만 악은 모르는 것을 평범한 백성이라 하는 것이오. 오직 군자만이 음악을 알 수 있으며, 오직 군자만이 음악을 통해 예와 덕의 이치를 깨달을 수 있소."

사휴왕은 이야기의 맺고 끊음이 언제 필요한지 잘 알고 있는 사람이었다. 말을 거기서 끊고 그는 잠시 침묵을 지켰다. 성급한 한 사내가 무슨 말인가를 하려는 순간, 사휴왕이 다시 입을 열었다.

"자명고는 군자의 덕을 갖춘 북이오. 함부로 소리를 내지 않으나, 꼭 필요한 때는 벽력과 우레를 동반한 소리를 낼 것이오. 자명고가 있는 한, 어느 이웃 나라도 이 북을 가진 나라에 침범할 수 없을 것이오. 자명고는 그저 적이 쳐들어왔다고 울기만 하는 것이 아니라오. 어느 방향에서 어떤 규모의 부대가 쳐들어온 것인지를 모두 알려 줄 것이오!"

사휴왕은 점점 큰 목소리로 강하게 말했다. 그의 이야기가 끝나자 천둥 같은 함성이 울려 퍼졌다.

"그런 이야기를 하는 이유가 뭡니까?"

누군가가 물었다.

사휴왕은 그 질문을 기다렸다는 듯이 큰 목소리로 대답했다.

"이번 제사에 가장 좋은 제물을 사냥해 오는 사람에게 자명고를 내어 줄 것이오. 천신이 그 가호를 선보이는 나라가 이 북을 차지할 것이고, 그 나라는 자명고와 더불어 천신의 수호 아래 천년만년 지켜질 것이오!"

아까보다 더 큰 함성이 울렸다. 저런 북이 있는 한 갈사국은 침공 자체를 받지 않는 나라가 될 것이라는 생각에 부러움을 감추지 못하던 각국의 사절들은 이제 그 힘을 자기 나라로 가져갈 수 있으리란 희망에 부풀었다.

"사휴왕이시여!"

군중 속에서 우렁찬 소리가 터져 나왔다. 다른 사람들보다 머리 하나는 큰 거한이 한 손을 들고 사휴왕을 부른 것이다. 하지만 그쪽을 바라본 사람들의 눈길은 거한이 아닌 그 옆에 선 여인에게 집중되었다. 살갗이 얼어붙는 바람을 피해 인동초가 수놓인 붉은 비단으로 얼굴을 반쯤 가리고 있었으나, 그믐밤 달님 같은 눈썹과 정초의 서설이 함뿍 내려앉을 듯한 그 긴 속눈썹만으로도 여인의 미모를 능히 짐작할 수 있었다. 낙랑에 볼 것이라곤 공주 하나뿐이라는 세간의 소문이 그릇되지 않았음을 알 수 있었다.

사휴왕 또한 저도 모르게 침을 꿀꺽 삼키고 말았다.

"나, 낙랑공주 아니시오! 무슨 하실 말씀이라도?"

낙랑공주라는 소리에 바라보던 사람들이 고개를 끄덕였다. 명불허전名不虛傳이라는 말이 이런 때 쓰라고 있는 모양이었다. 낙랑공주는 붉은 비단을 살짝 내려 거한에게 뭔가를 이야기했다. 그녀의 단순호치丹脣皓齒 사이로 하얀 입김이 뿜어져 나오자 갑자기 향기가 사방에 퍼지는 것만 같았다.

거한이 소리쳤다.

"그 신령스런 북이 소리가 나지 않는다는 것은 알았지만 정말 적이 쳐들어오면 그것을 알려 줄 힘이 있는지는 보여 주지 않았습니다."

그 의문은 정당한 것이었다. 북이 울리지 않은 것이 공연히 분했던 호동은 그 생각을 왜 못 했을까 후회하며 낙랑공주를 바라보았다. 바람이 불며 낙랑공주의 붉은 비단 바람막이가 풀어졌다. 그 순간 호동의 심장에 그 얼굴이 낙인처럼 새겨졌다. 낙랑공주가 손을 뻗어 비단을 잡는 모습이 영원히 잊지 않을 것 같았다. 호동은 무례하다는 생각이 들었음에도 낙랑공주의 자태에서 눈을 뗄 수가 없었다. 하긴 그만 그랬던 것은 아니었다. 모든 사람들이 낙랑공주의 모습을 눈으로 좇고 있었다.

그 순간이었다. 둥! 북소리가 울렸다. 호동은 천상의 선녀를 본 자신의 심장 소린 줄 알았다. 하지만 아니었다. 모든 사람들의 가슴속에 북소리가 울리고 있었다. 웅성대던 소리들이 순식간에 사그라졌다. 그 소리는 북에서 나는 것 같지 않았다. 그 소리는 마음속에서 울리고 있었다. 둥! 북소리가 다시 울렸다. 동북쪽! 사람들의 마음속에 그런 말이 떠올랐다. 둥! 또 한 번 북소리가 울렸다. 삼십 명! 북이 사람들에게 말하고 있었다. 그 소리는 맑지 않았다. 탁하고 불길했으며 심장을 우악스럽게 거머쥐는 것 같았다.

해연왕이 두 팔을 크게 벌리고 하늘을 우러러보았다.

"정말이구려! 정말이구려!"

해연왕은 그대로 하늘을 올려다보며 말했다.

"사휴왕이 이미 내게 말해 놓았소. 오늘 아침에 산적 서른 명이 동북쪽 마을을 약탈하러 올 것이라고. 사휴왕이 그 산적들을 사주했다고 했소. 지금 우리는 사휴왕의 예언이 실현된 것을 알았고, 자명고가 거짓이 아니라는 것을 알았소!"

호동을 제외한 모든 사람의 눈에 감탄이 떠올랐다. 호동의 마음속에는 낙랑공주를 향한 북소리가 끊이지 않았다. 이런 일은 처음이었고 호동 스스로도 당황스럽기만 한 일이었다. 어떤 여자가 마음속에 들어올 줄은 꿈에도 생각해 본 적이 없었다.

사휴왕은 득의만면한 웃음을 지으며 좌중을 향해 외쳤다.

"해가 떠올랐소! 이제 저 해가 질 때까지 사냥을 시작하시오! 천신에게 바칠 제물을 구해 오시오! 제물이 흡족하다면 천신께선 자명고를 그대에게 주실 터이니!"

다시 오백 개의 북이 둥둥 울리기 시작했다. 그것은 느리게 시작하여 점점 빨라지고 있었다. 그와 함께 사람들의 가슴도 점점 더 불타올랐다. 이제 피를 볼 시간이었다.

북소리를 뒤로하고 호동도 움직이기 시작했다. 호동의 수행원들도 모두 굳은 몸을 이리저리 뒤척이며 호동을 따랐다. 구종배驅從輩들이 말을 데리고 도열해 있었다. 호동은 단궁檀弓을 받아 등 쪽으로 돌려 메고 오른쪽 어깨 위로 전통箭桶이 나오게 두른 뒤, 검대劍帶에 칼을 매달았다. 호동이 올라탄 말은 온몸이 새까만 가라말이었다. 골구천의 신마 거루駏驉의 자식으로 우치駬馳라 불렀다. 우치에 올라탄 호동이 손을 내밀자 구종은 얼른 단창을 내밀었다. 물에 꽂아 놓으면 물을 푸르게 만든다는 물푸레나무로 만든 창이었다.

사냥을 나갈 수 있는 사람은 세 명뿐이었다. 그것은 고대로부터 내려오는 전통이었다. 그중 한 사람은 분명 아무 도움도 되지 않을 일구였고, 다른 하나는 매구곡買溝谷 출신의 위수尉須였다. 위수는 재작년, 그의 형 상수尙須, 사촌 동생 우도于刀와 함께 고구려로 망명을 온 친구였다. 형은 바로 그 재능과 무용武勇을 인정받아 졸본의 욕살褥薩로 임명되었다. 파격적인 등용이었다. 그리고 국내성國內城에 기인欺人으로 남은 위수는 호동과는 배짱이 맞아 어울려 다니다가 갈사국의 북맞이까지 함께 오게 되었다.

"가자!"

호동은 인정사정없이 우치의 옆구리를 걷어찼다. 할 수만 있다면 일구를 멀찌감치 떨어뜨려 놓을 심산이었다. 하지만 일구 역시 어려서부터 말 등에서 놀았던 몸으로 말타기 재주 하나는 남에게 뒤지지 않는 몸이었다. 구렁을 훌쩍훌쩍 뛰어넘으며 호동에게서 두 마신 이상을 떨어지지 않고 따라붙고 있었다. 아직 작위가 없는 위수는 호동이 뻔히 보이는 상황에서야 일구를 제칠 수 없기에 그의 반 마신 뒤에서 호동을 따르고 있었다. 호동은 도성의 북쪽에 있는 산속으로 들어섰다.

천제에 올릴 짐승이라면 역시 돼지가 제격 아니겠는가. 한 해를 여는 북맞이에서 돼지보다 어울리는 동물은 있지 않은 것이다. 신성하기로는 흰 노루나 흰 사슴도 있고, 번영을 상징하는 꿩도 좋겠지만 역시 북맞이에는 돼지가 최고였다. 돼지는 새끼를 가장 많이 치는 동물이다. 때문에 다산과 풍년, 평화를 뜻한다.

호동은 멧돼지들이 있을 만한 골짜기를 향했다. 사실 이 사냥은 누구보다도 호동에게 유리했다. 호동은 어려서부터 이 산속을 샅샅이 누비고 다녔다. 자연 어느 골짜기에 멧돼지들이 겨울을 나기 위해 모여 있는지도 손바닥 보듯 알고 있었다.

호동이 손을 들어 올렸다. 이제 조용히 하라는 뜻. 호동부터 말에서 내려 걷기 시작했다. 아직 채 숨을 고르지 못한 일구는 씩씩 거친 숨을 내뱉으며 호동의 뒤를 쫓았다. 호동이 인상을 쓰며 뒤를 돌아보았다. 일구의 숨소리가 멧돼지들이 다 돌아볼 정도로 컸기 때문이다. 호동은 손짓으로 일구에게 그곳에서 멈추라 명하고, 위수와 함께 원래 목표한 골짜기로 살그머니 다가갔다. 일구의 얼굴이 딱딱하게 굳었다. 이것은 확실한 모욕이었다. 하지만 면전에서 상전의 명을 거역할 수는 없는 노릇 아닌가.

"빌어먹을!"

성질을 내며 근처 나무를 세게 걷어찼으나 자신의 발만 아플 뿐이었다. 이미 호동은 저만치 사라진 뒤였다.

호동의 예상이 맞았다. 호동이 멈춘 높은 지대에서는 아래쪽에 모여 있는 멧돼지 떼가 훤히 내려다보였다. 늙은 우두머리 멧돼지를 중심으로 멧돼지 무리들이 차가운 바람을 피해 뭉쳐 있었다. 이것이 진짜 사냥이라면 질기기만 한 늙은 멧돼지를 잡을 이유가 없겠지만, 지금은 북맞이용 멧돼지가 필요했다. 가장 큰 멧돼지가.

호동과 위수가 화살을 걸었다. 한 번에 숨통을 끊는 것이 중요했다. 설맞으면 큰일이다. 까닥 잘못하면 멧돼지 떼에게 쫓기는 사태가 벌어질 수도 있었다. 공연히 '저돌적'이라는 말이 있는 것이 아니다. 멧돼지 떼가 미친 듯이 달리기 시작하면 아름드리 거목들도 버티기 힘들다. 저 멧돼지 무리는 건장한 놈들이 백 관은 족히 되어 보였다. 그리고 무리의 우두머리인 늙은 수컷은 백오십 관은 나갈 것 같았다.

"저건 돼지가 아니라 괴물인데요."

위수가 화살을 겨누며 소곤거렸다.

"쉿!"

그 소리에 우두머리 멧돼지의 귀가 슬쩍 움직이는 것을 본 것 같았다. 호동은 지체 없이 시위를 놓았다. 핑 소리와 더불어 화살이 날아갔다. 위수도 반사적으로 시위를 놓았다. 우두머리의 오른쪽 어깨에 호동의 화살이 박혔다. 멧돼지가 몸을 돌린 때문이다. 왼쪽 어깨로 파고 들어 가 심장을 맞혔어야 하는데 실패한 것이다. 더구나 그 괴물은 위수의 화살은 입으로 받아 꺾어 버리고 말았다.

"죄송합니다. 저 때문에……."

위수가 입술을 깨물었다. 우두머리가 꾸웨웨웩 성난 울음을 토해 냈다.

"잔소리는 집어치우고!"

호동이 다음 화살을 시위에 걸었다. 잡으면 되는 것이다. 위수도 호동의 말을 알아듣고 재차 화살을 날렸다. 둘이 있는 곳은 절벽은 아니지만 제법 가파른 언덕 위로, 멧돼지 떼가 흥분한다 해도 쉬 올라오지는 못할 곳이었다. 아니, 올라오지 못할 곳이라고 생각했다. 그리고 그 생각은 오산이었음이 밝혀졌다. 우두머리 멧돼지의 분노에 찬 울음소리를 따라 멧돼지 떼가 호동 쪽을 향해 달려오기 시작했다. 이번엔 행동을 지시할 필요가 없었다. 둘은 재빨리 나무 위로 뛰어올랐다. 호동은 나무 위에서 자세를 잡은 뒤 우두머리 멧돼지를 향해 다시 화살을 날렸다. 우두머리의 등짝에는 화살이 하나 꽂혀 있었는데, 그것은 방금 위수가 쏜 화살이었다. 비록 등짝에 꽂히긴 했지만 두꺼운 지방이 보호하는 곳이라 큰 타격은 없을 위치였다. 호동은 신중하게 숨을 고르고 활을 잡았다. 이렇게 되면 이제 심장을 노릴 수는 없는 일이고, 눈을 겨냥해야 했다.

늙은 멧돼지와 눈이 마주쳤다. 멧돼지의 눈은 분노로 활활 타오르고 있었다. 그만큼 맞히기 쉬운 표적이기도 했다. 화살이 시위를 떠나는 순간 승부가 끝났다는 것을 직감적으로 알 수 있었다. 나무 아래에서 씩씩대고 있는 멧돼지들도 우두머리의 단말마를 듣게 되면 모두 도망치고 말 것이다.

다시 한 번 멧돼지 울음소리가 울려 퍼졌다. 하지만 이번에는 분노의 소리가 아닌 죽음의 소리였다. 호동의 화살은 멧돼지의 왼쪽 눈을 꿰뚫어 오리 깃털 부분까지 박혀 있었다. 우두머리가 쓰러지자 멧돼지 떼는 어쩔 줄 몰라 하며 도망쳐 버렸다.

"좋았어!"

호동이 나무에서 뛰어내렸다. 가장 먼저, 가장 큰 멧돼지를 잡은 것이다. 누구도 이보다 훌륭한 제물을 가져오지는 못하리라. 호동은 기쁜 감정을 잘 드러내는 성격이 아니었지만, 이번만은 입이 귀밑까지 찢어지고 말았다. 그러나 그 순간 위수가 버럭 소리를 질렀다.

"어? 저건 뭐야?"

한 사내가 쓰러진 우두머리 멧돼지 쪽으로 성큼성큼 걸어가고 있었다. 보통 사람보다 머리 하나는 큰 사내, 낙랑공주를 따라온 바로 그 친구였다.

"이봐, 뭘 하는 건가?"

호동이 나무에서 미끄러지듯 내려가며 외쳤다.

거한이 고개를 돌렸다.

"내 사냥감을 챙기고 있습니다."

"이봐, 이봐! 그건 내 거야. 꽂힌 화살이 보이지 않는 거냐?"

거한은 오른쪽 어깨에 꽂힌 화살을 뽑아 들었다.

"이건 잘못 맞은 화살이군요."

등에 꽂힌 화살도 뽑아 버렸다.

"이건 아무짝에도 쓸모없는 화살이고요."

"눈에 꽂힌 건 왜 안 세는 거지?"

거한은 허리를 숙이고 멧돼지를 밀어서 뒤집었다. 옆구리에 꽂힌 화살이 있었다. 심장을 관통한 화살.

"눈보다 심장이 먼저 맞았기 때문이죠."

위수가 거한 쪽으로 뛰어가며 외쳤다.

"남의 사냥감을 중간에서 가로챈 주제에 말이 많구나! 누가 그런 부도덕한 짓을 한다더냐?"

그때였다. 거한 뒤편의 나무에서 소녀의 새된 목소리가 들려온 것은.

"나무 위로 달아나안 사람들을 구해 준 건 생각하지 않으시나요?"

얼굴을 불쑥 내민 것은 열대여섯 살쯤 되어 보이는 시녀였다.

"어른들 이야기하는데, 어린 계집애가 어딜 끼어드는 거냐?"

"아 참, 쩨쩨하게 돼애지 한 마리 가지고 시시콜콜 따지기는."

시녀는 코웃음을 치더니 돌연 입가에 손을 모으고 소리를 지르기 시작했다.

"사냥꾸운 여러어분! 맹수한테 쫓기는 사람을 보고 구해 주면 안 되나아요? 그게 저 사람들 사냐앙감이라고 버려두고 가아면 되나아요?"

시녀는 호동을 바라보며 말했다.

"호도옹왕자 전하는 아시겠지요? 어느 화살이 먼저 맞았는지요!"

호동은 알고 있었다. 심장이 먼저라는 걸. 심장에 화살을 맞았기 때문에 눈에 화살이 꽂힌 뒤에 날뛰지 않았던 것이다. 할 말이 없는 것은 아니었지만 저런 소녀와 다툰다는 것은 한심한 일이었고, 낙랑 정도 되는 나라와 멧돼지 한 마리를 놓고 싸우기에는 호동의 자존심이 너무 강했다.

자명고

"가자. 다른 놈을 잡자."

위수는 선뜻 호동을 따라가지 못했다. 분했기 때문이다. 그런데 시녀가 그 분한 마음에 불을 질렀다.

"그냥 가아시면 되나요? 애먼 사아람 사냐앙감 훔친 사람 만들고도 그냐앙 가시면 되나요?"

위수가 다짜고짜 활을 들어 화살 한 대를 날려 버렸다.

"저것이 보자 보자 하니까 세상 무서운 줄을 모르고……."

물론 맞으라고 쏜 화살은 아니었다. 화살은 시녀의 머리 하나 반쯤 떨어진 곳으로 날아갔다. 위수가 말을 맺지 못한 것은 그 시녀가 눈 하나 까딱하지 않고 꼿꼿이 선 채 자신을 바라보고 있었기 때문이었다. 오줌을 지리지는 않더라도 피하는 시늉이라도 하는 것이 정상인데 시녀는 전혀 놀란 기색이 없었다. 놀라기는커녕 입가에 웃음을 지으며 여전히 장난스런 말투로 빈정거렸다.

"이젠 이 연약한 소녀를 향해 활을 날리어 입을 마악으시려는군요. 그래도 이 소녀는 불의에 굴하지 않을 것입니이다!"

"위수!"

호동이 화를 냈다. 위수가 깜짝 놀라 호동 쪽으로 몸을 돌렸다.

"무슨 짓이냐!"

위수가 고개를 떨궜다.

"사과를 해라."

하지만 사과는 입에서 나오지 않았다.

"어서!"

위수는 부글부글 끓어오르는 심정을 누르고 거한과 소녀 쪽으로 돌앉았다.

거한이 말했다.

"사과하실 필요는 없습니다. 위험하지 않았다는 것 알고 있습니다. 예초霓初, 너도 그렇게 함부로 말해선 안 된다."

예초라 불린 시녀는 입술을 비죽거렸다. 이 소녀는 못난 얼굴은 아니지만 그저 그런 미모로, 공주를 모시는 시녀처럼 보이지는 않았다. 콧잔등 주위로 주근깨도 선명히 보였다. 그렇다면 혹시 시녀가 아니라 사냥꾼일까? 그런 것 같진 않았다. 비록 머리는 바람에 흩날리지 않게 양쪽으로 단단히 묶였지만, 치마저고리에 연지분까지 칠한 모습이 마치 들판에 놀이라도 나온 것처럼 보일 뿐이었다. 다만 까만 눈동자에서 짓궂은 장난기가 똑똑 듣는 것이 민활한 인상을 주고 있었다.

호동이 거한에게 물었다.

"너희는 둘만 온 것이냐?"

"돼지 사냥에 여러 사람이 올 필요가 무어 있겠습니까?"

"그놈을 어찌 나를 생각이냐?"

사람의 기운이 아무리 세다 해도 한정이 있게 마련이다. 설마 저걸 들어서 나르지는 못할 것이다.

"잡는 것이야 제 일이지만 나르는 것까지 제 일일 필요는 없지 않습니까."

그 말에 호동이 빙그레 웃었다. 우문현답이었다.

"네 이름과 지위를 말하라."

"소인은 재하載河라 하옵고, 왕실을 지키는 수호대의 대장 노릇을 하고 있습니다."

자명고

호동은 껄껄 웃은 뒤 품에서 은괴 한 덩어리를 꺼내 내밀었다.

"받아라. 포상이다."

"왕자 전하께 세운 공이 없거늘 어찌 상을 받겠습니까?"

"왜 세운 공이 없다 하느냐. 내 목숨을 구하지 않았더냐."

그 말에 재하의 얼굴이 살짝 굳었다. 기실 그 역시 호동이 위험하지 않다는 것은 알고 있었다. 하지만 저 멧돼지를 아니 잡을 수 없는 노릇이었다. 어려서부터 사냥에 쫓아다녀 벌써 십여 년을 산과 벌판을 헤매고 다녀 보았지만 이렇게 큰 멧돼지는 본 적이 없었다. 저 멧돼지야말로 실로 자명고였던 셈이었다. 그리고 공주를 위해 자명고는 반드시 낙랑으로 가져가야 했다. 재하는 한쪽 무릎을 꿇어 호동 앞에 몸을 숙였다.

"낙랑공주께 안부나 전해 주게."

"말씀 받잡겠습니다."

예초가 옆으로 돌아서서 혼자 중얼거리듯이 말했다.

"하여간 우리 공주 마마는 인기도 좋으셔어. 안부 하나 전해 주는데도 은괴가 한 덩어리니. 하지만 그런 말씀 전하는 데는 시녀인 내가 더 유리한데, 그런 것도 모르시나아?"

"저것이, 어느 안전이라고!"

위수가 다시 성질을 부리려는데, 호동이 그의 어깨를 툭툭 치며 말했다.

"가자. 저것보다 큰 놈을 잡으려면 시간이 없을 것 같은데?"

위수는 호동을 쫓아가다가 뒤를 한 번 돌아보고 예초에게 주먹을 한 번 들어 을러댄 후 다시 뛰어갔다. 그런 위수의 뒤에다 예초는 혀를 날름 내밀어 주었다.

"자, 우리도 가자. 다행히 사냥이 일찍 끝나긴 했지만, 이거 가져가려면 힘 좀 들긴 하겠다."

재하는 그렇게 말한 뒤 멧돼지의 뒷다리를 뒤로 돌려 잡은 뒤 잡아끌기 시작했다.

"우와, 그게 가능해요?"

"들어 올리라면 못 하겠지만 끌고 가는 거야 못 하겠냐?"

멧돼지를 끄는 것이 말한 것과는 달리 그다지 힘이 들지 않는 듯한 목소리였다.

"그럼 이제 자명고는 우리 건가요? 난 그 북 마음에 안 드는데."

"적이 오는 것을 알려 주는 북이 왜 마음에 들지 않아?"

예초는 쓸쓸한 어조로 말했다.

"막을 수 없는 적이 오는 건 알아 봐야야 아무 소용도 없어요."

예초의 말에 재하는 대꾸하지 않았다. 할 말이 없었던 것인지도 몰랐다.

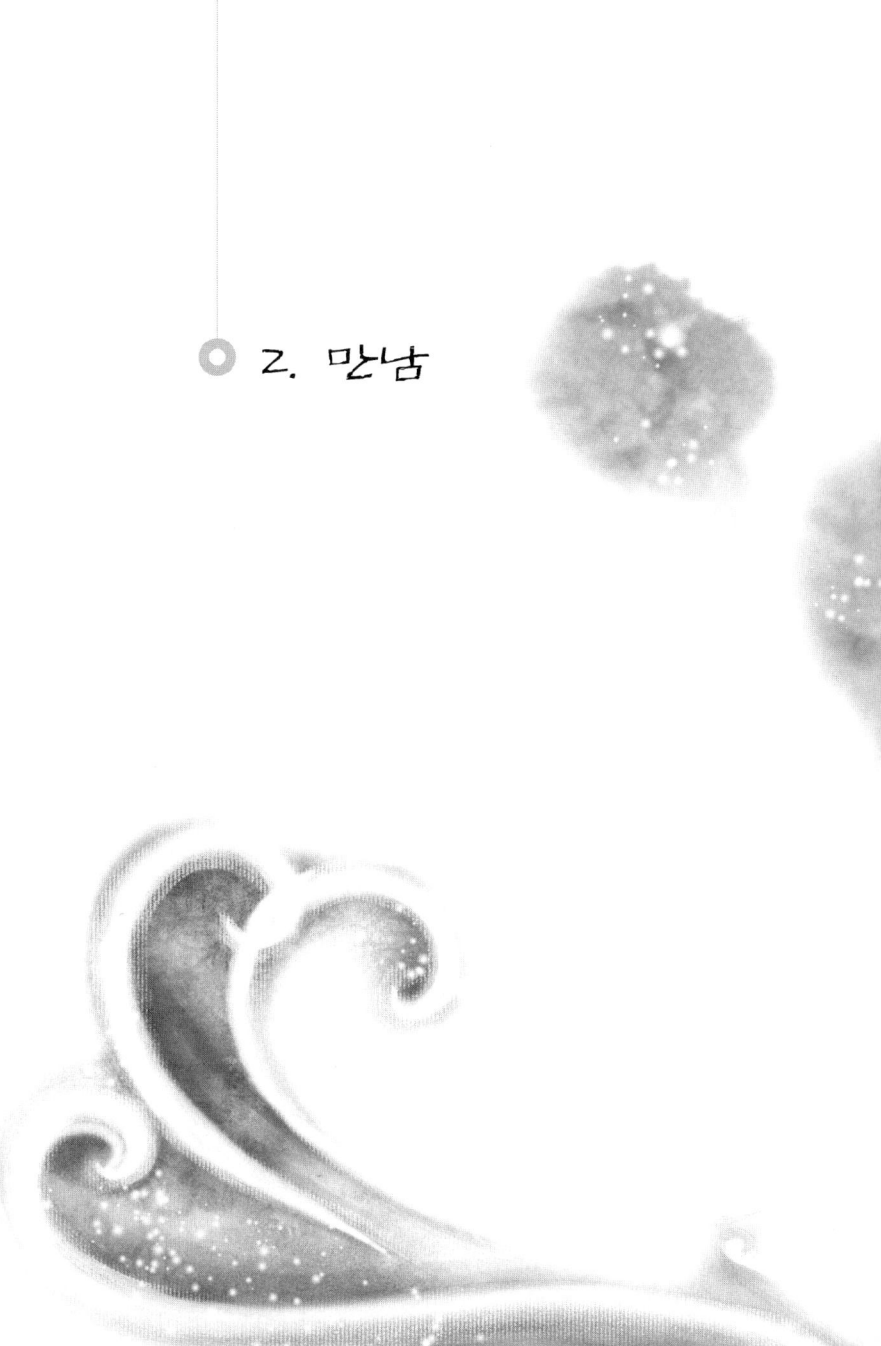

2. 만남

해가 저물기 시작했다. 서천이 붉게 물들자 추위가 한결 강해졌다. 북소리가 울리자 횃불이 켜졌다. 북소리 한 번에 하나의 횃불.

사람들은 대부분 돌아온 모양이었다. 제물들이 단상에 작은 언덕만큼 쌓여 있었다. 그 언덕의 반을 차지하는 것이 재하가 잡아 온 멧돼지였다. 자명고가 누구에게 돌아갈 것인지는 이미 오래전에 결정 난 것과 다름없었다. 저 멧돼지는 제일 먼저 단상에 올라와 그 후 제물을 잡아 온 사람들의 기를 죽이고 있었다. 그리고 그런 일에 기가 죽는 것이 더 기분 나쁜 일이었다. 낙랑은 이제 솜털도 벗지 못한 신생국가인 주제에 마치 자신들이 고조선의 적자라도 되는 양 허세를 부리는 나라였기 때문이다. 낙랑국 왕의 내력을 뻔히 아는 사람들로서는 기도 차지 않는 일이었다. 그렇기 때문에 그들은 이번만은 고구려의 호동이 저보다 더 큰 제물을 가지고 와 낙랑의 코를 납작하게 해 주기를 내심 기대하고 있었다.

사휴왕은 태연한 척 단상에 서 있었으나 속은 바짝바짝 타고 있는 중이었다. 아직 도착하지 않은 사람은 호동뿐이었으나, 제아무리 호동이라 해도 저 괴물 멧돼지보다 큰 것을 가져올 수 있을 것 같지는 않았다.

'호동, 부여 최고의 용사라고 떠받들리더니 겨우 이런 꼴이었단 말인가? 흑요黑夭는 분명히 제물 사냥에서 호동이 우승을 한다고, 우승을 할 수 있는 제물을 가지고 온다고 했는데, 이게 무슨 꼴이람! 이번 일이 잘못되면 그 늙은 할미 년의 가랑이를 찢어 버리고 말 테다.'

천천히 북이 울리고 있었다. 햇불을 들어 올리는 시간을 가늠하는 것이기도 하고, 해가 저무는 속도에 맞추고 있는 것이기도 했다. 마지막 오백 번째의 북이 울리면 빛은 더 이상 남지 않을 것이었다.

제물로 이기지 못하는 것은 그렇다 쳐도, 아예 제물조차 올리지 못한단 말일까? 이제 사람들은 북맞이보다 호동이 과연 돌아올 것인지가 궁금해지기 시작했다.

"호동이 아직 보이지 않습니까?"

쇠약해진 몸으로 의자에 앉아 버티고 있던 해연왕이 사휴왕에게 물었다.

"그렇습니다. 오기는 틀린 것 같습……, 아니, 저기 누가 들어오는군요!"

호동 일행이 들어서고 있었다. 말 두 마리 뒤에 단가를 만들어 제물을 얹어 놓았음을 알 수 있었다. 그러나 바람은 세고 햇불은 흔들려 무슨 짐승인지, 그 크기는 얼마나 되는지 알 수가 없었다. 다만 말 두 마리가 잡아끄는 것으로 보아선 결코 낙랑의 멧돼지에 뒤지지 않을 것 같았다.

사휴왕은 어느 틈에 주먹을 불끈 쥐고 있었다. 자명고는 반드시 고구려로 넘어가야 했다. 그의 눈이 커지기 시작했다. 말 뒤에 있는 것은 얼룩덜룩한 줄무늬를 가진 것, 분명 그것은 산군山君이었다.

낙랑공주 옥연玉憐도 자리에서 일어나 들어오고 있는 호동 일행을 바라보았다. 자명고를 차지할 것이 분명하다고 여기고 있던 터라 더 놀랄 수밖에 없었다.

"저것은……, 산군이 아니냐?"

"그런 것 같습니다."

재하가 부복하며 대답했다.

"대체 누가 산림의 군왕을 잡아 오는 것이냐?"

"고구려의 호동왕자십니다."

옥연은 대열의 선두에 선 사내를 바라보았다. 날이 이미 어두워지고 있었으나 그의 모습만은 선명하게 떠올라 마치 눈앞에 있는 것처럼 또렷하게 보였다. 단상 위에 서 있어서 멀리서 보았을 때는 몰랐던 모습이었다. 그때 호동은 불만에 가득 찬 어린아이 같았다. 그러나 지금은 세상을 지배하는 대왕 같은 모습으로 걸어오고 있었다. 그것도 꽃같은 미모로. 옥연은 심장에 화살을 맞은 것처럼 왼쪽 가슴을 눌렀다. 고구려의 왕자가 아름답다는 말을 듣지 못했던 것은 아니나, 경박하게도 한 남자가 느껴지는 것에 그녀는 더욱 놀라 눈을 감았다. 하지만 그의 모습을 놓칠까 다시 눈을 뜨고 말았다. 호동이 단상 아래서 사휴왕에게 인사를 올리고 있었다.

"하마터면 늦을 뻔했습니다. 눈에 들어오는 것이 도통 없어서요."

호동은 호랑이의 배 밑으로 기어들어 가 그것을 업듯이 들어 올렸다. 멧돼지나 다름없이 백오십 관은 나갈 대호大虎였다.

"천신께서 그동안 돼지는 많이 드시지 않았습니까? 가끔은 천신도 다른 걸 드시고 싶으실 겁니다."

호동은 별로 힘든 기색도 없이 호랑이를 업은 채 단상을 올라가 낙랑의 멧돼지 옆에 내려놓았다. 사휴왕은 사람이 아닌 괴물을 보듯이 호동을 바라보았다. 달랑 셋이서 어떻게 이런 대호를 잡은 것인지 도무지 알 도리가 없었다. 사실은 호동과 위수 둘이 잡은 것이지만, 그런 내막이야 사휴왕이 알 수 없는 것이었다.

마지막 북이 울렸다. 하늘은 짙은 남색으로 변했다. 해연왕은 더 이상 버티는 것이 무리인 듯 몸을 와들와들 떨고 있었지만, 장막 안으로 물러나거나 하지는 않았다. 국왕으로서 천제를 마무리 지어야 하는 책임마저 내버릴 수는 없는 노릇이었으니까. 하지만 천제의 시작을 알리는 인사는 결국 사휴왕이 할 수밖에 없었다.

사휴왕이 두 손을 모아 인사를 올리자 북소리가 일제히 멎었다. 삽시간에 얼음장 같은 적막이 장내를 휘감았다. 사람들은 새삼 한기를 느끼며 제단을 올려다보았다.

"이제 북맞이를 위한 제물을 바칠 것이오! 먼저 가장 훌륭한 제물을 바친 이를 공표하리다."

지금까지는 단연 낙랑국의 멧돼지였고, 아무도 이의를 제기할 수 없는 상황이었다. 그러나 호동의 호랑이가 주는 위압감은 엄청났다. 이제 두 짐승이 한자리에 놓이니 호랑이가 멧돼지보다는 작다는 것을 알 수 있었으나, 멧돼지와 호랑이는 먹히고 먹는 관계라는 그 먹이사슬의 위치가, 그리고 둘 다 분명 맹수이기는 하지만 그 위험도에서 감히 비교가 되지 않는다는 점에서도 호랑이의 우위를 논할 수 있었다. 하지만 지금까지 천제의 제물로 호랑이가 바쳐진 적은 한 번도 없었다.

"여기 여러 나라의 정성을 다한 제물들이 모여 있소! 이것들에 들어간 정성은 그 크기나 귀함과 신령함을 떠나 모두 소중한 것이오. 그러나 오늘 신령스러운 북, 자명고를 하사함에 있어 그 순서를 정하지 않을 수 없으니 심히 유감스럽소."

사휴왕은 자연스럽게 '하사'라는 말을 써서 자신의 지위가 마치 다른 나라보다 더 높은 척 이야기를 했다. 하지만 호동 말고는 그 말에 신경을 쓴 사람은 아무도 없는 것 같았다.

"크기로 본다면 돼지가 더 크지만 천신을 위해 산군을 잡은 호동왕자의 공을 무시할 수는 없을 것이오. 자명고는 고구려의 국내성에 걸리게 될 것이오!"

사휴왕의 말에 맞춰 고수들은 북을 내리쳤다. 북소리와 함께 박수 소리가 일었다. 북소리와 박수 소리가 잦아지려는 순간 재하가 자리에서 일어났다.

"자명고는 우리 낙랑의 것이 되어야 합니다!"

사휴왕의 판정에 승복할 수 없다는 말이었다. 사휴왕의 얼굴에 짧은 순간 극도의 불쾌감이 지나갔다.

"그건 무슨 말인가?"

"대대로 천신께 지내는 제사에서 제물은 돼지였습니다. 그렇기에 언제나 희생犧牲을 가리켜 교시郊豕라 부르지 않습니까! 만일 호랑이를 바쳐도 되는 줄 알았다면 저보다 더 큰 호랑이를 잡아 왔을 것입니다."

틀린 말은 아니었다.

"아무도 잡아 오지 못했기 때문에 바치지 않았을 뿐이다. 세 사람이 산군을 사냥한다는 것이 아무에게나 가능하단 말이냐? 아무 소용도 없는 질투로 스스로를 괴롭히지 마라."

사휴왕의 말은 차가웠다. 재하는 끝내 승복할 수 없어 다시 한 번 항의하려고 했다. 그러나 그 순간 옥연이 손을 내밀어 그를 제지했다. 옥연은 한 손을 뻗어 재하의 동작을 막은 뒤 천천히 앞으로 몸을 돌려 사휴왕에게 가볍게 고개를 숙여 인사를 올렸다. 사휴왕도 정중하게 읍을 하여 낙랑공주의 인사를 받았다. 아무튼 미인에게 무례한 사내는 없는 법이다.

"부여가 예濊에서 나와 북방을 다스려 온 것을 모르는 바 아니나, 우리 낙랑도 역시 예에서 나와 동방을 다스려 왔습니다. 천신께 바치는 제사에는 돼지, 꿩, 사슴과 노루를 사용할 수 있지만 산군을 바치는 일은 없습니다. 산군은 그 스스로 신령의 지위에 있는 신수神獸인데 어찌 제물로 쓸 수 있겠습니까?"

옥연의 목소리는 크지 않았지만 맑고 또렷하여 고함을 지르는 것이나 마찬가지로 잘 들렸다. 사휴왕에게는 더 잘 들렸는데, 그것은 낙랑공주가 그의 약점을 정확히 찌르고 있었기 때문이다. 호동은 낙랑공주가 승부를 다투는 적수라는 사실을 잊고 박수를 쳐 주고 싶을 정도였다.

갈사국의 국왕 해연은 동부여 금와왕의 막내아들로, 부여의 정통성을 따진다고 하면 그보다 더 정통에 가까운 사람은 동부여에 남은 조카뿐이었다. 고구려의 주몽이 북부여 해모수解慕漱의 아들이라 주장했지만 그 말을 곧이곧대로 받아들이는 사람은 아무도 없었다. 사실 해모수 자신부터 그 출신 배경이 불분명한 사람이었다. 그 스스로는 막강한 무력을 바탕으로 천제의 아들이라 주장했으나, 부여를 급습하여 동쪽으로 천도케 한 뒤 홀연히 사라져 버린 비밀에 감싸인 인물에 불과했다. 갈사국의 정식 명칭인 갈사부여라는 국호는 실상 있으나 마나 해진 동부여를 대신하여 새로 일어난 부여라는 의미를 가지고 있었다.

부여족은 전해 오기를 예족의 일족이었다고 한다. 그들은 멀리서 이동해 와 솔꽃 강변에 나라를 세운 것이라 하는데, 공교롭게도 고조선 역시 예족의 나라라 칭하고 있어, 그 고조선의 정통 계승자라 주장하는 낙랑국과 부여는 알게 모르게 정통을 놓고 대립하고 있는 셈이었다. 그리고 이 오래된 연원의 다툼에서 황룡국이 끼어들 자리는 전혀 없었다. 하지만 낙랑의 계승이라는 것 자체를 허황되게 보는 사휴왕의 입장에선 그만큼이나 더 열불 나는 이야기가 아닐 수 없었다. 그리고 사휴왕만 그렇게 생각하는 것도 아니었다.

위수도 낙랑공주의 말에 투덜대고 있었다.

"낙랑이 뭡니까, 낙랑이. 기껏 한나라 군현 이름을 따서 지은 나라 이름을 가지고 잘난 척하기는."

일구가 한심하다는 듯 혀를 차며 위수에게 말했다.

"그건 네가 바보라 잘못 알고 있는 것이고, 그 이름은 원래 고조선으로부터 내려오는 것이니라. 한나라가 고조선을 멸망시키고 그 땅의 이름인 낙랑을 군현의 이름으로 삼았을 뿐이니, 낙랑국의 이름을 한나라 군현에서 따온 것이라는 바보 소리는 다신 하지 마라."

"아니, 누굴 정말 바지저고리로 알고 계십니다! 낙랑군에서 저 땅을 다스릴 때는 동예라고 부른 땅이잖습니까? 고조선 시대의 낙랑이라 해도 동예 촌구석에 불과한 불내不耐가 낙랑국이라고 이름 고쳐 단 걸 누가 모른답니까? 기껏 해적질이나 해서 근근이 먹고살던 것들이 한나라 물건 좀 주물럭거리면서 힘 좀 세졌다고 거들먹거리는 꼴이라니……."

"이놈의 자식이! 그러다 아주 날 한 대 치겠다?"

둘이 점점 더 심하게 다툴 기색을 보이자 호동이 낮지만 엄한 목소리로 말했다.

"위수, 조용히 해라. 사휴왕이 변명 중이니 한번 들어줘야지."

꾸중은 위수에게 했지만 사실상 일구까지 야단을 친 셈이었다. 일구로서는 불쾌하기 짝이 없는 노릇이었지만 뭐라 항의할 입장이 아니라 그저 꾹 참는 수밖에 없었다.

"결국 따져 올라가면 모두 하나의 나라 아니겠소. 그래서 여기 모인 것이고."

사휴왕은 말을 그렇게 시작했다. 하지만 '모두 하나의 나라'라는 말을 믿는 사람은 아무도 없었다. 서로 말이 통하니 가까운 사이라고는 생각할 수 있겠지만, 그들은 사실 제각각 나라를 세운 뒤 서로가 서로를 잡아먹지 못해 으르렁대는 사이였다. 알고 보면 갈사국의 북맞이 초청에 응한 것도 서로의 허실을 탐지하고자 하는 목적이 더 컸기 때문 아닌가. 여기에 뜻밖에도 자명고라는 신이한 물건이 등장한 것이 어떤 변수로 작용할지는 아직 아무도 모르고 있었다. 어차피 이런 보물은 강대국끼리의 친선과 우호로 나누어지는 것이 상례였기에, 대개의 나라들은 신기하게 보긴 해도 죽고 못 살듯이 탐을 내고 있는 상태는 아니었다. 하지만 고만고만한 나라 중 한 곳에 가서 그 나라의 지위가 갑자기 올라가는 것은 곤란했다.

대체로 사람들의 생각은 단순했다. 고구려가 이것을 가져간다면 어차피 강한 나라이기에 별 상관이 없겠지만, 낙랑이 이것을 가져간다면 갑자기 그 힘이 강해지게 되니 바람직하지 않다고들 생각했다. 때문에 어떤 나라도 낙랑의 편을 들어주지 않았고, 설령 사휴왕이 훨씬 더 말도 안 되는 이유를 대서 자명고를 고구려에 준다 해도 이의를 제기하지 않을 작정들이었다.

사람들은 아무도 의심하지 않고 있었다. 왜 황룡국이 저런 보물을 내놓는지에 대해서. 오직 호동만이 수상하게 여기고 있었다. 정말 그것이 좋은 물건이라면 대체 황룡국에서 그런 것을 선물할 까닭이 없는 것이다.

"모두들 알겠지만 그동안 혼란이 거듭되던 한나라가 다시 힘을 되찾고 있는 중이오. 벌써부터 요동태수가 심심하면 국경을 침략해 노략질을 하고 있으니, 우리끼리 단합하지 않는다면 어찌 외적을 이길 수 있으리오. 고구려는 요동과 인접하여 3년 전에도 큰 전쟁을 치르지 않았소?"

호동의 얼굴에 노기가 떠올랐다. 요동군과 고구려가 전쟁을 치른 것은 사실이었다. 그때 고구려는 국내성을 포기하고 산성인 위나암성 尉那巖城으로 올라가 농성전을 펼쳤다. 국가 존망의 위기였던 그 침략의 뒤에 황룡국이 있었음을 뻔히 알고 있거늘, 눈 가리고 아웅도 유분수 아니겠는가?

"지금 낙랑에서는 산군을 제물로 바친 적이 없다 하여 항의를 하고 있는데, 이는 꼭 틀린 말은 아니오. 하나 산군은 본디 신령스러운 동물로 제물로 바칠 수 없는 추잡한 짐승이 아니니 이 어찌 예에 어긋난다 하겠소? 더구나 낙랑은 지리地利가 있어 서북으로 강고한 산맥이 지켜주고, 동남은 넓은 대해가 보살펴 주는데 자명고가 무슨 필요가 있으리오."

호동은 코웃음을 쳤다. 이제는 고구려가 자명고 없이는 지켜질 수 없는 나라인 양 모욕을 주고 있는 셈이었다.

"물론 고구려가 앞으로 중원의 나라와 잘 사귀어 보겠다면야 이 북은 필요가 없을 것이오. 하지만 그럴 리가 있겠소?"

사휴왕이 호동을 바라보며 묻듯이 말했다. 물론 대답을 기다린 말은 아니었으나 호동은 으스러져라 이를 악물고 사휴왕을 노려보았다. 만일 자명고를 거절한다면 그것은 한나라와 우호를 돈독히 하겠다는 뜻으로 받아들일 테니 알아서 하라는 이야기였다. 어느 나라와 친선을 도모하는가는 다른 나라의 눈치를 볼 일이 아니었지만, 대부분의 나라들은 한나라의 동진을 걱정하고 있었다. 이런 마당에 국가의 외교를 놓고 왈가왈부할 수는 없는 노릇이었다. 결국 자명고를 거절하지 못하게 수를 깐 셈이었다. 더불어 낙랑에서도 더 이상은 항의하기 어렵게 되었다. 안전한 나라에서 안전치 못한 나라를 돌보지 않는다는 평판을 받을 수는 없는 노릇이었으니.

재하의 얼굴이 일그러졌으나 결국 아무 말도 하지 못하고 자리에

앉고 말았다. 옥연은 담담히 비단 가리개로 다시 얼굴을 가렸다.

호동이 자리에서 일어났다.

"그럼 저 북을 제가 지금 가져가도 되겠습니까?"

난데없는 발언이었다. 이번에도 예의 없이, 교양 없이 튀어나온 말이었다. 사휴왕은 살짝 미간을 찌푸려 불쾌감을 선보인 뒤, 너그러운 미소로 화답했다.

"그리 자명고를 가져가고 싶다면 안 될 것은 또 무어 있겠소? 이미 자명고는 그대의 것이오."

호동은 사휴왕이 뭔가 더 말하려는 것을 기다리지 않고 성큼성큼 걸어서 단상에 올라섰다. 그는 사방을 둘러보며 가볍게 읍을 올린 뒤 말했다.

"모든 분들이 들으신 바와 같이 이제 자명고는 제게 내려졌습니다. 아직 승복하지 못하신 분이 계신지요?"

아무도 이의를 제기하지 않았다. 호동은 다시 한 번 읍을 취한 뒤 자명고 앞으로 걸어갔다. 지름이 석 자인 북. 정말 용의 가죽으로 만든 것인지는 알 수 없지만 신비롭게 보이는 북임은 분명했다. 호동은 한 손으로 북을 들어 올렸다. 생각보다 무거웠지만 들지 못할 정도는 아니었다. 오른쪽 어깨에 올려 중심을 잡은 뒤 그대로 단상에서 내려갔다. 호동이 이런 식으로 자명고를 가져가리라고는 생각지도 못한 사휴왕은 그만 입을 딱 벌리고 말았다. 하지만 정작 입을 벌릴 일은 그다음에 일어났다.

자명고를 든 호동이 간 곳은 자신의 자리가 아니었다. 그는 낙랑국 사람들 쪽으로 걸어갔다. 패자 앞에서 자랑을 하려는 것일까? 망나니 같은 모습만 보여 주는구나. 사람들이 그렇게 수군대는 것을 아는지 모르는지 천천히 낙랑국 사절들 앞으로 간 호동은 가볍게 북을 내려놓았다.

"이 북은 이제 낙랑의 것입니다."

호동은 낙랑공주에게 한쪽 무릎을 꿇는 고구려식 인사를 올렸다. 옥연 또한 자리에서 일어나 허리를 숙여 인사를 올렸다. 고개를 들던 옥연과 호동의 눈이 마주쳤다. 호동은 심장이 뜨끔해서 슬그머니 눈길을 피했다. 사실 낙랑공주를 조금이라도 가까이서 보고 싶은 생각도 있었지만, 그보다는 사휴왕의 물건을 가져가고 싶은 생각이 전혀 없었기 때문에 낙랑에 던져 버린 것이었다. 호동은 그것도 마음에 걸려 그만 중얼중얼 뻣뻣하게 말을 하고 말았다.

"이것은 고구려가 우정으로 낙랑에게 드리는 것입니다. 북맞이의 제물로는 역시 돼지가 으뜸이지요. 호랑이를 잡아 온 것은 그저 치기 어린 장난에 불과한 것입니다."

옥연은 공연히 웃음이 나올 것 같아 자기 옆구리를 살짝 꼬집었다. 산더미만 한 호랑이를 잡아 온 사내가 눈길을 피할 줄이야.

"잠깐! 호동왕자!"

사휴왕이 결국 참지 못하고 호동을 불렀다.

"무슨 분부라도?"

"다시 한 번 생각해 보는 것이 어떻겠소? 이것은 국가적인 일이 아니겠소. 그렇게 혼자 결정할 문제가 아닌 듯하오만?"

해연왕도 거들었다.

"그렇다. 호동왕자, 신중하게 생각해 보는 것이 좋겠다. 나를 믿고 자명고를 거둬들이도록 해라."

호동이 뒤돌아서더니 얼굴에 뻔히 거짓 꾸밈이 분명한 미소를 띠고 대답했다.

"자명고는 이미 제 것이 되었고, 이제는 낙랑공주 마마의 것이 되었습니다. 어찌 왕자가 되어 한 입으로 두 말을 하겠습니까?"

사휴왕의 얼굴이 일그러지는 것을 바라보노라니, 호동은 고소해서 죽을 지경이었다.

"이미 시간이 많이 늦었습니다. 어서 제물을 올리고 북맞이를 시작하셔야 하지 않겠습니까?"

호동의 말은 쐐기를 꽂는 것이었다. 사휴왕도 더 이상 어쩌지 못하고 물러나고 말았다. 호동이 자기 자리로 돌아가자 갈사국의 전령 하나가 쪼르르 달려왔다. 해연왕이 호동을 찾고 있었다.

*

"멋지지 않아요?"

예초가 옥연 곁에 비스듬히 앉아 공연히 옷고름을 비비 돌리며 말했다.

"뭘 말하는 거냐?"

옥연이 짐짓 시큰둥한 목소리로 예초의 말을 받았다.

"왜 이러세요? 다 아시면서."

"다 안다면 물어볼 것도 없지 않느냐?"

"아이참, 물어본 건, 아니, 여쭤 본 건 저예요. 자꾸 이러시기예요?"

"자꾸 이러긴 뭘 이런단 말이냐?"

옥연의 목소리에 약간의 짜증이 묻어 올라왔다.

"어머, 정말 공주 마마도 내숭이셔."

옥연은 길게 한숨을 내쉬었다. 정말 어쩔 수 없는 아이라는 생각이 들었다.

"넌 출신이 어디냐?"

"어머머, 갑자기 화제를 돌리시는 저의는 뭘까요?"

"딴말하지 말고. 오늘은 좀 알아야겠다는 생각이 드는구나."

"쳇."

예초는 샐쭉 입을 내밀었다가 말했다.

"전 사실 왕검성王儉城 출신이랍니다. 진짜 낙랑인이죠."

"무엄한 소리! 그럼 우리는 가짜 낙랑인이란 말이냐?"

"낙랑은 낙랑이래도 진짜 낙랑은 왕검성이 있는 곳이잖아요. 그건 삼척동자도 아는 이야기라고요."

진짜 낙랑. 옥연은 다시 길게 한숨을 내쉬었다. 이건 차원이 다른 이야기였다. 예초의 말처럼 낙랑공주의 나라, 낙랑국은 진짜 낙랑이 아니었다. 그곳은 본디 고조선이 있던 예濊의 동쪽에 있다 하여 동예東濊라 불리는 땅. 북으로 낙랑과 접하고 남으로 맥국貊國과 만나며 서로는 대해, 동으로는 큰 산으로 둘러싸인 곳. 고조선이 한무제에게 멸망당한 뒤, 이 땅도 한의 지배를 받게 되었다. 하지만 단단대령은 높고 험해서 한나라 사람들은 이곳으로 오고 싶어 하지 않았다. 결국 수년 전 그들은 떠났고, 그들이 세운 성에는 새로운 왕이 들어섰다.

불내라 불리던 그곳은 낙랑이라 이름 붙여졌다. 고조선의 유지를 받들었다는 뜻이기도 했지만, 사실은 아직도 한나라 낙랑군의 위세에 기대 보고자 하는 심정에서 붙여진 이름이었다. 낙랑은 이제 막 태어난 어린 나라였고, 한나라의 보호가 거둬진 이 땅을 노리는 나라는 셀 수 없이 많았다. 낙랑의 최리왕崔理王은 본래 동예를 다스리던 동부도위東部都尉 밑의 거수渠帥였는데 낙랑이 물러나며 현후縣侯의 자리에 올랐고, 이어 나라를 세워 왕이라 자칭했던 것이다. 거수란 현장縣長의 지휘를 받는 토착민 우두머리에 불과했다. 감히 고조선의 후계자를 자처할 수는 없는 가문이었다. 이렇듯 그 출신이 하찮은 터라 사방의 위험은 이루 말할 수 없었다. 마치 아무나 손을 뻗으면 잡아먹을 수 있는 나라 취급이었다.

나라 사정을 돌이킨 옥연이 탄식조로 말했다.

"그래, 네가 진짜 낙랑인이었구나."

"아이참, 공주 마마도. 갑자기 그렇게 풀이 죽으면 공주 마마답지가 않잖아요. 그러지 마아세요."

옥연의 얼굴에 웃음기가 돌았다.

"정말 재밌는 사람이기는 하다."

"그렇죠, 그렇죠? 어쩜 남자가 되어 가지고 얼굴이 어찌 그리 곱상하대요? 아니, 얼굴은 곱상한데 기운은 또 어찌 그리 세고, 몸은 또 어찌 그리 날렵하대요? 키도 훤칠해서 여섯 척도 훨씬 넘어 보이던걸요."

예초가 신나서 떠드는데, 옥연이 갑자기 예초 머리에 꿀밤을 놓았다.

"너 말이다, 너! 너 참 재밌는 아이라고."

예초는 머리에 두 손을 올리고 입을 비죽대며 말했다.

"엄머 엄머 엄머머. 정말 내숭도 이런 내숭이 없네. 공주 마마 정말 이러시기예요? 저 돼지도 양보해 주었고, 아예 자명고를 통째로 바친 옆 나라 왕자 전하의 마음을 정말 모르신단 말씀이세요오?"

여태 태연했던 옥연의 볼에 붉은 기운이 확 올라왔다.

"이것 봐, 이것 봐. 바로 표를 내시네. 그럴 걸 왜 시치미를 떼신 거예요?"

"너, 정말! 한 번 혼이 나 봐야 정신을 차리겠니?"

옥연이 쌍심지를 돋웠으나 뭘 믿는 심산인지 예초는 눈썹 하나 떨지 않았다.

"왜요? 때리시게요?"

"하, 내가 졌다. 그만 하자."

"좋아요. 뭐, 얼굴 빠알개진 분을 계속 놀릴 수는 없죠."

그 말에는 옥연도 다시 참지 못하고 베개를 들어 예초를 한 방 때려 주었다. 안에 메밀이 든 베개라 다칠 염려는 없었다. 보통 때였다면 같이 베개를, 베개가 없다면 방석이라도 들고 방방 뛸 예초였으나 이번에는 웬일로 얌전히 앉아만 있었다.

"너 왜 그래?"

오히려 걱정이 된 것은 때린 옥연이었다.

"왜 그러긴요. 때리시이면 맞아야지 뭘 어쩌나요? 저처럼 하찮은 계집종이 뭐 어쩌겠어요."

"공연히 의기소침한 척하지 말고. 왜 그러는 거야? 분위기 잡고 뭐 하고 싶은 말이 있는 거지?"

"아유, 정말. 공주 마마한테 이제 속셈이란 속셈은 다 들켰네요. 분위기 잡고 마알씀 좀 드리려고 했더니, 그걸 그렇게 다 눈치 채시면 어떡해애요?"

"그래, 할 말이 뭔데?"

"모올라요. 이제 흥이 없어져서 하고 싶지 않아요."

예초는 고개를 홱 돌렸다.

"저런 저런 버르장머리. 어느 안전이라고 입술을 그리 돼지 나발로 하고 심통을 부리는 거야? 재하 대장을 불러 치도곤을 안기라 말해 주랴?"

그러자 예초는 뭔가 생각이 떠오르기라도 한 것처럼 팔짝 뛰어올라 옥연의 무릎을 붙들었다.

"참, 그러고 보니 어떠세요? 둘이 비교가 돼요?"

"얘가 갑자기 또 왜 이래? 난데없이 무슨 비교란 말이냐."

"아이참, 뻔하잖아요. 호동왕자 전하랑 재하 대장이랑 누가 더 마음에 드세에오?"

"흐흠, 내 마음에 드는 쪽에 첩으로 보내 달라는 이야기냐?"

옥연의 역습에 예초가 펄쩍 뛰었다.

"왜 이러세요? 전 이제 이팔청춘이에요. 공주 마마는 벌써 스물하나나 되셨다고요. 언제 시집가신다 해도 아무도 놀라지 않을 나이고요."

"쓸데없는 소리."

호동을 생각하자 얼굴이 화끈 달아올랐다.

"쓸데없는 소리가 아니라……."

붉어진 얼굴을 들킬까 싶어 옥연은 자리에서 일어났다.

"시끄럽구나. 그런 소리는 꺼내지도 마라."

청혼은 여러 나라에서 끊임없이 들어왔다. 타고난 미모 덕분이었다. 그리고 뿌리가 튼튼하지 않은 낙랑으로서는 그중 가장 좋은 조건의 나라에 옥연을 보내야만 했다. 북방의 순박하지만 강한 나라인 옥저沃沮나, 쓰는 말은 다르지만 중원의 힘을 업고 있는 낙랑군이나, 사이가 좋지 않은 맥국을 견제해 줄 수 있는 남방의 하슬라국何瑟羅國 같은 곳이 좋다고 생각하고 있었다. 물론 최리왕의 생각이었고, 그 생각에는 옥연의 생각이 들어갈 자리는 존재하지 않았다. 서툰 감상은 애초에 가질 필요가 없었다. 그런 꿈을 가져 봐야 돌아올 것은 상처 입은 가슴일 것이 분명했으니까.

"내 혼인은 내 의지대로 이루어지지 않을 거니까."

아무 생각 없이 재잘대는 것이 특기인 예초였지만, 옥연의 말속에 깃든 슬픔에는 차마 토를 달 수가 없었다.

*

"바보 같은 놈!"

해연왕은 호동이 장막 안으로 들어서자마자 대뜸 욕부터 뱉었다.

"할아버지, 진정하세요."

호동은 아무렇지도 않은 얼굴이었다.

"자명고를 왜 내찬 거냐? 무슨 생각인지 좀 들어 보자."

호동이 아무 말도 하지 않자 해연왕은 역정을 냈다.

"하긴 무슨 변명거리가 있으리. 네놈 생각을 내가 모를 것 같으냐?

말 안 해도 뻔히 알고 있다. 못난 것. 황룡국에서 나온 물건이라 받지 않으려 한 것이지?"

호동도 그제야 입을 열었다.

"그렇습니다. 사휴왕이……."

"그래그래."

호동이 뭔가 더 말하려는 것을 해연왕은 끊어 버렸다. 하지만 기침이 오는 통에 한참을 말을 잇지 못하고 말았다.

"이곳은 춥습니다. 입궁하시는 게 좋지 않겠습니까?"

해연왕이 간신히 기침을 달래고 노기 어린 목소리로 말했다.

"북맞이가 아직 끝나지 않았는데 내가 어딜 간단 말이냐. 공연히 날 위하는 척 이야기하지 마라. 정말 내 생각을 했다면 자명고를 받았어야지."

"할아버지, 할아버지께서 어떻게 그렇게 말씀하실 수가 있습니까? 황룡국이 한 일을 잊으셨습니까?"

"그래서 널 바보라고 하는 거다. 언제 철이 들겠느냐? 어제의 적이었다고 해도 오늘 손을 잡을 수 있는 것이 바로 나라를 다스리는 사람들이 갖춰야 하는 덕목이라는 걸 아직도 모르느냐?"

"윗물이 맑지 못하면 아랫물이 맑을 수 없는 법입니다. 어찌 같은 하늘을 이고 살 수 없는 원수의 물건을 받아들일 수 있겠습니까?"

"그건 사고였어. 사실 사휴왕은 이번에 사과를 하고자 저 보물을 내놓은 것이다. 그걸 정녕 모르겠느냐?"

호동의 눈길에서 파르르 불길이 이는 듯했다.

"그건 사고가 아니었습니다. 예정된 함정이었죠."

"네가 그것을 어찌 알겠느냐? 그건 네가 뱃속에 있을 때 생긴 일이거늘."

"하지만 어머니는 모든 내막을 알고 계셨고, 제게 이야기를 해 주셨죠. 할아버지도 같은 이야기를 들으셨습니다."

해연왕이 인상을 찌푸렸다.

"그래, 물론 나도 같은 이야기를 들었지. 사휴왕이 보낸 활. 내 사위인 태자, 명明을 죽음으로 몰아넣은 그 활."

"네, 그 활. 그 저주받은 활 말입니다. 사휴왕이 그러던가요, 그저 실수였다고? 활을 잘못 보냈다고 하던가요? 교룡의 심줄을 꼬아서 만들었다는 활줄, 부상의 나무를 깎고 해치의 뿔을 대어 만들어 절대 부러지지 않는다고 했지요. 하지만 활줄을 걸 때 이미 이상했고, 활을 당기자 오금이 대번에 부러져 나갔습니다. 아버지는 말씀하셨어요. '내가 힘이 센 것이 아니라 활 자체가 약한 것'이라고. 심지어 자신의 도성으로 부른 뒤 자객들로 하여금 한밤중에 기습을 가하기까지 했죠!"

"그건 도적 떼의 소행이었다고 사과하지 않았더냐!"

해연왕의 고함에 호동은 입을 벌린 채 말을 더 잇지 못했다. 해연왕이 조금 누그러진 어투로 말했다.

"오해가 중첩되어 풀기 어려워진 것은 사실이다. 하지만 황룡국에서 태자를 죽이기로 마음먹었다면 어찌 죽이지 못했겠느냐? 무용으로 되지 않는다면 독인들 쓰지 못하겠느냐? 하지만 그래서 태자가 죽어서 돌아왔더냐? 태자는 부왕의 명을 어길 수 없어서 스스로 죽음을 택한 것뿐이다."

"아니에요!"

호동은 벌떡 일어섰다.

"선대왕께선 칼을 내리셨지요. 그 칼로 자결하라고. 선대왕의 귓가에 아들을 죽이라 속삭인 그 독사의 혀를 누가 가지고 있는지 어찌 모른다 하십니까!"

호동은 울분을 억누르느라 말을 잠시 끊었다. 호동이 너무 거칠게 이야기하자 해연왕도 더 이상 말을 꺼내지 못했다. 둘은 잠시 원수지간이나 되는 것처럼 서로를 노려보았다. 호동이 먼저 고개를 숙였다.

다시 자리에 앉은 호동이 낮은 목소리로 말했다.

"아버지는 그 칼을 쓰지 않으셨습니다. 당신이 늘 갈고 닦았던 창을 사용하셨죠. 스물한 살. 지금 제 나이보다도 더 어린 나이셨습니다. 아직 태어나지도 않은 저를 두고 그렇게 가셨죠. 저는 가끔 아버지가 말을 달렸던 그 땅에 가 봅니다. 아무도 말해 주지 않았지만, 저는 아버지가 마지막으로 숨을 거둔 그 자리가 어딘지 알고 있습니다. 창이 꽂혔던 자리. 말발굽 자국은 모두 사라지고 정강이까지 오른 잡초들만 무성한 곳이지만, 저는 아버지가 말을 달려 당신이 꽂은 창 위로 몸을 날린 그 광경을 손에 잡을 듯이 그곳에서 봅니다."

해연왕의 눈에 눈물이 고였다. 고구려의 두 번째 왕 유리명왕瑠璃明王, 그의 장남이었던 태자 명이 바로 호동의 아버지였다. 명이 죽었을 때 호동은 아직 어머니, 즉 갈사국 해연왕의 따님이셨던 그 어머니의 태중에 있었다. 호동은 유복자로 태어났다. 태자의 아들로 다음 왕위를 물려받아야 마땅했지만 옥좌는 삼촌인 무휼無恤에게 넘어갔다. 지금 고구려를 다스리고 있는 주류왕이 바로 그 사람이다. 호동의 어머니는 형사취수兄死娶嫂, 즉 형이 죽으면 그 아내를 동생이 취하는 풍속

자명고 63

에 따라 무휼의 아내가 되었고, 호동은 무휼의 아들 아닌 아들이 되고 말았다. 그리고 나이가 불과 네 살 위인 삼촌을 부왕이라 불러야 했다. 그것은 명과 무휼 사이의 나이 차이가 컸기 때문인데, 당연한 이야기 겠지만 명과 무휼은 어머니가 달랐다. 명은 형인 도절과 함께 다물후多勿侯 송양宋讓의 딸을 어머니로 두었고, 무휼과 그 아래 동생들은 골천 땅의 여인, 화희禾姬의 소생이었다.

"불쌍한 것. 아직 아무것도 모르고 있었구나."

해연왕이 호동의 손을 잡았다. 분노에 떨고 있던 호동이었지만 외할아버지의 손을 뿌리치지는 않았다.

"선대왕인 명왕의 귀에 네 아비의 죽음을 사주한 자는, 황룡국의 사휴왕이 아니다."

"네?"

"자기 아들을 왕위에 올리고 싶었던 화희의 농간이었단다. 화희는 활채에 수작을 부려 태자가 힘을 주었을 때 활이 부러지게 했고, 자객을 보내기도 했던 거란다."

호동이 고개를 흔들었다.

"그 말을 믿으세요?"

"뭐라고?"

"그 말을 누가 했나요? 사휴왕이 한 말이죠? 네, 이제 죽은 사람들은 말을 할 수 없으니까요. 선대왕께서도, 선대왕비께서도 모두 승하하셨으니 사휴왕이 뭐라 한들 누가 반박을 하겠습니까?"

"그렇지 않다. 화희는 능히 그럴 만한 여자였다."

송비宋妃가 죽은 후 유리명왕은 두 명의 왕비를 두었는데, 화희禾姬

와 치희雉姬라 불렸다. 이름에서 알 수 있듯이 화희가 나이가 많았고 치희는 나이가 적었다. 그리고 화희는 고구려 공신 가문의 딸이었으나 치희는 한나라 유민流民의 딸로 가문의 세력을 놓고 보면 비교가 되지 않았다. 하지만 어리고 예쁜 치희에게 유리명왕의 사랑이 쏠렸기 때문에 화희는 질투에 떨고 있었다. 어느 날 유리명왕이 멀리 사냥을 나가 이레나 돌아오지 않았을 때, 화희는 치희를 모욕하여 그녀 스스로 물러나게 만들었다. 환궁하여 이 사실을 안 유리명왕이 치희를 찾아갔으나, 치희는 끝내 돌아오지 않았다. 그때 유리명왕이 비감한 심정을 노래했던 〈황조가黃鳥歌〉는 지금도 고구려의 유명한 노래 중 하나이다.

하지만 화희의 사악함을 이야기한다 해도 그것으로 호동의 굳은 마음을 풀 수는 없었다.

"그 북이 정말 신령한 북으로 나라를 위해 도움이 된다면 그것을 왜 내놓겠습니까? 자기 나라를 지키는 데 쓰는 것이 당연하지 않습니까."

"그래서, 그렇기 때문에 그것을 내놓은 것이다."

"네?"

해연왕의 말이 무슨 뜻인지 알 수가 없었다.

"네 원한이 그처럼 크고 깊어서, 심지어 내 말조차도 듣지 않을 것이기 때문에 사휴왕은 저 북을, 나라의 보배인 자명고를 내어 놓은 것이다. 알겠느냐?"

"천만에요. 저 북에는 분명 무슨 흉계가 감추어져 있습니다. 우리가 그게 뭔지 모른다고 해서 그것이 없는 것은 아닙니다. 어이하여 태양의 시간이 짧아졌다가 오늘을 기점으로 다시 길어지는지 우리는 모르지만, 그렇다고 해서 태양이 자기 멋대로 나타났다가 사라지지는 않는 것처럼 말이지요."

"네 오해가 깊은 만큼 오해의 골이 깊구나. 하지만 그것을 떠나서라도 넌 자명고를 가져갔어야 했다. 왜 좀 더 깊이 생각하지 않느냐?"

"그건 또 어인 말씀이십니까?"

해연왕이 짧게 한숨을 내쉬었다.

"왕의 자리에 앉아 보면 그 자리를 자기 자식에게 물려주고 싶은 법이다. 주류왕에게도 친자식이 있지 않더냐."

"있습니다. 애루愛婁라고, 이제 다섯 살이 되는군요."

"그래. 네 에미가 전전년에 죽어, 너는 이제 정치적으로는 아무도 뒤를 보아주지 않게 되었다. 그것을 알고 있느냐?"

호동이 담담하게 대답했다.

"전 왕위에 아무 미련이 없습니다."

해연왕이 버럭 소리를 질렀다.

"바보 같은 소리! 이건 단순히 지위를 논하는 이야기가 아니다. 이 세계에서 권력이 없다는 것은 목숨이 없다는 것과 마찬가지 이야기야. 어찌 그리도 철이 들지 않는 게냐?"

해연왕은 흥분한 탓에 다시 기침을 심하게 했다. 호동이 안쓰러운 얼굴로 외조부를 바라보다가 말했다.

"잘 알겠으니 무리하지 마십시오. 오늘만 날이 아닙니다."

"시끄럽다. 너는 아직도, 아직도 모르고 있어. 넌 전 태자의 아들이다. 왕위에 가장 가까운 사람이야. 주류왕의 아들 중에서도 가장 연장자다. 하지만 주류왕은 네게 왕위를 넘겨주고 싶지는 않을 거다. 알고 있느냐?"

호동이 마지못해 고개를 끄덕였다.

"네가 자명고에 뭔가 암계가 있을 거라 생각해서 그것을 받지 않았다는 건, 그래 좋다. 네게 나라를 위하는 충심이 있어서 그런 것이라 이해할 수도 있다. 하지만 네 정적들은 그렇게 받아들이지 않는다. 네가 뭔가 다른 꿍꿍이가 있어서 그 귀한 보물을 다른 나라에 주었다고 할 것이다. 알겠느냐?"

"다른 꿍꿍이라니요?"

"간단하지 않느냐. 낙랑공주의 미모에 넘어가 보물을 넘겨주었다고 입방아들을 찧을 것이다. 너는 나라보다는 엽색에 눈이 먼 호색한이 될 것이란 이야기다."

심장에 찬물이 부어진 것 같았다.

"흥, 멋대로 지껄이라죠."

"넌 본래 주류왕의 장자로 벌써 태자의 지위에 올랐어야 한다. 하지만 오르지 못했다. 그건, 그건……. 좋지 않다. 좋지 않아."

해연왕은 그렇게 말하고는 탁자 밑에서 비단으로 싸 놓은 물건을 꺼냈다.

"이걸 받아라."

호동은 일단 받아 들었다. 받는 순간 무엇인지 알 수 있었다. 활이었다.

"이건 또 무슨 물건입니까?"

"무조건 받겠다고 부모를 걸고 맹세해라."

"받겠습니다. 부모님을 걸고 맹세를 할 일이 뭐 있겠습니까? 제가 받는다고 하면 받는 것입니다."

해연왕이 작게 한숨을 쉬었다.

"그래, 좋다. 그건 활이다. 신궁이라 불러도 좋을 물건이다. 한번 살펴보아라."

호동은 망설이지 않고 비단 꾸러미를 풀어 보았다. 시위를 걸지 않은 부린활이 몸을 동그랗게 말고 호동의 손길을 기다리고 있었다. 한눈에 보아도 멋진 활임을 알 수 있었다. 손에 들고 보니 무게중심이 딱 잡혔고, 활을 펴기 전임에도 줌통이 손에 척 달라붙는다는 것을 알 수 있었다.

"멋진 활인데요?"

"시위를 얹어 보아라."

시위가 흩어지지 않은 걸로 보아 만든 지 얼마 되지 않은 활이 틀림없었다. 시위는 명주실을 수십 겹 꼬아서 만들기 때문에 활을 부려 놓고 시간이 오래 지나면 절피로 묶어 놓았다 해도 가닥가닥 흩어지기 마련이다. 하지만 아직 밀랍 먹은 태가 역력한 것이 분명 새 활이었다. 호동이 활을 잡고 뒤집으려는데, 웬걸 꼼짝도 하지 않는다.

"허허, 천하의 호동왕자가 활시위 하나를 얹지 못한단 말이냐?"

"그럴 리가 있겠습니까."

호동은 애써 웃음을 지으며 다시 한 번 힘을 주었다. 이번에도 시위를 걸지 못한다면 낭패가 아닐 수 없었다. 활이 천천히 펴지기 시작했다. 뿔을 붙여 만든다는 각궁角弓은 활채의 한쪽에는 뿔을, 활채의 다른쪽에는 소의 심줄을 대어 그 힘을 증폭시킨다. 만일 항상 시위를 걸어 놓게 되면 심줄의 탄력이 죽어 활의 가치를 잃게 되기 때문에 평상시에는 심줄이 당기는 대로 휘어지게 내버려두는 것이다. 당연히 활을 쏘게 되면 활채를 뒤집다시피 당겨 시위를 걸어 줘야 했다.

"대체 무엇으로 만든 활인가요? 이렇게 힘이 들어가는 건 처음이에요."

"그건 나도 모르겠다. 사슴뿔을 썼다고 하긴 하더라."

시위를 걸고 나니 활은 은은한 광채를 뿜는 듯했다. 활의 전면에 얇게 나무로 조각을 해서 덧대어 놓았는데, 투각으로 만든 하얀 무늬가 활채의 붉은색과 어울려 강렬한 인상을 던져 주고 있었다. 시위를 만져 보니 강철처럼 단단하게 느껴졌다.

이유를 알 수 없지만 활을 만지는 순간 낙랑공주가 떠올랐다. 그 오연한 모습. 작은 나라, 남들이 다 깔보는 줄 알고 있음에도 한순간도 초라한 모습을 보이지 않고 턱 끝을 세우고 있는 그 모습이 마치 이 화려한 활과도 같이 느껴진 것이다. 그리고 그 겨울 하늘을 갈라 버릴 듯한 턱 선에서 손아귀 하나에 잡힐 목덜미가 붉은 비단 사이로 사라지는 그 모습은······.

"호동아, 내 말 안 들리느냐?"

갑자기 해연왕의 목소리가 들렸다. 몇 번을 부르신 모양이었다. 호동의 얼굴에 살짝 붉은 기운이 떠올랐다.

"허허, 고구려에 두고 온 처자라도 생각한 거냐?"

"아, 아니, 그런 것은 아닙······니다."

"아닌 게 아니라 너는 왜 장가를 갈 생각을 하지 않는 게냐?"

낭패였다. 호동이 제일 싫어하는 화제가 나오고 말았다.

"전 결혼하고 싶은 생각이 없습니다."

활을 어루만지며 아무 일도 아니라는 듯이 가볍게 말해 버렸지만 낙랑공주의 생각을 지우기가 어려웠다. 하지만 이룰 수 없는 꿈을 꾸는 것은 위험했다. 호동은 아무도 모르게 한숨을 내쉬었다. 책임질 수 없는 혼인을 할 수는 없었다.

"뭣이라? 결혼 생각이 없다고? 이미 네 나이면 혼인에 결코 빠르다 할 수 없는 나이라는 걸 모르는 게냐?"

"잘 알고 있습니다만 결혼에는 뜻이 없습니다."

"왜 그런 생각을 하는 거냐?"

호동은 활의 줌통을 잡아 보았다. 비단으로 만들어진 줌피가 손아귀에 착 감기듯 들어왔다. 나긋나긋한 가인의 허리를 잡는 듯한 느낌이었다.

"왕이 되고 싶지 않기 때문입니다."

이번에도 가볍게 농담하듯이 말해 버렸다. 해연왕은 충격을 받은 듯 아무 말도 하지 못했다. 호동은 시위를 당겨 보고 싶은 마음을 간신히 억눌렀다. 화살을 걸지 않고 빈 활을 당기는 것은 활의 생명을 갉아먹는 행위이기 때문이다. 이 활과 같은 강궁이라면 더욱 그렇다. 뭔가 이 활에 이름을 붙여 줘야 할 것 같았다. 그만큼 마음에 들었던 것이다. 화려하고 하얀 활이니 화백궁華白弓이라 부르리라 마음먹었다.

아직도 충격을 받은 듯한 할아버지에게 호동은 속으로 말했.

'죄송합니다. 하지만 왕이 되고 싶지 않습니다. 지금 처지에서 왕이 되고자 한다면 반드시 피를 볼 것입니다. 그러기 싫습니다. 또한 그 때문에 제 처지에 장애가 될 처자를 거느리고 싶지도 않습니다.'

해연왕이 호동의 말을 듣기라도 한 것처럼 입을 열었다.

"호동아."

"더 말씀드리지 않을 겁니다."

해연왕이 손을 내저었다.

"나도 더 말하지 않을 것이다. 그 활은 사휴왕이 네게 보낸 선물이다. 자명고는 나라에 주는 선물이었지만, 이 활은 너에게 주는 선물로 장만한 것이라고 하더구나."

순간 호동은 활을 내팽개쳐 버릴 뻔했다. 아버지의 죽음을 부른 것도 사휴왕이 보낸 활이었다. 하지만 내팽개칠 수가 없었다. 이건 그 활과 다르다. 부실하게 만들어진 활이 아니다. 자신이 전력을 기울여 시위를 얹었다. 좋은 나무를 근본으로 가지고 있는 활이었다. 활에 무슨 잘못이 있겠는가. 이미 마음에 들었으니 거두는 수밖에 없었다. 쏘아 보고 시원찮으면 그때 부숴서 땔감으로 써 버리면 그만이다. 그때까지는 참아 두리라 생각했다. 더구나 이건 자리를 피하기 위한 좋은 핑곗거리였다. 호동은 짐짓 화가 난 듯 활을 움켜쥐고 장막을 빠져나왔다.

바람은 북소리를 하늘로 올려 보내겠다는 듯 몰아치고 있었다. 모래알이 튕겨 올라 눈을 뜨기 힘들 정도였다. 북잡이들이 보통 고생이 아니겠다는 생각이 들었다. 오늘 밤은 쉬지 않고 해가 뜰 때까지 북을 쳐야 한다. 그렇게 해서 새해를 맞이하는 것이다.

자신의 막사 앞에 도착했을 때 호동은 막사 앞에 장승인 양 서 있는 한 사람을 볼 수 있었다.

"문후 드립니다."

막사 앞의 사내가 읍을 올렸다. 사냥터에서 만났던 거한, 낙랑공주의 호위대장이었다.

"무슨 일인가? 이미 시간이 많이 늦었는데."

"공주 마마께서 자명고를 양보해 주신 데 대한 감사의 선물을 보내셨습니다."

언제부터 서 있었던 것일까? 해연왕의 장막에서 꽤 오랜 시간을 보냈는데 이 사내가 내내 서 있었다면 꽤나 힘들었을 것 같았다.

"들어오게."

장막 안으로 들어서자 졸고 있던 위수가 화들짝 놀라 일어났다.

"이제 오십니까?"

"응. 뭐 하러 여기 있어? 가서 잠이나 자지."

"아닙니다. 제가 어찌……."

말로는 황송한 척하지만 말을 하다 그만 입이 찢어져라 하품을 하고 만다.

"죄, 죄송합니다."

"시끄럽고. 저거나 받아."

호동은 재하가 받쳐 들고 온 벚나무로 만들어진 궤를 받으라고 손짓했다.

"열어 볼까요?"

위수는 건성으로 물어보고는 궤를 얼른 열어젖혔다. 사실은 자기가 더 궁금했던 것이다. 제일 위에서 나온 것은 비단에 금사金絲를 넣어 만든 금란金蘭이었다. 그 밑으로 은사銀絲를 섞어 넣은 은란銀蘭이, 그리고 봉황과 청룡의 문양을 넣어 만든 능라綾羅가 나왔고, 마치 녹을 듯이 부드럽고 가벼운 사라紗羅가 나왔다. 그것으로 끝이 아니었다. 서화용의 화견畵絹과 하얗게 빛이 나는 듯한 명주明紬가 뒤이어 모습을 드러냈다. 그리고 그 밑으로는 낙랑의 특산물인 반어피斑魚皮로 만든 주머니 안에 동글동글하기가 엄지손가락만 한 구슬들이 가득 담겨 있었다.

"와!"

늘 입이 싸서 촉새라고도 불리는 위수가 입을 쫙 벌리고 말을 하지 못했다.

"이 물건들은 낙랑군에서 보내온 것들입니다. 한나라에서 만들어진 것으로 세상에 다시없는 보배라 하겠습니다."

재하의 말이었다.

"이걸 왜 보내신 건가?"

"이미 말씀드린 바와 같이 자명고를 양보해 주신 것에 대한……."

"나, 그걸 양보한 적 없어."

재하는 자신의 실수를 금방 깨달았다.

"제 잘못입니다. 말씀을 잘못 올렸습니다. 자명고를 선물해 주신 데 대한 보답으로……."

"잘못했다는 사람이 너무 뻣뻣한 거 아니야?"

"네?"

호동이 위수를 슬쩍 돌아보았다. 위수가 얼른 비단 무더기를 주섬주섬 궤에 걸치다시피 던져 버리고 일어났다.

"고구려에서는 상전에게 잘못하면 무릎을 꿇고 사죄를 청하는 법인데, 낙랑에서는 그저 입으로만 사과하면 되는가 보지?"

재하는 별로 망설이지 않고 무릎을 꿇었다. 표정에도 아무 변화가 없었다.

"제가 잘못했습니다. 벌을 내려 주십시오."

호동이 심드렁하게 말했다.

"그건 됐지만, 묵은빚을 청산할 필요는 있겠지?"

"무슨 말씀이신지 모르겠습니다."

위수가 호동의 마음을 눈치 채고 활짝 웃으며 말했다.

"우리 멧돼지 말이다."

재하가 눈을 부릅떴다.

"댁은 날 언제 봤다고 반말이오?"

그 말이 위수의 심기를 건드렸다.

"하, 요것 봐라. 같잖은 나라지만 그래도 호위대장이다 이거냐? 대고구려의 들메끈 매는 하호下戶라 해도 너보단 나은 법이야."

"그 모욕은 참지 않겠소."

하지만 재하는 그 자리에서 벌떡 일어나는 식의 무례는 범하지 않았다.

"왕자 전하께서는 달리 하명하실 것이 있으십니까?"

"묵은빚을 청산해야겠다고 이미 말했다."

"저로서는 위험해 보이는 사람을 구한 죄밖에 없다고 생각합니다만……."

"내가 그렇게 위험해 보였단 말이지? 왜? 내가 그놈을 못 잡을 것 같았나?"

"그렇습니다."

호동은 내심 이놈 봐라, 하는 심정이 되었다. 일국의 호위대장이라고 하기에는 나이가 너무 어렸다. 아마도 자신보다 서너 살 많은 정도일 것이다. 분명 재주가 있어서 그런 자리에 올랐을 것이지만 지나치게 솔직한 것은 아직 연륜이 적어서 그런 것이리라. 이번 기회에 버릇을 좀 고쳐 줘야겠다는 마음이 들었다. 왕족을 모시려 한다면 조금은 정치적으로 놀 줄도 알아야 하는 법. 선뜻 무릎을 꿇는다고 할 도리를 다하는 것은 아니다.

"왜 그렇게 생각했지?"

"왕자 전하는 그때 나무에 올라갔습니다. 그 위치에서는 멧돼지를 잡기가 불리하기 때문에 위험하다고 생각했습니다. 그곳에서는 눈 이외에는 치명적인 부위가 없는데, 눈을 맞힌다는 것은 불가능한 일입니다. 특히 그런 영물에게는."

"나는 맞혔어!"

"제가 먼저 심장을 터뜨렸기 때문에 맞히신 겁니다."

재하는 끝까지 오기를 부렸다. 호동에게 미안한 마음이 아예 없는 것은 아니었으나 그것을 말로 인정할 수는 없었다. 그것은 나라의 체면이 걸린 일이었다.

"서로 마주 보는 상황이 아니었다면 가능했을지 모릅니다. 하지만 멧돼지는 왕자 전하를 노리고 있었습니다. 그 상황에서는 그 누구도 안전하다 장담할 수 없습니다."

"멧돼지를 너무 높이 평가하는 거 아닌가?"

"그렇지 않습니다."

"좋다. 그럼 나와 한번 겨뤄 보자."

"네?"

"위수, 이 친구한테 궁시弓矢를 챙겨 줘."

호동은 먼저 장막을 나섰다. 북소리는 여전히 힘차게 울리고 있었다. 바람도 여전히 거세게 불고 있었다. 이미 자정이 지났을 것이다. 가장 깊은 어둠 속을 쥐들이 지나다니는 시간, 자시. 그리고 오늘은 정월 초하루, 빛이 없는 날이다.

바람이 아무리 분다 해도 별빛을 가릴 수는 없다. 그러나 별이 아무리 빛난다 해도 대지를 밝힐 수도 없다.

"달도 없는 밤에 무엇을 하시려고 나오신 겁니까?"

재하는 영문을 알 수 없었다.

"사냥을 한다. 인시寅時까지 시간을 주겠다. 그동안 네가 잡아 올 수 있는 가장 큰 동물을 잡아 와라. 나도 내가 잡아 올 수 있는 가장 큰 동물을 잡아 오겠다."

호동은 뒤돌아서다가 문득 발을 멈추고 말했다.

"아 참, 사람은 잡아 와도 인정해 주지 않을 거다. 나보다 더 큰 동물을 잡아 오면 네 무례를 용서해 주마."

얼어붙어 먼지도 나지 않는 깜깜한 밤길을 달려, 코와 귀가 떨어져 나갈 것 같은 바람을 무릅쓰고 길목을 노리고 있다가 고라니를 잡은 재하는 호동의 코를 납작하게 해 줄 것이라 믿고 호동의 막사 앞에 메고 온 고라니를 던졌다.

"왔느냐? 들어오너라."

기껏해야 토끼나 부엉이 정도 잡았을 것이라고 생각하며 막사에 들어선 재하는 흠칫 놀라 칼을 빼 드는 추태를 보이고 말았다. 호동의 옆에 갈색 곰이 배를 깔고 누워 있었던 것이다.

"다행히 시간 맞춰 왔군. 뭘 잡았지?"

위수가 대신 대답했다.

"고라니를 잡아 왔네요."

"고라니라……. 잘해야 토끼나 부엉이쯤 잡아 올 줄 알았는데 그 정도만 해도 대단하군. 마침 곰쓸개를 먹어 볼까 하는 참이었는데, 같이 먹지그래?"

재하는 그 자리에 털썩 무릎을 꿇었다. 하루 새에 호랑이와 곰을 잡다니 놀라지 않을 수가 없었다.

"제가 졌으니 벌을 내리십시오."

"벌? 아아, 됐어. 아직도 내가 위험했다고 생각하나?"

그렇다고 말하고 싶었다. 잘난 척하는 꼬락서니를 봐야 한다는 게 배알이 꼴렸기 때문이다. 하지만 그런 식으로 거짓말을 하는 것은 재하의 자존심이 용납지 않았다.

"아닙니다."

"그래, 그거야. 내가 듣고 싶었던 말이 바로 그거야. 그걸로 충분해."

호동이 박수를 쳤다.

"그럼 저는 이만 물러나겠습니다. 무례를 용서해 주십시오."

"아니, 왜? 곰의 쓸개는 영약으로 이름 높은데 같이 먹자니깐."

"제가 어찌 왕자 전하의 보약을 나눠 먹을 수 있겠습니까. 이만 물러가고자 하니 부디 허락해 주십시오."

"허허, 참. 그럼 공주 마마께 일간 방문하여 선물에 대한 인사를 드리겠다고 전해 주게."

"명심하겠습니다."

재하가 일어나 밖으로 나가자 호동의 웃음기 띤 얼굴이 금세 차갑게 식었다. 호동은 탁자 위에 올려놓은 화백궁을 심각한 표정으로 바라보고 있었다.

호동은 나지막하게 중얼거렸다.

"보이지도 않는 곰의 심장을 이 바람 속에서 단번에 꿰뚫었다?"

*

새해의 떠오르는 태양을 향해 천제를 올리는 것으로 아침 행사가 시작되었다. 밤새 손질한 제물들이 올려지고, 그것이 다시 사람들에게 나눠진다. 오늘 천하에 대사령이 내려져 사형수는 그 목숨을 부지할 수 있게 되고, 범죄자들은 옥에서 풀려난다. 이제 장엄하게 울리던 북은 잔치 소리로 변하고, 적이며 취며 나발이며 다른 악기들도 죄다 나와 흥겨운 음악이 연주된다. 사람들은 음악에 맞춰 춤을 추고 술을 마시고 안주를 먹고 다시 춤을 춘다. 모두 지쳐서 쓰러질 때까지 몇날 며칠을 그렇게 노는 것이다.

바람이 어젯밤처럼 거셌다면 아무리 놀기 좋아하는 사람들이라 해도 저절로 몸이 움츠러들었을 것이다. 하지만 제사를 올리는 동안 바람이 점점 잦아들더니 음복을 할 때가 되어서는 사위가 적적하도록 공기가 가라앉았다. 그리고 갈사국의 여인들이 춤을 추기 위해 광장으로 나오며 북맞이 행사의 진짜배기가 시작되었다.

한 무리의 여인들이 호동의 장막으로 몰려왔다. 춤을 청하면 아무도 거절할 수 없는 것이 북맞이의 규칙이었다. 하지만 사람이 없다면 거절 아닌 거절을 당할 수밖에. 꿩 대신 닭이라고 일구가 대신 여인들에게 팔을 붙들려 끌려 나갔다. 물론 일구는 입이 귀밑까지 찢어져 여인들보다 더 빨리 달려 나갔다.

그 시각 호동은 옥연의 장막에 있었다.

"과한 선물을 받아 인사를 아니 드릴 수 없게 되었습니다."

호동이 인사를 하자 위수가 궤를 옥연 앞에 내려놓았다. 옥연이 보낸 궤보다 더 큰 궤짝이었다.

옥연은 호동을 보자 자꾸만 올라가려는 입 꼬리를 누르려 짐짓 더 근엄한 표정을 지었다. 호동은 옥연을 마주 보지 못한 채 살짝 옆을 바라보고 있는 통에 둘 사이에는 희한한 어색함이 흐르고 말았다. 둘 다 어째야 좋을지 답답할 지경이었다.

"엄마나! 멋지다."

예초가 쪼르르 달려와 궤짝을 열었다. 옥연이 예초의 무례에 살짝 얼굴을 찌푸렸으나, 사실은 어색한 상황이 깨져 다행이라 생각하여 아무 말도 하지 않았다. 호동은 예초의 무례는 눈에 들어오지도 않았다. 월의 서시가 가슴을 부여잡으며 찡그리는 모습이 아름다웠다고 하더니 그게 빈말이 아니었구나, 하고 감탄해 버렸을 뿐이었다.

궤짝을 내려놓고 물러나려던 위수조차 고개를 들다가 그 모습을 보고는 무례하게도 빤히 들여다보며 고개를 돌릴 줄 몰랐다. 호동이 알았다면 당장 불호령을 내렸을 것이나, 호동도 옥연의 얼굴을 흘끔흘끔 보기 바빴으니 군신 간의 무례를 막을 사람이 없었다.

재하가 위수 앞에 서자 위수의 정신도 돌아왔다. 재하가 위수의 귓가에 대고 조용히 속삭였다.

"어제 빚에 오늘 것까지 이자를 쳐서 돌려주마. 따라 나와라."

"하 참, 누가 겁낼 줄 알고?"

위수 딴에는 작게 말한다고 한 것이지만 호동에게도 들릴 만한 소리였다.

호동이 옥연에게 말했다.

"도무지 아랫것들이 예의를 몰라서 송구스럽습니다."

옥연이 입 꼬리를 살짝 올리며 대답했다.

"아닙니다. 저야말로 아랫것이 예의가 없어서 민망할 따름입니다."

옥연을 민망하게 만든 예초는 궤를 들여다보며 정신이 하나도 없는 눈치였다.

"와아! 공주 마마, 이것 좀 보세요!"

예초가 들어 올린 두 손에는 옥으로 조각한 봉황잠, 초록색 비취환, 색색 구슬에 곡옥과 흑요석으로 단장한 목걸이, 비단을 꼬아 그 사이에 금사와 은사를 섞은 뒤 칸칸이 옥을 넣어 꾸민 노리개들이 하나 가득했다. 하지만 단일한 종류의 물품은 분명 아니었다. 저 북방 숙신의 거칠지만 이국적인 물건으로부터 한나라의 정교한 물건들까지 아무렇게나 섞여 있는 것이 분명했다.

"이런 귀한 물건이 어디에서 난 것인지 여쭤 보아도 실례가 되지 않겠습니까?"

"선왕이신 명왕 때 현도군을 점령한 뒤 얻은 것들입니다. 제게는 필요치 않은 물건들이니 개의치 마시고 받아 주십시오."

옥연이 고개를 끄덕였다. 현도군의 창고에서 나온 물건이라면 이런 조합이 나올 수 있었다. 호동은 그냥 현도군이라 이야기했지만, 그것이 현도군의 고구려현 이야기라는 것을 옥연은 알고 있었다. 낙랑국이 낙랑군과 같은 이름이듯이 고구려 역시 한 군현의 이름과 같은 이름을 지녔던 적이 있었던 것이다. 그 점에 생각이 미치자 옥연의 가슴이 뛰었다. 그래, 언젠가는 우리 낙랑도 한의 낙랑군을 몰아내고 고구려처럼 우뚝 서게 될 것이다.

"왕자 전하의 뜻은 고맙게 받아들이겠습니다. 하오나 이미 자명고를 받았는데, 다시 이런 예물을 받는다는 것은……."

그때 예초가 날름 끼어들었다.

"가암사히 받겠습니다."

예초가 넙죽 허리를 숙여 인사를 하자 옥연은 황당한 나머지 작게 웃어 버리고 말았다. 이제는 도저히 한마디 아니 할 수가 없었다.

"너, 여기가 어떤 자리라고 이렇게 함부로……."

"아, 그렇지요. 차라도 한 잔 하셔야죠? 제가 바로 물을 끓이겠습니다."

예초는 당장 달려가 다마茶摩에 차를 갈기 시작했다. 은로탕정銀爐湯鼎에는 숯이 담겨져 있었기에, 찻주전자에 갈아 낸 차와 물을 담고 끓이기 시작했다. 호동으로서는 처음 듣는 소리에 처음 보는 장면이었다.

"무엇을 하는 것입니까?"

"먼저 자리에 앉으시지요."

옥연이 자리를 권했다. 탁자 앞에 흑단으로 만들어진 의자가 있었다.

"차는 중원에서 마시는 음료입니다. 차나무의 잎을 뜯어서 말린 뒤에 그것을 물에 넣고 끓이면 독특한 향취를 가진 음료가 된답니다."

중원의 문화에 가까운 낙랑이 가질 만한 취미였다.

"나뭇잎을 넣고 물을 끓인단 말씀입니까? 독특한 취향입니다."

"생각보다 훨씬 좋습니다. 왕자 전하께서도 드시면 그 맛에 매혹되시리라 생각합니다."

옥연이 차에 대해서 설명을 늘어놓는 동안 서로 노려보고 있던 재하와 위수가 조용히 막사를 빠져나갔다. 호동은 둘이 나가는 것을 눈치 채지 못한 채 옥연의 설명을 '보고' 있었다. 그의 귀에도 분명 옥연의 소리가 들렸지만 그것은 장막 밖에서 들려오는 북소리와 더불어 하나의 음악처럼 리듬을 가지고 춤추고 있을 뿐, 의미가 있는 맥락의 소리로 들리지 않았다. 그보다는 옥연이 말할 때마다 열리는 붉고 도톰한 입술과 살짝 드러나는 하얀 치아, 그리고 부드러우면서도 단단해 보이는 선홍빛 혀가 호동의 모든 사고를 앗아 가 버린 상태였다. 정말 아름다운 여자, 라는 생각이 머릿속에서 종처럼 울렸다.

옥연 역시 자기가 무슨 말을 하고 있는지조차 잘 모른 채, 다만 말이 끊어지면 어색하리라는 생각에 필사적으로 앞뒤 맥락이 닿지 않는 말들을 늘어놓고 있었다. 찻잎을 뜯는 시기, 다구茶具에 대한 밑도 끝도 없는 설명부터 찻물은 어떻게 맞춰야 하는지까지 도무지 사내가 관심을 가질 수도 없고, 가질 필요도 없는 이야기들을 왜 하고 있는지 스스로 의아해하면서 예초가 차를 빨리 대령해 주기만을 기다리고 있었다. 아니, 한편으로는 예초가 차를 가져오는 시간이 한없이 늦춰졌으면 하는 생각을 하고 있었다.

그러면서 그녀는 호동을 훔쳐보고 있었다. 단정히 올려진 푸른 비단과 금으로 만들어진 건책巾幘 아래로 마치 일부러 흘러내린 것처럼 한두 가닥 늘어진 머리칼. 그리고 성긴 듯 고르게 난 눈썹 밑으로 어찌 사내의 속눈썹이 저리 길까 싶을 정도의 길고 검은 속눈썹을 훔쳐보고 있었다. 흑과 백이 분명히 나눠진 가운데 새까만 동공을 맑은 갈색 눈동자가 둘러싸고 있는데, 마노瑪瑙와 황옥黃玉이 눈에서 빛나는 것만 같았다. 아니, 분명히 빛이 나고 있었다.

거친 들판을 다니는 사내의 살결이 또 왜 이리 뽀얀지, 무엇을 가지고 세안을 하는지 물어보고 싶은 마음이 들 정도였다. 머릿속에 이런 생각이 하나 가득 들어가니 결국 말이 점점 느려지다가 더 이상 할 말이 하나도 남지 않게 되었다. 옥연이 입을 다물자 호동의 시선도 조금씩 위로 올라갔고, 기어이 둘의 눈이 마주쳤다.

눈을 타고 어떤 마법의 힘이 심장으로 흘러들어 갔다. 가슴 전체가 부풀어 오르는 것 같으면서 손바닥, 발바닥이 모두 저릿저릿해지는 바람에 호동은 얼른 고개를 돌렸다. 하필이면 그때 차를 가져오던 예초와 부딪칠 뻔하고 말았다.

"어마맛!"

소반에 찻잔과 찻주전자를 올리고 제 딴에는 조신하게 걸어오던 예초가 깜짝 놀라 소반을 놓쳤다. 팔팔 끓인 찻물이다. 탁자 위에 쏟아져도 튀었다가는 화상을 아니 입을 수 없는 노릇. 예초의 눈이 동그래지는데, 그 순간 호동이 손을 뻗어 소반을 받쳐 들었다. 찻잔이 찻잔 받침에서 살짝 달그락거렸지만 찻물 한 방울 넘치지 않게 떨어지는 소반을 받아 낸 것이다.

"고마압습니다아."

예초는 별로 고마운 것도 아닌 듯한 목소리로 인사를 하고는 소반을 다시 두 손으로 집어 들었다.

"조……, 조심하지 않고."

옥연은 저도 모르게 큰 소리를 내었다가 금방 목소리를 낮추었다. 호동 앞에서 주책 맞게 큰 소리를 냈다고 생각하니 절로 볼이 화끈거렸다.

"죄송합니다. 그런데 실수는 소녀가 했는데 왜 공주 마마가 얼굴을 붉히세요?"

그 말에 옥연의 얼굴이 더 붉어졌다. 하얀 피부라 한 번 얼굴이 붉어지자 마치 연지라도 바른 것처럼 선명하게 붉은색이 떠올랐다. 그 얼굴을 본 순간 호동도 얼굴이 붉어지고 말았다.

"어마나? 왕자 전하, 더우세요? 화로를 뺄까요?"

어찌 그리 사소한 것 하나를 놓치지 않는 알뜰한 궁녀일까 싶은 예초였다. 호동이 고개를 저으며 말했다.

"필요 없다."

호동의 말에 한숨을 돌린 옥연이 짧게 숨을 내쉬고는 콩닥거리는 심장을 누르면서 예초에게 말했다.

"어서 차나 따라 드려라."

옥연은 호동을 향해 살짝 미소를 띠며 말했다.

"차가 입맛에 맞으실지 모르겠네요."

옥연의 미소에 호동은 온몸이 훈훈해진 것 같았다. 다행히 차가 따라져서 뭔가 말을 할 필요가 없다는 것이 참 다행이었다. 뭔가 인상적인 말 한마디를 남기고 싶었지만 도무지 머리에 떠오르는 것이 없었다. 또 낙랑공주의 미모를 칭찬하고 싶었지만 '소문대로 아름다우십니다.'라고 말할 수도 없는 노릇이었다. 호동은 할 말을 찾지 못한 대신 찻잔을 들어 왈칵 찻물을 입 안으로 들이부었다.

"아, 그렇게 마시면 굉장히 뜨거울 텐데……. 왕자 전하, 괜앤찮으세요?"

괜찮지 않았다. 혀는 물론이고 식도와 위장까지 홀랑 익어 버렸을 것 같았다. 하지만 내색할 수도 없는 노릇이어서 억지로 고개만 저었는데, 그런 필사적인 노력이 아무 필요도 없었다. 얼굴이 뜨거운 찻물을 뒤집어쓰기라도 한 것처럼 빨갛게 달아올라 버렸기 때문이다.

호동을 위기에서 구해 준 것은 심복인 위수였다. 위수가 와당탕 소리를 내며 장막 안으로 굴러 들어온 것이다. 위수는 간신히 호동이 앉은 의자를 붙잡고 정신을 차렸다.

"무슨 일이냐?"

호동이 자리에서 일어났다. 옥연도 놀란 눈으로 위수를 바라보았다. 장막이 걷히며 재하가 등장했다.

"죄송합니다. 대화가 잘 통하지 않아서 사내들 방식으로 이야기를 좀 나누었습니다."

"이게, 이게 무슨 짓입니까?"

옥연이 양손을 꼭 쥐고 노여움에 앙다물어진 입새 사이로 떨리는 목소리를 내보냈다.

"죄송합니다. 무례를 범했습니다."

"근신을 명합니다. 낙랑으로 돌아갈 때까지 호위대장의 직을 박탈하겠어요."

마치 일상적인 명이라도 받은 것처럼 재하는 눈썹 하나 까딱하지 않고 인사를 올린 뒤 물러났다. 물론 호동 쪽으로는 눈길도 던지지 않았다.

옥연이 다가와 위수의 상처를 살폈다.

"살갗이 찢어지지는 않았군요."

호동은 순간 살심이 꿈틀거리는 것을 느꼈다. 낙랑공주의 손길이 위수의 얼굴에 닿는 찰나 위수를 죽여 버리고 싶다는 생각이 순간적으로 들었던 것이다. 호동은 깜짝 놀라 뒤로 한 걸음 물러서다가 의자에 걸려 털썩 주저앉고 말았다.

"왕자 전하, 놀라셨지요? 이 무례를 어떻게 감당해야 할지 모르겠습니다."

옥연이 안타까운 얼굴을 하자, 무례고 뭐고 그런 것은 아무 상관도 없는 일처럼 느껴졌다.

"아닙니다. 이 녀석이 뭔가 무례를 범했을 것입니다."

위수가 황당하다는 얼굴로 호동을 바라보았다.

호동은 대뜸 위수에게 성질을 부렸다.

"대체 무슨 짓을 해서 이렇게 맞고 다니는 거냐?"

"아, 아니, 저……."

"대고구려의 무사로서, 맞고 왔다는 것부터가 잘못한 것이다! 그렇지 않느냐?"

"그건 그렇습니다만……."

"그렇다면서 사내대장부가 또 무슨 토를 달려고 하는 게냐?"

위수 덕분에 호동은 자기 위치를 다시 깨달았다. 책임질 수 없는 자신의 위치. 이렇게 정신없이 낙랑의 공주에게 빠져들어서는 안 될 일이었다. 호동은 자리에서 일어나더니 옥연에게 두 손을 모아 인사를 올렸다.

"못난 모습을 보여 면목이 없습니다. 돌아가겠습니다."

"네? 네."

옥연은 입술을 살짝 깨물었다. 호동이 느닷없이 돌아가겠다고 말하는 바람에 품위를 잃고 반문하는 무례를 범한 것이다.

"오늘 정말 면목이 없게 되었습니다. 부디 너무 노여워하지 마십시오."

"안녕히 돌아가아세요."

예초가 쪼르르 달려와 호동의 퇴장에 봉니를 찍어 버렸다. 자신의 장막으로 돌아간 호동은 그날부터 각국의 귀인들에게 불려 다니는 수난을 겪게 되어 옥연과는 마주칠 일도 없게 되고 말았다.

각국의 사절이 모여서 지낸 북맞이는 이번이 처음이었다. 때문에 성대한 규모로 치러지면서 그만큼 기간도 오래갈 수밖에 없었다. 하지만 매서운 겨울, 장막에서 보내야 하는 기간은 아무리 즐거운 잔치라 해도 한계가 있기 마련이었다. 사흘이 지나자 돌아가려고 하는 사람들이 생겼고, 그중에는 낙랑도 끼어 있었다. 그 말을 들었을 때는 호동도 낙랑공주를 따라 낙랑 구경이나 가 봤으면 싶었다. 하지만 그럴 수는 없는 일이었고 그래서도 안 되는 일이었다. 행사의 주관국이 외할아버지의 나라였으므로 행사가 완전히 끝나기 전에 먼저 자리를 뜨는 것은 예의가 아닐 터. 어쩔 수 없이 끝까지 남아 있어야 할 팔자였다.

오늘 밤이 지나면 이제 옥연은 낙랑으로 떠나는 것이다. 어느 때가

자명고

와 옥저와 동예를 여행하며, 또 낙랑국을 찾아갈 수 있을 것인가. 호동은 이불을 박차고 옷을 챙겨 입었다. 검은 옷에 검은 모자, 그리고 검은 신발로 마치 야행인 같은 복장이었다. 다른 이의 눈에 띄고 싶지 않다는 생각도 물론 가지고 있었다. 호동은 참을 수 없는 충동에 휩싸여 장막을 빠져나왔다.

장막의 초병 둘이 호동이 빠져나가는 것을 눈치 채지 못했으니 평소 같으면 되돌아와서라도 불호령을 내릴 것이었으나, 이번에는 그 둔함을 포상이라도 내리고 싶은 심정이었다. 본래 궁에서 지내는 것이 당연하였지만 다른 사절들이나 마찬가지로 장막에서 지내겠노라고 우겨서 장막에 자리를 잡고 있었다. 궁이라면 빠져나오기가 더 힘들었을 것이니 애초에 잘한 선택이라는 생각이 들었다.

옥연이 보고 싶어 나온 것이었지만 옥연을 보러 간다는 게 말이 되지 않는다는 것을 모르지 않았다. 호동은 어쩔 줄 몰라 정신없이 사방을 쏘다녔다. 하지만 정신을 차리고 나니 옥연의 장막 부근에 있는 자신을 발견하고 말았다.

"어라라, 호도옹왕자 전하 아니세요?"

이젠 목소리만 들어도 알 수 있었다. 개구쟁이 같은 시녀 예초가 호동을 알아보고 달려왔다.

"잘 있었느냐?"

"예에, 무슨 일로 이리 늦은 시간에 여기를 오락가라악 하시나요?"

"그냥 별일 없나 돌아보는 것뿐이다."

예초가 까르르 웃었다.

"그런 턱도 없는 말씀 마세요. 공주 마마가 뵙고 싶어서 왔지요?"

"허!"

호동이 짐짓 화를 내려는데 예초의 다음 말이 호동의 입을 막아 버렸다.

"공주 마마도 왕자 전하를 뵙고 싶어 한다고요."

호동의 얼굴이 붉어졌다. 그나마 어두웠기에 들키지는 않으리라 생각했으나, 이 짓궂은 시녀 앞에서는 아무 소용이 없었다.

"호호호. 왕자 전하, 또 얼굴이 빨개지셨네요?"

호동의 심장이 요동치고 있었다. 예초가 호동의 소매를 잡아끌었다.

"이리 오세요. 마침 재하 대장이 없어서 괜찮을 거예요. 소녀가요, 초병을 조오쪽에서 불러낼 테니까 얼른 들어가세요오. 아셨죠?"

"어어……."

그런 무례한 짓을 할 수는 없다고 말하려는데 예초는 벌써 달음질쳐 가 버리고 말았다. 호동은 잠시 망설이다가 옥연의 장막 쪽으로 발걸음을 옮겼다. 무례한 짓이라는 것은 잘 알고 있었지만 정말 얼굴만이라도 보기를 바라는 그 갈망을 이길 수 없었다.

"아이쿠! 이봐요, 이리이리 빨리 와아요! 어서요오!"

예초가 갑자기 호들갑을 떨며 초병에게 손짓을 했다. 초병 하나가 예초에게 달려갔고, 다른 초병 하나는 서너 걸음 걷다가 장막 앞을 비우면 안 된다는 생각에 되돌아왔다. 그사이에 검은 옷차림의 사내가 장막 안으로 뛰어들었으리라는 건 상상도 할 수 없었다.

"예초니?"

인기척에 무심히 돌아서던 옥연은 깜짝 놀라 들고 있던 동경銅鏡을 떨어뜨렸다. 쨍하는 소리가 나리라 생각했지만 아무 소리도 들리지 않았다. 이해할 수 없는 빠름으로 호동이 동경을 잡아챘던 것이다.

"저는 올 때마다 뭔가 떨어지는 것을 잡아내야 하는군요."

호동이 싱긋 웃으며 동경을 내밀었다. 동경이 이렇게 고마운 적은 한 번도 없었다. 그 웃음에 옥연도 절로 따라 미소를 짓고 말았다. 하지만 말투만은 냉랭하게 내뱉었다.

"통보도 하지 않은 무례한 방문. 대체 어인 일이십니까?"

호동은 고개를 떨궜다. 사실 할 말이 없는 행동이었다. 하염없이 자기 발끝만 내려다볼 수밖에 없었다.

옥연은 슬며시 웃음이 새어 나오는 것을 억지로 가다듬고 말했다.

"아무튼 이렇게 오셨는데 축객逐客을 하는 것은 예의가 아니겠지요. 앉으세요. 차를 끓이겠습니다."

호동은 당장 축객령을 내리지 않아 춤이라도 추고 싶을 지경이었다. 하지만 아무 내색도 하지 않고 최대한 근엄한 모습으로 자리에 앉았다. 옥연도 호동의 맞은편에 앉았다. 옥연은 초조한 마음으로 장막 입구를 바라보았다. 예초는 대체 왜 오지 않는 거지? 예초가 와서 지난번처럼 실없는 농담이라도 해 주었으면 싶었다. 하지만 예초는 오지 않았고, 옥연은 일어나 직접 물을 끓여야 했다. 낯선 남자가 있는 곳에 다른 시녀를 부를 수도 없었으니.

호동은 아무 말 없이 옥연이 차를 끓이는 자태를 지켜보고 있었다. 물을 붓는 모습, 차를 가는 모습, 찻물을 따르는 모습 그 어느 하나 우아하지 않은 것이 없었다. 반해서는 안 된다고 몇 번이나 되뇌었지만 호동도 이제 확실히 알아 버렸다. 아마도 그녀를 결코 잊을 수 없으리라는 것을.

옥연이 차를 따랐다. 한 번에 잔을 채우지 않고 몇 번에 나눠 잔을 번갈아 채우는 모습이 이상해서 처음으로 호동이 입을 열었다.

"왜 찻물을 나눠서 따르시는지요?"

옥연도 처음으로 입을 열었다.

"찻물은 그 뜨거운 정도에 따라 맛이 달라집니다. 이렇게 나눠서 따라야 차의 진수를 맛볼 수 있답니다."

차가 뜨거운 물건이라는 것은 지난번에 이미 보았다. 하지만 이것을 후후 불면서 마실 수는 없는 노릇이었다. 적당히 식도록 시간을 가져 보는 것은 어떨까, 하는 생각을 했을 때 호동은 한구석에 세워져 있는 월금月琴을 보았다. 달을 닮아 월금이라 불리는 악기.

"월금을 타십니까?"

"아니요. 예초가 탈 줄 아는데, 얘는 대체 어디를 갔는지 올 생각을 안 하는군요."

바람이 장막을 흔들고 지나갔다. 상당히 추운 날씨였지만 찻물을 끓인 때문일까, 장막 안에서는 한기를 전혀 느낄 수 없었다.

"제가 좀 다룰 줄 압니다. 실례가 되지 않는다면 한 곡 타도 되겠습니까?"

옥연이 소리 없이 일어나 월금을 가져다주었다. 월금은 달처럼 둥근 몸체에 길게 현을 뽑아 연주하는 악기다. 네 개의 현弦을 가지고 있고, 그 현은 열세 개의 괘로 나뉘어져 있다. 호동은 먼저 명주실을 꼬아 만든 현을 튕겨 보고 주아周兒를 돌려 현을 조였다.

"오랜만에 해 보는 것이니 비웃지 말아 주십시오."

호동은 현을 튕겼다. 괘를 따라 왼손을 놀리며 현을 눌러 음을 조정하고 오른손으로 네 개의 현을 튕겨 소리를 냈다. 그리고 노래를 불렀다. 옥연은 노래가 나오리란 생각은 전혀 하지 못하고 있다가 두 번 놀랐다. 호동이 노래를 부른 것에 한 번 놀랐고, 그의 맑은 목소리에 두 번 놀랐다.

> 훨훨 나는 저 꾀꼬리여
> 암수 서로 기대는데,
> 이 몸의 외로움이여
> 뉘가 있어 함께 가리오.

호동의 할바마마 유리명왕이 부른 〈황조가〉였다. 지금 이 자리, 그 노래는 절묘하게 어울렸다. 호동은 노래를 부르는 동안 알맞게 식은 차를 술 마시듯이 들이켰다. 입 안에 남는 떫은 맛. 이런 것을 좋아하는 이유를 잘 알 수가 없었다.

"노래가 참 좋습니다."

옥연의 눈빛은 그보다 더 좋았다.

"제 할바마마가 지은 노래입니다."

"고구려 왕가는 참 정조情調가 깊네요. 감탄했어요."

"변변치 않은 노래나마 불렀으니 공주 마마의 답가를 듣고 싶습니다만……."

옥연이 화들짝 놀랐다.

"어머!"

옥연은 자신이 놀란 것에 더 놀라 미안해했다.

"아, 죄송합니다. 저는 노래를 할 줄 모릅니다."

호동은 짐짓 골이 난 표정을 지어 보였다. 어쩔 수 없다는 듯 옥연은 작게 웃고 말았다. 당할 도리가 없는 사내였다.

"그럼 저는 시나 한 수 읊어 드리겠습니다. 그걸로 참아 주십시오."

호동은 어서 읊으라는 듯 한 손으로 턱을 괴었다.

옥연은 목청을 가다듬고 시를 읊었다.

동방의 해여,

아름다운 그대여.

내 방에 있도다.

내 방에 있도다.

나를 쫓아오셨어라.

동방의 달이여,

아름다운 그대여.

내 문에 있도다.

내 문에 있도다.

나를 따라오셨어라.

그것은 마치 노래처럼 들렸다. 그녀를 쫓아와 그녀의 방 안에 든 호동으로서는 그 어떤 반박도 할 수 없는 시이기도 했다. 이렇게 노래와

시를 주고받자 호동이 따라오지 않겠느냐고 말한 것을, 그대가 나를 따라와야 한다고 되받은 셈이 되어 버리고 말았다.

호동은 껄껄 웃으며 말했다.

"졌습니다."

"무슨 내기라도 하셨던가요?"

"그럼 무슨 내기라도 해 볼까요?"

호동이 옥연의 입술을 바라보며 하는 말이어서 입맞춤 내기라도 하자는 말처럼 들렸다.

"이 시를 알고 계셨나요? 맞히신다면 소녀의 이름을 알려 드리겠습니다."

호동은 얼른 대답했다.

"시경에 나오는 것 아닙니까."

"맞습니다."

하지만 이름을 말하지 않았다.

호동이 채근했다.

"방명芳名을 알려 주기로 하셨습니다."

어쩔 수 없었다.

"구슬 옥玉, 어여삐 여길 연憐을 씁니다."

호동이 고개를 흔들었다.

"흠, 좋지 않은 이름이군요."

"좋……지 않은 이름이라뇨?"

"옥이라는 글자는 임금[王]이 흘리는 눈물[ㅣ]이니 그게 무엇이 좋겠습니까?"

"그럼 연은요?"

"연은 마음[心]이 반딧불[燚]처럼 깜빡인다는 뜻이니 갈피를 못 잡는 다는 것 아니겠습니까."

억지 해석이었지만 한문에 해박하여 하는 농담이라는 것을 모를 옥연이 아니었다.

"전하의 이름도 그리 좋지 않습니다."

"어째서 그렇습니까?"

"호好는 남녀가 함께 있으니 군자가 취할 이름이 아니고, 동童은 어린아이라는 뜻이니 장부가 취할 이름이 아닙니다."

호동이 껄껄 웃었다.

"또 졌습니다."

"이번에는 내기를 하지 않겠습니다. 소녀만 손해를 본 것 같습니다."

새침하게 말했지만 마음은 이처럼 즐거울 수 없었다. 하지만 그것은 너무 깊이 빠지면 안 될 늪이었기에 옥연은 짐짓 헛기침을 하고 마음에 없는 말을 할 수밖에 없었다.

"밤이 깊었습니다. 수하들이 걱정하지 않겠습니까?"

축객령인 셈이었다. 호동은 무겁디무거운 몸을 일으켰다. 발이 바닥에서 떨어지기를 거부하는 것 같았다.

"다시……, 뵐 수 있겠지요?"

장막 앞에서 옥연이 늘어진 술을 붙잡고 말했다. 살짝 옆으로 비껴선 그 모습은 멀리서 일렁이는 불빛을 받아 몽환적으로 빛나고 있었다. 장막을 지키고 있어야 할 병사들은 모두 어디로 가 버렸는지 보이지 않았다.

　호동은 아무 말 없이 공손히 포권을 취해 인사를 올렸다. 아무 말도, 아무 약속도 할 수 없었다. 너무나 괴로운 일이었으나 정말 아무 말도 할 수 없었다.

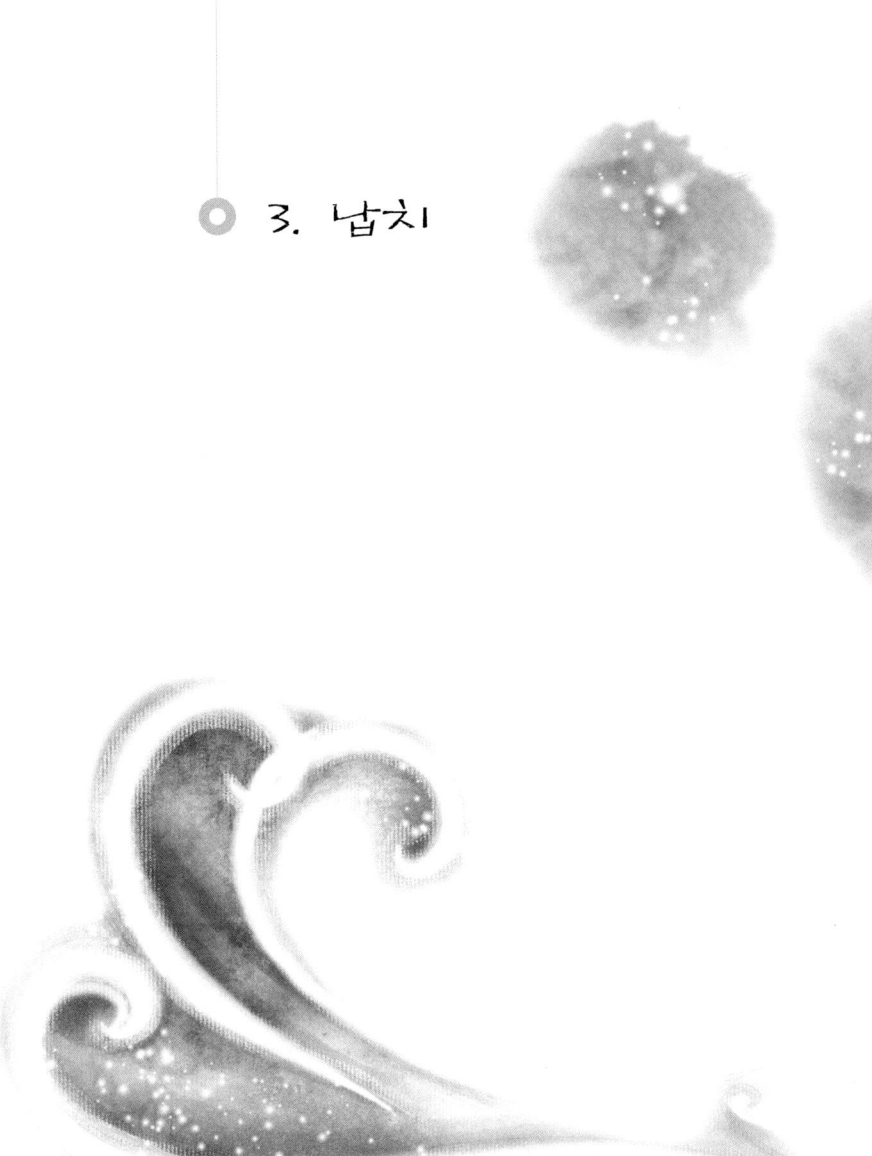

3. 납치

날이 밝았다. 옥연이 떠나는 날이다. 호동은 긴 한숨을 내쉬었다. 지금은 어찌해도 붙잡을 도리가 없었다. 안타까운 심정은 옥연도 마찬가지였다. 하지만 자명고라는 세상에 다시없을 보물을 가진 채, 지킬 병력도 거의 없는 처지에 이곳에 계속 머무는 것은 위험한 노릇이었다. 옥연은 하루라도 빨리 낙랑으로 돌아가야 한다는 결심을 굳혔다. 어디까지나 나라가 먼저일 수밖에 없는 공주의 결정이었다.

"그럼 재하 대장은 어찌할까요?"

예초가 물었다.

옥연은 딱딱한 어조로 말했다.

"돌아가서 그 죄를 따져야 할 것. 지금은 죄인의 신분으로 다룰 수밖에 없다."

"그래도 그건 좀……."

"우리에게 귀하디귀한 보물을 선사한 나라의 사절이었다. 설령 무례함이 있었다 하더라도 감수했어야 마땅했다. 그런데 손찌검을 하다니 그건 제정신이 아닌 행동이었어. 지금은 풀어 줄 수 없다."

결정이 났다. 예초도 더는 선처를 조르지 않았다. 낙랑 사절단은 장막을 걷고 출발했다. 옥연과 예초는 수레에 올랐고, 자명고 역시 수레에 올려져 옥연의 수레 뒤를 바짝 따랐다. 행렬의 제일 앞에는 호위대의 부장이 섰다. 본래 재하가 섰을 자리였지만 재하는 행렬의 제일 뒤에 두 팔을 앞으로 묶은 채 말에 태워졌다. 말 뒤에서 뛰어오지 않게 한 것이 그나마 배려를 해 준 것이었다.

호동은 먼발치에서 낙랑공주가 떠나는 모습을 바라보기만 했다. 외할아버지에게도 그리 말하지 않았던가. 결혼하지 않겠다고. 결혼을 하면 책임을 져야 한다. 책임은 욕심을 부른다. 지금 고구려에서 권력을 노리면 부왕과 다투는 길밖에 남지 않는다. 아버지는 그것을 바라지 않았을 것이다. 아버지는 그래서 죽음을 택하셨던 것. 호동은 그 점을 이해하고 있었다. 아버지는 자결을 행하기 전, 어머니에게 유언을 남겼었다.

'황룡국 왕이 활을 보내며 자랑을 늘어놓았을 때, 사실 나는 그 활을 부러뜨려 버릴 마음을 먹고 있었소. 그자가 감히 우리 고구려를 얕잡아 보지 못하도록 위력을 한번 보여 줄 심산이었던 게 사실이라오. 이것이 책망을 받을 줄은 몰랐소. 더구나 활 자체가 엉터리로 만들어진 것이었소. 그러나 지금 내가 아바마마의 뜻을 거슬러 죽지 않는다면 주변의 나라들이 우리를 어찌 보겠소? 그러니 나는 지금 죽어야 하오. 내가 죽어야 고구려는 국왕의 명이라면 어떤 일이라도 복종하는

나라라고 다들 무서워하게 될 것이오.'

아버지는 그러면서 자결을 명하기 위해 보내온 칼을 어루만졌다고 한다.

'이 칼을 내게 보내신 것은 결코 이 일을 작게 생각하지 않는다는 증거라 하겠소. 부인은 이 칼이 어떤 칼인지 아시오? 이 칼은 바로 주몽 성왕聖王, 내 할바마마께서 남기신 칼이라오. 할바마마는 부여를 나오며 이 칼을 부러뜨려 할머니께 드렸다고 했소. 그리고 아바마마가 이 부러진 칼을 찾아서 할바마마를 찾아왔던 것이오. 이 칼을 보시오. 어디 그 부러졌던 흔적이라도 남았소?'

칼에는 아무 흠집도 남아 있지 않았다. 그 칼은 지금 호동의 검대에 묶여 있다. 두 자 남짓한 단도短刀.

유리가 주몽을 찾아왔을 때, 주몽은 유리를 알아보지 못했다. 유리가 태어나기 전 부여를 떠났으니 당연한 이야기일 것이다. 그래서 유리는 자신의 증명을 부러진 칼에 맡겼다. 주몽이 감춰 두고 떠났던 칼. 일곱 고개, 일곱 골짜기 위의 소나무에서 찾아내었던 그 부러진 칼에. 유리가 칼을 내놓자 주몽도 간직하고 다니던 칼자루를 꺼내 부러진 부분을 맞춰 보았다. 부러진 부분이 딱 들어맞은 순간, 칼에서는 핏물이 뿜어져 나왔다고 한다. 그리고 칼은 하나로 다시 이어졌다. 아무 흔적도 없이.

호동은 새삼스런 생각에 칼을 뽑아 보았다. 새하얀 광채가 살아 있는 칼이다. 무엇이든 뚝뚝 벨 정도로 날카롭지만, 사실 한 번도 그 날을 시험해 본 적은 없었다. 왕가의 보배를 함부로 다뤄 손상시키고 싶지 않았던 것이다. 그만큼 그 칼은 호동에게 소중한 것이었다. 나라를 세운 주몽으로부터 내려오는, 왕가의 혈통을 증명하는 칼. 이것이 자신의 손에 있는 한 나라를 다스리는 옥새도 부럽지 않았다.

호동은 칼을 다시 꽂았다. 낙랑 사절들이 이제 먼지로만 알 수 있을 정도로 멀어졌다. 다시 옥연의 모습이 떠올랐고, 그러자 자신은 이 칼을 누구에게 물려줄 수 있을까 하는 서글픈 마음이 들었던 것이다. 호동은 세차게 고개를 흔들었다. 그러면 마치 옥연의 얼굴을 잊어버릴 수 있기라도 한 것처럼.

옥연도 세게 머리를 흔들었다. 뒤돌아보고 싶은 마음을 억누르기가 힘들었다. 분명 보고 있을 것이다. 하지만 돌아보아선 안 된다. 행여 작은 소문이라도 나선 안 되는 것이다. 낙랑을 위해서는 낙랑이 원하는 사람과 결혼해야 했다. 그것이 호동일 수는 없을 터. 고구려는 강국이었다. 호동은 장자長子였고, 어쩌면 고구려를 이어받을지도 모른다. 그리된다면 낙랑은 자칫 고구려에 흡수될지도 몰랐다. 그런 선택을 할 수는 없을 것이다. 너무 강한 나라도 낙랑의 선택이 될 수 없었다.

하지만 돌아보고 싶었다. 재하를 보는 척 뒤를 돌아본다면 아무도 모르지 않을까? 설령 눈이 조금 더 먼 곳을 바라본다 한들 누가 그것까지 알 수 있을까? 옥연은 그런 생각을 떠올렸다가 짓밟고, 또 떠올렸다가 짓밟으며 그저 수레가 한시바삐 갈사성으로부터 멀어지기만을 원했다.

드디어 억새가 우거진 들판으로 나왔다. 이제 아무리 시력이 좋은 숙신족이라 해도 더 이상 사람을 사람으로 볼 수 없는 지점에 도달했다. 옥연은 그때서야 살짝 뒤를 돌아보았다. 갈사성조차 보이지 않았다. 그제야 호동과 완전히 떨어져 버렸다는 생각이 밀려들며 주책 맞게 눈시울이 부푸는 통에, 옥연은 얼른 비단 손수건을 꺼내 눈 밑을 살짝 눌러 주었다. 자칫 눈물이라도 흐른다면 그런 낭패가 없을 터였다. 그때였다. 갑자기 모두의 머릿속에 북소리가 둥둥 울리기 시작한 것은. 그리고 모두의 머릿속에 같은 단어가 떠올랐다. 전면 삼백.

"물러나라! 물러나라!"

제일 먼저 외친 것은 묶여 있던 재하였다.

"모두 뒤로 돌아서서 갈사성으로 간다!"

재하가 호위대장이 아니라는 사실은 모두 잊어버렸다. 허둥지둥 대열이 뒤로 돌아서기 시작했다. 한데 이것이 쉬운 일이 아니었다. 말과 수레가 돌아설 공간이 필요했기 때문이다. 더구나 머릿속에서 둥둥 북이 울리자 일행들 모두 심장이 두근대기 시작했고, 그 긴장과 불안은 대열을 더 흐트러뜨려 놓기만 할 뿐이었다. 그리고 다음 순간 억새밭에서 화살이 날아와 수행원 하나를 쏘아 떨어뜨렸다.

"공격이다!"

누군가 외마디 비명을 질렀다. 사람들은 어쩔 줄 몰라 머리를 감싸 쥐고 바닥에 코를 박기도 했다.

재하가 다시 외쳤다.

"말에서 내려! 수레 뒤로 포진한다!"

옥연도 그때서야 정신을 가다듬고 수레에서 내렸다. 예초가 옥연을 부축했다.

"누가 재하 대장의 포승을 풀어 줘야 할 텐데……."

예초가 얼른 일어났다.

"소녀가 풀어 드리고 올게요."

"아, 안 돼. 위험해."

"소녀는 화살 같은 거 안 맞아요."

예초는 싱긋 웃어 보이고는 대열의 뒤쪽을 향해 쪼르르 달려갔다. 옥연은 고개를 살그머니 들고 상태가 어떤지 살펴보았다. 화살에 맞은 사람이 셋. 그중 한 명은 꼼짝도 못하는 것이 죽은 것 같았다. 팔과 다리에 각각 활을 맞은 시종들은 화살대를 부러뜨린 채 동료들에게 기대어 있었다.

다행히 화살은 더 이상 날아오지 않았다.

"어떤 놈들이 감히 도적질을 하는 게냐? 우리는 낙랑국의 사절이다. 이런 짓을 했다간 성치 못하리라!"

재하가 억새밭을 향해 크게 소리쳤다. 그러나 답변은 화살로 돌아왔다. 옥연은 순간적으로 깨달을 수 있었다. 이건 단순한 산적이 아니다. 필시 자명고를 노리고 달려든 것이리라. 어느 나라인지 알 수는 없어도 그것은 분명했다. 자명고는 경고했다. 적의 숫자가 삼백이라고. 낙랑 사절단은 서른밖에 되지 않았다. 더구나 사절단은 무장도 변변찮았다. 이 상태라면 전멸이다. 수레로 만든 어설픈 장애물 따위는 작정한 적의 공격을 일각도 막아 줄 수 없을 것이다.

옥연은 재하 쪽으로 허리를 숙이고 이동했다.

"공주 마마, 소녀가 포승 하나 못 풀까 봐 직접 오신 거예요?"

예초가 포승을 들어 보이며 말했다.

옥연은 그런 예초는 쳐다보지도 않고 재하에게 말했다.

"지금 당장 갈사성으로 달려가 도움을 요청하라."

"네?"

"시간이 없다. 빨리!"

"하, 하오나……."

옥연의 손이 재하의 뺨을 내리쳤다.

"항명인 게냐?"

"아, 아닙니다."

"지금 즉시 최대한의 속도로 달려가 도움을 요청하라. 실패하면 우리는 모두 죽는다. 말을 달리기만 하면 활이 비 오듯 쏟아질 터인데, 그걸 피해 갈 수 있는 사람이 호위대장 말고 누가 또 있겠는가?"

재하가 한쪽 무릎을 꿇고 고개를 숙였다.

"제가 돌아올 때까지 기다려 주셔야 합니다."

"당연하지."

재하의 얼굴에 불안과 더불어 뿌듯함이 새겨졌다. 이 긴박한 상황에서도 얼음처럼 냉정한 판단을 내릴 수 있는 저분이 바로 자신의 주군이라는 사실이 자랑스러웠다. 저 예쁘기만 한 얼굴 아래 어찌 저런 강단이 있는지 도무지 믿어지지가 않을 정도였다. 그러나 그런 것을 생각할 때가 아니었다. 재하는 말 위로 뛰어올랐다.

그 순간 화살이 날아오기 시작했다. 재하는 말의 옆구리를 거세게 걷어차며 말 등에 몸을 붙이듯이 엎드렸다. 그러고는 창을 들어 뒤를 방어하며 달리기 시작했다. 서너 발의 화살이 정확하게 날아왔지만 재하의 창에 맞아 모두 떨어지고 말았다.

재하가 화살의 사정거리에서 벗어난 것이 확실해지자 옥연이 말 위에 올라탔다.

"나는 낙랑의 공주다."

즉각 화살 하나가 날아왔다. 옥연이 피할 틈도 없이 날아온 화살은 다행히 살짝 비껴 나가고 말았다.

"쏘지 마."

갈대숲 속에서 누군가 그렇게 말했다. 대화할 여지가 있는 것일까?

"무엇을 원하는지 말하라! 너희도 보았겠지만 원군을 청하는 전령이 이미 떠났다! 여기서 갈사성이 수천 리가 되는 줄 아느냐? 고이 물러가면 여죄를 추궁하지 않을 것이다!"

옥연은 말할수록 평정을 되찾았다. 점차 자신감마저 가지기 시작했다.

"자명고를 내놓으시오."

억새밭에서 검은 옷을 입은 사내 하나가 나타났다. 얼굴에도 검은 복면을 하고 있었다.

"바라는 것이 자명고냐?"

역시 자명고를 노리고 온 자들이었다. 옥연은 재빨리 근처에 있는 나라들을 떠올려 보았다. 하지만 감히 이런 일을 백주 대낮에 행할 만큼 뻔뻔한 나라를 쉽게 연상할 수 없었다.

"그렇소. 자명고만 내놓으면 얌전히 보내 주겠소."

"그래. 그럼 대신 무엇을 내놓겠느냐?"

옥연에게 필요한 것은 시간이었다.

"뭐, 뭐요? 목숨을 붙여 주겠다는데 뭘 더 받겠단 말씀이오?"

"우리 신하들이 죽고 다쳤다. 거기에 자명고를 얹어 주면 우리가 너무 손해 아니냐?"

검은 복면은 어이가 없었던지 잠시 말을 하지 못했다.

"보상을 하지 못하겠다면 자명고도 없다."

옥연의 말이 검은 복면의 심기를 건드렸다.

"보자 보자 하니까 못 하는 말이 없으시오! 우리가 일거에 쳐들어가면 거기에 산목숨이 있을 것 같으시오?"

"그리고 너희도 자명고를 못 가져가겠지. 거기 자명고를 가져와라."

병사 하나가 얼른 달려가 자명고가 올려진 수레를 끌고 왔다. 옥연은 병사에게서 환도環刀를 건네받았다.

"섣불리 굴면 자명고를 찢어 버릴 것이다."

옥연은 다음 말을 생각하고 있었다. 이제 협상의 주도권은 자신의 손아귀에 들어왔다고 생각했다. 저들은 주군의 명을 받드는 허수아비에 불과하다. 그러니 자명고를 반드시 가져가야만 할 것이다. 이제 자신이 무엇을 요구하든 받아들일 수밖에 없을 것이다. 옥연은 그렇게 생각했다.

"하하하!"

복면 사내는 웃어 버렸다. 아주 배를 잡고 크게 웃었다. 옥연의 가슴속에 불길한 기운이 스멀스멀 피어올랐다.

*

재하는 미친 듯이 말을 달렸다. 사람들이 죽고 사는 건 오직 자신의 속도에 달려 있었다. 포승에 쓸려 있던 살갗이 말고삐를 잡고 재촉하는 통에 아예 찢어져 버려 피가 철철 흐르고 있었지만 그것에 신경 쓸

틈도 없었다. 성에서는 이미 재하가 달려오는 것을 보았고, 덕분에 성문은 활짝 열려 있었다.

"무슨 일인가?"

하필 처음 물어본 이가 재하에게는 영 반갑지 않은 호동이었다. 그럴 수밖에 없었던 일이기도 했다. 누군가 성문을 향해 흙먼지를 뿜어 올리며 접근하자 성루에서는 경고의 나팔 소리가 울려 퍼졌고, 제일 먼저 성루로 뛰어 올라온 이가 호동이었으니까.

"사, 산적 떼가, 산적 떼가……."

숨이 찼다.

"어디지?"

"억새밭……."

호동은 몇 명이니 이런 것도 묻지 않았다. 그대로 일어나 성내의 마방馬房으로 달려갔다.

위수가 호동을 쫓으려다 멈칫 서서 재하에게 물었다.

"모두 몇 명이지?"

재하가 쓰게 웃으며 말했다.

"삼백."

거기서 호동은 위수마저 당황해할 일을 저지르고 말았다. 단기로 성문을 나선 것이다. 갑주도 챙기지 못한 채 머리에는 건책, 몸에는 타복을 둘렀을 뿐이었다. 타복은 꿩과 갈치라는 새의 깃털로 만든 푸른 옷으로, 보기에는 화려하고 아름답지만 무기로부터 몸을 보호할 수 있는 물건은 물론 아니었다.

"어……, 어? 전하?"

위수는 허둥지둥 마방으로 달려가 자신의 말을 꺼냈다. 하지만 호동처럼 곧바로 달려 나갈 수는 없는 노릇이었다.

"부장 나리, 원군을 조직해 주세요! 전 왕자 전하를 모시러 갑니다."

일구가 호동을 위해서 원군을 조직할 가능성은 별로 없지만 해연왕이 있는 한 모른 척할 수도 없을 것이 분명했다. 위수는 부러 큰 소리로 외쳐 성내 사람들이 그 이야기를 듣도록 했다. 그래야 나중에라도 발뺌할 수가 없을 테니까.

위수가 성문을 빠져나왔을 때는 이미 호동은 보이지도 않았다. 위수는 길게 한숨을 내쉬고 말 옆구리를 세게 걷어찼다. 성질 급한 주인을 만난 게 자신의 팔자니 어쩔 도리가 있겠냐고 중얼중얼 투덜거리면서.

위수는 억새밭에 도달할 때까지 호동을 찾지 못했다. 이미 정오가 넘어가 버린 시각. 뱃속에서 점심밥을 달라고 요동을 치고 있었지만 억새밭 근처에 도달하자 식욕은 싹 사라지고 말았다. 오히려 먹은 게 없어 텅 비어 있을 뱃속에서 신물이 목구멍으로 올라오고 말았다.

그곳엔 피와 죽음만이 놓여 있었다. 사람은 물론 말까지도 모두 죽임을 당했다. 길은 붉은색의 도랑으로 변해 버렸다.

한발 앞서 도착한 호동은 핏물을 만져 보고 있었다.

"이, 이게 대체……."

위수는 말을 이을 수가 없었다.

"산적의 짓이 아니다."

호동이 일어났다. 그의 엄지와 검지에서 핏물이 주르르 떨어졌다.

"산적들은 불필요한 살생을 하지 않아. 이건 필시 자명고를 노린 것이야. 죽여서 입을 봉한 거지."

"그, 그래도 이건 너무 잔인하……. 우욱!"

말을 하자 피비린내가 더 진하게 느껴졌다. 위수는 두 손으로 입을 막았다.

"살아남은 사람이 하나도 없어. 전문적으로 살인을 훈련한 놈들 같군. 이건 병사들 솜씨도 아니야. 도살자들의 솜씨지."

호동은 억새밭을 둘러보았다.

"하지만 병사들이 아니어서 흔적은 줄줄이 흘리면서 갔구나. 어디로 갔을지 짐작이 간다. 여기서 서북쪽으로 가면 막야라촌莫耶羅村이 있다. 필경 그곳을 은신처로 삼았을 것이다. 넌 여기서 구원병을 기다렸다가 함께 오도록 해라. 난 한발 앞서 가 볼 테니."

그 말에 위수가 허둥지둥 달려와 호동 말의 고삐를 잡았다.

"안 됩니다. 같이 움직이셔야죠. 위험합니다."

"위험이라니, 뭐가?"

"그리고 사람들이 다 죽었는데 그깟 북 찾으러 가면 뭐 합니까? 그놈의 북을 가지고 있어 봐야 아무 소용도 없구만요."

"낙랑공주와 시녀가 보이지 않는다. 잡혀간 거야."

"아……."

호동이 눈을 치켜뜨며 위수 앞에 얼굴을 들이밀었다.

"그러니 고삐 놓고 물러서지?"

호동의 기세에 위수는 설핏 고삐를 잡은 손에 힘을 빼고 말았다. 그 순간을 놓치지 않고 호동은 고삐를 낚아챈 뒤 말에 올라 바람처럼 달려가기 시작했다. 뒤에서 위수가 뭐라 뭐라 고함을 질렀지만 사람의 소리가 되어 귀까지 들어오지는 않았다.

  호동의 머릿속에는 오직 낙랑공주의 모습만이 가득했다. 조금이라도 늦는다면 돌이킬 수 없는 일이 벌어질 것이라는 생각이 그를 더 재촉했다. 차가운 바람이 눈을 뜨기 어려울 정도로 거세게 몰아쳤지만 그는 그런 것 또한 느끼지 못했다.

  막야라촌은 산골짜기 사이에 있는 사냥꾼 마을이다. 갈사국에 종종 놀러 가곤 했던 호동은 그 마을에 몇 차례 들렀던 적이 있었다. 두 개의 산이 그 마을 앞에서 시작되는데, 그 통에 밖에서는 그 안에 마을이 있는지도 모르는 아늑한 골짜기가 만들어졌다. 북쪽으로는 산이 있어 북풍을 막아 주고, 남으로는 밖에서 보이지 않아도 따뜻한 바람이 솔솔 들어왔다. 두 계곡이 합쳐지면서 계곡의 물이 커다란 하천을 만들어 강이라 불러도 좋을 정도의 크기로 흐르고 있었다. 마을 앞 언덕 위에 서면 마을로 다가오는 사람들이 남김없이 보이기 때문에, 요새로서도 더할 나위 없는 최상의 조건을 갖춘 곳이었다.

  호동은 마을로 이어지는 벌판이 보이는 곳에서 말을 멈췄다. 이제 여기서부터는 나가기만 하면 감시를 하고 있을 도적의 탐자探者에게 들키고 말 게 뻔했다.

  호동은 막막한 심정으로 막야라촌 쪽을 바라보았다. 하얀 새 한 마리가 마을 쪽으로 날아가고 있었다. 저렇게 하늘을 날아서 갈 수 있다면야 좋겠지만 당연히 그럴 수는 없고, 그렇다고 두더지처럼 땅을 파고 갈 수도 없으니 그저 답답하기만 할 뿐이었다. 헤엄을 쳐서 가기도 어려웠다. 날이 추운 것은 둘째 치고 강물이 얼어 있어서 숨을 쉴 도리가 없었기 때문이다.

그렇다고 우회를 해서 가자면 해가 져도 마을까지 가지 못할 것 같았다. 그럴 바에야 차라리 밤이 되기를 기다려서 가는 게 나을 것이다. 하지만 그때쯤이면 구원병도 도착한 다음일 터. 자칫하면 낙랑공주의 목숨이 위태로울 수도 있었다. 어떻게든지 늦기 전에 낙랑공주를 구해 내야 했다.

*

옥연은 예초와 함께 갇혀 있었다. 사실 갇혀 있는지도 모르는 상태였다. 기절한 상태 그대로 헛간에 팽개쳐졌고, 이제야 오한이 들면서 정신을 차리는 참이었다. 짚세기들이 묶여 있는 것을 보면 마방에 딸려 있는 말먹이 광인 모양이었다.

"아악!"

옥연은 짧은 비명을 지르며 눈을 떴다.

"아, 꿈이었나? 예초, 거기 있어?"

"공주 마마, 정신 드셨어요?"

"다른 사람들은? 다른 사람들은 어디 있지?"

예초는 대답하지 않았다. 옥연의 얼굴이 창백하게 변했다. 눈동자가 흔들리더니 기어이 참지 못하고 입을 틀어막고 말았다.

"공주 마마, 괜찮으세요?"

예초가 등을 두들겨 주었다. 다행히 먹은 게 없어 헛구역질만 나왔다. 옥연이 헉헉대며 간신히 대답했다.

"괘, 괜찮다. 난 괜찮아."

하지만 말하기 바쁘게 다시 욱욱거리며 헛구역질을 하고 말았다. 예초가 짚단을 가져와 청소를 했다.

"공주 마마, 차가운 데 계시면 아니 됩니다. 이리로 오셔서 짚단 위에 앉으세요."

"아, 이제 어떻게 아바마마를 뵙지? 사절단 일행 모두가 죽임을 당하다니. 이런 일이 어떻게……."

"모두는 아니에요. 재하 대장이 우리를 구해 주러 올 거니까 너무 심려치 마아세요."

예초의 장난스러운 말버릇이 또 나왔다.

"넌 참 비위도 좋구나. 그런 일을 보고도 그렇게 금방 명랑해질 수 있는 거냐?"

"다들 착한 사람들이었으니 좋은 곳에 갔을 텐데 뭘 그리 걱정하세요. 돌아가서 남은 식솔들을 잘 대해 주면 귀신이 되어 쫓아오지도 않을 거어구요."

"사람이 목숨을 잃었는데, 그리 쉽게 생각할 수 있는 네가 부럽긴 하구나."

"제 말이 맞다니까요. 너무 심려치 마시고 고뿔이나 들지 않게 조심하세요."

예초의 말을 듣고 보니 계속 오한이 들고 있다는 걸 새삼 느끼게 되었다. 하지만 무슨 다른 방도가 있겠는가? 불도 없는 헛간에 둘이 앉아서.

"예초야, 이리 가까이 오너라. 좀 춥구나."

"추우세요?"

예초는 옥연이 앉은 짚단 옆에 답삭 붙어 앉더니 옥연의 품 안에 자신의 몸을 반쯤 집어넣기까지 했다. 버릇없는 행동이었지만 그렇게 하자 훈훈한 온기가 느껴져서 굳었던 관절이 풀리며 기분이 한결 나아졌다.

"넌 몸이 참 따뜻하구나. 여태 몰랐다."

"네, 전 몸이 뜨끈뜨끈해서 잘 때도 홀라앙 벗고 자요."

예초의 거침없는 대답에 옥연의 얼굴이 붉어지고 말았다.

"그런데 넌 언제 궁에 들어왔니? 널 전에는 본 기억이 없구나."

"공주 마마는 늘 바쁘시고 시중드는 사람들이 많은데 어찌 소녀 같은 하찮은 아이까지 기억하실 수 있겠어요. 전 낙랑군에 살다가 어려서 불내로 보내졌어요. 어려서부터 궁에서 허드렛일을 했는데, 이제 좀 일이 익숙해졌다고 해서 내궁으로 보내진 거랍니다아."

"좀 더 일찍 만났으면 더 좋았을 것을 그랬구나. 네가 있어서 내가 무사한 거라는 생각이 자꾸만 든단다."

옥연은 부르르 몸을 떨었다. 찬물을 뒤집어쓴 것처럼 오한이 다시 온몸을 덮쳤다.

"히히, 그러면 정말 좋겠는데요? 아무 걱정 마아세요. 분명히 무사히 여길 나가시게 될 거예요. 이런, 아직도 추우세요?"

옥연은 이제 이를 딱딱 부딪치고 있었다. 정신적인 충격과 차가운 광 등 모든 것이 그녀에게 안 좋은 영향을 미친 것이다. 옥연의 상태는 급속도로 나빠지고 있었다.

"아, 더는 안 되겠네요."

예초는 광문으로 달려가 쿵쿵 문을 두들겼다.

"이봐, 이봐요! 누구 없어요? 여기 공주 마마 아파요! 문 좀 열어 줘요!"

광문 밖에 사람이 없지는 않았다.

"시끄러! 조용히 해라. 그게 서로 좋은 거니까."

"빨랑 열어 줘요! 빠알랑요!"

"시끄럽다니까. 나 지금 성질 많이 나 있는데, 자꾸 허튼수작 부리면……. 흐흐흐, 육봉으로 떡 치는 수가 있다."

"떠억을 쳐요? 여긴 절구도 없는데?"

"절구는 거기 두 개나 있어. 정말 떡 치러 가기 전에 가만있어라."

다른 목소리가 들렸다.

"시녀는 건드려도 되지만 공주는 안 돼. 고이 잡아 오라 하셨다."

"흐흐, 그럼 누가 먼저 할까?"

예초가 다시 고함을 질렀다.

"떠억을 쳐도 좋으니까 문 좀 열어 주어요! 공주 마마 너무 아프시단 말이에요!"

"오호라, 그래? 나중에 딴소리하지 마라."

"딴소리는 뭔 딴소리래요? 빨리 문이나 열어 주어요!"

덜그럭거리는 소리가 났다. 광문의 자물쇠를 푸는 소리 같았다. 옥연은 이미 열에 들떠 정신을 반쯤 잃은 상태였다. 예초와 문지기가 나누는 이야기를 듣긴 했지만, 어쩐지 이 세상에서 들리는 소리 같지가 않았다. 저 멀리 구름 아래에서 들리는 소리처럼 현실성도 없고 맥락도 없는 소리로만 여겨졌다.

그때 '쿵' 하는 소리, '억' 하는 소리도 들은 것 같았다. 그리고 성큼성큼 들어온 사내가 곧바로 자신에게 다가오고 있다는 것도 느낄 수 있었다. 예초는 어떻게 된 거지? 저 사내가 왜 이리로? 싫다는 소리를 내어야 하는 걸까? 그것이 옥연의 마지막 생각이었다. 사내가 목덜미 아래로 차가운 손을 넣는 것을 느끼며 옥연은 정신을 잃고 말았다.

*

"왕자 마마가 말씀하신 마을이 바로 저곳이냐?"

호동이 어찌할까 고민했던 그 장소에 재하와 위수가 병사들을 거느리고 도착해 있었다.

"그래. 근데 너 혀가 아주 반 토막이구나. 언제부터 막말이냐?"

"막말은 너도 하면서 뭘 따져? 나는 품계가 있는 관원이다만 넌 그냥 왕자 전하 시종에 불과한 놈 아니냐?"

"이것이 뭘 모르는구나. 난 매구곡 부장으로 품계를 따지면 공주 마마 호위대장인 네놈이 댈 데가 아니니라."

"시끄럽다. 지금 그게 문제냐? 돌격 명령이나 내려라! 난 먼저 간다!"

"야, 야!"

재하는 한 손엔 방패를, 다른 한 손엔 창을 든 채 그대로 달려가 버렸다. 훤히 보이는 벌판. 그냥 내버려두면 고슴도치가 될 게 뻔했다. 다른 방법이 없었다.

"가자!"

위수가 거느리고 온 병력은 모두 고구려 병사 오백과 갈사국 병사 오백이었다. 고구려 병사들이야 호동이 올 때 따라온 병사들이었고, 갈사국 병사 오백은 해연왕이 급히 내준 병력으로 본시 왕실 근위대였다. 사실 왕실 근위대는 귀족의 자제들로 구성되어 사기가 매우 높은 부대이긴 했지만, 이번 일은 그저 도적 떼 토벌인 것이라 이들은 그다지 흥이 나지 않은 상태였다. 이겨 봐야 도적 떼 퇴치일 뿐이고, 행여 다치기라도 하면 일개 도적 떼 소탕하다가 부상을 당했다는 불명예를 얻기 십상이었던 것. 그런 이유로 이들은 고구려 병사들 뒤를 어슬렁거리며 따라붙었다. 앞장설 이유가 없다고 생각한 일구도 갈사국의 장수와 함께 신변잡기를 늘어놓으며 뒤에 처져 있었다. 당연히 고구려 병사들을 지휘할 책임은 위수에게 떨어진 셈이었다.

위수는 활 공격이라도 쏟아진다면 어쩔까 싶어 걱정스러웠지만 그런 일은 없었다. 의외로 신속하게 온 병사들이 무섭기라도 했던 것일까. 산적들은 형식적으로 화살 몇 발을 날리는가 싶더니 바로 도망치기 시작했다.

재하가 도착했을 때는 이미 마을이 텅 비어 있는 상태였다. 아니, 정확하게 말하면 텅 빈 것은 아니었다. 방 곳곳에 묶여 있거나, 때로는 쓰러져 죽어 있는 마을 사람들이 발견되었을 뿐이다. 반항을 심하게 한 사람들은 죽여 버렸다는 것을 마을 사람들 입을 통해 알 수 있었다.

병사들은 사람을 구하는 한편 혹시라도 숨어 있을 잔당을 수색하고 있었지만 재하는 그런 것에는 아무 관심이 없었다. 그의 관심은 그저 옥연을 찾는 것뿐이었다. 억새밭에서 주검들을 살폈을 때 옥연과 예초의 시체가 없는 것을 알고 정말 천신께 골백번은 감사를 올렸다.

위수도 마찬가지였다. 찾고 있는 대상이 호동이라는 것만 달랐을 뿐이다. 하지만 호동이 도무지 보이지 않았다. 아군이 온 것을 알고 숨을 이유는 없을 터, 호동이 스스로 나타나지 않는 것은 잡혀서 묶여 있거나 그것도 아니라면……. 위수는 자기 머리를 한 대 쥐어박았다. 그런 일은 생각만 해도 불경한 것이었다. 물론 그럴 리도 없었다. 호랑이가 늑대 소굴에 뛰어든다고 죽을 리가 있겠는가?

"뵈셨나?"

반대편에서 뛰어온 재하가 위수에게 물었다.

위수가 고개를 젓고 되물었다.

"넌?"

재하도 고개를 저었다.

"왕자 전하의 말은 마방에 있더라. 하지만 왕자 전하는 못 뵈었다."

"안 가 본 곳은?"

"너나 잘 생각해 봐라."

이제 남은 곳은 마을에서 사냥한 짐승들의 가죽을 보관하는 갖광 하나뿐이었다. 그곳은 자물쇠로 단단히 잠겨 있었다.

"쇳대 있나?"

위수가 묻자 재하가 고개를 끄덕이고는 칼을 뽑아 들어 자물쇠를 내리쳤다. 무쇠로 만들어진 자물쇠가 깨끗하게 두 쪽이 나 버렸다.

"난 이걸 쇳대로 쓰지."

재하가 칼날을 퉁기며 말했다.

위수는 듣고 있지 않았다. 발로 문을 걷어차고 구르듯이 광 안으로 뛰어들었다.

"왕자 전하!"

하지만 그곳에서도 역시 호동과 옥연을 찾을 순 없었다. 대신 예상하지 못한 물건을 맞닥뜨렸다. 자명고가 거기 있었다.

"뭐야? 이게 왜 여기 있지?"

위수가 토끼처럼 동그랗게 눈을 뜨고 혼잣말처럼 물었다. 영문을 알 수 없는 것은 재하도 마찬가지였다.

"그래, 이게 왜 여기 있지?"

둘은 서로 얼굴을 보며 똑같은 말을 내뱉었다.

"이걸 왜 안 가지고 간 거야?"

그것은 정말 이해할 수 없는 일이었다. 이것을 빼앗기 위해 스물일곱이나 되는 목숨을 빼앗았다. 아니, 마을 사람들 몇을 죽인 것까지 합하면 삼십여 명의 목숨을 빼앗은 셈이다. 이들이 변변한 반격도 없이 도망칠 때, 재하는 내심 당연한 일이라 생각했다. 이들에게 중요한 것은 오직 자명고일 뿐이니, 굳이 싸움을 하려고 들지 않으리라 예상했었다. 그래서 공주 마마가 보이지 않았을 때, 오직 걱정되는 것은 방패막이 삼아 인질로 데려가지 않았을까 하는 점이었다. 그런데 정작 제일 중요한 것, 그들이 노렸던 것이 여기에 있다. 그냥 있다.

재하는 관자놀이가 욱신욱신 아파 와 자리에 털썩 주저앉았다. 오늘 종일토록 달린 피로가 갑자기 그를 덮친 것 같았다.

"위수."

"응?"

"공주 마마가 안 보이는 건 그렇다 치자. 대체 너희 왕자 전하는 어디 가신 거냐? 길이라도 잃으신 거냐?"

"주둥이 함부로 놀리지 마라!"

위수가 쌍심지를 돋웠다.

재하가 중얼거리듯이 말했다.

"처음부터 목표가 달랐던 것 아닐까?"

"목표가 달라?"

"산적 떼가 노린 건 자명고가 아니라 공주 마마였다는 거지. 그래서 공주 마마를 모시고 도망친 거고, 왕자 전하도 그들을 쫓아간 거고……."

그 말에 위수가 자기 머리를 한 대 쥐어박았다.

"뭐야? 왜 그래?"

"전서구."

"뭐? 그게 뭐야?"

"아까 촌장 집에 새장이 있었어."

"새장이라니? 무슨 진기한 새라도 들어 있던가?"

"아니, 텅 빈 새장이었지."

재하가 허탈하다는 듯이 웃었다.

"지금 농담할 기분 아니야."

"나도 아니야. 텅 빈 새장이었지만 물과 모이가 있었어. 새가 얼마 전까지 있었던 거야."

"아니, 그래서 뭐가 어쨌다는 거냐?"

"우리 고구려에서는 옛날부터 소식을 전하는 데 비둘기를 사용했는데, 그걸 전서구라고 불러. 부여에 계셨던 국모 유화 마마께서 주몽 성왕께 비둘기를 보내신 적도 있고."

그제야 재하의 얼굴도 심각해졌다.

"마을에서 사용한 게 아니야. 분명해. 소식을 전한 거지. 아니면 소식이 왔거나."

"뭐 남겨진 건 없었나?"

위수가 벌떡 일어났다.

"몰라. 하지만 지금부터 찾아보겠어."

"넌 찾아봐. 난 공주 마마를 찾아서 먼저 떠나야겠다."

재하도 일어났다. 아직은 쉴 때가 아니었다.

*

재하의 생각은 틀렸다. 호동은 옥연을 업고 산속으로 피한 상태였다.

"인가도 없는 곳으로 자꾸 가아시면 어떡해요?"

예초가 호동을 놓치지 않으려고 바짝 쫓아오며 물었다.

호동은 다시 한 번 낙랑공주를 추켜올려 자세를 바로잡아 준 뒤 말했다.

"조금만 더 가면 동굴이 있다. 사냥 다닐 때 쉬어 가던 곳인데, 앞에서는 잘 안 보이게 입구가 가려져 있으니 일단 거기에 숨어 있도록 하자."

"왜요? 왜 숨어요?"

"곧 구원병이 올 거다. 그럼 싸움이 벌어질 거고. 공주 마마를 모시고 난리통 안에 있기는 어려운 일 아니겠느냐? 병사들이 이길 것이야 당연한 일이니 우리는 잠깐 피해 있기만 하면 된다."

"아하, 그렇군요."

하지만 이 어린 아가씨의 호기심은 아직 다 채워지지 않은 모양이었다.

"여기 잡혀 올 때 보니까 마을 앞이 죄 벌판이던데, 어떻게 안 들키고 마을에 들어오셨어요? 날개라도 있으세요?"

"그런 게 있을 리가 있나. 내 손목을 한번 보렴."

호동도 예초와 이야기를 하면서 가는 것이 나쁘지 않았다. 아무리 낙랑공주가 가벼운 몸이라 해도 산길을 오르고 있는 중이었다. 눈과 얼음이 뒤덮인 곳이어서 중심을 잡기도 쉽지 않았다. 몸이 지친다고 느끼면 더 지치는 법이라 뭔가 다른 곳으로 정신을 분산해야만 했다.

"어머, 왕자 전하도 잡혀 오신 거였군요. 손목에 오라 자국이 심하게 났어요. 살갗이 다 까져 버렸어요."

호동의 손목에는 분명 거친 밧줄에 쓸린 자국이 선명하게 남아 있었다.

"잡히다니. 내가 스스로 잡혀 주겠다고 생각하기 전에는 날 잡을 수 있는 사람은 없다."

"너어무 자신만만해하지 마세요. 세상에 어디 사람만 있겠어요?"

"사람만 있지 않으면?"

예초가 잠깐 대답을 망설이는 것 같았다.

"뭐, 산군도 계시고 웅왕熊王도 계시고요. 아, 맞다! 용왕龍王도 계시잖아요."

"홍, 호랑이고 곰이고 미르고 간에 그것들이 사람을 잡더냐? 잡아먹는 거라면 몰라도."

"히, 하아긴 그러네요."

호동은 걷는 속도를 조금 빨리했다. 이 시녀가 전혀 숨도 가빠 하지 않고 쫓아오는 것이 희한했기 때문이었다.

"그나저나 너 참 산을 잘 타는구나. 어찌 그리 숨도 차지 않냐? 너 같은 계집아이는 처음 본다."

"아아, 어려서부터 산나물이며 약초 따위를 캐러 하도 산을 오르락내리락해서 그래요. 하긴 시녀 중에서는 제가 기운도 제일 세죠. 으흠!"

정말 특이한 시녀였다. 더구나 같이 있는 것만으로도 마음이 따뜻해지는 것을 느낄 수 있었다. 어쩐지 힘도 덜 드는 것 같았다.

"아니, 지금 그런 이야기가 아니었잖아요. 그럼 이 상처는 뭐어예요? 왜 난 거예요?"

"네 말대로 마을 앞은 텅 빈 벌판이라 탐자 하나만 감시하고 있어도 그 눈길을 피할 도리가 없는 곳이지. 그래서 안 보이게 만든 거야."

"안 보이게요?"

"오른발에 밧줄을 묶고 그걸 안장 위로 던져서 왼쪽 손목에 감고, 왼발에도 밧줄을 묶어서 안장 위로 밧줄을 던진 뒤에 오른쪽 손목 위에 감은 거지."

"예에? 그게 무슨 말이에요?"

"그렇게 해서 말의 배에 찰싹 달라붙은 거야. 이제 알겠느냐?"

예초의 머릿속에 그림이 그려진 모양이었다.

"아하! 알겠어요오! 와, 그렇게 해서 마을까지 온 거예요? 엄청나다아!"

"그거야 힘만 있으면 할 수 있는 일이지. 엄청날 건 아니야."

물론 힘만 있다고 할 수 있는 일은 아니다. 손목과 발목으로 온 체중을 감당하는 것이기 때문에 파고드는 밧줄의 힘이 장난이 아니다. 그것을 의지로 참아 내야 한다는 것도 보통을 뛰어넘는 일이었고, 그렇게 하고도 근육과 힘줄에 손상을 받지 않았다는 것은 얼마나 혹독한 단련을 거친 몸인지를 증명하고도 남는 일이었다.

"여기다."

"예? 어디요?"

예초가 그렇게 말할 만한 곳이었다. 밖에서는 전혀 보이지 않았다. 시든 풀들을 들어 올리자 바닥을 향해 기울어진 구멍이 시커먼 모습을 드러냈다. 호동이 먼저 들어갔다. 불빛이 없어 안은 칠흑같이 어두웠지만 익숙한 발놀림으로 침상을 찾아내 낙랑공주를 눕혔다. 다음에 부싯돌을 찾아 불을 붙였다.

"들어와라."

예초가 미끄러지듯 굴 안으로 들어왔다.

"와, 넓어요!"

밖에서 보는 것과는 딴판으로 안이 널찍했다. 사람 다섯 정도는 충분히 누울 수 있을 것 같았다.

"여기 보면 다락동굴도 있단다."

"다락동굴이요?"

동굴의 천장 쪽에는 작은 구멍이 나 있었다. 작다고는 해도 여전히 호동도 들어갈 만한 크기의 구멍이었는데 호동이 어린 시절에는 곧잘 들어가 누워 있던 곳이기도 했다. 호동은 그곳을 다락동굴이라 불렀다.

"와와, 소녀 좀 올려 주세요. 보고 싶어요!"

호동은 마다하지 않고 예초의 허리를 붙잡아 위로 올려 주었다. 허릿살이 소녀답지 않게 단단해서 살짝 놀랐다. 역시 시녀라 억세구나, 그런 생각이 들었다.

예초는 다락 안으로 쏙 들어갔다가 얼굴만 밖으로 내밀었다.

"이런 델 다 어찌 아세요오? 정말 신기해요."

"갈사국은 내 외가라 어려서 종종 놀러 왔었으니까."

이 동굴은 해연왕이 직접 알려 준 곳이었다. 왕가의 사람들밖에 모르는 곳이라 은신처로 써도 된다고 이야기했었다. 그건 물론 농담이었다. 어렸을 때는 진지하게 들었지만, 이곳은 오가는 사냥꾼들이 다 아는 은신처였고 피난처였다.

"먹을 게 좀 있을 거야."

어설프게 만들어진 선반의 항아리 안에는 수수와 조가 조금 있었다. 다른 항아리에서는 육포를 찾을 수 있었다. 이곳을 피난처로 쓴 사람들은 음식으로 원기를 보한 뒤에 반드시 돌아와 채워 넣는 것을 불문율로 삼고 있었던 것이다.

동굴 안이 제법 넓기는 했지만 그래도 음식을 하기는 어려운 노릇이었다. 동물 기름을 모은 등잔에 불을 켜는 정도가 다였지, 더 큰 불을 내면 연기 때문에 질식하고 말 것이 분명했다. 따라서 육포를 등잔불에 살살 구워서 먹는 것이 최고였다.

"자, 내려와라. 뭐라도 좀 먹어 두도록 하자."

"제가 구울게요. 왕자 전하도 좀 쉬세요."

예초가 냉큼 내려와 말했다. 육포를 구우려는 찰나 갑자기 예초가 흠칫 몸을 떨었다.

"누가 와요."

"뭐?"

"많아요. 많이 오고 있어요."

"그게 무슨 소리야? 네가 무슨 자명고나 되는 줄 알아?"

"자명고는 아니지만 느껴지는걸요. 왕자 전하도 귀를 기울여 보세요."

농담이 아닌 모양이었다. 호동도 눈을 감고 정신을 집중했다. 예초가 맞았다. 사람들이 올라오고 있었다. 위수나 재하일까? 아니면 도주하는 산적들인가?

"소녀가 살펴보오겠어요!"

"안 돼. 위험해."

예초가 뛰쳐나가려는 것을 호동이 막았다.

"아니에요. 위험하니까 나가려는 거예요. 저 사람들이 이리 못 오게 해야죠. 우리 공주 마마 잘 지켜 주셔야 해요."

예초는 살짝 몸을 돌려 호동의 팔 밑으로 빠져나갔다. 다락에 올릴 때 뻣뻣하게 느껴졌던 것과는 달리 어찌나 매끄럽게 빠져나가는지 호동으로서도 도무지 붙잡을 수가 없었다.

아주 가 버린 줄 알았던 예초가 다시 입구로 얼굴을 들이밀었다.

"아, 불을 끄세요. 밖에서 보여요."

밖이 벌써 어두워진 것이다. 산중이라는 점도 빨리 어둠이 찾아오는 한 요소였다. 호동은 급히 등불을 껐다. 등불이 보였을까? 그들이

이 동굴을 알까? 어떤 것도 확신할 수 없었다. 그다음 호동은 낙랑공주를 안아 다락동굴에 올려서 밀어 넣었다. 행여 저들이 동굴에 들어오는 경우가 있을지라도 낙랑공주가 들키지 않도록 배려한 것이다.

"누구냐!"

"잡아라!"

밖에서 소란스러운 소리가 들렸다. 이제 어떻게 해야 할까? 시간이 별로 없었다. 만일 저들이 들어온다면 싸울 것인가? 아니면……

동굴 입구에서 발걸음이 멈춰진 것을 알 수 있었다. 결국 불빛을 본 모양이었다. 갑자기 긴 창 두 개가 휙휙 소리를 내며 들이닥쳤다. 입구 쪽에 얼쩡거리고 있었다면 꼼짝없이 산적 꼬치가 될 뻔했다. 뒤이어 한 사람이 동굴 안으로 뛰어들었다.

"어때?"

동굴 밖에서 묻는 소리였다.

"깜깜해. 횃불 하나 던져 줘."

동굴 안에 횃불이 들어왔다. 긴 그림자가 일렁였다.

"아무도 없는 것 같은데……"

그러자 한 사람이 더 들어왔다.

"희한한 곳이 다 있군그래."

"저 아래가 사냥꾼들 마을이니 여기가 사냥하다 쉬는 쉼터인 모양일세그려."

"아까 그 계집년도 여기 숨어 있다가 튀어 나왔던 모양이구만?"

"그런 것 같네."

먼저 들어온 사내가 등잔을 찾아 손에 쥐었다.

"등잔에 온기가 희미하게 남아 있구만. 확실히 여기 있었던 거야."
"가만, 저건 뭐야?"

늦게 들어온 사내가 나무 선반의 항아리들을 발견했다. 뚜껑을 열어 보던 사내는 육포를 찾아내고 낄낄 웃었다.

"육포가 다 있는데? 사슴 고기구만."

사내는 육포 하나를 씹으며 다른 사내에게도 던져 주었다. 아무래도 쉽게 나갈 것 같지가 않았다. 호동의 입 안이 긴장으로 마르기 시작했다. 싸울 것인가 피할 것인가를 고민하던 호동은 적들의 숫자를 알 수 없었기에 결국 숨는 것을 선택했다. 사실은 적이 둘뿐이라 해도 낙랑공주와 함께 다락동굴에 몸을 감추는 쪽을 택했을 것이다. 두 사람이 들어가기에는 좁은 공간이라는 것이 문제긴 했지만, 몸을 반쯤 포개다시피 해서 다락동굴에 간신히 몸을 감출 수 있었다. 자칫 잘못 움직였다가는 저 일렁이는 횃불에 반사되어 들킬 염려가 있었기 때문에 호동은 움쭉달싹하지 못한 채 온몸을 긴장시키고 있었다.

진짜 문제는 옥연이었다. 오한에 오들오들 떨고 있던 옥연은 시간이 지날수록 호동에게 달라붙듯이 몸을 밀착시키고 있었다. 그녀의 열오른 숨결이 호동의 목덜미에 자꾸만 부딪치고 있었지만, 호동은 몸을 빼기는커녕 뒤를 수도 없는 처지라 난감하기가 이루 말할 수 없을 지경이었다. 더구나 옥연은 점점 더 심하게 열이 나면서 오한이 깊어져 저도 모르게 신음 소리를 조금씩 흘리기 시작했다. 오한이 북소리처럼 찾아들 때마다 모든 관절 사이가 시큰거리며 아파 왔던 것이다.

"으음……."

옥연의 신음 소리가 조금 커졌다.

그 순간 사내 하나가 우물거리며 말했다.

"무슨 소리 못 들었어?"

화들짝 놀란 호동이 손으로 옥연의 입을 막으려 했다. 하지만 쉬운 일이 아니었다. 호동은 두 손을 앞으로 내민 상태로 있었고 옥연은 호동 쪽으로 비스듬하게 누워 있었는데, 그 자세에서는 왼손으로 옥연의 입을 막아야만 했지만 도저히 손을 꺾을 수 없는 상황이었다.

"아니, 아무 소리도 못 들었는데? 그나저나 너무 오래 있는 거 아냐? 슬슬 가 보자고."

"상관없어. 어차피 난 돌아갈 생각도 없거든. 돌아간다고 무슨 좋은 일이 있을 것 같아?"

"그건 또 무슨 소리야?"

호동도 둘의 대화에 귀를 쫑긋 세웠다.

옥연이 다시 덜덜 떨면서 낮게 신음을 뱉었다.

"추, 추워……."

다행히 둘이 이야기를 하느라 이번에는 전혀 듣지 못한 모양이었다. 하지만 또 이런 신음 소리가 나온다면 그때도 못 듣는다는 보장은 없었다. 호동은 몸을 뒤틀어 옥연을 감싸 안았다. 옥연은 호동의 품 안으로 마치 새끼 강아지가 어미 품을 파고들듯 포옥 들어왔다. 호동은 옥연의 등 뒤로 팔을 둘러 그녀를 단단히 안았다.

"너나 나나 다 이번 북맞이 덕분에 풀려난 몸 아니냐. 여기 일을 잘 처리하고 돌아가면 먹고살 밑천은 마련할 수 있을 거라 했지만……."

"했지만 그 말을 믿을 수 없다는 거야?"

"당연하지. 본래 뒷간 갈 때와 나올 때가 다른 법이야. 우리야 시킨

대로 다 했지. 낙랑국 연놈들 다 죽였고……."

"다 죽이진 못했지. 잡아 오라던 낙랑공주를 놓쳤잖아."

"남의 나라 공주는 왜 잡아 오라고 해서 일을 복잡하게 만든담."

"야야, 그 얼굴 못 봤냐? 너 같으면 죽이고 싶겠냐?"

"그럼 첩이라도 삼을 요량으로 그런 걸까?"

두 사내는 음탕하게 웃었다.

"하, 고년 야들야들하니 맛있게 생겼었는데. 그 계집종이 워낙 앙칼져서 어떻게 손을 못 쓰겠더만. 쩝쩝."

장소가 비좁지만 않았던들 그 순간 호동이 뛰쳐나가 그 둘을 쳐 죽였을 것이다. 하지만 하나라면 몰라도 둘은 무리였다.

"허허, 팔자에 없는 소리를. 그런 왕족을 건드렸다가 어찌 뒷감당을 하려고 그러는 거야?"

"처녀로 데려오란 말도 없었잖아. 그리고 처년지 아닌지 알 게 뭐야?"

"그래그래, 어차피 손에 없는 계집 이야긴 그만 하자고. 그건 그렇고 왜 돌아가지 않으려는 거야?"

"금방 네가 한 말이 바로 그 대답이야. 지금 보통 일을 저지른 게 아니거든. 한 나라의 사절단을 깡그리 죽였잖아. 이런 일이 그냥 유야무야 넘어가겠어?"

"넘어가지 않으면?"

"후후."

사내가 음흉하게 웃었다.

"그, 그럼 살인멸구殺人滅口를?"

그때 옥연이 다시 길게 한숨을 내쉬었다.

"잠깐, 무슨 소리가 또 들렸어."

한 사내가 자리에서 일어났다. 옥연은 연방 가쁜 숨을 내쉬고 있었다. 이러다가는 분명 또 신음 소리가 날 것이 분명했다. 호동은 옥연의 머리를 젖히고 입술을 자신의 입술로 막았다. 그녀의 입에서 더운 숨이 호동의 입으로 넘어왔다. 호동은 그 숨결을 받아넘겼다.

"산짐승 지나가는 소리겠지. 이봐, 그래서 어쩔 참이야?"

숨결을 받아넘긴 순간 호동은 난처한 얼굴이 되고 말았다. 다시 옥연의 더운 숨결이 넘어왔다. 뿐만 아니라 오한을 느낀 옥연의 몸이 자연스럽게 호동의 몸에 달라붙고 있었다. 옥연의 몸이 불처럼 뜨거웠기 때문에 자연히 그 더운 열기까지도 고스란히 받아들여야만 했다. 이젠 옥연이 아니라 호동이 신음 소리를 흘릴 판이었다.

"여기 있다가 도망치지 뭐. 장담하는데 돌아가면 반드시 죽는다."

"흠, 그럴듯해."

한 사내가 갑자기 껄껄 웃기 시작했다. 호동은 살짝 입술을 뗐다. 옥연의 말랑한 입술이 호동의 입술에 살짝 붙었다 떨어졌다. 호동은 낮게 숨을 내뱉었다. 심장이 뛰는 소리가 동굴을 가득 채우고 있는 것만 같았다. 이런 소리를 아래에 있는 두 사람이 못 듣는다는 것이 이상할 정도였다.

횃불에 따라 옥연의 얼굴이 보였다 안 보였다 일렁이고 있었다. 감겨진 두 눈 위로 긴 속눈썹이 파르르 떨고 있었다. 그리고 살짝 벌어진 입 사이로는 하얀 이가 살짝 내비치고 있었다. 그 사이로 여전히 더운 숨결이 뿜어져 나왔다. 호동은 더 이상 참지 못하고 다시 옥연의 입술에 자신의 입술을 대었다. 처음에는 단지 신음을 막으려는 생각이었지만 지금은 입술을 탐하기 위해 접문接吻한 것이다.

"갑자기 왜 웃는 거야?"

"바보 녀석들이 그저 사람 죽이는 거에 열광하고 있을 때, 난 좀 다른 일을 했지."

"무슨 일?"

호동은 더 이상 그들의 말을 듣고 있지 않았다. 옥연의 입술을 따라 자신의 입술을 천천히 움직여 가고 있었다. 입술의 결 하나하나를 꿀처럼 빨아들였다.

"재물을 좀 챙겼지. 특히 말이야, 이런 보물이 있더라고."

쩔그렁거리는 소리가 났다. 봇짐을 풀고 있는 모양이었다.

"노리개잖아? 금은에 주옥에 산호, 비취, 패옥……. 없는 게 없군!"

"하하, 이제 어디를 간다 해도 떵떵거리고 살지 않겠나?"

"그래……, 그럴 것 같군. 정말……, 어디를 간다 해도 아무 걱정이 없겠어."

"너무 부러워 말게. 자네한테도 섭섭잖게 해 줄 테……. 컥!"

갑작스런 비명.

"이, 이런, 개 같은……."

피비린내가 확 올라왔다. 옥연이 눈을 떴다.

옥연은 꿈을 꾸고 있었다. 죽어서 지옥에 갔는데 벌거벗고 석쇠 위에 올라간 신세였다. 지옥의 아귀들이 그녀를 석쇠에 넣고 풍로에 올려 이리 굽다가 뒤집고 저리 굽다가 다시 뒤집기를 반복하고 있었다. 그러다 온기가 서서히 느껴지면서 무슨 조화인지 부드러운 양털 이불에 폭 싸여 있는 것이 아닌가? 몸이 둥둥 떠오르는 것처럼 느껴지더니 손끝 발끝까지 짜릿짜릿한 기운이 몰아닥쳤다. 저절로 입이 벌어지고 어디선가 감로수가 내려와 얼굴로부터 온몸을 적시는데, 그 물이 갑자기 끈적끈적한 피로 변했다.

깜짝 놀라서 소리를 내려는데 입은 벌어졌지만 소리는 나지 않았다. 간신히 눈을 뜨자 일렁이는 불빛 속에 부끄러운 듯, 걱정스러운 듯 자신을 보고 있는 사람이 눈에 들어왔다. 호동이었다. 아, 꿈이구나. 아직도 꿈을 꾸고 있구나.

"이런 보물을 내가 왜 너랑 나눌 거라 생각했냐?"

사내의 걸걸한 목소리와 패옥이 부딪치며 나는 잘그랑거리는 소리. 앞뒤가 하나도 맞지 않았다. 눈으로는 호동을 보고 있는데, 호동의 소리는 아니었다. 보물 소리가 들리지만 보물은 보이지 않았다. 옥연은 다시 정신이 아득해졌다. 갑자기 온기가 사라지고 한기가 밀려들어 왔다. 아귀들이 다시 석쇠를 돌리기라도 한 걸까?

호동은 옥연에게서 몸을 빼내 동굴 바닥으로 뛰어내렸다. 내리는 순간 보검을 꺼내 미처 무슨 일이 생겼는지 모른 채 보물들을 손에 걸고 좋아하고 있던 사내의 심장에 칼을 박아 넣었다. 사내는 비명조차 지르지 못하고 그대로 허물어졌다. 사내가 쓰러진 앞에는 호동이 옥연에게 선물했던 바로 그 패물함이 놓여 있었다. 또 다른 사내는 그 옆 구석에 몸을 오그린 채 시체가 되어 있었다.

호동은 횃불을 든 채 다락동굴을 올려다보며 말했다.

"공주 마마, 정신이 드십니까?"

옥연은 그 소리에 정신이 확 돌아왔다. 아직 꿈인지 생시인지 분간

되지 않는 기억들이 머릿속에서 춤을 추고 있긴 했지만, 지금 이 순간 호동이 이곳에 있는 것은 분명했다.

"왕자 전하······."

"정신이 드셨으면 이리 내려오십시오. 제가 부축해 드리겠습니다."

호동은 한편으로는 밖의 동정을 살피고 있었다. 다행히 아무 소리도 들리지 않았다. 모두 지나쳐 간 모양이었다. 옥연은 조심조심 몸을 돌려 다락동굴을 빠져나왔다. 내려오는 순간에 어쩔 수 없이 호동이 허리를 붙잡아 주었는데, 호동의 손길이 닿자 허리로부터 심장과 단전으로 뜨거운 기운이 확 몰려드는 것 같아 가뜩이나 없던 기운이 더 없어져 버리고 말았다. 덕분에 호동에게 폭 안기고서야 바닥에 내려올 수 있었다. 그러고도 다리에 힘이 돌아오지 않아 호동의 품에 몸을 기대고 있어야 했다. 호동의 숨소리, 심장 소리가 느껴질 정도로 가까이 몸을 붙이고.

"윽!"

피비린내가 다시 느껴졌다. 호동이 가볍게 옥연의 등을 쓸어내렸다. 그 손길이 지나가는 대로 작은 불꽃들이 등허리에서 타오르는 것만 같았다. 옥연은 다시 휘청거리며 쓰러질 뻔했다. 호동은 침상으로 옥연을 데려가 앉게 했다.

"대체 왕자 전하가 이곳에 어떻게······."

"여긴 길게 이야기할 곳이 못 되는 것 같습니다. 우선 이곳을 빠져나가도록 하지요."

호동은 다락동굴에 패물함을 넣고 사내의 몸에서 보검을 빼냈다. 피가 식어서 칼을 뽑아냈음에도 피는 그다지 분출되지 않았다. 애초에 그런 이유로 바로 칼을 뽑지 않았던 것이기도 했다.

동굴을 빠져나와 얼마 걷지도 않았는데, 옥연은 다시 온몸에 열이 오르면서 더 이상 걸을 기운을 낼 수 없었다. 부하들 앞이었다면 산적들을 만났던 그때처럼 용기를 내고 약한 모습을 보이지 않았을지도 몰랐다. 하지만 지금은 그러고 싶은 생각이 없었다.

"힘드시죠?"

호동이 주저앉은 옥연 옆에 같이 앉았다. 업고 내려가고 싶었지만 사실 실례되는 이야기인지라 차마 말을 꺼낼 수 없었다.

"제가 광에 갇혀 있을 때 정신을 잃었던 모양인데, 여기까지는 대체 어떻게 왔는지요?"

"아……, 제가……."

호동은 더 이상 말을 잇지 못하고 얼굴이 발그레해지고 말았다. 도대체 영문을 알 수 없는 노릇이었다. 호랑이를 앞에 두고도 두근대지 않는 심장이 이 작은 아가씨 앞에서 왜 이리 요동을 치는지 이해할 수가 없었다.

"제가……."

"저……."

둘은 동시에 입을 열었다가 동시에 입을 닫았다. 그러고는 서로 먼저 말하라고 눈치만 보고 있었다. 결국 옥연이 먼저 입을 열었다.

"저, 결례임에 틀림없으나 소녀가 너무 힘이 없는 터라 오실 때처럼 가 주시면 어떨까 감히 말씀 올립니다."

옥연도 차마 호동을 보지 못하고 얼굴을 돌려 산 아래로 뻗은 골짜기만 내려다보며 말했다. 호동은 난데없이 옥연이 말하는 그 턱 선을 따라 눈길을 돌리다가 옥연의 하얀 목덜미에 입술을 대고 싶은 충동에 그만 몸을 부르르 떨고 말았다.

"아, 소녀가 너무 무례한 말씀을……."

옥연은 혀를 깨물고 싶은 심정이었다. 이 얼마나 구차한 이야기냐! 남정네에게 업히겠다는 이야기를 이렇게 해 버리다니. 호동이 부르르 몸을 떠는 것도 당연한 일이라 생각했다. 옥연은 두 손으로 양 볼을 감싸고 자리에서 일어났다. 갑자기 벌떡 일어난 탓에 핑 현기증이 돌면서 다시 주저앉고 말았다. 그 순간 호동이 그녀를 업고 일어났다.

"아!"

옥연의 짧은 탄성. 호동은 그 소리에 맥이 풀려 버렸다. 하지만 호동은 비틀거리지도 않았고 다시 몸을 떨지도 않았다. 그런 일이 또 생긴다면 그것은 그야말로 옥연을 눈앞에서 모욕하는 일이 될 것이었다. 호동은 조심스럽게 옥연의 오금 밑으로 팔을 넣어 그녀의 몸을 추슬렀다. 그러고는 혹시라도 옥연의 궁치에 손이 닿는 일이 생길까 조심하면서 길을 내려가기 시작했다. 옥연은 조심스럽게 호동의 목을 두 팔로 안았다. 가슴이 호동의 등에 눌리는 것을 느꼈지만 행여 호동이 중심을 잃을까 걱정되어 모른 척 눈을 감았다. 금방이라도 다시 정신을 잃을 것 같았지만, 그것은 호동에 대한 예의가 아닐 것 같아 옥연은 무슨 이야기든 해야 한다고 생각했다.

"어떻게 소녀의 위기를 알고 이곳으로 오셨나요?"

"공주 마마의 향기를 따르는 나비를 쫓아왔나이다."

호동의 능청스런 말에 옥연의 얼굴에도 미소가 피었다. 호동은 재하가 달려온 일로부터 시작해서 말 배에 붙어 마을로 침입한 것, 광을 지키는 문지기를 때려눕히고 옥연을 구해 동굴로 온 이야기를 다 해 주었다.

"일단 공주 마마를 안전한 곳에 모셔 두고 예초를 찾으러 다시 올까 합니다."

이야기 끝에 호동이 말하자 옥연이 토를 달았다.

"그러지 않아도 괜찮을 겁니다. 예초는 정말 몸도 날래고 운도 좋은 아이거든요. 아마 왕자 전하께서 산을 다 내려가기 전에 예초가 달려 올 겁니다."

"아니, 그런 것을 어찌 확신하십니까?"

이번에는 옥연이 이야기를 시작했다.

"예초는 참 특이한 아이예요. 소녀와 같이 지낸 지는 채 몇 달 되지도 않았는데 그동안 참 별별 일들이 많았답니다. 한번은 강에 나가 배가 뒤집힌 일이 있었어요. 저는 재하 대장이 얼른 구해 주어 아무 일도 없었는데, 예초만 보이지를 않아서 모두 빠져 죽었거니 했지요. 그런데 예초가 아무 일도 없다는 듯 강 속에서부터 뚜벅뚜벅 걸어 나오지 뭐예요. 또 이런 일도 있었어요."

옥연은 잠시 생각을 더듬고 이야기를 이었다.

"아바마마께서 사냥을 나갔을 때예요. 예초가 촐랑거리며 자기도 가겠다고 따라나섰다가 해가 졌는데도 혼자 돌아오지 않았어요. 병사들이 죄 동원되어서 찾느라 난리가 났죠. 산군을 보았다는 사람도 있었고, 산군까지는 몰라도 늑대와 승냥이도 많이 사는 산이라 정말 모두 초조했답니다. 그런데 찾다 지쳐서 사경四更도 넘어 장막으로 돌아와 보니, 거기에 떡하니 누워서 새근새근 자고 있는 게 아니겠어요?"

"정말 엄청난 아이군요."

"다른 시녀들에게 물어보니 그런 일이 종종 있었다고 해요."

호동이 발걸음을 멈췄다. 채 반달도 되지 않은 희미한 초승달뿐인 어두운 하늘 때문인가, 전혀 알 수 없는 곳에 서 있는 자신을 발견했기 때문이다.

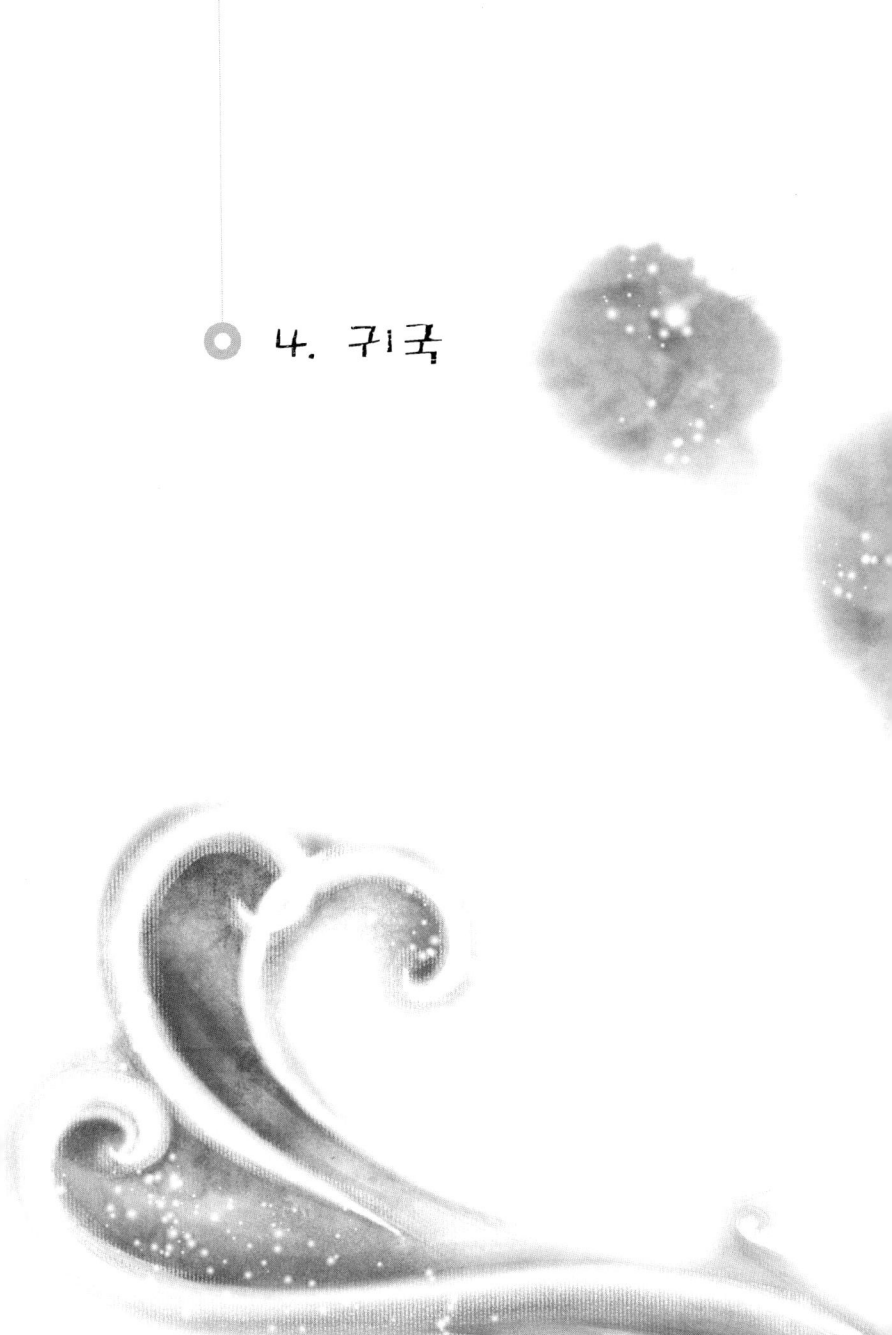

4. 귀국

사휴왕은 돌아온 비둘기의 발목에 묶인 비서秘書를 풀어 보았다. 동그라미 하나가 그려져 있었다. 지시한 대로 일을 마쳤다는 표시. 사휴왕은 비둘기를 새장에 집어넣고 다른 비둘기 하나를 꺼냈다.

"자명고는 호동이 발견할 테니 문제없이 고구려로 갈 것이고, 낙랑공주도 잡았다 하니 그 고약한 노파가 좋아하겠군."

비둘기를 날려 보낸 사휴왕은 다시 한 마리를 더 꺼냈다.

"일이 잘 처리되었으니 이제 사냥개를 삶을 차례구나. 어서 가거라."

비둘기가 날아올랐다. 상공을 한 번 선회한 비둘기는 곧장 북쪽을 향해 날아갔다.

*

재하는 산길을 평지 달리듯이 달려가고 있었다. 그의 뒤로는 위수가 엄선해서 뽑아 준 열 명의 병사들이 헉헉대며 뒤따르는 중이었다. 구비 하나를 돌 때마다 길이 갈라지고 있긴 했으나 도적 무리가 지나간 길은 멧돼지 떼가 지나간 것보다 더 요란스러워서 그들을 쫓는 데는 어려울 것이 없었다. 하지만 아직 그들을 따라잡기 전에 서서히 해가 저물기 시작했다.

"계속 추격하실 건가요?"

병사들 중 우두머리인 듯한 병사 하나가 재하에게 다가와 물었다.

"그렇다. 상전을 찾지 못했는데 돌아가자는 소리가 나오는가!"

병사의 입이 비죽거렸다. 자기 부하였다면 바로 면상에 한 방이 날아갔을 것이나, 남의 나라 병사라 그럴 수는 없는 노릇이었다.

"지금 우리 공주 마마만 쫓고 있는 것이 아니다. 귀국의 왕자 전하 역시 잡혀가셨을 수 있으니 고되다 하지 말고 따라와라."

병사가 슬쩍 웃음을 흘렸다.

"뭔가? 왜 웃는 거지?"

"왕자 전하께서 도적 떼에게 잡혀가실 수는 없습니다. 전하께서 잡히겠다고 마음먹지 않는다면 어느 누구도 전하에게 손끝 하나 댈 수 없습니다."

재하는 잠시 어이없다는 듯 병사를 바라보았다. 병사는 진심을 담아서 이야기한 것이 틀림없었다. 어쨌거나 부하에게 이처럼 절대적인 신뢰를 받고 있다는 것은 부러운 일이었다.

"좋다. 어찌 되었든 왕자 전하도 이 길을 가신 것이 틀림없다. 어서 가자."

그 말이 더 효과가 좋았다. 병사들은 군말 없이 재하를 따라 다시 뛰기 시작했다. 하지만 재하는 곧 선택의 갈림길에 서고 말았다. 도적들이 둘로 갈라진 것이다. 왜 흩어진 것인지 알 수가 없었다. 어느 쪽으로 주력이 움직인 것인지도 파악하기가 쉽지 않았다. 날은 이제 완전히 저물어서 곧 발자취를 살피기도 쉽지 않을 것이었다. 이제는 운에 맡기는 수밖에 없었다. 재하는 오른쪽 길을 택해 움직였다.

일다경一茶頃 정도 움직였을까. 재하는 손을 들어 일행을 멈추게 했다. 분명 소리가 들렸다.

"모두 귀를 기울여라."

비명 소리였다. 아직 멀리서 들리기는 했지만 단말마의 비명 소리가 들려왔다.

"이건 뭐지?"

알 수 없는 일이었지만 뭔가 다급한 일이 벌어지고 있는 것만은 틀림없었다. 재하는 더 빨리 뛰어가기 시작했다. 저 비명 속에 공주 마마의 비명이 섞여 있기라도 한 것이라면 그는 평생 자신을 용서할 수 없을 것이다.

그리고 도착한 곳은 다시 한 번 참살극이 벌어진 상태였다. 숲이 끊어지고 나타난 공터. 눈앞에 펼쳐진 광경은 참혹하기 이를 데 없었다. 수백 명의 사람들이 화살에 고슴도치가 되어 쓰러져 있었다. 억새밭에서 습격해 온 도적들이 틀림없었다. 누군가가 여기서 도적들을 기다리고 있다가 몰살시킨 것이었다. 재하는 눈을 들어 지형을 살펴보았다. 동쪽과 북쪽이 모두 절벽이었다. 분명 그 위에 궁수대가 있었고, 그들이 화살을 날려 이들을 죽인 것이다. 아직도 그곳에 있을 것인가? 그렇다면 지금 생존자가 있는지 찾으러 들어가서는 안 되는 일이었다. 하지만 생존자를 찾지 않을 도리도 없었다. 공주 마마의 행방을 알 수 있는 방법이라고는 그것밖에 없었다.

결심이 서자 망설이지 않았다. 그는 병사들에게 대기하라 명하고 뚜벅뚜벅 지옥도 안으로 걸어 들어갔다. 화살은 날아오지 않았다. 일을 마무리하고 떠나간 것이 틀림없었다.

"산 자는 없느냐? 살아 있으면 고함을 질러라!"

메아리만 돌아왔다. 재하는 시체를 하나하나 뒤지기 시작했다. 공주 마마든 시녀 예초든 찾아야만 했다. 반 넘게 시체들을 뒤집었으나 아무 성과가 없었다.

"앗, 적이다!"

"서랏!"

갑작스레 병사들 쪽이 소란스러워졌다. 재하가 달려가는 동안 벌써 쨍하고 칼이 부딪치는 소리가 났다.

"죽이지 마라! 생포해야 한다!"

모두 죽이면 공주 마마의 행방을 알 수 있는 마지막 기회마저 놓치게 될 것이다. 재하는 미친 듯이 달려갔다.

적의 수는 얼추 스무 명 남짓. 죽이지 말라는 명령이 무의미한 숫자였다. 병사들 중 둘은 이미 칼을 맞고 쓰러진 상태였다. 병사들은 큰 나무를 끼고 반원으로 진을 친 채 적들을 상대하고 있었다. 가만 보니 적들도 이미 여럿 쓰러진 상태였다.

"칼을, 거둬라! 서로, 싸울 이유가, 없다!"

재하는 숨을 몰아쉬며 손을 내젓고 악을 써서 외쳤다.

"너희, 도적질을 한, 그놈들이지? 너희 동료들, 다 죽었다!"

"저거 뭐라는 거야? 공갈을 쳐도 유분수지. 우리 동료가 몇이나 되는 줄은 알고 부리는 개수작이냐?"

도적들은 재하와 병사들이 도적 떼를 섬멸했다고 하는 말로 알아들은 모양이었다.

"우리가, 그런 게, 아니다. 너희는, 배, 배신당했다!"

재하는 뒤를 가리켰다. 수백의 시체가 쌓여 있는 그 공터를.

*

어둡다고는 하나 이 산이 처음 와 본 산은 아니다. 몇 차례나 와 본 산이기에 어디에 있든 길을 잃는다는 것은 말이 되지 않는 일이었다. 하지만 분명했다. 호동은 길을 잃었다.

"왜 그러세요?"

"어딘지 모르겠군요."

"그럼 내려 주세요. 조금 쉬었다 가지요."

옥연을 내려 주었다. 편편해 보이는 바위를 골라 입고 있던 타복을 벗어 펴 주었다.

"괜찮아요. 고뿔들면 어쩌려고 그러세요?"

"괜찮습니다."

호동은 한겨울에도 얼음장을 깨고 잠자는 물고기를 잡아 올리곤 했다. 겉옷 하나 벗었다고 당장 추워서 움츠러들 사내는 아니었다.

"그냥 거기 있을걸 그랬나 봐요."

"아니, 그럴 수는 없었지요. 잠시만 앉아 계세요."

호동은 주위를 둘러보다 튼실해 보이는 전나무를 골라 타고 올라가기 시작했다. 나무 위에서 숲을 살펴보면 가야 할 방향을 잡을 수 있을 것이었다. 그러나 위에서 살펴본 바는 더 절망적이었다. 끝없는 바다처럼 펼쳐진 숲. 그것밖에 보이지 않았다. 이제는 천생 날이 밝는 것을 기다릴 수밖에 없을 것 같았다. 하지만 이 산속의 추위를 호동은 어찌 버틴다 해도, 바람막이 하나 없이 옥연이 버틴다는 것은 불가능한 일이었다. 불이라도 피워야 했다. 어딘가 등이라도 댈 곳이 있을까 둘러보던 호동은 문득 이상한 것을 보았다. 달빛에 반짝이는 무엇인가가 있었다.

전나무에서 내려온 호동은 한달음에 그리로 달려가 보았다. 그것은 커다란 세발솥이었다. 겉에는 뭔가 알 수 없는 무늬가 조각되어 있는 솥이었다. 무엇으로 만든 걸까? 무쇠? 청동? 살짝 흔들어 보았는데 상당히 무겁다는 것을 알 수 있었다. 갈색의 땅에 놓여 있는 청동 세발솥의 모습은 참으로 비현실적이라, 이 세상에 없을 듯한 모습이었다.

"무슨 일이에요?"

옥연이 한 팔에 호동의 타복을 걸치고 걸어왔다.

"이런 곳에 솥이 있네요."

"솥이요?"

"네, 세발솥입니다."

호동이 손등으로 솥을 툭 쳤다. 맑은 소리가 동그랗게 퍼져 나갔다.

"어머, 고운 소리가 나네요."

"대체 이런 곳에 웬 솥이 있는 걸까요?"

옥연이 곁으로 와 솥을 살펴보았다.

"어쩐지 익숙한 느낌이 들어요. 분명 처음 보는 솥인데."

"마침 솥이 있으니 잘됐네요. 솥 안에 잔가지들을 모아 넣고 불을 때면 어떻게든지 날이 샐 때까지 버틸 수 있지 않을까 싶습니다."

"불을 피우면 위험하지 않을까요?"

"솥 안에 피우면 불빛은 보이지 않을 겁니다."

그러나 호동이 떠나려 하는 순간, 옥연의 가슴에 알 수 없는 공포심이 밀려들었다. 아무것도 변한 것이 없는데 갑자기 솥이 무서워졌다. 호동이 떠나면 자신을 꿀꺽 집어삼키기라도 할 것 같았다. 옥연은 호동의 뒤를 따라 두세 걸음을 옮기고 말았다.

호동이 뒤돌아보고 미소를 띠며 말했다.

"여기 계시지요."

가슴 한구석이 훈훈해졌다. 그러자 더더욱 호동의 곁을 떠나기 싫었다.

"무서워요. 같이 가면 안 될까요?"

"무서워할 것은 없을 것 같아요. 맹수들이 근처에 있는 것 같지도 않고요. 가뜩이나 몸도 안 좋으시니까 여기서 기다리시는 게……."

"싫어요."

"네?"

옥연은 단호하게 말했다. 이유는 알 수 없지만 그곳에 있고 싶지 않았다.

"우리 다른 곳으로 가요. 여긴 있고 싶지 않아요."

호동으로서는 영문을 알 수 없는 노릇이었지만 어쩔 수 없었다. 호동은 옥연을 부축해서 그곳을 떠났다. 옥연은 세발솥이 보이지 않는 곳에 이르러서야 가슴을 짓누르던 압박감에서 풀려났다. 동시에 피로가 온몸을 감싸는 것도 느낄 수 있었다.

"여기서 좀 쉬어요."

옥연은 손으로 가슴을 누르며 말했다.

"잠시 누울게요."

너무나 힘이 없었다. 졸음이 밀려왔다. 호동이 무릎을 내주었는데, 너무 피곤한 나머지 부끄러운 줄도 모르고 호동의 다리를 베고 누워 버렸다. 호동이 타복을 깔아 주었다.

"잠들면 안 돼요."

호동이 흔드는 것이 마치 어린 시절 어마마마가 토닥여 주는 것처럼 여겨졌다.

"너무 졸려요."

"이런 곳에서 잠이 들면 위험합니다."

"그럼 소녀가 잠이 들지 않게 해 주세요."

호동이 다시 난처한 얼굴이 되자 옥연은 엷은 미소를 지었다. 도무지 괴물 같은 멧돼지와 싸우고 산군을 잡아서 돌아온 전사처럼 보이질 않는다. 고운 호동의 얼굴, 고운 호동의 입술. 그 숨결이 느껴진다. 다음 순간 갑자기 얼굴이 달아올랐다. 분명 그 동굴, 그 동굴에서 입을…….

"솥에 얽힌 이야기를 하나 해 줄 테니 잘 들어요."

다행히 호동이 이야기를 시작해서 더 생각하지 않아도 되었다. 옥연은 작게 한숨을 내쉬었다. 아쉬움과 안도감이 동시에 스며들었다.

"부왕이 부여를 정벌하러 떠났을 때의 일입니다. 부왕이 비류수를 지날 때 비류원이라는 들판을 지나게 되었는데, 그곳에 한 여인이 나타난 듯도 하고 나타나지 않은 듯도 한 이상한 일이 생겼답니다."

"나타나면 나타난 것이고 나타나지 않으면 나타나지 않은 것이지, 세상 천지에 어찌 그런 일이 있겠습니까?"

옥연의 말에 호동은 숲 속에서 본 그 세발솥이 떠올랐다. 분명히 만져지기도 하고 두드려지기도 했지만, 있는 것 같기도 하고 없는 것 같기도 한 기분이었다. 하지만 그런 생각은 곧 털어 버리고 웃으며 말을 이었다.

"세상 천지에 이런 어여쁜 미녀에게 무릎을 베개로 내준 채 이야기를 해 주는 무사도 있는데, 어찌 그런 일이 없겠습니까?"

"모, 몰라요."

옥연은 부끄러워서 고개를 돌렸는데, 그렇게 하자 호동의 허벅지에 볼을 대는 형국이었다. 어쩐지 더 화끈거리는 일이어서 옥연은 다시 하늘을 보고 누운 자세로 돌아갔다.

"흠흠, 그래서 부왕이 다가가 살펴보니 여자는 없고 솥만 있었다지 뭡니까. 척 보기에도 대단한 솥인지라 가지고 와서 밥 짓는 데 써 보려고 수수와 조를 넣고 물을 붓자 불도 때지 않았는데 솥에서 스스로 열이 나면서 밥이 지어졌다지요."

"아까 본 솥도 그랬으면 좋았겠네요. 그럼 춥지 않았을 텐데."

"오한이 옵니까?"

"아니, 아니에요. 그런 이야기는……."

하지만 그 말을 듣자 몸이 벌벌 떨리는 것을 주체할 수가 없었다. 호동은 옥연을 끌어당겨 무릎 위로 아예 올려놓았다. 오른손으로는 머리를 받쳐 주었다. 그러자 호동의 팽팽하게 긴장한 근육이 느껴졌다. 마치 아기가 된 듯한 형상이어서 부끄럽기 짝이 없었지만 거부할 힘도 없어서 옥연은 눈을 감아 버렸다. 한층 가까워진 호동의 얼굴을 도저히 마주 볼 수가 없었던 탓이다.

"솥은 마법에 걸린 것처럼 끊임없이 덥혀졌고, 그래서 모든 군사들이 밥을 먹을 수 있었다고 합니다."

"그 말씀은 지금은 그 솥을 가지고 있지 않다는 거군요. 어쩌다 잃어버렸나요?"

"공주 마마도 성질이 꽤나 급하십니다. 아직 거기까지 이야기가 가지 않았습니다."

옥연이 입을 비죽이며 말했다.

"잘못했습니다."

호동은 순간적으로 허리를 숙여 그 비죽이는 입술을 탐할 뻔했다. 옥연을 안았을 때부터 몸속을 떠도는 열기를 억누르기가 어려운 상태였다. 하지만 그래서는 안 된다는 것도 너무 잘 알고 있었다. 자신은 옥연을 책임질 능력이 없는 사람이라는 것을 잘 알고 있었다. 그 사실이 이렇게 뼛속 깊이 아프게 다가올 줄이야 여태 몰랐었지만.

"아니, 아닙니다. 제가 사과드립니다. 음, 음……. 아, 아무튼 그래서 모두 배불리 먹은 뒤에……, 근데 혹시 시장하신가요?"

그 난데없는 말에 옥연도 웃을 수밖에 없었다.

"기운은 없지만 배가 고프진 않아요. 왕자 전하는 허기지지 않으신가요? 소녀를 하루 종일 업고 다니셨으니……."

"저는 괜찮습니다. 뭣 좀 드시겠습니까?"

호동은 금방도 물어보았다는 걸 잊어버린 모양이었다.

옥연이 살포시 웃으며 말했다.

"괜찮다 말씀드렸습니다. 왕자 전하는 소녀보다……, 위시지요?"

"아, 전 용띠, 무진년생입니다. 공주 마마는……?"

"옥연이라 부르세요. 전 잔나비띠, 임신년생이에요."

"용을 부리는 잔나비네요."

호동의 말에 옥연이 다시 웃었다. 그런 옥연을 안고 싶다는 생각이 호동을 괴롭혔다. 하지만 그럴 수 없음도 잘 알고 있었다. 호동은 자신의 마음을 옥연에게 털어놓고 싶었다. 어디부터 이야기를 풀어 가야 할까? 호동은 긴 망설임 끝에 입을 열었다.

"부왕과 내가 나이 차이가 얼마 나지 않는다는 것을 알고 있습니까?"

옥연이 눈을 동그랗게 떴다. 부왕과 왕자의 나이 차이가 얼마 나지 않는다니, 그게 무슨 말일까?

"나는 부왕의 아들이 아닙니다. 엄밀히 말하면 부왕의 조카입니다. 부왕의 형이 되시는 명태자 전하가 내 아버지셨죠. 내 할아버지 유리명왕께는 총 여섯 명의 아들이 있었는데 장남 도절都切은 혼인 전에 죽어 후손이 없었고, 둘째가 명, 바로 내 아버지시고, 셋째가 무휼, 지금의 부왕이시고, 넷째가 여진如津, 다섯째가 색주色朱, 여섯째 삼촌이 재사再思라 하지요. 여진 삼촌도 일찍 돌아가셔서 후사가 없으시고, 형사취수의 법에 따라 내 어머니는 부왕의 비가 되어야 했습니다."

호동에게 그런 비사가 있는 줄은 전혀 몰랐다.

"부왕과 나는 네 살밖에 차이가 나지 않습니다. 지금 부왕에게는 애루라는 다섯 살짜리 친자가 있고, 나는 나이가 많은 걸림돌에 불과합니다. 내가 권력을 탐한다면 나라는 사분오열되고 말 것이니, 차라리 내가 떠나는 것이 제일 좋은 일일 것입니다. 나는 내 한 몸을 추스를 능력도 부족한 몸이지요."

호동이 옥연을 다시 타복 위에 내려놓고는 몸을 일으켰다. 옥연을 바라보지 않으려 하며 그는 말했다.

"그런데도 내 마음은 공주 마마를 원하고 있습니다. 파렴치하게도 말입니다. 이런 나를 용서하십시오."

옥연도 몸을 일으켰다.

"그런 생각은 하지도 마세요. 소녀도 마찬가지 신세입니다."

호동이 그녀에게로 돌아섰다. 옥연의 눈에는 눈물이 맺혀 있었다. 잘못 알고 있었다. 고구려는 강국이라 낙랑과 맺어질 수 없는 나라라고, 그렇게만 여기고 있었다. 호동이 알면 비웃을 생각이었다. 고구려라는 이름에 가려 호동의 슬픔은 전혀 모르고 있었다. 옥연은 괜스레 미안해서 고개를 숙였다.

"낙랑은 어렵고 힘든 처지에 있습니다. 소녀는 사랑하는 사람과 맺어질 운명은 아닌 것 같습니다. 아바마마의 명에 따라 낙랑을 위해 혼약을 맺어야 할 것입니다."

호동의 잘못이 아니라 낙랑이 호동을 택할 수 없다고 이야기하는 것이 그의 슬픔을 조금이라도 덜 수 있으리라 생각했다.

호동은 아무 말 없이 옥연을 와락 껴안았다. 불행한 운명의 굴레가 그 둘을 옥죄고 있음을, 살이 으스러지고 뼈가 부서지도록 느끼고 말았다. 얼마나 긴 포옹이었는지 알 수 없었다. 하지만 영원히 안고 있을 수는 없었다.

"이제 그만 쉬십시오. 너무 힘든 하루였습니다."

호동은 운포금雲布錦으로 만든 표의表衣를 벗어 옥연에게 덮어 주었다. 추위가 거의 느껴지지 않는 날씨여서 다행이었다.

"별을 보면서 잠들어 본 적이 있습니까?"

"아니요. 왕자 전하는 그런 일이 있으신가요?"

호동은 당연히 그런 경험이 있으리라 생각했다. 능숙한 사냥꾼이니까.

"없습니다."

"네?"

"겨울밤에 별을 보면서 잠을 청한 적은."

그 말끝에 호동이 잠을 청하듯이 옥연의 옆에 몸을 눕혔다. 옥연이 호동 쪽으로 몸을 돌렸다. 호동은 자신의 팔을 내밀었다.

"춥지 않으신가요?"

베개 대신이라는 뜻이었다. 옥연은 거부하지 않고 호동 쪽으로 다가가 팔을 베었다. 옥연의 향기가 호동에게 흘러왔다. 호동은 옥연을 바라보며 흘러내린 머리카락을 쓰다듬어 주었다. 잠을 자자고 누운 것이었으나 둘 다 잠은 오지 않았다. 옥연은 눈만 감은 채 누워 있을 뿐이었고, 호동은 눈도 감지 못한 채 밤하늘을 올려다보고 있었다.

그러다 둘은 동시에 서로를 불렀다. 무슨 이야기를 할 생각이었는지는 바로 잊어버렸다. 그 그리움이 듬뿍 담긴 말 한마디는 둘을 다시 부둥켜안게 했고, 그것은 다시 입맞춤으로 이어지고 말았다.

"연랑憐娘, 연랑."

호동이 부르는 소리, 연랑. 옥연은 난생 처음 들어 보는 그 소리에 감동했다.

"차라리 이 밤이 새지 말았으면!"

호동이 입술을 떼며 탄식처럼 말했다. 옥연도 같은 마음이었다. 날이 밝으면 길을 찾아 내려가야 할 것이다. 한 남자는 북으로, 한 여자는 남으로 떠나겠지. 그리고 둘 다 마음에도 없는 여자와 남자를 만나 평생을 그리워하며 살게 될 것이다. 무엇으로 이 순간을 그리워하랴. 무엇으로 이 순간을 간직할 수 있으랴.

"잊어버리세요."

옥연이 꽃잎처럼 속삭였다.

"지금은 모든 것을 잊어버리세요. 우리는 오늘 왕자도 공주도 아닌, 그저 이 산골의 이름 없는 가시버시가 되어요."

이 순간, 이 사랑만을 기억해 주세요. 이것이 평생을 지탱할 힘이, 추억이 되어 줄 거예요.

"하, 하지만……."

"우리만, 우리만 생각해요. 더는, 더는 필요 없어요."

두렵고 무섭기도 했다. 하지만 이제는 돌이킬 수 없었다. 거칠지 않게 부드럽게 호동이 다가왔다. 그렇지 않았다면 지칠 대로 지쳐 있던 옥연이 그 모든 일을 감당할 수 없었을 것이다. 옥연은 호동의 손길이 맨살에 닿을 때마다 불에 덴 것처럼 저릿해져 와 기진맥진할 지경이었다. 옥연은 그러나 아픈 몸으로도 호동을 기꺼이 받아들였다. 옥연과 호동은 함께 꿈길을 걷듯 서로의 세상을 바라보았다.

흐린 달빛이었지만 옥연의 나신은 허공에 떠올라 호동의 눈 속으로 끝없이 빨려 들어오고 있었다. 그리고 그 모습 속에서 옥연의 어깨가 가늘게 떨리는 것을 보았다.

호동은 옥연의 옆에 누워 얼굴을 가리고 있는 옥연의 손을 떼어 냈다. 울고 있는 것은 아닐까 생각했는데, 그냥 오한이 든 모양이었다. 옥연은 너무나 행복한 얼굴로 호동을 바라보다가 장난스럽게 입을 맞췄다.

"억지로 힘을 내고 있는 건 아……."

"쓸데없는 소리 마세요."

옥연은 옆으로 몸을 비틀었다. 호동의 눈길이 젖가슴에서 아랫배로 내려오는 것을 보고 놀란 것이다.

"나빠요!"

옥연의 얼굴이 빨개졌다. 얼굴만이 아니라 온몸이 붉게 물드는 것을 볼 수 있었다. 호동은 질끈 눈을 감고 말았다. 그 틈에 옥연은 벗어 던진 옷가지를 챙겼다.

옥연이 옷을 입는 소리가 부스럭거리며 들리자 호동은 도저히 참을 수 없어 다시 눈을 뜨고 말았다. 옥연의 탐스러운 젖가슴이 옷 안으로 사라지고 있었다. 옥연이 슬쩍 허리를 비틀자 골반 위로 사람 人 자 모양의 작은 흉터가 보였다. 호동이 그 부분을 손으로 살짝 짚었다. 옥연이 살짝 허리를 뒤틀었다. 호동의 손가락이 닿자 쾌감과 동시에 아릿한 동통이 밀려왔기 때문이다.

"어디 아픈 데라도 있는 건지요?"

호동이 깜짝 놀라 다가오는 통에 옥연이 얼른 얼굴을 손에 묻었다.

"묻지 마세요!"

호동도 짐작이 가는 일이 있어 어색하게 화제를 바꾸었다.

"그곳의 흉터는 어쩌다가 생겼는지요?"

"아이참, 별걸 다 보고 그러세요. 그건 여덟 살 때 나무를 오르다가 떨어지는 바람에……."

옥연은 무릎걸음으로 호동 옆을 떠나 얼른 옷고름을 여몄다. 호동은 저도 모르게 길게 한숨을 내쉬고 말았다. 그 한숨이 얼마나 애처롭게 들렸던지 옥연이 생긋 웃으며 호동의 입에 길게 입을 맞춰 주었다. 둘의 혀가 여의주를 놓고 희롱하는 두 마리 용처럼 얽혔다 풀어지며 서로의 동굴을 헤집고 돌아다녔다.

"하아."

호동이 입술을 떼며 쾌락과 아쉬움을 한꺼번에 뿜어내듯 감탄성을 뱉었다.

"이젠 정말 더 어찌할 기운이 없어요. 죽을 것 같아요."

옥연이 호동의 품속을 파고들며 나른한 목소리로 말했다.

"아니, 아니오. 미안해요. 몸도 아픈데, 마구 내 욕심만 내려고 들고 있었군요. 하지만 연랑이 너무 예뻐서 도저히 참을 수가 없어요."

"소녀가 그렇게 예뻐요?"

"천하에 연랑보다 더 예쁜 여자는 없을 겁니다."

둘은 다시 한 번 깊은 입맞춤을 가졌다.

"왕자 전하, 그 솥 이야기나 마저 해 주세요."

"솥?"

그러고 보니 솥 이야기는 꺼내 놓고 까맣게 잊어버리고 있었다. 둘은 다시 팔베개를 하고 누웠다.

호동이 다시 이야기를 시작했다.

"모두 배불리 먹었다는 이야기까지 했었나요? 그러고 났을 때 한 훤칠한 장부가 나타나서 그 솥이 자기 집안 솥이라고 하는 것이 아니겠어요. 자기 누이동생이 잃어버린 거라고. 하지만 부왕이 이미 그 솥을 얻으셨으니, 부디 자기가 그 솥을 메고 종군할 수 있도록 허락해 달라고 졸랐다지 뭡니까."

"그래서요?"

"부왕이 허락하셨죠. 솥을 지고 다닌다고 부정負鼎이라는 성까지 내려 주셨어요. 그래서 뭘 지고 다니느라 허리를 숙인 걸 보면 구부정하다고 하는 거지요."

"네에?"

옥연이 깜짝 놀랐다가 흐드러지게 웃는다. 갑자기 봄이 찾아온 것 같다. 옥연의 웃음이 해당화 같다. 날이 춥지 않은 덕분에 병이 다 나은 것일까? 아니면 둘의 사랑이 오한을 몰아낸 것일까? 호동은 공연히 눈물이 났다.

그 솥은 그 뒤 전쟁 중에 잃어버리고 말았다. 부정 씨도 사라졌고 솥도 사라졌다. 어찌 된 일인지는 아무도 알지 못했다. 그러나 호동의 이야기가 채 끝나기도 전에 옥연은 깊은 잠에 빠져들고 말았다.

"일어들 나아세요!"

두 사람은 깜짝 놀라 눈을 떴다. 커다란 자작나무 아래서 둘이 잘도 부둥켜안고 잠이 들었던 모양이다.

"저 없는 동안에 아주 만리장성을 쌓으셨네요오!"

"예초!"

옥연이 벌떡 일어나다가 현기증을 느꼈는지 비틀거리고 말았다. 예초가 얼른 옥연을 껴안았다.

"아유, 깜짝이야. 아직도 아프세요?"

호동도 천천히 일어났다. 알 수 없는 일이었다. 이곳은 잠이 든 그곳이 아니었다. 전혀 다른 장소, 전혀 다른 기후였다. 추위가 코끝이 찡하게 몰아닥치고 있었다. 옥연도 그제야 그것을 깨달은 모양이다. 마치 봄날처럼 훈훈했던 어제의 그 장소는 대체 어디로 가 버린 것일까?

"왕자 전하!"

"공주 마마!"

메아리가 울려 퍼지고 있었다. 그리 멀지 않은 곳에 수하들이 와 있는 것이 분명했다.

"여기에요오! 여기요오!"

예초가 신나게 팔짝팔짝 뛰면서 사람들을 불렀다.

*

위수의 보고를 받는 호동의 얼굴은 점점 더 심각해졌다. 위수는 재하보다 뒤늦게 도착했지만 죄수들을 심문하는 권리는 양보하지 않고, 결국 일의 전모를 파악하는 데 성공했다.

"결국 이 모든 것이 사휴왕의 음모였다는 말이냐?"

"그렇습니다. 북맞이로 사면받은 죄수들을 모아서 도적단을 구성했다는 거지요."

"이러고 있을 때가 아니다."

호동은 휴식을 취하고 있을 옥연의 거처로 한달음에 뛰어갔다. 재하가 대문 앞에 버티고 있었다.

"비켜라. 공주 마마를 뵈어야겠다."

"지금 휴식 중이십니다."

"내가 왔다고 전해라."

"지금은 쉬셔야 합니다."

호동의 눈에서 불꽃이 튀었다. 그렇지 않아도 이 녀석은 달려왔을 때부터 곱지 않은 눈으로 자신을 바라보고 있었다. 호위대장 주제에 일국의 왕자를 무슨 불한당 보듯이 노려보았던 것이다. 언감생심 못 오를 나무라도 바라보고 있었던 걸까? 생각이 거기에 미치자 호동의 얼굴이 풀어졌다. 하기야 누구라고 해서 저 아리따운 여인에게 마음을 주지 않을 수 있겠는가. 하지만 하계의 천인賤人이 천상의 선녀를 바란다 해 봐야 무슨 소용이 있겠는가. 호동은 재하를 밀쳐 버리고 마당으로 성큼 들어섰다.

"무례한 짓입니다."

차마 호동을 막을 수는 없었지만 재하는 이를 갈며 호동의 뒤통수에 일갈을 던졌다.

하지만 호동은 그저 한 손을 들어 괜찮다는 식으로 흔들고는 방문 앞에 서서 말했다.

"호동이 왔다고 여쭈어라."

벌컥, 방문이 열렸다.

"다구도 없고 대접할 것이 아무것도 없는데 어찌 이리 걸음을 하셨나요?"

옥연은 민망해서 얼굴이 붉어졌다.

"그런 게 문제가 아닙니다. 습격한 도적 떼들이 어디 사주를 받았는지 이야기는 들었는지요?"

옥연이 고개를 끄덕였다. 눈가에 눈물이 맺혀 있었다.

"황룡국이 우리와 무슨 원한이 있다고 이런 짓을 한 것인지 도무지 알 수가 없습니다. 자명고는 사휴왕이 직접 내놓은 보물이잖습니까. 이럴 바에야 애초에 내놓을 필요가 없는 물건이었습니다."

"나도 그건 모르겠습니다."

"전하, 황룡국이 저걸 다시 회수하고자 한 것은 그것이 소중했기 때문이 아니겠어요?"

"사휴왕이 노린 것은 연랑이었습니다. 동굴에서 직접 들었지요. 도적 둘이 연랑을 데려오라는 명을 받았다고 이야기하는 것을……."

"그, 그럴 수가!"

옥연의 얼굴이 분노, 수치, 혐오, 당혹으로 붉게 물들었다.

"자명고가 없었다고 해도 소녀를 납치하고자 했을까요? 자명고와 소녀를 둘 다 노린 것인지도 모르겠네요."

"그건 저도 모르겠습니다. 하지만 확실한 게 하나 있소. 저건 절대로 좋은 물건이 아니라는 사실이지요. 연랑, 가져갈 생각을 하지 마세요."

 호동이 연랑이라 부르자 옥연의 얼굴이 꽃처럼 피어났다. 붉은 기운이 그대로 남아 한 송이 복사꽃처럼 보였다.

 "하지만 우리나라는 저런 보물이 너무나도 절실해요. 북에서, 동에서, 남에서 적이 끊이질 않으니까요. 사실 사방이 적으로 둘러싸여 있다고 해야 할 형편이지요."

 호동은 괴로웠다. 옥연은 낙랑 최리왕의 무남독녀다. 부왕이 시키는 대로 혼약을 맺어야 할 것이라는 말은 가슴속에 이미 대못으로 박혀 있었다.

 하지만 자신이 낙랑의 사위가 된다면? 차라리 그것이 자신에 대한 답일 수도 있다는 생각이 들었다. 고구려를 떠나 낙랑에서 사는 것이다. 고구려의 왕위 따위는 어차피 관심도 없었다. 권력을 탐할 생각은 없지만 옥연과 함께 있고 싶으니 그것이 답일 수밖에 없었다. 그러나 거기서 다시 고개를 저을 수밖에 없었다. 최리왕이 자신을 사위로 받아들일까? 고구려라는 든든한 배경이 없는, 그냥 평범한 호동이라는 사내를 받아들일 수 있을까? 그 질문에 답할 수가 없었다.

 "소녀의 목숨은 왕자 전하께서 구해 주신 것이니 자명고의 처분이야 전하께 맡기는 것이 옳겠지만……."

 그 말에 호동이 깜짝 놀라 옥연을 내려다보았다. 호동의 자세가 변한 것을 알고 옥연도 호동에게서 몸을 떨어뜨렸다.

 "아니, 아닙니다. 절대로 그런 것이. 나는 그 물건에 아무 미련이 없습니다."

 호동은 짧게 한숨을 내쉬고 말했다.

"황룡국과 우리 왕가는 이미 악연을 맺고 있습니다."

뒤이어 호동은 사휴왕이 보낸 활과 그로 인해 자결을 명받은 아버지 이야기를 담담하게 들려주었다. 이야기를 다 들은 옥연은 눈물을 뚝뚝 흘렸다.

"그 북에 좋은 점이 없으리라 생각하시는 것 잘 알겠어요."

호동이 옥연의 눈물을 훔치며 말했다.

"그래, 그러니 그것은 차라리 여기 버리고 갑시다. 내가 되어 주겠습니다, 연랑의 자명고가. 낙랑을 치러 오는 적이 있다면 내가 그들을 벨 것이고, 낙랑이 치고자 하는 적이 있다면 내가 그들을 쓰러뜨릴 터이니 아무 걱정 하지 말아요."

결국 비분강개한 호동이 외치듯 속내를 토하고 말았다. 옥연이 와락 호동을 안았다.

"그런 건 필요 없어요. 아무 필요 없습니다."

호동이 옥연의 머리를 어루만지듯 쓰다듬으며 혼잣말처럼 탄식을 내뱉었다.

"아아, 눈앞에 있어도 그리운데 어찌 놓아 보내고 살 수 있을까?"

옥연은 호동의 막막한 외로움을 알 수 있었다. 네 살 위의 삼촌을 부왕이라 불러야 하는 존재. 그것은 나라를 이끌어야 한다는 자신의 사명감과는 정반대에 있는, 나라에 쓸모가 없는 존재가 되어 버린 고독이었는데도 옥연에게 자신의 일처럼 그 아픔이 전해져 왔다. 명치끝이 아리도록 슬퍼지고 말았다.

"소녀도 전하와 함께하고……, 그러고 싶습니다."

호동의 얼굴이 희망으로 빛났다. 그때 옥연은 모질게 결심해야 했다.

"하지만 소녀의 마음만으로 되는 일은 아니에요."

넘을 수 없는 벽이 그곳에 있었다. 일국의 운명을 책임진 공주와 일국의 운명에서 비켜선 왕자 사이에 세워진 단단한 벽이. 호동은 잠시 천장을 올려다보았다. 그렇게 하지 않으면 눈물이 흘러내리는 것을 막을 수 없을 것 같아서.

"맞아요, 맞습니다. 하나 그렇다 해도 자명고만은 가져가지 마십시오."

옥연도 길게 한숨을 내쉬었다.

"자명고를 아니 가져갈 수는 없어요. 저 북에는 우리 낙랑 백성들의 피가 걸려 있으니까요."

"이미 죽은 사람들의 피가 문제가 아닙니다. 저것이 어떤 피를 더 원하게 될지 아무도 알 수 없습니다."

"소녀가 주의해서 살펴보겠습니다. 만일 안 좋은 일이라도 생기면 부숴 버리겠어요. 부술 수 없는 물건인지도 모르겠지만."

"부서지지 않는다고 말하는 겁니까?"

칼이 듣지 않았다. 자명고에 칼을 찔렀을 때 북면이 칼을 튕겨 내고 말지 않던가. 옥연이 그때 이야기를 들려주었다. 호동은 망설이지 않고 자신의 단도를 풀어서 내밀었다.

"이 칼은 주몽 성제로부터 내려온 우리 집안의 보배입니다. 금석도 두부처럼 갈라 버리는 칼이니 자명고가 설령 진짜 용의 가죽이라 해도 찢어 버릴 수 있을 것입니다. 그 북이 위험하다 느껴진다면 즉각 베어 버려야 합니다. 약속할 수 있나요?"

"당연하지요. 당연히 찢어 버릴 거예요."

옥연은 사양하지 않고 호동의 보검을 받아 들었다. 이것은 정표情表였다. 호동도 정표로 내어 준 것이고 옥연도 당연히 정표로 받아 들었다.

"저도 전하께 뭔가 드리고 싶어요."

옥연은 북맞이 첫날 두르고 있었던 인동초무늬가 있는 붉은 비단을 내밀었다.

"수繡는 소녀가 직접 놓은 것입니다. 황망 중에 드릴 것이라고는 이것밖에 없어서 민망합니다."

호동이 받아 들어 손목에 감았다.

"연랑이라 생각하고 지니고 다니도록 하겠어요."

옥연이 그 말에 다시 발갛게 볼을 물들였다. 호동의 마음이야 벌써 입을 맞추고, 또 가느다란 허리를 답삭 안고 싶었지만 이제는 그럴 수 없는 사이가 되었다. 어젯밤의 일은 어젯밤의 추억으로 가슴속에 평생 담겠지만 지금 이 순간으로 이어질 수 없는 과거였다.

이제는 마땅히 떠나야 할 시간이었다. 하지만 호동은 도무지 일어날 수가 없었다. 옥연도 호동에게 돌아가라는 소리를 하지 않았다.

"흠흠, 예초는 어디 갔나요?"

"돌아오자마자 간밤에 너무 기운을 썼다고 투덜거리더니 자고 있어요. 밤새 산적들에게 쫓기기라도 한 모양이에요."

위수가 산적 떼를 쫓았다고 했다. 하지만 그때 예초는 보이지 않았다고 했다. 도적 떼를 사이에 두고 재하 일행과 마주쳤고, 도적 떼는 동료들의 죽음에 대한 충격, 그리고 앞뒤로 포위당했다는 공포에 휩싸여 항복하고 말았다. 예초는 쫓긴 것이 아니라 호동처럼 길을 잃고 밤새 헤맸을 것이다. 어쩔 수 없이 다시 생각은 숲으로 돌아갔다.

"그 숲은 정말 이상하지 않았습니까?"

호동의 말에 옥연은 고개를 돌리고 대답하지 못했다.

"어제 그 숲은 마법에라도 걸린 것 같았어요. 부왕이 갔던 마법의 숲, 이물림利勿林도 그런 곳이 아니었을까요? 그 이상한 세발솥 기억납니까? 해가 떠오른 뒤에 다시 가 보았으나 보이지 않았습니다. 부왕이 비류원에서 구한 솥은 부여와 싸우다 잃어버렸다 했는데, 세발솥이 바로 그 신비한 솥이었을지도 모르겠습니다."

"그 이야기는 그만……."

이러다가는 다시 호동에게 안기고, 호동에게 애교를 부리고, 호동과 헤어지지 않고 싶어질 것이었다. 옥연은 힘겹게 호동의 이야기를 끊었다. 호동도 이제 더 있을 도리가 없었다. 이미 공주가 있는 처소에 너무 오래 머물렀다. 호동은 다시 한 번 자명고를 조심하라고 말한 뒤 자리에서 일어났다.

"해연왕께서 호위대를 보내 주신다 했으니 소녀는 이제 작별을 고해야 할 것 같아요. 언제……."

옥연은 무슨 말을 해야 할지 몰라 말끝을 흐렸다.

호동이 억지로 씩씩하게 웃으며 말했다.

"부왕께 북맞이에 대한 보고를 마치는 대로 낙랑에 가겠습니다."

하지만 그것은 말뿐이리라. 옥연은 알 수 있었다. 이제 호동을 보는 것은 마지막일 것이다. 잠시 운명을 벗어나 만난 내 사랑이여, 이제는 안녕. 내 가슴속에서 영원히 살기를.

그러나 그렇게 생각하자 참을 수가 없었다. 옥연은 와락 호동의 품으로 뛰어들었다. 호동은 부드럽게 그녀를 안아 들고 입을 맞췄다.

"하아, 이제 그만……."

호동이 억지로 웃으며 옥연의 이마에 손을 대 주었다. 옥연도 빙그레 웃음으로 화답했다. 웃는 모습으로 헤어져야 했다. 둘의 아픈 가슴은 그 때문에 다른 일들은 전혀 눈치 채지 못했다. 호동이 나올 때 재하가 급히 물러선 것도, 일구가 대문 밖에서 얼쩡거리고 있었던 것도 모두 알지 못했다.

*

"바보 같은 놈!"

고구려 압록강으로부터 솔꽃강까지 다스리는 신왕神王, 훗날 그 놀라운 무용과 정복으로 대무신왕大武神王이라 불리게 되는 주류왕, 그가 막 들어서는 호동에게 던진 호통이었다.

무슨 일이 벌어졌는지는 따라붙었던 비류부장 일구에게서 다 들은 뒤였을 것이니 주류왕이 화를 내는 것은 당연한 일이었다. 일구는 구원병을 이끌고 산으로 오는 일은 아예 하지도 않았지만, 그렇다고 어떤 일들이 벌어졌는지 모를 인간도 아니었다. 그러니 주류왕의 이런 호통도 호동에겐 새삼스러울 것이 없었다. 알 수 없는 것은 귀국하자마자 부른 것이 아니라, 이레 동안이나 아무 말도 없이 내버려두었다가 이제야 불러들였다는 점이었다. 아마 그동안은 어떻게든 화를 내지 않아 보려고 했던 것이겠지. 호동은 자기 편한 대로 생각해 버렸다.

"바보 같은 놈!"

주류왕은 다시 욕설을 내뱉었다. 백라관白羅冠 위에 꽂힌 금식金飾이 바르르 떨리며 소리가 울려 퍼졌다. 왕의 화가 얼마나 되는지 그 소리로 잘 알 수 있었다. 하지만 섣부른 대답은 부왕의 역정만 더 불러일으킨다는 것을 뻔히 알고 있는 호동은 가만히 무릎을 꿇은 채 다음 말을 기다렸다. 주류왕은 어지간히 화가 난 모양인지 씩씩거리기만 할 뿐 더 이상 말을 하지 못하다가, '악!' 하고 고함을 한 번 내지른 다음에야 말을 이었다.

"왜 자명고를 가져오지 않았느냐? 왜? 어디 한번 이야기해 봐라."

"자명고를 내놓은 곳이 황룡국……."

"그래, 황룡국이지!"

주류왕은 호동의 말을 대번에 잘라 버렸다. 이제 스물아홉. 주류왕은 그 모습도 아직 청년의 태를 벗지 못했고, 성질도 청년의 태를 그대로 가지고 있었다. 반듯한 이마는 지성을 보여 주었지만 짙은 눈썹과 그 아래 바짝 붙은 눈은 현실적인 감각의 소유자임을 증명하고 있었다. 또한 각진 턱은 정력과 더불어 굳건한 의지를 상징했다. 주류왕은 얇은 입술을 부르르 떨며 호동을 노려보았다.

"황룡국! 네 친부親父를 죽게 만든 나라! 그렇지? 그게 그렇게 마음에 걸렸겠지. 효자라는 걸 증명하고 싶었던 게냐?"

호동은 여전히 아무 대답도 하지 않았다.

"그럼 나는? 살아 있는 나는 네게 뭐란 말이냐? 나를 우습게 보는 거냐?"

주류왕은 탁자를 주먹으로 내리쳤다. 기름을 듬뿍 먹인 오동나무로 짠 탁자였으나 도끼에 맞은 것처럼 두 쪽으로 갈라져 버리고 말았다.

"낙랑 사절단이 도적 떼에게 해를 입었을 때 네가 공주를 구하러 갔다고 들었다. 목숨의 은인에게 자명고를 돌려주겠다는 말을 하지 않았느냐?"

"않았습니다."

주류왕의 눈에서 빛이 뿜어져 나오는 듯했다.

"흥, 공주 이야기가 나오니까 이제 말문이 열리는군. 네 속셈을 모를 줄 아느냐? 낙랑의 공주와 혼약을 맺어 위세를 떨쳐 보겠다는 수작이겠지."

"어찌 그런 말씀을!"

호동은 하마터면 자리에서 일어날 뻔했다. 그 모습을 본 주류왕이 킥, 하고 비웃음을 던졌다.

"왜 이리 흥분하는 거지? 낙랑의 공주에게 관심이 없다 이건가?"

호동은 고개를 숙이고 입술을 깨물었다. 어떻게 반응을 보여야 할지 갈피가 잡히지 않았다. 주류왕은 자신의 감정을 능수능란하게 다룰 수 있는 사람이었지만, 호동은 정치적 고려에 따라 감정을 조절할 능력 같은 게 없었다. 본래 그런 게 싫었기 때문에 정치에 관여하지 않아 왔던 탓이다.

"다시 조용해진 건 관심이 있다는 이야기겠지? 그래, 좋아. 낙랑의 공주는 미인이라 들었다. 그러니 너도 드디어 여자에게 관심을 가지게 된 거겠지. 이미 일구를 낙랑으로 보냈다. 갈사에서 오자마자 다시 내보내서 좀 미안하게 되긴 했지만, 일을 제대로 할 줄 아는 놈이 그놈뿐이니 어쩌랴."

낙랑에 일구를 보냈다고? 왜? 호동은 초인적인 의지로 따져 물으려는 자신의 감정을 억눌렀다. 이유 같은 거야 위수를 시켜 알아봐도 된다.

"매파媒婆로 간 거야. 공주를 우리 고구려로 보내 달라고."

호동의 몸이 꿈틀 움직였다. 저게 사실일까? 대체 무슨 꿍꿍이일까? 사실이래도 말려야 하고 사실이 아니래도 말려야 했다. 사휴왕의 물건에 좋은 것이 없는 것처럼 부왕의 음모도 좋을 것이 없었다.

"어이쿠, 그리도 좋은가? 하하, 언제는 장가는 죽어도 안 가겠다고 하더니. 아하하하."

호동의 반응을 자기 마음대로 해석한 주류왕은 혼자 신나게 웃었다.

"흠, 좋은지 싫은지 이야기나 좀 해 보지 그러느냐?"

"소자는 부왕의 뜻에 따를 뿐입니다."

"그래? 그 말 진심이겠지?"

"그렇습니다."

주류왕은 잠시 아무 말도 하지 않았다. 마치 무슨 깊은 고민이라도 있는 것처럼 방 안을 서성이던 주류왕은 갑자기 발로 상을 걷어찼다. 그러고는 허리를 숙여 호동의 얼굴을 빤히 들여다보다가 불쑥 입을 열었다.

"그럼 내가 어떤 일을 하든 따를 것이냐?"

호동은 무표정한 얼굴로 대답했다.

"그렇습니다."

주류왕이 흐뭇한 미소를 지었다.

"그래, 호동아. 우리가 지금 어떤 처지에 있는지는 알고 있겠지?"

호동은 대답하지 않았다. 주류왕도 대답을 기다리고 있지 않았다.

"요동태수가 우리 땅을 호시탐탐 노리고 있다. 국경에서 충돌이 끊이지 않고 있지. 저들은 조공을 원하고 있어. 놀러나 다니는 팔자 좋은 네 녀석은 까맣게 모르겠지. 하지만 저것들은 식량, 포목, 소와 말, 그리고 여자까지 원하고 있다."

"그자가 미친 것이 아닙니까?"

"미친 게 아니라 아주 똑똑한 거지. 지금 중국은 왕망王莽 이래로 전란이 거듭되고 있다. 지난 무자년엔 요동에서 쳐들어와 곤욕을 겪은 바 있다는 걸 잘 알 것이다. 연왕 팽총彭寵이 중원의 유수劉守와 자웅을 겨루며 군량과 물자를 장만하려고 저지른 일이었지. 비록 팽총은 바보처럼 노비들에게 죽임을 당했고, 당시 유주목 주부朱浮는 어려서 야심을 가지지 못했지만 이제 무슨 일이 생길지 누가 알겠느냐? 패자霸者라 하면 마땅히 천하를 노릴 만한 때가 온 것이다. 요동이 새외라 한들 어찌 이런 좋은 기회를 놓치겠느냐?"

그럴지도 몰랐다. 하지만 천하의 정세가 어찌 되든 호동의 관심사는 전혀 아니었다.

"지금 낙랑태수 왕준王遵은 반란을 일으켰던 왕조王調나 이전의 태수였던 유헌劉憲과는 격이 다른 인물이다."

지난날 한나라에는 크게 난리가 일어나 왕망이라는 자가 새로이 신新나라라는 것을 세웠고, 이에 한나라의 후예가 경시제更始帝라는 이름으로 다시 한나라를 세웠다. 경시제의 밑에서 장군이었던 유수가 또다시 반란을 일으켰고, 지금은 그가 한나라를 다스리는 황제의 자리에 있었다. 후일 광무제光武帝라 불리는 인물이 바로 그였다.

혼란이 거듭되는 동안 낙랑에서도 반란이 일어나 왕조라는 자가 낙랑태수를 죽이고 스스로 낙랑태수 겸 대장군이라 선언한 바 있었다. 그러나 유주를 뒤흔들던 연왕 팽총의 반란을 진압한 광무제 유수는 왕준을 낙랑태수로 임명하여 파견했고, 왕준은 순식간에 왕조를 토벌해 버렸다.

하지만 그 후유증은 만만치 않았다. 반란과 토벌, 중원의 혼란을 알게 된 세력들이 다시금 자립을 꾀했기 때문이었다. 단단대령 너머에 있어 낙랑의 통치가 제대로 이루어지지 않던 동부도위 휘하의 일곱 나라가 일제히 반란의 깃발을 올렸다. 왕준은 어쩔 수 없이 그들의 자립을 인정해 주고 말았다. 그중 가장 선두에 선 나라가 바로 낙랑국이었다.

"세상일이라는 것이 참 공교로운 것이다. 왕조는 우리와 손을 잡을 생각이 있었으나, 요동태수가 바로 우리를 공격한 탓에 왕조를 도울 수가 없었다. 그사이에 팽총이 토벌당하고, 그렇게 손 빠르게 유수가 병력을 보내 왕조를 거꾸러뜨릴 줄은 상상도 하지 못했다."

주류왕이 으드득 이를 갈았다.

"우리는 남북으로 한나라의 군현을 끼고 있는데, 이것은 나라를 계속 불안하게 만드는 가장 큰 원인이 된다."

아니다. 우리를 가장 불안하게 만드는 것은 황룡국이다. 지금은 한나라와 화친하는 것이 낫다. 호동은 그렇게 생각했지만 입 밖에 그 말은 내지 않았다.

"천하가 요동치고 있다. 호동아, 알겠느냐? 천하가 요동치고 있단 말이다. 잘 들어라. 나는 낙랑을 멸하고 요동을 쳐서 천하에 우뚝 선 나라를 만들 것이다."

주류왕은 곧이어 낮게 중얼거렸다. 물론 호동은 그 말을 똑똑히 알아들을 수 있었다.

"그러기 위해서는 약한 나라부터 해치워야 한다. 그 제일보를 내딛을 때가 온 것이야. 이대로 두면 낙랑국은 낙랑군과 손을 잡을 것이 뻔하다. 그 북이 낙랑국에 있는 것은 상관없을지 몰라도, 낙랑군이나 요동군에 들어가는 건 막아야 한다."

이 말에는 호동이 참지 못하고 질문을 던졌다.

"자명고가 낙랑국에 있어도 상관없다는 것은 무슨 뜻입니까?"

"바보 같은 놈. 병사를 부림에 신속을 귀히 여긴다는 말이 있다. 들어 보았느냐?"

물론 들어 본 말이었다. 손자병법에 나오는 말이다.

"하지만 상대의 진로를 알아도 막을 수 없다면 그때는 신속이고 뭐고 다 필요 없어지는 거다. 도적 떼가 낙랑의 사절을 덮칠 때 자명고가 그것을 알려 주었다 치자. 그렇다고 해서 그들이 어쩔 수 있었겠느냐?"

당연히 어쩔 수 없었다. 병력의 차이가 너무나 커서 안다고 해도 당할 수밖에 없었던 것이다.

"자명고는 신속을 방해하는 신물神物이다. 어느 정도의 전력 차이라면 먼저 아는 쪽이 이길 수 있겠지. 하지만 압도적인 병력 차이를 신물 하나로 막을 수는 없는 법이다."

주류왕이 다시 뚜벅뚜벅 걸으며 이야기했다.

"알겠느냐? 우리는 낙랑군이나 요동군과 겨뤄 볼 만하다. 하지만 우리가 가는 길을 저들이 죄 알고 있다면 백전백패다. 자명고 같은 물건은 애초에 세상에 나오지 않았어야 하는 물건이다. 왜 그런지 알겠느냐?"

호동도 그 이유를 알았다.

"강한 사람을 더 강하게 만들어 줄 뿐, 약한 자를 도울 수 있는 물건이 아니기 때문입니다."

"그렇다. 아주 바보는 아니었구나. 그래서 자명고는 우리 손에 들어왔어야 한다. 하지만 이제는 틀렸고, 그럼 남은 방법은 하나뿐이다."

"서, 설마 그걸 강제로 빼앗으실 작정입니까?"

주류왕이 눈을 가늘게 떴다. 오늘 처음으로 호동이 적극적인 의견을 낸 것이다.

"아니, 그럴 생각은 없다."

"그럼 남은 방법이란 대체 무엇입니까?"

주류왕은 난데없이 손짓을 하며 말했다.

"좋아 좋아. 물러가도 좋다."

왕이 나가라는데 더 물을 수는 없었다. 사실 옥연과의 혼인 문제가 나왔을 때부터 사리를 따져 이야기할 정신이 없었던 호동은 물러가라는 말에 내심 무척 기뻐하면서 그대로 궁을 빠져나왔다.

호동이 대궐을 빠져나오자마자 초조하게 회랑을 병아리처럼 총총걸음으로 오가고 있던 위수가 달려와 그의 소매를 잡았다.

"문제가 생겼습니다."

"뭐냐?"

"일구가 어디로 갔는지 알아냈습니다. 낙랑국으로 갔답니다."

"알고 있다."

호동이 시큰둥한 얼굴로 소매를 떨쳤다. 그러자 위수가 다시 소매를 붙잡고 귀엣말을 속삭였다.

"혼약을 맺으러 갔다 하였습니다."

"그것도 알고 있다."

안 그래도 짜증이 나 있는 상태였다. 호동은 거칠게 위수를 밀어 버렸다. 하지만 엉덩방아를 찧은 위수는 다시 달려와 호동을 가로막았다.

"아직도 할 말이 남았느냐?"

"계략입니다."

"뭐라고?"

위수는 또다시 호동이 역정을 낼까 두려워 재빠르게 입을 놀렸다.

"혼약을 미끼로 던져 안심시킨 다음 영접을 위한다는 명목으로 군대를 보내 자명고를 속이고 낙랑을 멸할 작정입니다."

호동의 심장이 얼어붙고 말았다.

5. 죽음

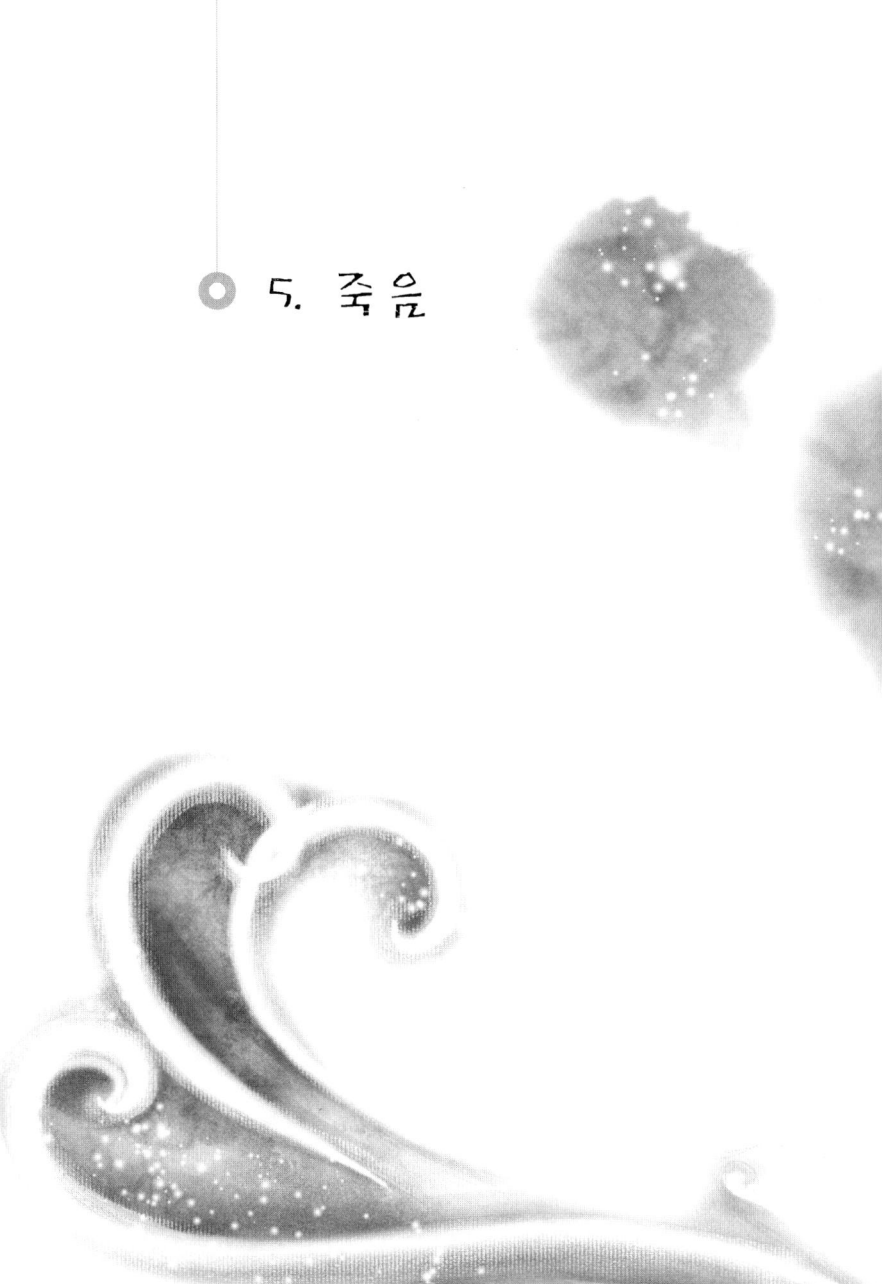

왕자 전하가 온단다.

옥연의 가슴은 콩닥콩닥 진정이 되지 않았다. 사신으로 온 사람, 분명 그때 갈사국에서 보았던 사람이었다. 그 붕어처럼 생긴 얼굴은 잊으려야 잊을 수가 없었다. 혼약을 청하고자 왔다고 했다. 이렇게 일이 진행될 줄은 꿈에도 몰랐다. 더구나 지금까지의 생각과는 달리 아바마마도 은근히 좋아하는 눈치였다.

최리왕은 진짜 그렇게 생각하고 있었다. 호동이 고구려 주류왕의 친자가 아니고 장조카라는 것 정도는 애초에 알고 있었다. 따라서 호동이 주류왕에게는 눈엣가시라는 것 또한 잘 알고 있었다. 하지만 왕위 계승의 제일 순위가 바로 호동이라는 사실은 불변의 진리였다. 그 호동이 딸에게 마음을 두고 있다고 한다. 이것은 그야말로 기회였다.

호동은 고구려의 왕자이면서 갈사국의 외손이기도 했다. 여기에 처가를 낙랑국에 둔다면 두 나라의 지원을 받는 셈이었다. 이만한 힘이라면 고구려의 왕위를 충분히 노릴 수 있다는 계산이었다. 그리고 호동이 낙랑과 갈사의 지원으로 왕위에 오른다면 어찌 낙랑을 우습게보겠는가. 고구려, 갈사, 낙랑의 연합이라면 북방이 아니라 천하를 두고 웅위를 떨쳐 볼 만할 것이었다.

거기에 호동은 황룡국 사휴왕과는 불구대천의 원수다. 이번 북맞이에서 사절단이 몰살한 책임이 사휴왕에게 있는 것은 분명했다. 하지만 자명고라는 보물을 가지고 돌아온 터라 그 보물의 원주인에게 강하게 책임을 묻기가 어려워 분루憤淚를 삼키고 있는 중이었다.

사휴왕은 이미 준비하고 있던 대로 북맞이 행사 때 사면된 도적 떼가 불의의 사고를 일으킨 것이라고 오리발을 내밀고 말았던 것이다. 더구나 그 때문에 그 도적 떼를 찾아내 섬멸했다고 하며 근 삼백여 명에 달하는 효수梟首를 보내오는 성의를 보였다. 아무래도 그 뒤가 수상쩍었지만 원수를 갚았다는 점에서 더 이상 따질 수가 없었다.

이제 호동과 옥연의 혼인으로 고구려와 손을 잡는다면 적절한 기회에 황룡국에 정의의 응징을 내려 줄 수 있을 것이었다. 최리왕으로서는 기쁠 수밖에 없는 제의였다. 하지만 최리왕은 주류왕을 과소평가하고 있었다. 바로 최리왕이 생각한 그 점, 즉 낙랑과 갈사가 호동의 배후가 되는 것을 막기 위해 주류왕은 낙랑을 정벌코자 일구를 보낸 것이다. 갈사국의 해연왕은 늙었고, 또 싸움을 좋아하지 않는 성격이므로 무서울 것이 없었다. 그러나 낙랑의 최리왕은 야심이 있는 사람이므로 일찌감치 그 싹을 잘라야 한다고 판단한 것이다. 최리왕은 그런 주류왕의 생각은 전혀 하지 못한 채 일구에게 온갖 덕담을 늘어놓고 있었다.

"그렇다면 승낙하신 것으로 알겠습니다."

일구가 깊이 고개를 숙였다.

"참으로 경사스러운 일이오. 이제 오늘 밤은 마음껏 즐기도록 하시오. 내 성대한 잔치를 열리라."

"감사, 감사드립니다."

일구는 다시 거푸 고개를 조아리며 인사를 올렸다.

"오늘 잔치에 공주 마마도 참석하시는지요?"

"아녀자들이 그런 자리에 나올 필요는 없지 않겠소?"

최리왕이 어리둥절해서 물었다. 지금까지 잔치에 공주가 참석하는지를 물어 온 경우는 한 번도 없었다. 물론 눈앞에 있는 자가 혼인을 위해서 온, 말하자면 중매쟁이이기는 해도, 그런 질문은 예의에 벗어나는 것 같아 살짝 불쾌한 기분이 들었다.

"폐하의 심기를 건드렸다면 백배 사죄드리겠습니다."

일구는 눈치가 빠른 사내였다. 바로 차가운 바닥에 납작 엎드렸다. 이렇게 나오자 오히려 최리왕이 당황하고 말았다.

"아, 아니, 그런 것이 아니외다. 그저 좀 특이한 질문이라서……. 대개 그런 질문은 하지 않으니까……."

일구가 튀어나온 눈을 뒤룩뒤룩 굴리며 말했다.

"절대 다른 뜻이 있어서 그런 것이 아니옵니다. 다만 저의 주군이신 호동왕자 전하께서 낙랑공주 마마께 전하신 비봉秘封이 있어서 여쭈었던 것뿐입니다. 결례를 했다면 부디 너그러이 용서해 주십시오. 용서해 주십시오."

"비……봉이라니?"

일구는 우물쭈물하다가 어쩔 수 없이 이야기한다는 투로 말했다.

"사실 이번 북맞이 때 벌써……."

"벌……써?"

"하하, 아무래도 젊은 청춘들이다 보니……."

최리왕의 인상이 굳어졌다. 의도적인 도발이었지만 최리왕이 그 속내를 알 턱이 없었다. 그러고 보니 고구려의 왕자에게서 받은 단도라고 하는 보검을 자랑스럽게 내보인 생각이 났다. 각국에서 받은 선물이 워낙 많았던 터라 그때는 그것도 그중 하나일 것이라고 대수롭지 않게 생각했었다.

최리왕은 시녀 하나를 불렀다.

"고구려 사신을 공주의 거처로 안내해 드려라."

일구는 넙죽 절을 하며 말했다.

"아, 감사합니다. 고맙습니다. 저희 왕자님은 실패를 용서치 않으시는 엄한 분이셔서 걱정을 많이 하고 있었습니다."

최리왕은 이자가 도무지 말이 많은 것인지, 머리가 모자란 것인지 알 수가 없었다. 더 이상 대꾸하지 않고 몸을 돌려 버렸다.

시녀가 다가와 공손히 무릎을 꿇어 인사를 하고 말했다.

"소녀를 따라오시지요."

일구가 눈알을 데루룩 굴렸다. 이제 갓 스물을 넘었을 시녀다. 평범한 얼굴이기는 하지만 나름대로 색기가 충만했다.

"이런 미녀의 안내를 받게 되다니, 이번 북맞이 때 빈 소원이 맞아떨어진 모양이구려."

시녀는 손을 들어 입을 가렸다. 웃었다는 뜻이었다.

"북맞이에서 죽은 아내와 닮은 여인을 만나게 해 달라고 그렇게 빌었는데, 그 소원이 오늘 이루어지는군요."

동정심을 건드리자 바로 반응이 왔다.

"상처하셨군요."

상처하기는커녕 호랑이 같은 아내 말고도 첩을 다섯이나 거느리고 있는 일구는 세상에 다시없을 처량한 얼굴로 고개를 끄덕였다.

"어쩌다가……. 안되셨습니다."

"아이를 낳다가 생긴 일이었죠. 할머니 품에 안겨 놓고 여기까지 오려니 참 마음이 아파서 쉽게 발이 안 떨어지더군요."

일구는 그렇게 말하며 갑자기 오른발을 절룩거렸다.

"발이 불편하신가요?"

"하하, 이것 참 별 추태를 다 보이는군요. 말에서 내릴 때 살짝 접질린 모양……. 아이쿠."

일구는 옆으로 쓰러지는 척하면서 시녀에게 몸을 기댔다. 시녀가 그다지 싫지 않은 표정으로 일구를 부축했다.

"소녀 어깨를 잡으시지요."

일구는 속으로 쾌재를 불렀다. 자연스럽게 어깨에 손을 얹어서 젖가슴 앞으로 손을 축 늘어뜨렸다. 물론 닿지는 않았다. 하지만 걸음을 옮기기 시작하자 미묘하게 앞섶을 건드리기 시작했다. 걸을 때마다 몸도 조금씩 더 밀착시켰다. 슬쩍 돌아보니 시녀의 볼이 발갛게 물들어 있는 게 아닌가. 궁궐의 시녀들 신세라는 게 사내 맛을 볼 수 없게 되어 있지만, 여자건 남자건 때가 되면 다 자연스레 정욕이 생기는 법이니, 그것을 조금만 건드리면 언제 어디서나 여자란 자빠뜨릴 수 있는 법이지. 일구는 흐르는 침을 소리 없이 목젖으로 넘겼다.

"저, 저기 내가 좀 불편해서 그러니 잠시만 쉬었다 가면 아니 될까?"

"아, 많이 불편하세요?"

"그냥 잠깐 발목이라도 주무르고 가면 좋을 것 같은데……."

이만한 궁이라면 빈방이야 어디든 있게 마련이다. 이제 방으로만 들어가면 색기가 촉촉이 오른 시녀와 합환의 즐거움을 누리는 것은 간단한 일일 터. 일구는 다시 한 번 소리 없이 군침을 삼켰다.

시녀는 별말 없이 한쪽 방으로 일구를 안내했다. 빈객이 묵어가는 방이 아닐까 싶었다. 빈방이었지만 구들에 불도 훈훈하게 들어와 있었고 이부자리마저 보아져 있었다. 이건 수고를 너무 더는 것 아닌가 싶어 일구는 빙그레 미소를 짓고 말았다.

"그럼 잠시 후에 다시 오겠습니다."

시녀가 그렇게 말하고 나가려는 찰나 일구가 시녀의 손목을 와락 잡았다.

"가긴 어딜 간다고 그러는 건가?"

시녀가 어쩔 줄 몰라 하며 손을 빼려 했으나 산전수전 다 겪은 일구의 완력을 연약한 시녀가 이길 수는 없었다.

"왜, 왜 이러시는지요?"

"그동안 너무 외로웠는데, 그대를 보니 격정이 참을 수 없이 밀려오는구려. 이 몸을 불쌍히 여겨 주면 안 되겠는가?"

"이, 이러지 마십시오."

고것, 앙탈은 무지 부리는군. 일구가 목소리를 높였다.

"어디서 꼬리를 치다가 이제 와서 앙탈을 부리는 게냐? 대고구려의 사신이 우습게 보이더란 말이냐?"

난데없는 호통에 시녀는 넋이라도 나갔는지 몸을 움츠린 채 꼼짝하지 못했다. 역시 여자란 큰 소리를 쳐서 찍어 눌러야 하는 법인데, 너무 점잖게 대했다는 생각에 일구는 껄껄 웃어 버렸다.

"그렇게 겁먹지 마라. 내가 회포를 풀면 너를 그냥 두고 가겠느냐? 나와 함께 고구려에 간다면 이런 촌구석에서 시녀로 지내는 것보다 백 번 나을 것이다."

일구는 뺨 치고 어르며 시녀를 끌어당겼다. 옷깃 사이로 두툼한 손을 밀어 넣으려 하자 시녀는 다시 정신이 들었는지 있는 대로 몸을 뒤틀어 댔다. 맨가슴을 잡지 못해 아쉽긴 했지만 일구는 그냥 옷 위로 시녀의 젖가슴을 확 움켜잡았다. 이미 오면서 툭툭 건드려 보아 알고 있었지만 생각보다 훨씬 풍만한 가슴이 손에 들어왔다. 입 안이 쩍 말라붙었다. 머릿속은 텅 비고 모든 피가 하초로 쏠리기 시작했다.

"이, 이러시면 아, 아니 됩니······."

하지만 어느 틈에 일구는 뒤로부터 시녀의 허리를 두 다리로 감싸고 천연덕스럽게 윗옷을 끌어내리고 있었다. 시녀의 동그랗고 매끄러운 한쪽 어깨가 옷 속에서 쏙 빠져나오자 일구는 신음 소리를 흘리며 그 어깨에 입을 갖다 대었다.

"살갗이 진주처럼 매끄럽구나."

"제발, 제발······."

시녀는 울고 있었지만 그것조차 일구에게는 색다른 자극일 뿐이었다. 이제는 세상이 두 쪽 난다 해도 멈출 수 없는 상황이었다. 일구는 허겁지겁 옷을 당겼다. 하지만 가슴이 큰 탓인지 옷이 잘 내려가지 않았다. 확 찢어 버릴까 하는 생각이 들었지만, 그건 좀 곤란했다. 시녀가 옷이 찢어진 채 밖으로 나갔다가 누구 눈에라도 띈다면 곤란한 외교 문제를 일으킬 수도 있으니까. 아무튼 시녀란 공식적으론 그 나라 왕의 여자인 것이기 때문이다. 그래서 조금 시간이 걸리더라도 고름을 푸는 수밖에 없었다. 일구는 어깨에서 목덜미를 혀로 핥으며 옷고름을 더듬어서 풀기 시작했다. 시녀는 계속 몸을 비틀었지만 일구의 다리가 시녀의 허리와 허벅지를 완벽하게 누르고 있어서 도무지 몸을 빼낼 수가 없었다.

"조금만 기다려라. 한 번 운우의 정을 나누면 그때부터는 나를 쫓아다니기 바쁠 것이니."

이 정도까지 반항하는 것을 보면 분명 처녀가 틀림없었다. 일구는 한껏 부풀어 오른 음경을 시녀의 궁치에 비비적거리며 거친 신음을 뿜어 댔다. 겨우 고름을 풀고 옷을 확 젖히려는 순간 드르륵 문이 열렸다.

"향이 언니, 뭐 해?"

불쑥 방으로 들어온 어린 시녀가 있었다. 일구도 순간적으로 당황해서 어떻게 해야 할지 감을 잡지 못했다. 그 어린 시녀는 북맞이 때 보았던 시녀였다. 일구는 그 시녀가 낙랑공주의 몸종이자 예초라는 이름을 가지고 있었다는 것을 기억했다.

"흠흠, 예초구나."

"아저씨 누구우세요?"

일구는 조심스럽게 몸을 돌리며 동시에 향이라 불린 시녀를 이부자리 쪽으로 눕히고자 했다. 향이는 뻣뻣하게 굳어 버린 채 움직임이 없었다. 얼굴이 저녁놀보다도 붉게 달아오른 상태였다. 일구는 예초가 있건 없건 다시 음심이 정수리를 뚫고 솟아오르는 것을 느끼고 부르르 몸을 떨었다.

"흠흠, 향이 언니가 좀 아파서 진맥을 하고 있었다."

"아저어씨가 의원이에요?"

"그렇지."

일구는 침을 꿀꺽 삼키고 향이를 바라보았다. 누웠는데도 태산처럼 우뚝 선 젖가슴이 그의 손을 한껏 부르고 있었다.

"저, 저기 있잖아. 아저씨가 진맥을 해야 하니까 좀 나가 있지 않겠느냐?"

"왜요?"

일구는 순간적으로 말이 막혔다. 이유를 물어 올 줄은 전혀 생각하지 못했던 것이다. 그 순간 향이가 벌떡 몸을 일으켰다. 황급히 일어나는 바람에 옷깃이 벌어지며 속살이 살짝 드러났다가 신기루처럼 사라졌다.

"저, 저, 소녀는 이제 쾌차하였습니다. 이, 이만 물러가겠습니다."

향이는 옷깃을 두 손으로 꼭 잡은 채 후다닥 방을 뛰어나갔다.

"아, 아직 할 말이 남았는데……."

일구가 부질없이 이야기를 던졌지만 향이는 뒤도 돌아보지 않고 총총걸음으로 사라져 버렸다.

"쳇, 재수 없게 실녀室女가 걸려서는……."

"실녀가 뭐예요?"

"실녀가 뭐긴, 아직 남자를 모르는 여자를 실녀라고……. 뭐야, 넌 왜 여기 있어?"

예초가 향이를 따라 나가지 않고 그냥 있었던 것이다.

"향이 언니가 남자를 왜 몰라요? 언니가 바본 줄 알아요?"

일구는 피식 웃어 버렸다. 이거야말로 남자를 모르는 처녀, 아니, 아직 처녀도 되지 않은 애가 아닌가! 하지만 가만 보니 나올 곳은 나왔고 들어갈 곳은 들어간 상태였다. 몸은 다 컸지만 어려서부터 궁에서만 지낸 탓에 정말 합환을 모르는 애송이 동녀童女가 아니겠는가. 그렇게 생각하자 일구는 다시 하초 사이가 뻣뻣해지는 것을 느꼈다.

"에구구."

일구가 사타구니를 감싸고 신음 소리를 냈다.

"왜 그러세에요?"

옳거니, 걸려들었다.

"갑자기 여기가 아프구나."

"많이 아프세요?"

"그래. 네가 좀 쓰다듬어 주면 나을 것 같은데 그래 주겠니?"

"그러어죠, 뭐."

일구의 튀어나온 눈이 한층 더 튀어나올 것처럼 커졌다. 어디서 이런 숙맥이 나왔을까 싶었다. 가만 보니 평범한 얼굴이긴 하지만 밉상은 전혀 아니다. 이목구비가 단정한 편이 잘만 꾸미면 나름대로 매력이 있어 보일 얼굴이었다. 그렇게 생각하자 양물이 두 배로 커지는 것 같았다. 그것을 예초가 스스럼없이 덥석 잡았다.

온몸이 녹아 버릴 것 같았는데, 다음 순간 격심한 통증에 머릿속이 하얗게 타 버리고 말았다. 예초가 커질 대로 커진 일구의 양물을 그대로 꺾어 버린 것이다.

"향이 언니도 남자를 알고오요, 소녀도 남자를 알고 있답니다. 아이, 더러워 죽겠네."

예초는 오른손이 마치 썩어 버릴 물건인 것처럼 치켜들고는 방을 빠져나갔다.

"너, 너……."

일구는 말도 다 잇지 못했다. 분명 우지직 소리가 났는데, 앞으로 이것이 제구실을 할지 알 수 없었다. 아픔과 걱정 때문에 눈물이 쏟아져 내렸다.

일구가 걸음이나마 걷게 된 것은 족히 한 시진은 지나서였다.

"이 미, 미친 것을 자, 잡기만 하면 바로 입을 찢어 놓을 테다."

하지만 걸음을 옮길 때마다 사타구니 사이가 미칠 듯이 아팠으니 과연 예초를 본다 해도 찢을 기운이 있을 것 같지는 않았다. 음경은 피멍이 들어 검붉은 색으로 변해 버렸고, 퉁퉁 부어올라 그가 평생 가져 보지 못한 크기로 부풀어 오른 상태였다.

벽을 짚고 간신히 방을 빠져나왔을 때, 바로 그 말버릇도 이상한 마귀 같은 계집이 생글생글 웃고 있는 것을 발견할 수 있었다.

"네, 네, 이, 이년!"

말을 할 때도 통증이 몰려와서 도무지 위엄 있는 태도를 취할 수가 없었다.

"향이 언니한테 이야기 들었어요. 우리 공주 마마를 뵈어야 한다믄

서요?"

그 말에 정신이 번쩍 들었다. 음심淫心 때문에 정작 중요한 사명을 잊어버리고 있었다. 착오가 생기면 안 되는 일이었다.

"그, 그래."

"아이참, 그러엄 빨리 말씀하셨어야죠. 그리고 공주 마마 앞에서는 말 좀 더듬지 마아세요. 촌스러워 보이잖아요오."

맞는 말이긴 했다. 평상시라면 당연히 기름칠한 듯 매끄러운 자기 언변에 자신만만이었다. 하지만 지금은 자신하기 어려웠다.

"공주 마마를 뵈, 뵐 수 있겠느냐?"

"따라오시죠."

일구는 어기적거리며 예초를 쫓아갔다.

"네 이년, 나중에 이 빚은 호되게 갚아 줄 테니 그런 줄 알아라."

예초는 전혀 무서워하는 기색 없이 말했다.

"호호, 그나마 고구려의 사절이라 그 정도로 그친 거예요."

배짱이 두둑한 계집이었다. 일구는 어금니를 악물었다. 비단 사타구니가 아파서만은 아니었다.

"인사 올릴 때 주의하세요. 품위 없이 굴지 말고."

예초는 낙랑공주의 방 앞에 서서 빈정댔는데, 일구는 등줄기에 식은땀이 흘러내렸다. 하지만 하초가 아프다고 오늘 할 일을 내일로 미룰 수도 없는 노릇이었다. 이미 모든 일은 예정되어 있고, 따라서 오늘 까무러치더라도 공주와 이야기를 나누어야 했다. 이야기를 나누기만 해서 될 문제가 아니라 공주를 설득해야 하는데, 과연 지금 상태로 공주를 설득시킬 수 있을지……. 다시 한 번 흘러내리는 식은땀을 닦고 일구는 방으로 들어섰다.

공주를 바라본 순간 일구는 황급히 시선을 아래로 떨궜다. 금방 예초를 보고 꾸미면 괜찮을 것 같다고 했던 생각이 얼마나 터무니없는 것인 줄 알고 말았다. 조각달 같은 하얀 얼굴, 영기가 서린 둥글고 큰 눈, 허공을 싹둑 베어 버릴 것 같은 오뚝한 콧날, 살짝 올라가 미소를 띤 듯한 단아한 입술. 그리고 그 모두에 서린 기품. 흑단처럼 빛나는 머리카락이 돌아서면서 날개처럼 부풀었다가 내려앉는다. 천녀가 하늘을 가로질러 날아오는 것 같은 느낌이었다. 잠시 후 불에 지지는 듯한 통증이 하초로부터 밀려 올라왔다. 퉁퉁 부은 주제에 용틀임을 한 것이다.

옥연은 잠시 붕어처럼 생긴 고구려의 사절이 입을 열기를 기다렸다. 아랫사람이 먼저 인사를 올리는 것이 지극히 당연한 예의였기 때문이었는데, 이 사람 도무지 말을 하려 하지 않는다. 생긴 것만 붕어 같은 것이 아니라 진짜로 붕어라 그저 뻐끔거리기만 하는 것일까? 그런 말도 안 되는 생각까지 했을 때 일구가 간신히 하초의 반란을 진압하고 입을 열었다. 물론 다시 고개를 들 생각은 언감생심 하지 못했다.

"고구려의 사신 일구가 문안을 여쭙습니다."

"먼 길 오시느라 수고하셨습니다. 어쩐 일로 저를 찾으신 건지?"

일구는 다시 신음을 속으로 씹어 삼켰다. 나긋나긋하면서도 낭랑하게 울리는 목소리 때문이었다. 한없이 부드러우면서 촉촉한 느낌이 저절로 들게 되는, 저런 소리를 만들어 내는 혀를 이로 살짝 깨물어 보고 싶다는 생각이 들면서, 동시에 하초에서 극렬한 통증이 올라왔던 것이다.

"호동……왕자 전하의 전갈을 받들고 왔습니다."

다행히 말을 더듬지는 않았다. 일구는 하초를 향해 '죽어라, 제발 죽어라!' 저주를 퍼붓고 있었다. 하지만 다시 낙랑공주의 목소리가 들리자 모든 것이 수포로 돌아가고 말았다. 일구의 목덜미에서 땀이 조르르 흘러내렸다.

"왕자 전하께서 내게 전하라는 말씀이 있었습니까?"

일구는 소매에서 밀봉되어 있는 갑 하나를 꺼냈다.

"전하라 하신 물건입니다."

옥연이 갑에 둘러진 밀랍을 뜯어내고 개봉하자, 그 안에는 죽간이 하나 들어 있었다. 죽간에는 단 한 글자만이 적혀 있었다.

信

믿으라는 글자.

옥연이 죽간을 손에 든 채 물었다.

"그대가 내게 따로 할 말이 있을 것입니다. 무엇입니까?"

일구는 정신을 집중했다. 이제부터가 진짜였다.

"죄송하지만 다른 사람 앞에서는 드릴 수 없는 말씀입니다. 좌우를 물려 주십시오."

좌우라고 말하긴 했지만 처음부터 이 방에 있었던 사람은 예초뿐이었다.

"이 아이는 내 수족과 같습니다. 개의치 말고 말하십시오."

"그럴, 순 없습니다. 부디 저 궁례宮隸도 내보내 주십시오."

일구는 이제 대놓고 예초를 가리키며 말했다.

"괜찮다고 했습니다."

"그, 그럼 소신도 그만 물러나겠습니다. 소, 소신과 함께 있다 해도 아무 걱정하실 일이 없다는 것은 저 궁례 역시 잘 알고 있습니다."

일이 이렇게 되자 옥연이 양보할 수밖에 없었다. 예초는 주인의 뜻이 정해진 것을 알고 조용히 방을 나갔다.

예초의 발걸음이 멀어진 것을 확인한 일구가 이야기를 시작했다.

"그럼 말씀 올리겠습니다. 즉시 자명고를 찢어 버리라 하셨습니다. 자명고를 찢는다면 공주 마마를 부인으로 맞을 것이요, 찢지 않는다면 부인으로 맞을 수 없다 하셨습니다."

"그, 그게 무슨 말입니까?"

옥연은 거의 부르짖듯이 말했다. 호동이 그런 이야기를 왜 했다는 건지 이해할 수 없었다.

"전하라 하신 말씀은 그것뿐이었습니다. 하지만 소신이 조금 정황을 말씀 올리겠습니다."

"그러시지요."

일구는 필사적으로 정신을 집중했다. 여기서 삐끗하면 끝장이다.

"왕자 전하에게는 여러 나라에서 청혼이 들어오고 있습니다. 죄송스런 말씀이지만 이제 막 나라의 꼴을 갖춘 낙랑국보다 긴 역사를 지닌 나라들이 많이 있습니다. 하지만 왕자 전하의 뜻은 확고하십니다. 오직 공주 마마를 생각하실 뿐입니다. 하오나 분명 그 전에 자명고를 찢어서 공주 마마의 의지를 확인해야 된다고 하셨습니다."

"왜 자명고를 찢는 것으로 제 의지를 확인하신다는 걸까요?"

"그것은 자명고가 낙랑국에 꼭 필요한 물건이기 때문입니다."

"낙랑국에 꼭 필요한 물건인데 파괴하란 말인가요? 내게 나라를 배반한 여인이 되라는 말씀이군요."

"자명고를 찢는다 해도 나라를 배반한 여인이 되지는 않습니다."

"뭐라고요?"

얼굴을 보면서 이야기하는 것이 설득에 훨씬 유리하다는 것을 잘 알고 있었지만 일구는 전혀 고개를 들 수 없었다. 단지 목소리를 듣는 것만으로도 충분히 괴로웠기 때문이었다. 일이 잘 진행만 된다면, 다른 여자는 다 필요 없고 공주를 달라고 할 것이다. 그때 오늘의 이 고통을 천 배의 쾌락으로 돌려받으리라 다짐을 거듭하고 있었다.

"자명고의 신묘한 위력은 북맞이에 참석했던 모든 사람들이 몸으로 느꼈던 것입니다. 누구도 자명고의 영험함을 의심하지 않게 되었습니다."

"그래서요?"

"따라서 어느 누구도 낙랑국의 국경을 넘지 않을 것입니다. 침범하는 즉시 낙랑국이 그것을 알게 될 것이기 때문입니다."

옥연이 싸늘한 어조로 말했다.

"그거야 자명고가 멀쩡할 때 이야기겠지요."

"그걸 누가 알 수 있습니까?"

"뭐라고요?"

"공주 마마가 자명고를 찢는다 해도 그것을 어느 나라가 어찌 알 수 있겠습니까?"

옥연은 말문이 막혔다. 일구는 드디어 자신의 말발이 먹힌 것을 알

앉다.

"그 자명고는 황룡국의 사휴왕이 보낸 것입니다. 분명 영험한 물건이기는 하나, 우리에게 보여 준 것 이상의 능력이 분명 있을 것입니다. 왕자 전하는 그것을 우려하고 계셨습니다. 이제 세상 사람들이 모두 자명고가 낙랑의 궁장宮牆 안으로 들어간 것을 보았습니다. 자명고가 찢어진다 한들 금궐禁闕 안에서 벌어진 일을 누가 알 수 있겠습니까?"

옥연이 고개를 끄덕였다. 물론 고개를 숙이고 바닥만 내려다보고 있는 일구는 그것을 알지 못했지만.

"따라서 자명고를 찢어 버린다 해도 낙랑국은 그것을 가지고 있는 것과 다를 것이 없습니다. 그렇지 않습니까?"

옥연은 다시 고개를 끄덕였다. 아무리 말이 되지 않는 얘기라 해도 호동이 그것을 원한다면 옥연은 그 말에 따를 준비가 되어 있었다. 그녀에게 필요한 것은 아주 작은, 조그만 핑계에 불과했다. 그러나 옥연의 반응을 보지 못한 일구는 더 강한 이유를 들어야겠다고 생각했다.

"그리고 자명고를 반드시 부숴야 할 진짜 이유가 있습니다. 사실 호동왕자 전하도 모르는 이야기지요."

"그건 또 무슨 이야기입니까?"

"소신은 발이 넓습니다. 황룡국에도 친구들이 있습니다. 그들에게 들은 이야기입니다."

물론 그렇진 않았다. 그것은 주류왕이 해 준 이야기였다. 일구의 친구가 아니라 황룡국에 나가있는 첩자들이 알아낸 사실이었다.

"자명고는 나라를 멸망시키는 저주를 타고 태어난 북입니다. 그 나라를 지켜 주는 척하지만 사실은 그 나라를 파멸시키려고 만들어진 것입니다. 고구려를 멸망시키려고 사휴왕이 심혈을 기울여서 만든 것이죠."

주류왕은 본래 호동이 그 북을 가지고 올 것이라 믿고 있었다. 그리고 북이 오면 바로 하늘에 제사를 지내고 그 저주가 내리기 전에 북을 없애 버릴 생각이었다. 그다음 사휴왕이 쳐들어오기를 기다려 방심한 적들을 오히려 잡아 버릴 작정이었다. 그러나 예상치 못했던 호동의 돌발 행동 때문에 북은 오지 않았다. 주류왕에게는 무척이나 안타까운 일이었다.

일구의 말에 경악한 옥연은 아무 말도 하지 못했다. 그러자 답답할 대로 답답해진 일구는 마지막으로 간직한 비장의 한 수를 꺼내 들었다.

"왕자 전하는 당신이 '연랑의 자명고'가 될 것이라고, 그러니 자명고는 더 이상 필요 없다고 하셨습니다."

그 말에 옥연은 짧은 신음을 흘렸다. 그리고 그 신음에서 교성을 연상해 버린 일구는 하초의 아픔을 견디지 못하고 허리를 꺾고 말았다.

"자명고를 찢겠어요. 그만 물러가세요."

"네, 이만 물러가겠습니다. 다음에는 왕자비가 되신 모습을 배알토록 하겠습니다."

일구가 물러났다. 그 스스로도 '연랑의 자명고'라는 말이 이처럼 큰 위력을 가질 줄 몰랐기에 그 흡족함이 이루 말할 수 없었다.

호동이 옥연을 구하고 돌아왔던 날, 위수와 쑥덕거리던 호동이 느닷없이 튀어 나갔을 때, 일구도 호동을 쫓아갔었다. 호동이 낙랑공주의 방에 들어가는 것을 보고, 남녀 관계라면 모르는 게 없는 그는 이미 쌀이 밥으로 변해 버렸다는 것을 눈치 챘다. 호위대장 재하가 낙랑공주를 짝사랑한다는 것을 눈치 채고 그를 충동질해서 방 안의 대화를 엿듣게 했는데, 덕분에 그날 충격을 받은 재하와 거하게 한잔 꺾으면서 얻어들은 이야기가 바로 '내가 연랑의 자명고가 되어 주겠다.'는 말이었다. 둘 사이에 은밀하게 주고받은 말이니 적절한 순간에 사용하면 효과적인 무기가 될 것이라고 생각하긴 했지만, 그 효과가 바로 나타나 주자 자신의 천재성에 스스로 감동할 지경이었던 것이다. 음경이 쑤시는 것만 뺀다면 완벽한 성공이었다. 하지만 일이 완전히 끝난 것은 아니었다. 낙랑공주가 자명고를 찢는 것을 분명히 확인해야 했다.

자명고를 둔 고각鼓閣의 위치는 이미 파악해 둔 상태였다. 일구는 숙소로 돌아와 잠을 청하는 척하다가 자명고가 있는 고각으로 몰래 나갔다. 고각은 통상 사면이 트여 있게 마련이었으나 자명고를 보호하기 위함인지 사면을 막아 놓아 자명고는 보이지 않았다. 더구나 문에는 커다란 자물쇠가 채워져 있기까지 했다. 날이 어두운 탓에 문틈 사이로 들여다보아도 자명고는 보이지 않았다.

혹시라도 자명고가 자신을 해하려는 일구의 마음을 알아차리고 경보를 낸다든가 하는 일이 있어선 안 되기 때문에 일구는 아예 무기가 될 만한 것 자체를 가지고 있지 않았다. 사실 이 점이 낙랑공주에게 북을 찢도록 사주한 이유였다. 적을 인식하는 신령한 북이니만큼 자객을 보내 북을 찢을 수도, 타국의 사람이 북을 부수기 위해 접근할 수도 없으리란 판단이었다. 그러나 주인인 낙랑공주가 다가간다면 괜찮을 것이고, 설령 자명고가 경보를 발한다 해도 어디까지나 그것은 낙랑국 내부의 일일 뿐이니 고구려는 그저 시치미만 떼면 그만인 셈이었다. 일구는 이 모든 것을 자신의 보고를 받고 그 짧은 시간에 짜낸 주류왕에 대해서 외경심을 가지지 않을 수 없었다. 정말 무서운 주군이었다.

일구는 고각을 둘러본 뒤에 고각 아래의 빈 공간에 몸을 숨겼다. 고각은 본래 높이 만들기 때문에 그 밑에는 몸을 숨기고도 남을 만한 공간이 있었다. 인간만사 새옹지마라더니, 이번에는 음경의 통증이 도움이 되어 주었다. 날이 춥기도 했지만 도무지 아파서 잠을 잘 수가 없었기에 낙랑공주가 나타날 때까지 말똥말똥 깨어 있을 수 있었던 것이다.

삼경이 지나도록 공주는 나타나지 않았다. 추위에 몸은 굳어 가고 통증은 전혀 호전될 기미가 보이지 않으니 그야말로 죽을 맛이었다. 그냥 물러나고 싶은 생각이 굴뚝같았지만, 역시 그럴 수는 없었다. 어차피 공주가 나타나지 않는다면 자명고를 건드릴 방법은 없었다. 자명고가 보통 칼로는 흠집도 낼 수 없다는 것을 이미 알고 있었고, 자명고를 찢을 만한 칼은 호동이 공주에게 준 보검뿐이라는 것도 알고 있었으니까.

얼마나 더 시간이 지났을까. 드디어 비단이 스적거리는 소리가 들렸다. 그 소리가 들리자마자 주책 맞은 음경이 다시 기운을 차리려는 통에 일구는 신음을 삼켜야 했다. 쇳대를 끼우는 소리, 그리고 드디어 고각의 문이 열렸다.

옥연은 소매에 넣어 온 호동의 보검을 꺼냈다. 부러졌다가 다시 이어졌다는 칼. 하지만 매끄럽게만 보이는 칼에는 그런 상처를 연상케 할 아무런 흠집도 보이지 않았다. 달빛이 칼날을 따라 흘러내렸고, 하얀 칼날은 보석처럼 반짝였다.

옥연은 행여 자명고가 울기라도 할까 싶어 자명고를 만지지는 못했다. 달빛을 받은 자명고의 북면은 비늘 하나하나가 올곧이 일어난 것처럼 보였다. 그것은 파도 속을 헤쳐 나가는 교룡처럼 어디론가 끝없이 꿈틀대며 전진하는 것만 같았다. 옥연은 자신이 칼날을 대었던 그때, 도적 떼들이 보고 있는 자리에서 칼을 들이대었던 그때를 떠올렸다. 칼날은 쇳소리를 내며 튕겨져 나갔었다. 강철을 내리친 느낌이었다. 손목이 시큰했었던 생각이 나서 공연히 오른쪽 손목을 살짝 쥐어 보았다.

정말 이래도 좋은 것일까? 이건 나라를 배반하는 일이 아닐까? 저 사내의 말을 다 믿어도 되는 것일까? 옥연은 고개를 절레절레 저었다. 아니다. 호동을 낭군으로, 이 나라의 사위로 맞는 일은, 그것이 바로 나라를 위하는 길이다. 북은 방어를 할 수 있는 힘이 있을 때만 그 능력을 발휘할 수 있다는 건 이미 겪어 보았다. 도적 떼가 나타난다는 것을 알고 있었지만 그들을 막을 수는 없었다. 강적이 침범한다면 일찌감치 절망할 뿐 무슨 도움이 되겠는가? 하지만 강력한 원군이 되어 줄 나라가 있다면 그것은 다른 문제였다. 호동을 낭군으로, 이 나라의 사위로 맞는 것이 이런 북보다 백배는 더 나은 일임에 틀림없었다.

아니다, 틀렸다. 그것은 자기가 자기를 속이는 것이었다. 호동이 낙랑의 자명고가 되려면 그에 필적하는 힘을 가져야만 했다. 왕위에 뜻이 없다던 그가 본격적으로 권력 쟁탈전에 뛰어들어야 한다는 뜻이었다. 왜? 낙랑 때문에, 아니, 옥연 자신 때문에 그이를 원하지 않는 그 길로 보낼 그런 선택을 굳이 해야만 하는 것일까? 호동이 지금 여기 있다면 옥연은 그의 무릎 아래 몸을 던지고 그러지 말라고 간청했을 것이다. 자신을 위해 그런 선택을 할 필요는 없으니 그러지 말라고.

아니, 아니다. 옥연은 또다시 머리를 흔들었다. 이것은 호동이 원하는 것인데 하지 못할 이유가 어디 있으랴. 호동이 신의를 보이고 그에 합당한 대우를 원하는 것인데, 그것을 하지 못한다면 호동의 내자가 될 자격이 없는 것이 아니겠는가.

옥연은 현기증을 느끼고 고각 구석에 주저앉았다. 눈물이 흘러내렸다. 이런 선택의 장에 던져진 자신의 운명을 저주하고 싶었다. 옥연은 속으로 되뇌었다.

"한 가지만 생각하자. 이 북을 찢어 버리는 걸 전하께서 원한다는 것. 내 운명은 이미 전하의 것이니, 전하를 위해서 이 일을 해야만 한다는 것. 그래, 그것 하나만 생각하자."

생각을 입 밖으로 소리 내자 모든 것이 분명해졌다. 이제는 돌이킬 수 없었다. 그녀는 호동을 원하고 있었다.

옥연은 일어나 고각의 뒤편으로 갔다. 비록 이 고각이 열리는 건 다음 북맞이 때나 되어야겠지만 그래도 고각의 문을 여는 순간 찢어진 북이 보이는 것은 원하지 않았다. 심호흡을 길게 한 뒤 옥연은 보검을 들어 자명고의 북면에 꽂았다. 보배로운 단도는 보통 가죽을 찌른 듯 큰 저항 없이 북면을 뚫고 들어갔다. 다음 순간 북으로부터 단도를 타고 번개와 같은 충격이 옥연의 몸을 뚫고 지나갔다. 그러나 옥연은 단도를 놓치지 않았다. 그대로 체중을 실어 보검을 아래로 내리그었다.

북이 지르는 비명이 머릿속에 울렸다. 야수의 단말마 같은 소리였다. 그 비명 뒤로 용의 머리가 자명고 안에서 튀어나오는 것 같았다. 시뻘건 입이 쩍 벌어지며 옥연을 삼키는 듯했다. 환영이었다. 환영은 옥연의 몸을 꿰뚫고 사라져 버렸다.

잠시 후 옥연은 충격을 견디지 못하고 그 자리에 짚단처럼 허물어지고 말았다.

공주가 쓰러진 것이 틀림없었다. 북은 찢은 것일까? 일구는 어기적어기적 밖으로 빠져나왔다. 고각의 문이 열려 있었다. 닫는 것을 잊어버리고 간 것일까? 일구는 고각을 향해 계단을 올라갔다. 공주가 뒤편에 쓰러져 있는 것이 달빛 아래 훤히 보였다. 일구는 고각 안으로 들어가 문을 닫았다. 순라를 돌다가 발견하면 큰일이니까. 문을 열어 놓고 이런 대역무도한 일을 한 것을 보니, 공주라 해도 생각 없는 여느 여자와 다를 것이 없었다.

자명고는 찢어져 있었다. 이제는 더 이상 소리를 내지 못하리라. 하긴 본래도 소리는 나지 않았지. 일구는 귀밑까지 입이 찢어졌다. 공주를 깨워야 할까? 그냥 내버려둔다고 한들 일구와는 아무 상관도 없는 일이었다. 아침이 밝는 대로 여기 불내성을 떠나면 그만. 이제 뒷일은 알 바 아니었다.

하지만 그렇게 떠날 수는 없었다. 예초에 대한 분노가 다시 머리끝까지 치밀어 올랐다. 지금 여기, 무방비 상태의 천하제일 미녀가 있는데 그녀를 범할 수가 없는 것이다. 이런 미칠 노릇이 어디 있겠는가 말이다.

"비록 양물이 부러졌다 해도 이런 미녀를 두고 그냥 간다는 것은 더 이상 사내구실을 하지 않겠다는 이야기렷다!"

일구는 이를 앙다물고 결심을 내뱉었다. 진정한 난봉꾼이라면 절대 물러날 수 없는 상황인 것이다. 일구는 죽을 것 같은 통증을 무릅쓰고 공주를 붙잡아 고각의 모서리로 끌고 갔다. 벽면에 기대어 놓고는 얼굴을 쓰다듬었다. 살갗의 섬세하기가 겨울나무에 내린 눈꽃 같았다. 턱 선을 따라 목으로 내려간 일구의 손길이 옥연의 쇄골에 미쳤다. 한 마리 백조가 손끝에서 느껴졌다. 가냘프고 고고한, 그러면서도 한없이 부드러운 그 날갯짓이 옥연의 쇄골을 통해 일구의 손끝으로 전해졌다.

일구는 바지부터 벗어 버렸다. 가뜩이나 아픈 음경이 바지에 거치적거리면서 두 배는 더 아팠기 때문이다. 공주 마마의 얼굴 앞에서 하체를 내놓는 무엄한 짓을 누가 해 보았겠는가? 일구는 그것만으로도 절정에 오를 것 같았다. 하지만 현실은 처참했다. 느낌만 그랬을 뿐 일구의 음경은 커지지 않았고, 그저 피멍이 든 채 퉁퉁 부어 있을 뿐이었다. 바지를 반쯤 벗었을 때였다.

"너어, 그거 더 내리면 죽는다아!"

헉! 저 성질 더러운 계집이 여기에?

*

호동은 사정없이 채찍질을 하고 있었다.

"우치, 힘을 내라! 모든 일이 네 발에 달려 있다!"

우치도 주인의 마음을 아는 듯 입에 거품을 물고 전력 질주를 하고 있었다. 이미 이레 전에 일구가 떠났다는 것은 무슨 일이 벌어져도 다 벌어졌다는 이야기였다.

위수가 말했다.

"마로麻盧 장군이 남부로 출정했다 합니다."

일구가 떠났고 마로 장군이 출정했다. 결론은 뻔하디 뻔한 것이었다. 부왕이 낙랑국을 정벌하기로 결정했다는 것. 자명고를 어찌할 생각일까? 자명고가 있는데 굳이 낙랑을 치려는 이유가 무엇일까? 알 수 없었다. 하지만 그런 이유는 하나도 중요하지 않았다. 전쟁이 벌어질 것이고, 아니, 이미 벌어졌을 수도 있고 그 전쟁의 소용돌이 안에 옥연이 있다는 것이 중요할 뿐이었다.

비류원, 비류수, 압록수를 넘어 행인군, 개마군을 지나 백두대간을 따라 내려가다가 단단대령을 넘어서면 낙랑국이 된다. 그러나 호동이 택한 길은 그 길이 아니었다. 그 길은 대로이고 군대가 가는 길이다. 중간에 마로 장군을 만나기라도 하면 방해만 될 뿐 무슨 소용이 있으리. 그래서 호동이 택한 길은 비류수를 지나 갈사국에서 압록수의 상류를 넘어 거칠고 높은 산들의 협곡을 통해 지나가는 사냥꾼의 길이었다. 아는 사람이 별로 없는 지름길이었다. 길이 제대로 닦이지 않은 곳이니만큼 이런 길에서 전력 질주한다는 것은 목숨을 내놓은 것과 마찬가지였다. 더구나 겨울 길. 군데군데 얼어붙은 빙판이 호동의 목숨을 노리고 있었다. 하지만 호동은 해가 저물 무렵 그 고원지대를 빠져나와 불내성이 눈앞에 보이는 곳까지 도착했다. 그러나 너무 늦었다. 불내성은 이미 불타고 있었다.

불타던 낙랑의 성문이 무너지자 가장 먼저 성 안으로 뛰어든 이는 호동이었다. 호동은 수행 무사도 없이 궁성으로 뛰어갔다. 물론 그가 제일 먼저 찾고자 한 곳은 사랑하는 연인 옥연의 침소였다. 겁에 질린 시녀들을 닦달하여 호동은 침전의 문을 걷어차고 안으로 뛰어들었다.

"연랑! 연랑, 내가……."

호동은 말을 잇지 못했다. 그의 눈이 당장이라도 튀어나올 것처럼 커졌다. 옥연은 침대에 누워 있었다. 호동이 왔는데 그 고운 얼굴에 미소를 띠지도 못했다. 그녀의 심장에 박혀 있는 단도. 자신이 준 그 보검이다. 그리고 침상은 절반이나 붉은 피로 물들어 있었다.

방 안은 비정상적으로 보였다. 모든 것이 뒤틀려 있었다. 어지럽고 어지러웠다. 전장을 한두 번 다닌 것도 아니었는데, 이렇게 역한 피비린내는 맡아 본 적이 없었다. 호동은 비틀거리다가 바닥에 주저앉고 말았다. 그리고 그때서야 그 방 안에 자신만 있는 것이 아니라는 것을 알았다.

"누구냐? 너는……."

꿇어앉아 있던 낙랑의 무사가 천천히 얼굴을 돌려 호동을 바라보았다. 본 적이 있는 얼굴이었다.

"너, 연랑의 호위대장이구나."

재하가 고개를 끄덕였다. 호동의 눈에서 불길이 쏟아졌다. 호동은 재하에게 와락 달려들어 멱살을 잡고 바닥에 쓰러뜨렸다. 재하는 저항하지 않았다. 호동은 재하의 얼굴을 거세게 때리기 시작했다.

얼마나 때렸는지 알 수가 없었다. 무사의 얼굴이 더 이상 사람 얼굴처럼 보이지 않게 되었을 때, 호동은 지쳐서 더 이상 손을 들지 못하게 되었다.

"이놈, 이놈! 대체 무슨 짓을 한 것이냐? 네놈이 이런 것이냐?"

재하는 터진 입술을 달싹거렸다. 얼굴이 부어선지 제대로 소리도 내기 어려웠던 모양이다. 호동이 주의를 기울이자 간신히 그가 떠듬떠듬 하는 말을 알아들을 수 있었다.

"죽, 였, 소, 왕, 자, 전, 하, 가, 죽, 였, 소, 당, 신, 이……."

호동의 심장이 싸늘하게 식었다.

"그게 무슨 소리냐?"

무사는 아직도 걸터앉아 있는 호동을 밀어 버렸다. 호동이 엉덩방아를 찧자 재하는 비틀거리며 상체를 일으켰다. 그러고는 핏물이 흐르는 눈가를 닦아 내고 호동을 노려보았다. 입을 우물거리더니 핏덩이를 뱉어 냈다. 그 덕분인지 좀 더 편안해진 목소리로 말을 꺼냈다.

"당신이 시킨 짓 때문에……, 공주 마마가 돌아가신 거요!"

"내가 시킨 짓?"

"그것이 들통 났소이다. 그래서 폐하께서 손수 공주 마마를 벌하신 거요! 누구를 탓하는 것이오! 모두 그대가 뿌린 씨앗이란 말이오!"

"바보 같은 놈!"

호동이 다시 재하의 면상에 주먹을 날렸다.

"네놈의 직분이 무엇이냐! 공주 마마를 지키지도 못한 놈! 누구 탓을 하는 거냐!"

재하의 눈이 분노에서 절망으로 변해 갔다. 그가 힘없이 중얼거리듯이 말했다.

"그래요, 나는 직분을 다하지 못한 무사일 뿐이지. 어서 나를 죽이시오. 더 이상 살고 싶지도, 살아야 할 의미도 없으니."

호동의 심장이 다시 얼어붙었다. 그자의 눈에서 직분을 다하지 못한 회한이 아니라, 연인의 죽음을 슬퍼하는 비애를 읽어 버린 것이다.

호동은 몸을 일으켰다.

"누구 좋으라고. 네놈은 평생 네놈의 직분을 다하지 못한 것을 후회하며 살아야 할 것이다. 그리 쉽게 고통에서 풀려나게 해 줄 줄 아느냐?"

호동은 뻗치는 성질을 참지 못하고 재하를 걷어찼다.

"네놈을 노예로 데려갈 것이다. 죽는 것이 왜 축복인지 알게 해 주겠다!"

재하는 미동도 하지 않았다. 그의 눈은 그가 사랑했으나 결코 가까이 할 수 없었던 사람, 그리하여 가까이에서 지켜 주기라도 했어야 하는 사람, 그러나 결국 그 죽음을 막을 수 없었던 그 사람에게 향해 있었다. 그렇다. 죽음은 그에게 너무 쉬운 형벌이었다. 마음이 갈기갈기 찢어져 절대 이곳을 떠올릴 수 없는 그런 형벌이 주어지기를, 낙랑공주의 호위대장 재하는 빌고 또 빌었다.

호동은 다시 옥연의 시체 옆에 무너졌다. 그 저주받은 칼을 뽑아 바닥에 팽개쳤다. 어찌 이 칼이 옥연의 심장에 꽂힐 수 있었을까? 어찌 사랑의 정표가 죽음의 저주를 내리게 되었을까? 그리고 대체 자명고는? 그 저주받은 북은 무엇을 하고 있었던 것일까? 호동은 참을 수가 없었다. 그렇다. 그 북이, 그 북이 결국 내 가슴을 찢는구나! 황룡국에서 그 어떤 선한 것도 나오지 않을 것이라 알고 있었지. 호동은 보검을 쥐고 일어났다. 그 빌어먹을 북을 갈기갈기 찢어 놓으리라. 박살을 내 놓으리라.

호동은 미친 듯이 뛰쳐나갔다. 입에서는 쉴 새 없이 비명이 터져 나왔다. 그렇게 고함을 지르지 않는다면 곧바로 심장이 터져 버릴 것 같았다. 앞도 보지 않고 달렸던 탓에 호동은 뭔가가 앞을 막고 있는 것도 모른 채 부딪쳐 뒹굴고 말았다.

"예, 초?"

옥연의 시녀 예초와 부딪쳤다. 예초는 누군가의 시체를 붙들고 있었는데, 본 적은 없었지만 금은이 장식된 오채五彩 찬란한 복장으로 보아 최리왕임에 틀림없었다.

예초는 말을 하지 못했다. 그녀의 눈에서는 불길이 이글거렸다. 호동은 온몸이 냉기로 젖어 드는 것을 느꼈다. 예초는 고개를 돌려 버렸다. 그녀는 서럽게, 정녕 서럽게 울고 있었다. 호동은 다시 미칠 것 같은 비명을 지르며 뛰쳐나갔다. 모든 것이 미쳐 돌아가고 있었다. 딛고 있는 곳은 땅이 아니었고 지옥 불이 피어오르는 불구덩이였다. 사물이 모두 흐릿하게 변해 무엇 하나 제대로 보이지 않았다. 오직 하나, 오직 한 건물, 고각만이 호동의 눈에 들어왔다. 호동은 한달음에 고각으로 달려갔다. 고각 위로 올라갈 필요도 없었다. 자명고는 바닥에 나뒹굴고 있었으니까. 한쪽 면이 북 찢어진 채로.

호동은 옥연의 주검을 보았던 때처럼 그 앞에 털썩 쓰러졌다. 누가 이 북을 부순 것인가? 누가 낙랑의 생명줄을 스스로 부쉈단 말인가?

"으아아아!"

호동은 머리를 쥐어뜯었다. 쓰고 있던 절풍이 두 쪽으로 찢어졌다.

"그걸, 그걸 눈으로 보니까 흡족하세요?"

갈라진 목소리. 울고 울어서 목이 쉬어 버린, 기력이라고는 하나도 남지 않은 저승에서 들려오는 듯한 소리였다. 예초가 문설주에 기대어 서 있었다.

"무어?"

"시키신 일을 잘 해낸 것을 보니까 흡족하시냐고요?"

대체 저 시녀는 무슨 말을 하고 있는 것일까?

"이렇게 될 거라고 왜 이야기하지 않았죠? 왜! 왜!"

예초가 달려들어 호동을 때렸다. 호동은 맞았다. 맞고 싶었다.

"왜, 왜, 왜! 왜 이랬냐고요! 왜! 왜!"

예초는 더 이상 버티지 못하고 기절하고 말았다. 호동도 기절하고만 싶은 마음이었다. 모든 것이 끝났다.

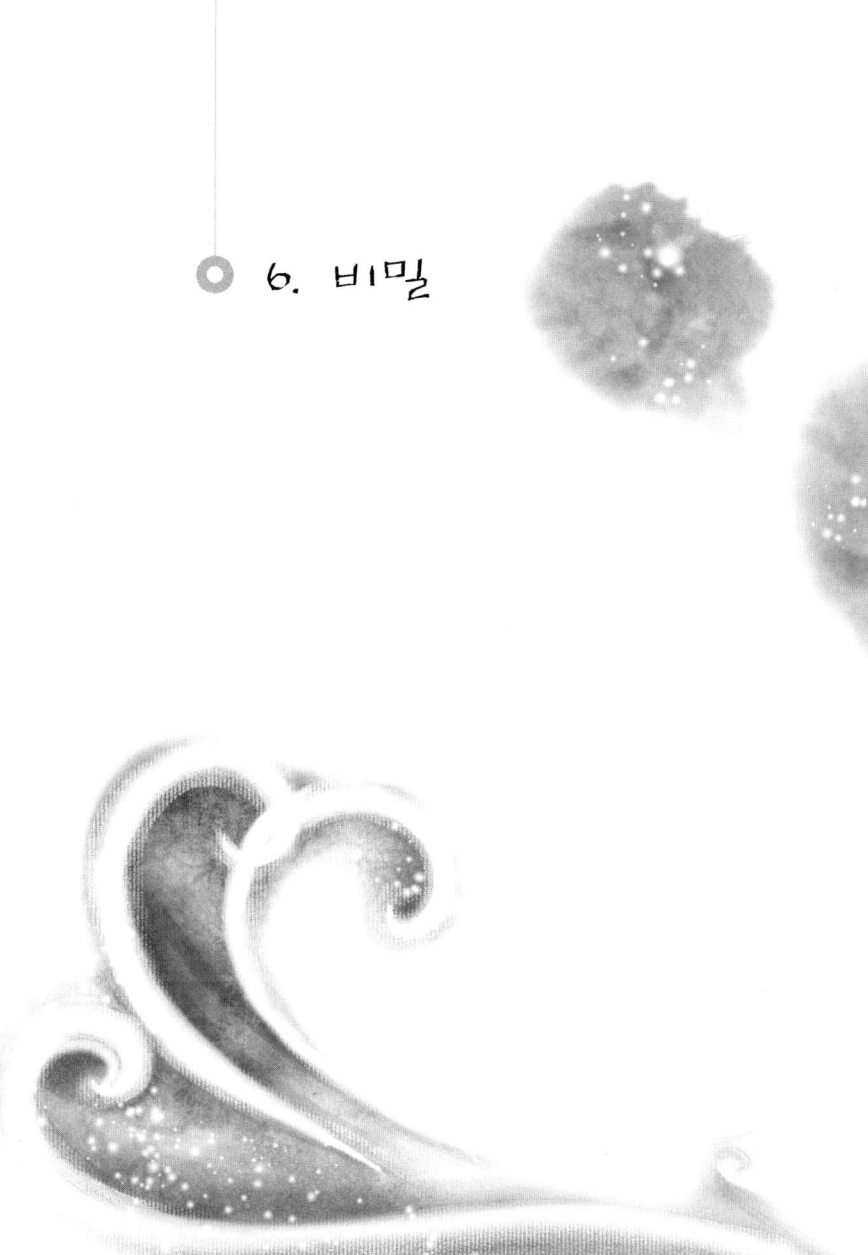

6. 비밀

비명을 지르고 싶었다. 입이 벌어졌다. 하지만 소리는 나오지 않았다. 온몸이 조각조각 부서져 나가는 것 같았다. 심장만이 온전히 남아 피를 벌컥벌컥 뿜어내고 있었다. 그리고 기어이 심장마저 두 쪽이 나면서 사람 얼굴이 툭 튀어나왔다. 호동이었다.

"얘, 일어나! 어서!"

낯선 방 안의 풍경이다. 천장의 서까래가 낮았다. 본래 하얗게 회칠이 되었던 것이었겠으나 지금은 군데군데 암녹색 곰팡이가 피어 있다. 그리고 천장도 낮았는데 방 안의 공기는 싸하게 가라앉아 있었다. 추웠다.

"얘는 아직 정신이 없는갑다. 불쌍한 어린것한테 너무 다그치지 마라."

중년 여인의 목소리.

"무슨 지가 공주라도 된대요? 어차피 시녀 신세는 어디나 다 마찬가지라고요. 얼른 안 인나? 이것이 아주 지 안방일세!"

이번엔 처음의 표독한 목소리다. 그런데 공주? 시녀? 정신이 돌아오지 않는 것 같았다.

"가만 좀 냅두라니까!"

조금씩 정신이 돌아온다. 그래, 낙랑이 함락되었다. 그래, 고구려로 끌려왔다. 그래, 여기는······.

"아직 초경도 안 했을 것 같은 아인데 왜 자꾸 다그치기만 하냐고. 충격이 클 텐데."

다시 중년 여인의 목소리. 가까이 다가와 제법 다정하게 묻는다.

"아가, 이름은 뭐니?"

"옥······, 아니, 예······초."

*

정신이 들었을 때 옥연은 자신의 침궁에 누워 있었다. 예초가 옆에 있었다.

"깨어나셨어요?"

"왜, 내가 여기에······."

몸을 일으켰다. 온몸이 쑤시고 아프다. 북맞이에서 밤새 춤이라도 춘 것처럼 근육 한줄기 한줄기가 다 통증을 호소했다.

"고각에서 정신을 잃고 계시기에 제가 모시고 왔어요오. 그런 데서 주무시면 안 되어요!"

예초가 짐짓 엄한 듯이 말했지만 눈은 생글생글 웃고 있었다. 사람의 마음을 편안하게 만드는 웃음이다.

"네가 왔었구나. 그래, 내가 엄청난 짓을 해 버렸지. 세상에 길이길이 남지 않을까? 사랑에 눈이 멀어 미친 짓을 한 악녀로?"

옥연의 눈에서 왈칵 눈물이 솟아 나왔다.

"그러지 마세요. 잘하신 거예요. 정말요."

예초가 옥연의 손을 잡고 다독이며 말했다. 열여섯 소녀가 갑자기 큰언니처럼 푸근하게 느껴졌다.

"정말? 정말 잘한 걸까?"

"그럼요. 우리 공주 마마께서 하신 일인 걸요. 저는 공주 마마를 믿어요."

마음속의 불안이 소화가 되어 버리는 것 같았다. 그래, 그리고 일구의 말처럼 어차피 아무도 모를 일이 아니겠는가? 옥연은 꺼림칙한 생각을 떨쳐 버렸다. 마음 한구석, 뭔가 잘못된 것이라는 속삭임이 끝없이 일어났지만, 예초가 떠 주는 미음을 먹으면서 옥연은 호동이 밝게 웃으면 그것으로 족하다고 생각했다.

그러나 불과 닷새 후, 도무지 믿을 수 없는 현실이 닥쳐왔다.

"고구려군이라고?"

옥연은 몇 번이고 다시 물었다. 대답하는 사람이 없었다. 다들 얼어붙은 모습이었다. 고구려군이 왜 낙랑에? 옥련玉輦을 타고 호동이 온다면 몰라도 과병戈兵과 간척干戚의 병사들이 어찌 이곳에 온단 말이지?

옥연의 가슴속으로 한줄기 냉기가 스며들었다. 배반을 당한 것이다. 그 온화한 자태에. 배반을 당한 것이다. 그 고독한 눈빛에. 배반을 당한 것이다. 그 다정한 손길에. 배반을 당한 것이다. 그 달콤한 사탕발림에!

속았다. 속고 말았다. 처음부터 작정하고 자명고를 안겨 준 것이다! 자명고를 믿게 하고, 그 자명고를 제거하여 일거에 나라를 무방비 상태에 빠뜨린 것이다! 이 얼마나 정교한 계략인가! 이 얼마나 잔혹한 계략인가!

놀아났다. 그런 간교한 마음, 그런 잔악한 마음을 몰라보고 놀아났다. 이제 조상들의 넋을 어이 볼 수 있을 것인가. 이제 죽어 황천에 간들 누가 반겨 줄 것인가.

"공주 마마……."

예초. 예초가 고개를 숙이고 거기 있었다.

"나가!"

아아, 뭔가 이럴 때 시정의 잡배들이 쓴다는 그런 욕설을 알고 있다면! 그럼 욕을 퍼부어 줄 텐데! 내가 한 일이기에 잘한 일이라 말한 저 머리에 든 것 하나 없는 바보 계집에게 마구 욕을 해 줄 텐데!

갑자기 방 안이 빙글빙글 돌기 시작했다. 감당할 수 없는 현실이 무너져 내렸다. 길상을 위해 붉게 칠한 서까래가, 티끌 하나 없는 하얀 회칠이 되어 있는 벽면이, 오동나무로 짜 맞춘 덧창 달린 창문이 모두 옥연의 머리 위로 떨어져 내렸다. 그리고 급기야는 바닥이 꺼졌다. 옥연의 몸은 수렁에 빠진 것처럼 아래로 한없이 끌어내려졌다.

"공주 마마, 정신 차리세요."

몸이 붕 떠올랐다. 수렁 속에 빠져 손가락 하나 까딱할 수 없을 것 같았는데 예초가 몸을 흔드는 통에 정신이 돌아온 것이다.

"나가. 나가라고 했잖아."

목소리가 제대로 나오지 않았다. 아니, 소리가 나오기는 했는지 의심스러웠다.

"못 나가요. 공주 마마, 제발 정신 좀 차리세요."

예초가 다시 옥연의 몸을 흔들었다. 그럴 때마다 신기하게도 조금씩 몸에 기운이 돌아왔다.

"이젠 끝이야."

옥연의 목소리가 이제야 옥연에게도 들렸다.

"난 더 살 수 없어. 더 살아도 안 돼. 저들에게 멸망한 나라의 공주라고 놀림감이 되겠지. 어느 공신의 집에 씨받이로 팔려 가 능욕을 당하며 살게 될 거야."

옥연의 눈에서 기이한 빛이 뿜어져 나왔다.

"예초야, 나 좀 도와줘. 너, 고리 묶을 줄 알지? 내 목에 걸 고리를 좀 만들어 줘야겠다."

옥연은 하얀 비단으로 만들어진 이불을 당겼다. 찢어 보려고 힘을 주었지만 어찌나 질긴지 옥연의 힘으로는 어림도 없는 일이었다.

"어서, 병사들이 오기 전에. 어서, 이것 좀! 빨리 이것 좀 고리로, 고리로 만들어 줘!"

옥연은 다시 펑펑 눈물을 쏟았다. 왜 지금 이 순간 호동의 얼굴이 떠오르는지 알 수가 없었다. 그 얼굴을 씹어 먹어도 시원치 않을 판국인데 말이다. 하지만 그 얼굴은 여전히 고독한 눈빛에 다정한 미소를 머금고 있었다.

"공주 마마, 이제 시간이 얼마 없어요."

시간이 없었다. 그랬다. 이제 이승에서 지낼 시간은 다 되었다.

"정신 차리고 제 말 잘 들으세요."

예초가 다시 다그쳤다.

"공주 마마가 자명고를 찢었을 때 칼을 떨어뜨리셨어요. 그 칼……, 그 칼이 자명고 안에 떨어졌었거든요. 그래서 소녀도 보지 못했어요오. 그게 있다는 걸 생각했어야 하는데. 참 바보 같죠?"

예초가 무슨 말을 하는지 도무지 알아들을 수가 없었다.

"그 칼을 폐하가 보셨어요. 그 칼, 생각나세요?"

물론 생각난다. 그것을 가지고 돌아왔을 때, 아바마마도 그 칼을 보셨다. 고구려의 왕자가 보낸 선물 중 하나라고 말씀드렸다. 고구려에서도 선물이 들어왔구나, 그렇게 좋아하셨지. 그때 그 칼을 드릴 것을! 그랬다면 자명고를 찢을 수 없었을 텐데! 그랬다면 낙랑은 무사했을 텐데!

"폐하가 곧 이리로 올 거예요. 공주 마마, 이대로 있으면 죽어요! 달아나셔야 해요!"

달아나다니? 왜? 아바마마가 모든 일을 아셨구나. 아아, 그래서 이 나라를 망치고 불효를 한 여식을 손수 벌하시기 위해 오시는구나. 마땅히 받아야 할 벌이다. 마땅히 내가 받아야 한다.

"아아, 정말 이러시기예요? 공주 마마, 일어나세요. 제발!"

옥연은 일어나지 않았다. 이제 조용히 죽음을 기다리면 된다. 그것이 마지막으로 할 수 있는 효도.

"그게 무슨 효도예요!"

옥연이 깜짝 놀라 부르르 몸을 떨었다. 이 아이, 남의 마음을 읽기라도 하는 건가?

"아버지한테 딸이 죽임을 당하는 게 무슨 효도예요. 그럼 안 돼요. 도망쳐야 한다고요."

그때였다. 쿵쿵, 단하에서 문을 두드리는 소리가 났다. 침궁으로 들어오는 중문에서 나는 소리였다.

"문 열어라!"

옥연이 비틀거리며 일어났다. 문이 왜 잠겨 있지?

"안 돼요!"

예초가 옥연 앞을 막아섰다. 예초, 이 아이가 잠가 놓았구나.

"왜 이렇게 되었는지 아셔야 해요! 알고 싶지 않으세요?"

이건 또 무슨 난데없는 이야기람!

"문을 열어라! 더 이상 추태 부리지 말고!"

문을 두드리는 소리가 더 거세졌다. 옥연이 조용히, 그러나 단호하게 말했다.

"비켜. 넌 지금 날 추하게 만들고 있어."

"아니에요. 지금 공주 마마는 모르시는 게 너무 많으세요. 그 북은요, 그건······."

예초는 갑자기 목을 움켜쥐었다. 소리가 나오지 않는 것처럼. 그때 문짝이 우지직 소리를 냈다. 빗장에 금이 가는 소리일 것이다.

"시간이, 시간이 너무 없네요. 죄송하지만······."

예초는 품에서 작은 병 하나를 꺼냈다. 도기로 만들어진 하얀 병. 예초는 거기에서 술처럼 보이는 액체를 한 손에 따르더니, 양손을 비벼

한 손은 자기 얼굴에 다른 손은 옥연의 얼굴에 가져다 댔다.

"뭐, 뭐야?"

얼굴을 피하려고 했지만 예초의 손이 닿는 순간 그 손바닥에서 엄청난 흡입력이 발생하여 얼굴을 떼어 낼 수가 없었다. 예초의 손목을 잡고 떼어 내려 했지만 떨어지지 않았다. 잠시 후 얼굴 전체가 따끔거리는 것 같기도 하고, 불길이 확 오르는 것 같기도 하고, 다시 얼음장 속에 내던져진 것 같기도 한 그런 느낌이 한꺼번에 몰려왔다.

"됐어요."

예초가 손을 뗐다. 예초의 목소리가 낯설게 들렸다.

"이게 무슨……."

옥연은 말을 하다 말고 입을 딱 벌리고 말았다. 예초가 보이지 않았다. 거기엔 옥연 자신이 서 있었다.

"시간이 없다고요!"

예초가, 아니, 예초였던 옥연이 옥연의 옷을 와락 벗겼다. 어떻게 그렇게 빨리 옷을 벗긴 것인지 알 수가 없었다. 옥연의 겉옷과 겉치마를 벗긴 예초, 아니, 옥연은 얼른 그것을 몸 위에 걸쳤다. 다음 순간 문짝이 벌컥 열렸다.

"아바……."

옥연이 최리왕을 보고 말하려는 순간 옥연의 모습을 한 예초가 튕겨 나가듯이 최리왕 앞으로 달려갔다. 최리왕의 손이 엉거주춤 올라와 있는데, 그 손에는 바로 호동의 보검이 들려 있었다. 그것이 의도된 예초의 행동이었을까? 교묘하게 그 칼이 그녀의 가슴을 뚫고 들어갔다.

최리왕이 흠칫 놀라 뒤로 물러났다. 죽이고 싶어 달려왔으나 막상 이렇게 쉽게 죽음이 다가올 줄은 몰랐다는, 그런 표정이었다.

최리왕은 자신의 발아래 쓰러진 딸을 연민과 혐오가 뒤섞인 눈으로 바라보았다.

"사랑이 독이라는 것을 네가 몰랐구나. 죽음으로 네 과오를 씻고자 했으니 너를 용서하마."

최리왕은 딸을 들어 올려 침상으로 안고 갔다.

"이 칼은 뽑지 않을 것이다. 너도 건드리지 마라."

최리왕은 얼어붙어 있는 예초를 잠시 잠깐 쳐다보았다. 하지만 곧 그의 눈길은 다시 딸에게로 돌아갔다.

"이 칼을 뽑을 자는 따로 있다. 어디 그때 무슨 표정을 짓는지 내 꼭 지켜볼 것이다."

이를 악물고 있었다. 최리왕의 눈에서 한줄기 피 같은 눈물이 흘러내렸다. 최리왕은 비틀거리며 천천히 침궁을 빠져나갔다.

옥연은 멍하니 자신의 얼굴을 한 예초를 바라보았다. 모든 것이 꿈만 같았다. 그때 예초가 입을 달싹거렸다.

"공, 주, 마, 마."

옥연은 자신의 모습을 한 예초를 얼싸안았다.

"이, 이게 어찌 된 일이니? 너, 너 괜찮니?"

참지 못하고 울음이 터져 나왔다. 괜찮을 리가 없다. 칼이 꽂힌 자리에서는 피가 계속 울컥울컥 솟아오르고 있었다. 하지만, 하지만 괜찮다고 하겠지.

"괜찮아요."

"괜찮긴 뭐가 괜찮아? 뭐야, 이게? 이게 뭐냐고? 죽어야 할 사람은 난데……."

"그, 그렇지 않아요. 소, 소녀가 주, 죽어야 하는 게 맞아요."

"왜? 도대체 왜?"

"소, 소녀가 자……명고를, 만들었으니까아요."

옥연의 몸이 흠칫 떨렸다. 누워 있는 예초의 몸에서 생기가 빠져나가는 것이 갑자기 생생하게 느껴졌다.

"무슨 이야기냐? 그게 무슨 이야기야?"

"소녀는, 사, 사람이 아니에요. 소녀……는 소, 솥의 정령이에요."

무슨 말이지? 이게 무슨 말일까? 옥연 모습의 예초는 거칠게 숨을 내뱉었다.

"그 숲에, 그 숲에 있던 솥이, 저……였어요. 두 분이, 정말……."

그 숲. 옥연의 얼굴이 붉어졌다. 생각하고 싶지 않았다. 최소한 지금은.

"얼굴이 바뀐 거니? 너랑 나랑?"

예초가 고개를 미미하게 끄덕였다.

"저 약물, 저걸로 얼굴을 씻으면, 보, 본래 얼굴로 돌아가요. 그러니까 거, 걱정하지 마세에요."

아니다. 그런 걸 걱정하고 있지 않았다. 그런 말을 하려던 것이 아니다. 옥연은 예초의 손을 꼭 잡았다.

"너 정령이라고? 그럼 안 죽는 거지? 안 죽는 거지? 다시 살아나는 거지?"

이번엔 고개가 흔들렸다.

"영원히 살 순 없어요."

옥연 모습의 예초는 길게 숨을 내쉬었다. 평안한 모습이었다. 원망 같은 건 보이지 않았다. 그리고 중문 너머에서 최리왕의 비명이 들렸다.

*

쩡! 금속성이 동굴을 가득 메웠다. 노파가 인상을 찌푸리며 일어났다.

"이게 무슨 소리람."

무슨 소리인지는 금방 알 수 있었다. 솥이 깨진 것이다. 노파가 미간을 찌푸렸다.

"이 미친 것이 본신本身을 잃어버렸구나. 내, 인간이 되고 싶다고 지랄을 떨 때 알아보았지. 어디서 미친 짓을 하다가 뒈져 버린 거람! 아직도 삶아야 할 것이 지천인데!"

"누가 뒈졌다고?"

노파가 황망히 뒤로 돌아섰다. 동굴 입구에 사휴왕이 나타났다.

"아니, 솥이 깨졌다는 이야기였습죠."

"이룡을 삶은 그 솥이 깨졌단 말인가?"

"네, 용을 삶은 게 타격이 크긴 컸었나 봅니다. 독이 솥의 신체神體에 스며들어서 오래 살지 못할 거라 생각하긴 했습니다만……."

"허, 그 용의 독이 그 정도로 독한 건가?"

사휴왕은 솥에서 뿜어져 나오던 그 증기에 숨이 막혔던 생각을 떠올렸다.

"일국의 운명을 좌우할 수 있는데 그 정도야 당연한 것입죠."

"그럼 이제 말도 할 수 없게 된 건가?"

"그렇죠. 이 솥은 정령이 몸을 담는 그릇입니다. 본체가 죽었기에 그릇도 깨어진 거지요."

"아깝군. 이런 솥은 구하기 힘들 것 같은데."

"본디 천하에 아홉 개밖에 없던 보물입지요. 다시 구하진 못할 겝니다."

"애초에 이런 물건이 어떻게 구해졌던 건가?"

"이년은 좀 특이해서 세상 구경을 나온 거였습죠. 전쟁과 살육 말고 다른 세상 좀 구경 나온다고 도망쳤다지요. 하지만 중원에서야 아무리 내빼도 금방 들킨다고 새외塞外로 도망쳐 나왔다가 고구려 주류왕에게 딱 걸렸지 뭡니까?"

"이 솥이 주류왕 손에도 있었단 말인가?"

"그렇습죠. 주류왕이 비류원에서 신령스런 솥을 찾았다는 이야기, 들어 보신 적 없으십니까?"

사휴왕이 고개를 끄덕였다.

"그냥 헛소문인 줄 알았더니……. 그 솥은 부여와 싸우다가 잃어버렸다고 들었는데?"

"그 솥을 추격해 온 중원인이 있었지요. 자칭 도사道師라는 인간이었습죠. 부여와 고구려가 싸울 때 솥을 가져가려고 주류왕을 패하게 만들기까지 했답니다."

사휴왕이 껄껄 웃었.

"대단하군! 전쟁의 승패를 조종해 낼 줄 안다니. 그자가 있는 곳을 아는가? 내 꼭 고용하고 싶군그래."

노파의 주름살투성이 입이 살짝 웃음을 머금었다.

"물론 어디 있는지 알고 있습죠."

노파의 손가락이 동굴 벽면 어두컴컴한 곳을 가리켰다. 눈이 뒤집히고 바보처럼 입을 벌리고 있는 사람 목 하나가 벽감壁龕 속에 얌전히 놓여 있었다. 벽면에 늘어선 벽감 속에는 온갖 사람의 목이 즐비하게 들어 있었다.

"바로 저놈입니다. 주류왕이 부정 씨라고 성까지 내려 주었던 바로 그 인간입죠."

사휴왕이 혀를 끌끌 찼다.

"저래서야 고용할 수가 없겠군. 저 친구가 자네, 흑요의 손에 걸렸던 게로군."

"그렇습죠. 솥을 지고 노구老軀의 집으로 들어오지 않았겠습니까? 제법 실력이 있는 도사이긴 했습니다만, 여기로 찾아온 건 그야말로 섶을 지고 불길 속으로 뛰어든 격이었죠. 저를 이길 수 있는 남자는 세상에 없는 법이죠. 킬킬킬."

흑요는 즐거운 듯이 웃었다. 그러다 문득 생각난 듯이 말했다.

"낙랑의 공주가 천하의 절색이라 했는데, 그 계집을 얻지 못해서 아깝습니다."

"믿을 만한 놈들이 없어서 그랬지. 어중이떠중이들을 부려서 일을 하려니 참 답답하네."

"폐하가 이 늙은 몸을 생각해 주시는 것만 해도 감지덕지합니다."

사휴왕은 본래 낙랑공주를 납치할 생각 같은 것은 없었다. 하지만 그날 그녀의 미모를 보자, 평소 인세人世에 가장 아름다운 여자가 낙랑공주라고 떠벌리던 흑요를 떠올리지 않을 수 없었다. 어차피 자명고를 되찾으려면 낙랑인은 다 죽여야 했으므로 공주는 흑요에게 보내 줄 생각이었던 것이다. 호동이 나서는 통에 그 계획은 실패로 돌아갔지만 말이다.

생각하니 다시 입맛이 써서 사휴왕은 말을 돌렸다.

"그래서 그 도사를 처치해 버리고 솥을 차지한 거군."

"정확히 말하면 솥하고 계약을 맺었습니다요. 노구가 원하는 것들을 삶아 주기로 하고, 노구는 솥이 인간이 되는 길을 알려 주었지요."

"솥이 인간이 되는 길?"

"정령들은 실체를 가지지 못합죠. 구미호가 사람의 생간을 빼어 먹는 것도 바로 그 때문. 실체를 가지고자 하는 것입죠. 노구는 편법으로 실체를 가질 수 있게 해 주었습죠."

"편법이라. 그게 뭔가?"

"약물입죠. 신비한 약물. 킬킬킬. 그년이 약물을 다 쓰면 돌아오리라 생각했는데 칵 죽어 버렸네요. 신통력이 대단한 년이라 제법 버틸 줄 알았는데……. 에잉, 쯧쯧."

"그것이 돌아다니면서 자명고에 대해서 떠들고 다니지는 않았겠지?"

사휴왕은 흑요가 그 정도 조치는 당연히 취했으리라 생각하고 있었지만 확인차 물어보았고, 흑요는 태연하게 대답했다.

"당연합죠. 자명고의 비밀에 대해서는 말을 못 하게 방술方術을 걸어 두었습죠. 말을 하면 뒈지게 되어 있었으니까요."

"그건 걱정할 문제 아닌가? 어디서 금기를 깨서 죽은 거 아니야?"

"아닙니다요. 그랬다면 여기 있는 솥의 색이 변합니다요. 멀쩡하니 문제가 없습죠."

"그래? 알겠네. 그보다 고구려가 낙랑을 먹어 버렸다고 하더군. 이게 어찌 된 일인지 좀 아는가?"

흑요가 다시 주름살을 떨며 웃었다.

"당연한 것 아니겠습니까? 자명고가 그 힘을 발휘한 것입죠. 자명고, 저주를 부르는 북. 말씀드렸잖습니까? 적군이 오는 것을 저절로 알려 주는 신령한 북이 될 것이나, 결국은 그 나라를 망하게 할 것이라고. 킬킬킬."

"그럼 이제 그 북이 드디어 고구려로 옮겨졌으니, 고구려도 멸망하겠지?"

흑요는 대답하지 않았다.

"그 점을 보아 주게."

흑요가 대답 없이 사휴왕을 바라보았다. 사휴왕이 고개를 끄덕였다.

"올해를 살게 해 줄 영단靈丹은 가져왔으니 걱정 말게."

흑요가 조심스럽게 물었다.

"노구의 충성심은 의심하지 않으셔도 됩니다. 해독단解毒丹을 주시면……."

"후후, 이제 더 살고 싶지 않은가? 하긴 오래 살긴 했지."

흑요가 자리에 털썩 주저앉았다.

"어찌 제가 감히……, 그런 마음을 가지겠습니까?"

그리고 두어 시간 후, 불에 던져 갈라져 나간 소의 발굽을 살피던 흑요가 킬킬거리며 말했다.

"황룡과 고구려가 싸울 것이니 그 강대함이 허물어지리라. 다시는 제사를 이어 가지 못하리라. 흑암이 닥쳐오리라. 흑암이 천하를 덮으리라."

사휴왕이 흡족한 미소를 머금었다.

*

고구려의 왕비라는 지엄한 자리에 앉아 있는 원비였지만 지금은 심사가 부글부글 끓어올라 주체할 수 없는 지경에 이르고 있었다. 낙랑에 사신으로 다녀온 일구가 자신을 기피하고 있는 것이 분명했기 때문이다. 주류왕은 아직 낙랑에서 돌아오지 않고 있었다. 일구가 한발 먼저 국내성으로 돌아온 것은 분명 자기를 보기 위함이라 믿고 있었는데, 어제 입궁해서 입에 발린 말은 잔뜩 늘어놓았지만 결국 사타구니에 손도 대지 못하게 하는 통에 그냥 보낼 수밖에 없었다.

원비는 들고 있던 동경을 집어던졌다. 쨍하는 맑은 소리가 울려 퍼졌고, 시녀가 얼른 들어와 동경을 들고 나갔다.

아무런 흠잡을 곳이 없는 얼굴이다. 아직 이십 대 중반. 잡티 하나 없는 피부에 가지런한 눈썹, 살짝 치켜 올라간 도발적인 눈, 적당히 솟은 광대뼈가 귀족의 핏줄임을 증명해 주고 있었다. 뾰족한 준두準頭와 입 꼬리가 살짝 올라간 매혹적인 입술, 가늘고 긴 목과 풍만한 유방,

날씬한 허리, 군살이라고는 하나 없는 허벅지와 미끈한 종아리, 손바닥 위에라도 올라갈 가는 발목과 옥지玉趾까지 사내라면 절대 피해 갈 수 없는 매력적인 몸이다. 바람을 피우지 않은 이상 어찌 아무도 없는 단둘의 시간에서 피할 수 있겠는가? 원비의 심사가 끓어오르지 않는다면 그것이 더 이상할 것이었다.

그러나 원비가 부드럽게 일구의 얼굴을 어루만지는 순간 그는 바로 인상을 썼다. 짧은 순간의 일이었지만 일구가 얼굴을 찡그리는 것을 원비는 분명히 보았다. 한 번도 보인 적이 없는 반응에 놀라 다시 한 번 시험을 해 보느라 사타구니 쪽으로 손을 뻗어 보았다. 예전 같으면 바로 괴춤을 풀 인간이 이번에는 슬그머니 허리를 빼는 것이 아닌가. 더구나 자명고니 뭐니 이야기를 꺼내며 화제도 돌리려 했다. 못생긴 놈이 단지 양물 하나 쓸 만하다고 귀여워해 줬더니, 감히 한눈을 판 것이다. 절대 용서할 수 없었다. 하지만 일단 꼬투리를 잡아야 할 터. 그리고 어느 년이 감히 고구려의 왕비가 침 바른 신하를 넘보고 있는지도 알아낼 필요가 있었다.

"흥! 그래, 아무짝에도 쓸모없던 그 늙은이를 좀 불러야겠다. 여봐라, 남부사자南部使者 추발소鄒敎素를 들라 해라."

추발소는 강직한 노신하였다. 사실 늙었다는 측면에서 원비의 관심을 끌지 못하기도 했지만, 워낙 꼬장꼬장한 성격이라 설령 원비가 유혹을 한다 해도 움직일 리가 없는 인물이기도 했다.

"추발소에게 일구의 비리를 파헤쳐 보라고 하면 신나서 뒤질 것이다. 그리 되면 달려와 치맛자락을 붙잡고 살려 달라 애원하겠지? 그때 개처럼 기어 다니게 해 주리라. 감히 내 손길을 거부해? 어디 한 번 쓴

맛을 보라지."

벌써 일구가 네 발로 기는 장면을 상상한 원비는 통쾌한 마음에 웃음을 터뜨렸다. 하지만 그것으로 끝낼 수는 없었다. 어느 년이 꼬리를 쳤기에 정력절륜한 일구가 자신을 거부했는지 그년을 찾아내야 했다. 하지만 그건 추발소에게 맡길 수 없는 일이었다. 분명 낙랑에서 어떤 계집년을 데려온 것이리라. 그걸 찾아내야 하는데…….

"그래, 낙랑에서 잡아 온 애가 하나 있었지. 덩치도 좋은 녀석이."

호동이 몇몇 포로를 잡아 왔다고 해서 일부러 호동의 궁으로 갔었는데, 쓰러져 있는 못생긴 계집종 하나와 덩치 좋은 사내놈 하나뿐이었다. 사내놈을 중궁전으로 보내라고 했다. 처음엔 화자火者를 만들겠다고 했지만 상당히 몸이 좋아 보여서 거세하라는 지시를 내리지 않았다. 그런데 그 녀석 이름이 뭐였지?

"재하를 들여보내라."

재하는 불려 와 한참을 기다리고 있어야 했다. 나중에 추발소라는 이름을 알게 된 허연 수염의 중늙은이가 물러난 뒤에도 원비는 그를 부르지 않았다.

처음에 중궁전으로 불려 왔을 때는 거세하여 화자를 만들 것이라 했다. 그런 치욕을 당해도 싼 몸이라 생각했다. 이승에서 그렇게 고생하지 않고서야 어찌 저승에서 공주 마마를 뵐 수 있겠는가 생각하여 어서 궁형宮刑이 내리기만을 기다렸다. 하지만 아무도 칼을 들고 나타나지 않았다. 먹는 것도 나쁘지 않았다. 그러다 드디어 부름이 왔다 해서 올 것이 왔구나 생각했는데, 뜻밖에도 원비의 부름이라는 것이었다.

한참을 더 기다려 자정이 다 되었을 때야 재하는 원비의 거소인 침궁으로 들어갈 수 있었다. 침궁 안은 투명한 반구半球에 걸려 있는 심지에서 불빛이 나와 마치 대낮처럼 밝았다.

"고래의 눈이란다."

처음 보는 등잔이라 그것을 오래 바라본 모양이었다. 재하는 얼른 무릎을 꿇고 엎드렸다.

"노복 재하가 문후 올립니다."

"호호, 그래도 제법 예의를 차리는구나. 난 고래 눈알로 만든 등잔 따위한테 졌다고 좀 성질이 나던 참이었어."

무슨 말인지 알 수 없어 재하는 조심스럽게 고개를 들었다. 원비의 맨발, 그리고 역시 맨살의 종아리가 보였다. 재하가 흡, 하고 짧게 숨을 들이켰다.

"어디 한 번 일어나 보아라."

재하는 눈을 어디에 둘지 몰라 당황한 기색 그대로 일어났다. 원비는 몸매가 훤히 드러나는 얇은 청포靑布 하나만 걸치고 있었다. 재하가 일어서자 원비는 허리에 두른 백피소대白皮小帶를 스르르 풀었다.

"너, 몸이 참 좋구나."

백피소대가 흘러내리자 옷깃이 벌어지며 그늘진 아래 흔들리는 젖가슴이 재하의 눈길 아래 그대로 노출되었다.

"나 좀 피곤한데 안마 좀 해 보아라."

원비는 돌아서며 아예 청포마저 벗어던졌다. 탱탱한 둔부를 실룩대며 침상에 올라간 원비는 비단보 위에 그대로 엎어졌다. 재하는 여전히 어쩔 줄 몰라 얼굴이 붉어진 채 엉거주춤 서 있었다.

"왕비의 명이 우스운 게냐?"

재하는 꼭두각시 인형처럼 뻣뻣한 걸음으로 원비 곁에 다가갔다. 원비는 그 모습을 보며 입 꼬리가 절로 올라갔다. 하는 모양을 보니 동정임에 틀림없었다.

"안마를 할 줄 모르는 거냐, 아니면 항명이냐?"

"어, 어디를 하오리까?"

"그런 걸 다 일일이 알려 줘야 하냐? 어깨부터 주물러라."

재하가 손을 뻗어 원비의 어깨를 잡았다. 노루 뱃살보다 더 야들야들한 살이었다.

"그렇게 삐딱하게 서서 어떻게 어깨를 주무른다고 하는 거냐? 위로 올라타야지."

원비의 말에 재하는 홀린 듯이 침상 위로 올라가 원비의 등허리 위에 올라탔다. 머릿속이 멍해져서 자신이 무슨 짓을 하고 있는지 감도 잡히지 않았다. 그냥 기계적으로 원비의 어깨를 주물렀다. 재하가 힘을 주면 하얀 피부에 붉은 반점이 생겨났다. 그것이 다시 하얗게 변하는 모습이 그렇게 요염하게 느껴질 수가 없었다. 입 안이 마르고 목도 타들어 갔다.

"하루 종일 어깨만 주무를 거냐? 이제 등으로 좀 내려가라."

등으로, 그리고 허리로, 다시 엉덩이까지 손을 대야 했다. 원비는 짧게 신음을 흘리기 시작했다.

"하아, 잘하는구나."

그러더니 원비가 갑자기 몸을 돌려 정면으로 누워 버렸다. 재하는 깜짝 놀라 눈을 질끈 감았다.

"호호, 너 뭐 하는 거냐?"

재하는 그 순간 정신이 번쩍 들고 말았다. 정말 이게 무슨 짓인가? 알몸의 왕비와 단둘이 침궁에서! 대체 공주 마마가 돌아가신 지 얼마나 되었다고 이런 추태에 몸을 맡기고 있단 말인가?

재하는 몸을 일으켰다. 아니, 일으키려고 했다. 재하가 몸을 일으키려고 하는 순간 원비가 그를 확 껴안았다.

"왜 이래? 새삼스럽게."

"이게 무슨……."

차마 뒷말은 마저 할 수가 없었다. 그러자 원비의 손이 괴춤을 파고들기 시작했다. 재하가 펄쩍 뛰려 했지만, 원비가 조금 더 빨랐다. 원비가 그의 남성을 단단히 잡아 버린 것이다. 재하는 온몸에서 힘이 빠져나가는 듯한 기분에 몸을 뺄 수가 없었다. 쾌락에 굴복하는 자신의 육체를 때려눕히고 싶었다.

"대단해, 대단해."

원비는 진심으로 감탄하고 있었다. 이런 훌륭한 물건은 처음이었다.

"이, 이러지 마십시오."

재하의 말이 기어들어 가고 있었다.

원비가 그의 귓불을 핥으며 말했다.

"내가 누군지 모르는 거냐? 나는 네가 원하는 걸 뭐든지 들어줄 수 있는 고구려의 왕비다."

뭐든지 들어줄 수 있는……. 재하의 몸이 부르르 떨렸다. 원비의 혀가 그의 목덜미로 내려왔다. 그녀의 손이 옷섶을 통해 단단한 재하의 가슴을 어루만지고 있었다. 다른 손 하나는 여전히 그의 양물을 희롱하는 중이었다. 재하의 머릿속은 처음 느끼는 쾌감에 하얗게 타들어 가고 있었다. 하지만 동시에 자기 자신에 대한 혐오감도 가슴을 하나 가득 채우고 말았다.

"복수도, 복수도 가능합니까?"

"누구 말이냐? 누구한테 말이냐?"

"호, 호동······."

원비가 교태 어린 웃음소리를 냈다.

"그래 준다면야 더욱 좋지."

원비는 재하의 허리띠를 풀어 버리고 적삼도 벗겨 냈다. 환한 불빛은 두 남녀의 알몸을 샅샅이 보여 주고 있었다. 원비는 연방 감탄과 신음을 흘리며 재하를 끌어당겼다. 재하는 복수를 위해서 물러날 수 없었다. 지금 이 탕녀를 만족시켜야만 했다. 하지만 자신이 없었다. 재하는 다시 질끈 눈을 감았다. 눈앞에 있는 사람을 공주 마마라고 생각하자, 이 모든 역겨운 일을 감당할 수 있을 것 같았다. 그는 지치지 않는 욕정의 화신이 되었고, 덕분에 원비는 일구 따위는 잊어버릴 만큼 흡족한 시간을 즐길 수 있었다. 그러나 재하는 속으로 피눈물을 삼키고 있었다. 마치 자기 자신을 강간하고 있는 기분이었다.

*

"자자, 정신이 들었으면 후딱 일어나라. 할 일이 많다."

다시 들리는 표독스런 목소리. 옥연은 비슬비슬 일어났다. 거친 베로 만든 옷이 살갗에 쓸렸다.

"너, 뭐 하는 자세냐?"

옥연이 대충 팔을 옆으로 들고 있다가 화들짝 놀라 내렸다. 아침에 일어나면 늘 하는 행사, 옷치장을 기다리는 중이었다.

"호호, 얘 좀 봐."

표독스런 목소리의 주인공이 다가왔다. 옥연보다는 한두 살 어려 보이는 시녀. 오밀조밀하게 생기긴 했지만 눈썹이 짙고 숱이 많아 미간 사이에까지 털이 하나 가득 들어차 있었다. 답답해 보였다.

"옷이라도 입혀 달라는 거냐? 낙랑에는 시녀들에게 옷을 입혀 주는 시녀가 따로 있었나 보지?"

시녀가 옥연의 어깨를 탁 쳤다. 옥연은 속절없이 뒤로 밀려났다.

"뭔 짓이여!"

중년 여인의 목소리. 하지만 돌아보니 나이는 그다지 있어 보이지 않았다. 이제 삼십 대 초반쯤 되었을 것 같은데, 목소리만 노숙한 여자였다.

"전쟁터가 어떤 덴지 넌 몰라. 거기서 모진 목숨 부지해 온 애를 왜 그렇게 못 잡아먹어 안달이냐고."

"아이, 혜궁 언니도 참! 우리가 왕자 전하 시녀지, 얘 시녀는 아니잖아요. 뭐, 이런 게 다 있는지 몰라!"

"어제까지 의원에 있다가 이제 막 온 터라 아직 정신이 없는 거야. 너무 철딱서니 없이 굴지 마."

혜궁은 장 하나를 가리키며 말했다.

"예초야, 이게 네 장이다. 복장하고 네 소지품은 다 여기 있으니 챙기도록 해라. 저기 은효도 성질이 나쁜 아이는 아니다. 네가 좀 더 어려 보이는데, 너 나이는 몇이냐?"

"스······. 아니, 열여섯이요."

"그래? 열여섯치고는 몸이······. 호호, 난 열여덟은 됐을 줄 알았다."

그랬다. 얼굴만 바뀌었으니 몸은 그냥 자신의 것. 스물하나 먹은 처녀의 몸을 졸지에 열여섯으로 줄여서 이야기하니 어울리지 않는 게 뻔한 이야기였다. 나이는 좀 올려서 이야기했어도 얼굴이 어려 보인다고 넘어갔을 수도 있었을 텐데, 이젠 꼼짝없이 성질머리 나쁜 아이에게 언니라고 불러야 할 판이었다.

"아무튼 궁 생활이라는 게 다 그렇고 그런 거니까 큰 어려움은 없을 거다. 정신 똑바로 차리고."

뭘 어쩌라는 건지 알 수가 없었다. 이제 뭘 해야 하는 걸까? 옥연이 멍하니 팔을 늘어뜨리고 서 있자 은효가 다시 신경질을 부렸다.

"빨랑 옷 입어, 이것아!"

이것? 감히 낙랑의 공주에게 '이것'이라고?

"어라? 애 좀 봐라. 눈을 치켜떠? 이게!"

짝 소리가 났다. 은효가 옥연의 뺨을 사정없이 내리친 것이다. 그 한 방에 옥연은 바닥에 나뒹굴고 말았다.

"왜 이래?"

혜궁이 말리지 않았다면 옥연은 은효에게 발길질도 당했을 판이었다. 옥연은 어깨를 밀린 것보다도 이런 사소한 일에 등장하는 폭력에 놀라 얼어붙고 말았다. 뺨 맞을 일이었던가? 발길에 밟힐 일이었던가?

"그거 한 대 맞았다고 언제까지 자빠져 있을 거야? 후딱 못 일어나?"

은효는 막아서는 혜궁을 밀면서 투덜댔다.

"지금부터 정신 바짝 차리게 안 하면 우리만 힘들다고요."

"그래그래, 됐다. 우선 나가서 먼저 시작해라. 내가 채비시켜서 데리고 나갈게."

혜궁이 간신히 은효를 토닥거려 내보냈다.

"인나라, 고만. 이런 일 어디 한두 번 겪나? 어서 옷 입어라."

장을 열었다. 옅은 황색으로 물든 시녀복. 역시 황색으로 된 선襈이 둘러져 있는 윗도리와 허리에만 작은 주름이 있는 치마, 그리고 허리에 매달게 되어 있는 하얀색의 둥근 앞치마까지 매면 되는 간단한 옷 입기. 치마 안에는 속바지를 입고 거치적거리지 않게 밑단을 동여매야 했다. 공주 때의 옷차림과는 사뭇 다르다. 그러나 도와주는 시녀가 없다고 옷도 입지 못할 나이는 아니었다. 머리를 가다듬어 토끼 귀처럼 생긴 절풍折風을 쓰자 치장은 끝난 셈이었다.

그 많은 시녀들이 제각기 할 일들이 따로 있다는 것에 놀라고 말았다. 옥연이 해야 하는 일은 어느 궁의 복도를 닦는 것이었다. 걸레질을 하라는 말에 받아 든 걸레와 대야. 옥연은 난생 처음 무릎을 꿇고 걸레를 밀었다. 말도 안 되는 일이었다. 저절로 눈물이 나와 눈물방울이 뚝뚝 떨어졌다. 게다가 누가 엉덩이를 발로 걷어차는 통에 엎어지기까지 했다. 누군가 싶어 고개를 돌려 보니 은효가 삿대질을 하며 화를 내고 있었다.

"이게 미쳤나? 너 지금 반항하는 거지?"

뭘 잘못했다고 또 이러는 걸까? 말도 하지 못하는데 은효가 계속 화를 냈다.

"어디서 이런 말도 안 되는 년이 들어와서 속을 다 썩이나 몰라. 어휴, 내가 진짜 미치겠네."

이제는 '년' 소리까지. 더 참을 수 없어서 말했다.

"내가 무엇을 잘못한 건지 알려 주면 좋겠구나."

되도록 공손하게 말한다고 말했는데, 말이 끝나는 순간 잘못 말했다는 것을 알았다. 하지만 이미 내뱉어진 말이었다.

"좋겠구나? 얼씨구 좋기도 하겠다. 이년이 지금 지가 공주나 되는 줄 아나?"

공주가 아니다. 지금은 시녀 예초일 뿐. 옥연은 왜 이런 처지가 되었을까 한탄하고 말았다. 그냥 죽는 게 나았을 것이다. 왜 살아서 이런 수모를 겪는 걸까? 이 삶에 무슨 의미가 있단 말인가?

"이 미친년아! 걸레질을 하려면 물을 묻혀야 할 거 아냐! 너, 대야는 폼으로 가지고 왔냐?"

그런 거였나? 그럼 말을 해 주든가. 옥연이 알 리가 없는 일이었다. 낙랑의 시녀들은 늘 옥연이 없을 때 청소를 했으니까. 아니, 어느 나라, 어느 궁의 시녀든 그렇게 해야 하는 것이었으니까.

"어서 물 받아 오지 못해?"

이러다간 또 뺨을 맞을 판이었다. 옥연이 몸을 일으켰다.

"물은 어디에 있느냐?"

아아, 말을 하고 또 후회했다. 하지만 말투가 고쳐지질 않는다.

"미, 미안하다. 고의가 아니었……."

다, 라고 또 말할 뻔하다가 아예 입을 닫았다.

"오, 그래? 내가 그렇게 우습게 보였나 보구나. 어디 한 번 해 보자는 거냐?"

은효의 손이 번쩍 올라갔다. 반사적으로 몸을 움츠리고 눈을 꼭 감았다. 그런데 손바닥이 날아오지 않는다.

"누구야?"

누군가 은효의 손목을 잡은 것이다. 기세등등하게 돌아선 은효가 깜짝 놀라 머리를 조아렸다. 은효의 손목은 바로 풀려났다.

"대체 무슨 소란들이냐?"

호동이었다. 보는 순간 옥연의 가슴은 콱 막혀 버렸다. 약간 수척해진 것 같다. 옥연의 죽음이 조금은 마음에 걸리는 것일까?

"어머! 왕자 전하, 송구스럽습니다."

은효가 마룻바닥에 납작 엎드렸다. 호동의 눈길이 옥연에게 향했다. 그 눈길에 측은함이 담겨져 있어서 옥연은 한편으론 당황하고, 다른 한편으론 분노했다.

"예초라고 했었지? 어려운 일이 있으면 주저하지 말고 내게 이야기해라."

호동은 엎드려 고개도 들지 못하는 은효를 슬쩍 바라본 뒤 다시 말했다.

"누가 괴롭히면 와서 말해라. 다시는 그러지 못하게 해 줄 테니까."

옥연은 아무 말도 할 수 없었다. 호동은 그녀를 그저 예초로 보고 있었다. 자명고가 되어 주겠다던 호동은 그녀를 알아보지도 못했다. 호동은 뭔가 더 이야기할 듯이 입을 떼었다가 고개를 흔들더니 그냥 떠나 버렸다.

은효가 얼른 일어나 호동이 잡았던 손목을 살폈다. 호동이 얼마나 세게 잡았던지 손목이 발갛게 변해 있었다.

"그 손목 괜찮으냐?"

아차, 또 하대를 했다. 하지만 소리가 작아서 그랬는지 은효는 듣지 못한 모양이었다. 아니, 소리가 작았던 것이 아니었다. 은효는 영판 다른 생각에 빠져 있었다. 손목을 왼손으로 어루만지며 넋 나간 표정이 되어 있었던 것이다.

물이라도 뜨러 가야 할까, 아니면 은효가 정신을 차릴 때까지 기다려야 하는 걸까 망설이다가 옥연은 대야를 들고 건물 밖으로 빠져나왔다. 우물을 찾아 둘러보는데 쉬 눈에 띄지 않았다. 물어볼 만한 사람도 보이지 않았다. 바람이 쌩하니 불어 제법 차가운 날씨였지만 옥연은 새파란 하늘에 눈길이 닿자 낙랑의 바닷가가 떠올라 그냥 그 자리에 서서 하늘을 올려다보았다.

새라면, 날개가 돋친 새라면 훨훨 날아서 이 감옥을 빠져나갈 텐데. 아, 대체 무엇 때문에 살아서 이런 고생을 해야 하는 걸까?

문득 우물을 꼭 찾아야겠다는 생각이 들었다. 우물 속에 몸을 던지면 이 고통을 끝낼 수 있다. 하지만 우물은 어디에 있는지 영 보이지가 않았다. 우물을 찾아 중문 두 개를 지났을 때였다.

"예초!"

누군가 팔을 잡아끌었다. 큼지막한 손. 반가운 마음이 물씬 올라왔다.

"재하!"

호위대장이었던 재하가 허름한 복장에 싸리 빗자루를 들고 서 있었다. 그날, 불내성이 함락되던 그날, 예초가 죽고 아바마마가 죽었던 그날 이후에 처음 보았다. 아버지 최리왕의 비명이 들린 그 순간 옥연은 뛰쳐나갔고 재하는 뛰어들어 왔었다. 옥연이 예초의 모습을 하고 있었기에 재하는 그녀를 거들떠보지도 않았다. 곧장 침상으로 뛰어갔고, 가슴에 칼을 꽂은 채 누워 있는 옥연 모습인 예초의 시체 앞에서 망연자실 넋을 놓고 허물어졌다. 옥연은 달려 나가다가 아버지 최리왕이 복도에 쓰러져 있는 것을 볼 수 있었다. 가슴과 옆구리에 상처가 나 있었다. 이미 절명한 상태. 아무 유언도 남기지 못했다. 옥연은 그 생각에 또다시 흘러나온 눈물을 닦고 재하를 올려다보았다.

복장은 허름했지만 나빠 보이는 곳은 없었다. 어디 부러지거나 잘려 나가지도 않았다. 우람한 근육도 그대로였다.

"넌 호동의 궁에 배치된 줄 알았는데, 여긴 어쩐 일로 온 거냐? 혹시 중궁전으로 소속이 바뀐 거냐?"

"중궁전? 그럼 여기가 왕비의 거처……."

"쉿! 여긴 눈이 많으니 자리를 옮기자."

재하는 옥연의 말을 중간에서 자르고 성큼성큼 걸어갔다. 그러다가 한 광 앞에 이르자 그 안으로 쑥 들어갔다. 옥연도 그 뒤를 따라 들어가 보았다. 피륙을 쌓아 두는 곳이어서 냄새가 지독했다.

옥연이 코를 막자 재하가 웃으며 말했다.

"냄새가 고약한 덕분에 이곳엔 오는 사람이 없더라. 그래, 여긴 무슨 일로 온 거냐?"

"그냥 우물을 찾다가……."

말을 하려면 입을 열어야 한다. 그때 밀려들어 오는 고약한 냄새에 옥연은 말을 마칠 수가 없었다.

"우물? 우물은 호동의 침실 왼쪽 편에 보면 있는데, 그걸 몰랐구나. 하지만 차라리 잘됐다. 복수를 하라고 하늘이 널 내게 보낸 게 틀림없다."

"복, 수?"

옥연은 무심히 입을 열었다가 얼른 소매로 다시 입을 틀어막았다. 복수라니? 나라가 망하고 사람들은 흩어졌는데 무슨 복수를 한단 말인가? 고구려를 멸망시킬 힘이 대체 어디에 있다고.

"복수라고 하니까 이상하니? 망국의 신하로 어찌 복수를 생각하지 않겠느냐? 고구려를 멸망시키고 호동의 간을 먹지 않는다면 나는 사내대장부가 아니다. 그걸 위해서 나는 치욕을 견디고 모욕을 감수하고 있는 것이다."

재하는 무섭게 그녀를 노려보며 말했다.

"따지고 보면 너를 그처럼 아껴 주던 공주 마마도 호동 때문에 목숨을 잃지 않았느냐. 그런데도 너는 그 자리가 마냥 편안했던 모양이구나."

반문한 것이 재하의 비위를 거스른 모양이었다. 그럴 생각은 전혀 없었다. 재하의 말을 들으니 분노와 적개심이 새삼 일어나기 시작했다.

"당연히 복수해야지. 어찌 복수를 아니 할까 보냐!"

재하가 고개를 끄덕였다.

"그래, 당연히 그래야지."

최리왕의 마지막 비명 소리가 다시 옥연의 귓전을 때렸다. 고구려는 불공대천의 원수다. 그것은 영원히 변하지 않을 진실이었다.

"아바마마를 시해한 것도 분명 고구려 병사들일 테니……."

"아바마마?"

재하의 반문에 옥연은 깜짝 놀랐다. 무심코 이야기를 해 버렸다. 차라리 재하에게 사실을 밝히고 도움을 청하는 것이 낫지 않을까?

"너도 아직 제정신이 안 돌아온 모양이구나. 대왕 폐하 말이겠지."

"아, 공……주 마마의 말투가 그만……."

"공주 마마께서 하시던 말투가 네게 배어 버린 모양이라는 게냐?"

어찌할 바를 결정하지 못하고 있던 옥연은 우선 고개를 끄덕여 버렸다.

"네가 꼭 할 일이 있다. 호동에게 접근해서 자명고를 어디다 두었는지 알아내라."

"자, 명, 고?"

그 북. 그 저주받은 북이 여기에 있단 말인가? 왜?

"호동은 찢어진 자명고를 전리품으로 가지고 왔어. 나는 그 북에 큰 비밀이 있다는 걸 알아냈지. 그 북은 나라를 위해 적이 오는 것을 알려 주지만 결국은 나라를 멸망케 하는 저주받은 북이라 하더군. 자명고는 황룡국에서 고구려를 멸망시키려고 만든 북이었다는 거야. 그걸 호동이 알아차리고 우리나라로 보내 버린 거지."

옥연은 가슴이 메어지는 것 같았다. 그래, 일구도 같은 이야기를 했었다. 사실이었구나.

"난 공주 마마가 그걸 알고 그 북을 찢어 버린 거라 생각해."

아니었다. 그저 바보 같아서 저지른 일이었다. 그러나 이 모든 것이 정말 호동이 꾸민 일이란 말인가? '연랑의 자명고'란 결국 나라도 옥연도 죽게 만든다는, 그런 의미였던 것인가? 다시 그날의 아픈 상처가 터져 옥연은 아무 말도 할 수 없었다.

옥연은 몰랐지만 재하는 일구에게서 이 사실을 알아냈다. 재하와 일구는 이미 안면이 있는 사이인데다 재하는 일구의 비리를 조사하는 입장이었기에 그것은 별로 어렵지 않았다. 일구는 재하가 묻는 대로 모든 것을 털어놓았다. 그 덕분에 놀라운 사실을 들을 수 있었다. 자명고에 대한 이야기까지 모두 들을 수 있었던 것이다. 재하는 당연히 이 훌륭한 협조자를 적극 변호하여 왕비의 노여움을 풀어 주도록 했다. 심지어는 추발소의 엄한 눈길마저 속여 넘길 수 있게 그에게 도움을 주었다. 추발소의 일거수일투족을 모두 알려 주어 일구가 미리 대비할 수 있게 해 주었던 것이다.

"북은 이미 망가졌는데……."

"기껏 가죽이 찢어졌을 뿐이잖아. 분명 황룡국엔 그걸 고칠 방법도 있을 거야. 그걸 알아내야 해. 하지만 먼저 북을 구해야지. 방법은 내가 찾을 테니 넌 북이 있는 곳을 알아내라."

"그, 그런 걸 내가 어떻게……."

"널 굳이 자기 궁으로 데려간 것을 보면 네게 뭔 생각이 있는 게 틀림없다. 그러니 호동에게 조금만 선심을 쓰면 알아낼 수 있을 거다."

"그, 그런……."

재하는 이미 옥연의 말은 듣고 있지도 않았다.

"북만 어디 있는지 알아내면 북을 고칠 것이다. 그것으로 고구려를 멸망시킬 거다. 내 힘으로는 어찌할 수 없지만, 자명고는 내 힘을 넘어서서 멸망을 가능케 해 줄 것이다."

옥연은 재하의 그 말에 갑자기 벅찬 희망이 생겼다. 걸레질을 하면서라도 살아가야 할 이유를 찾은 것이다. 복수였다.

지금 정체를 밝히지 않기를 잘했다는 생각이 들었다. 공주인 줄 안다면 재하는 그런 위험한 일을 하게 옥연을 내버려두지 않을 게 뻔하다. 옥연은 재하를 잘 알고 있었다. 복수도 뭣도 없이 궁을 탈출해서 편히 모실 생각만 할 게 틀림없다. 그럴 순 없다. 아바마마와 낙랑을 위해 결코 그럴 순 없다.

7. 전쟁

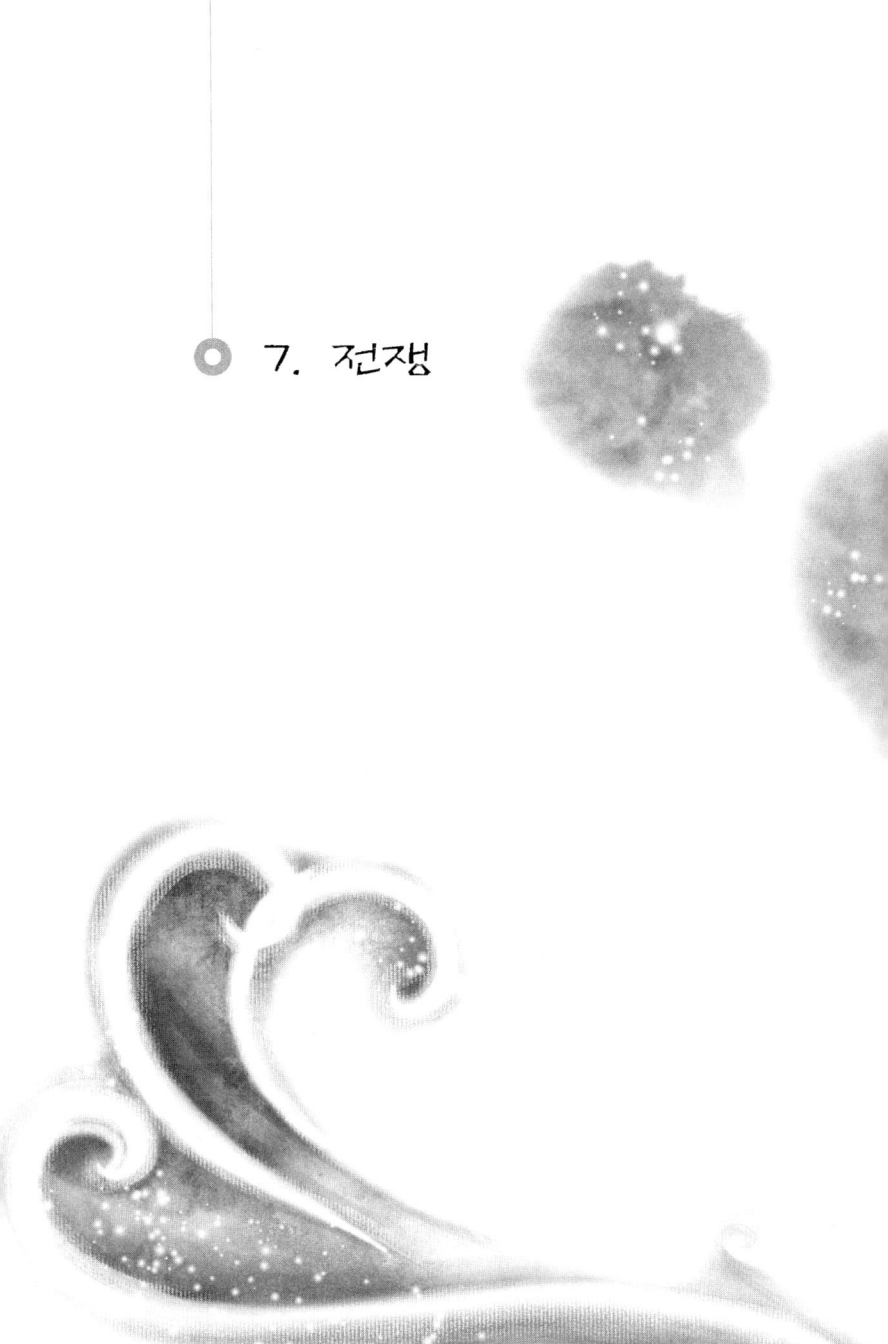

"**어디 가서 노닥거리다가** 이제야 슬그머니 나타난 꼴을 한번 보세요."

은효가 혜궁에게 예초의 험담을 늘어놓고 있었다. 옥연은 죽은 듯이 고개를 숙이고 아무 말도 하지 않았다. 속으로 끝없이 다짐을 되뇌고 있었다.

'몸도 마음도 예초가 되어야 해. 예초가 되어야만 해.'

예초가 되어서 호동에게 접근해야 했다. 공주였던 지난날은 버려야 한다. 비열한 호동. 그 선한 웃음 뒤에 숨겨진 저열한 본성을 이미 알고 있지 않던가. 북을 보내지 않으려는 듯, 낙랑을 걱정해 주는 척하면서 실제로는 그다지 말리지도 않았다. 그런 북이라면, 나라를 멸망시킬 북이었다면 자기 자신이 찢어 버렸어야 했다. 하지만 어떻게 했던가? 수하를 보내서 북을 찢어 버리게 했다. 그 대가로 옥연은 죽었다.

그래, 옥연은 죽은 것이다. 그날 아바마마의 손에 옥연은 죽었다. 이제 여기 남은 것은 예초. 다시 삶을 부여받은 복수의 화신일 뿐이다. 예초도 이야기했었지. 숨을 거두기 전에 분명히 말했다.

'소, 소녀가 자……명고를, 만들었으니까요.'

예초와 호동은 뭔가 서로 알고 있는 게 있었을 거다. 예초는, 그래서 죽음으로 속죄했다. 아, 죽음으로도 용서받을 수 없는 죄지만, 그래도 마지막 순간에 양심을 되찾은 게다.

불현듯 한 가지 생각이 옥연의 머리에 스쳤다.

"아주, 이젠 딴생각하면서 개가 짖냐, 쥐가 우냐 이러는구나?"

은효의 가시 돋친 말에 정신이 확 돌아왔다. 그 때문에 잠깐 들었던 생각이 멀리 사라져 버리고 말았다. 불쾌해졌다. 이런 걸 짜증이 난다고 하는 건가 보다. 공주 시절엔 느낄 수 없었던, 알지 못했던 감정이다. 맙소사.

옥연은 머리를 감싸 쥐고 그 자리에 주저앉았다. 갑자기 욕지기가 올라왔다. 뱃속에 든 것을 모두 끄집어내고 싶은 기분이었다. 뱃속에서 가슴으로 그것이 치솟아 올랐다. 꺼내지 못하면 그것이 자신을 도리어 삼킬 것만 같아 옥연은 가슴을 움켜잡았다. 그대로 손이 가슴 속으로 들어갈 수만 있다면 그것을 잡아 끄집어낼 수 있으련만. 하지만 가슴은 미칠 듯이 답답하고 숨도 쉬어지지 않았지만 그것은 꺼내지지 않았다.

"어머머머, 얘 좀 봐."

은효도 당황하고 말았다. 갑자기 멀쩡하게 서 있던 애가 주저앉더니 점점 얼굴이 보랏빛으로 변해 버리니 당황할 수밖에 없었다.

"혜, 혜궁 언니! 애, 애 좀 봐요!"

혜궁이 한달음에 달려왔다가 옥연의 꼴을 보고 깜짝 놀라 허리띠에 달린 주머니를 바닥에 와락 쏟아 흩프렸다. 거기에서 얼른 바늘을 찾아낸 혜궁이 옥연의 인중 사이를 콕 찔렀다.

덕분에 숨통이 트였다. 옥연이 길게 숨을 들이쉬더니 눈을 꼭 감았다. 정신을 잃은 것이다.

"아, 정말 가지가지 한다."

은효가 투덜대자 혜궁이 곱게 눈을 흘겼다.

"인정머리 없기는. 애는 전쟁터에서 잡혀 온 애 아니냐. 상전이 눈앞에서 죽었다고 하더라. 충격이 얼마나 크겠냐?"

"충격 같은 소리 마세요. 우리 같은 인생이 뭐, 어디 있으면 달라지나요? 쓸고 닦고 치우고, 언제나 그게 다예요. 하나가 제대로 안 하면 고단한 일들이 더 늘어나기만 하는 거라고요. 이 바보 같은 애도 싹 다 뒤집어졌을 때, 도망이라도 쳤어야 하는 거예요. 왜 잡혀 왔냐고요! 잡혀 온 게 잘못이죠. 잘못했으니 벌을 받아야 하는 거라고요."

혜궁은 아무 말도 하지 않고 고개를 절레절레 흔들더니 옥연을 끌어 침상에 눕혔다. 그 뒤로 옥연을 바라보는 은효의 눈에는 원망이 잔뜩 서려 있었다.

*

"왕자 전하."

희미하게 부르는 소리가 들렸다. 호동은 누가 때리기라도 한 것처럼 화들짝 놀라며 잠에서 깨어났다.

"침상에서 주무시지요."

위수였다.

"내가 지금 졸았던가?"

"벌써 며칠째 잠을 못 주무시고 계시지요?"

그랬다. 낙랑에서부터 잠이 오지 않았다. 눈을 감으면 옥연의 가슴에 꽂힌 그 칼이 허공에 떠올라 자신의 심장을 노리고 날아왔다. 처음에는 놀라서 피하려고 했다. 그런데 어디선가 옥연이 나타나 그 칼을 대신 맞았다. 그렇게 옥연이 꿈속에서 또 칼에 맞는다. 잠도 오지 않았지만 피로에 지쳐 눈만 감으면 같은 꿈을 꾸었다. 나중에는 자신이 달려가 먼저 칼에 맞으려고 했다. 하지만 언제나 옥연이 먼저였다. 항상 먼저 칼에 맞았다.

위수가 깨우지 않았다면 그 칼이 또 나타났을 것이다. 호동은 눈을 들어 벽에 걸어 둔 그 보검을 바라보았다. 창업 군주로부터 내려오는 가문의 칼. 부숴 버릴 수도 없는 무게가 걸린 칼이었다.

"탕약을 가져왔으니 좀 드십시오."

호동은 위수가 가져온 약을 마신 후 그만 나가라고 손짓을 했다. 위수는 나가지 않았다.

"잠시 한 말씀 드릴 것이 있습니다."

"뭐냐?"

"낙랑에서 데려온 재하 있잖습니까?"

"음, 중궁전에 보내서 화자를 만든 그놈?"

"화자가 되지 않았다 하더군요."

"그게 무슨 소리냐?"

"원비 마마가 매우 총애하고 있다 합니다."

"흥!"

호동이 코웃음을 치고 손사래를 쳤다. 그때서야 위수가 군말 없이 나갔다. 위수는 열심히 정보를 캐 온 것이었으나, 그런 놈이 원비와 붙어먹거나 말거나 호동은 아무 관심도 없었다. 그는 그저 쇠사슬로 몸을 감싸기라도 한 것처럼 무겁기만 한 몸을 일으켰다.

이 무의미한 삶에서 아무런 즐거움도 찾을 수가 없었다. 미칠 것처럼 먹먹한 괴로움. 그에게 남아 있는 건 오직 그뿐이었다. 옥연에 대한 복수를 할 수만 있다면 답답한 이 마음이 조금은 풀릴 것 같았다. 하지만 그는 손가락 하나 까딱할 수가 없었다. 옥연을 죽음으로 몰고 간 전쟁, 그 전쟁을 일으킨 사람은 부왕이었다. 부왕을 시해할 수 있겠는가? 열성조의 공덕을 무너뜨릴 도리는 없다. 직접 옥연을 죽인 사람은 최리왕이었다. 그리고 최리왕에게도 복수를 할 수 없었다. 이미 죽은 사람이었으니까. 최리왕은 전란 중에 죽었다. 누가 살해한 것인지도 모른다는 건 의외의 일이었다. 국왕을 죽인 전공은 매우 크다. 그런데 누구도 자신이 국왕을 죽였다고 말하지 않았다. 몰랐던 것이다. 난전 중에 죽은 것일 리도 없었다. 공주의 침궁에 도착한 것은 자신이 제일 먼저였으니까.

문득 한 가지 생각이 들었다. 옥연을 위해 할 수 있는 일이 하나 남았다는 생각이 들었다. 호동의 몸에 갑자기 활력이 돌아온 것 같았다. 왜 지금까지 모르고 있었을까? 왜 지금까지 한 번도 생각하지 않고 있었을까? 자기 자신이 바보처럼 느껴졌다. 진작 확인해 보았어야 하는 일이었는데.

호동은 뚜벅뚜벅 걸어 나갔다. 점점 심장이 두근거리는 것을 느낄 수 있었다. 진실과 마주친다는 것이 이렇게 두근거리는 일이었을까? 하지만 아직은 알 수 없는 일이었다.

"뭐야? 자고 있는 건가?"
이제 점심때가 좀 지났을 것이다. 그러고 보니 요즘은 밥도 거의 먹지 않고 있었다. 하지만 이 아이를 보자 다시 가슴이 콱 막혀 배고픈 생각은 들지 않았다. 자는 게 아니라 아파서 누워 있는 것은 아닐까? 목까지 이불을 덮고 꼼짝도 하지 않은 채 잠이 들어 있었다. 호동은 예초의 이마를 짚어 보았다. 미열이 느껴졌다.

마음이 아팠다. 누워 있는 예초의 모습을 보고 있자니 옥연이 절로 생각났다. 공연히 이 아이를 국내성까지 끌고 온 것은 아닐까, 그냥 낙랑에서 살게 내버려두는 것이 이 아이에게 더 나았던 것이 아닐까 하는 생각이 들었다. 하지만 지금 당장은 물어볼 말이 있었다. 호동은 의자를 하나 가지고 와 그 곁에 앉아 예초가 깨어나기를 기다렸다.

콧잔등 위의 주근깨, 지금은 눈을 감고 있지만 장난기 넘치는 까만 눈동자, 말을 길게 늘어뜨리는 이상한 말버릇. 처음으로 '차'라는 것을 끓여 왔던 때 엄벙덤벙 설치다가 엎지를 뻔했었던 게 떠올랐다. 옥연을 업고 산으로 피할 땐 심심하지 말라고 재잘재잘 정말 수다스러웠던 시녀. 주인을 위해 목숨을 걸고 적을 유인하러 떠나기도 했었다.

"가만, 옥연이 그랬었지. 이 아이는 잘 때는 홀랑 벗고 잔다고……."

호동의 얼굴이 살짝 붉어졌다. 그날 달빛 아래 누워 있던 옥연의 나신이 떠올랐던 탓이다. 그때 그녀가 눈을 떴다.

옥연은 눈을 뜨다가 앞에 앉아 있는 사내를 보고 흠칫 놀라 가슴으로 손을 모았다. 얇고 거친 이불이 그 바람에 확 당겨져서 발이 이불 밖으로 튀어나오고 말았다. 사내가 그녀의 발을 바라보았다.

깜짝 놀라 발을 당겨 이불 속에 집어넣었다. 하얗고 조그만 발이 생쥐인 양 쏙 이불 속으로 사라졌다. 사내도 얼굴이 붉어진 채 눈을 어디에 두어야 할지 몰라 하고 있었다. 그리고 옥연은 그때서야 그가 호동이라는 사실을 알았다.

이불을 입까지 끌어올리고 옥연이 물었다.

"무, 무슨 일이세요?"

당연히 왕자 전하라고 말했어야 하지만 옥연에겐 그런 생각이 떠오르지 않았다.

"미, 미안하다. 자고 있는 줄 모르고. 그렇지만 음……, 지금은 자는 시간도 아니라서 실례인 줄 모르고, 아니, 그러니까……."

호동이 왜 그렇게 난처해하는지 알 수 없었다. 왕자가 시녀의 방에 들어오지 못할 이유는 없었다. 굳이 들어올 일도 없었겠지만. 하지만 저렇게 당황하는 것은……. 저렇게 어쩔 줄 몰라 하는 것은……. 옥연의 얼굴이 딱딱하게 굳어졌다. 특별한 관계가 아니고서야 이렇게 당황할 리가 있을까? 역시 이 둘은 예전부터 내통이 있었던 게 틀림없었다.

"무슨 일로 비천한 소녀의 침방에 다 오셨나요?"

쌀쌀맞은 말투에 호동은 예초가 자신을 원망하고 있다고 생각했다.

공연히 더 미안해져서 호동은 벽을 보며 이야기했다.

"미안하다. 네게 이런 힘든 일을 겪게 해서······."

미안하다고? 미안하다고? 옥연은 속으로 비명을 질렀다. 나는 죽었어. 나는 죽어 버렸다고! 그런데 일개 시녀 앞에 와서 미안하다고?

"미안할 일 없어요."

말을 하기도 힘들었다. 하지만 말을 해야 했다. 감정이 너무 격해져서 잊어버릴 뻔했다. 재하가 말하지 않았던가. 자명고, 자명고가 어디 있는지 알아내야 했다. 하지만 이 자리에서 혀를 깨물고 죽는 한은 있을지언정 부드러운 말투는 나올 수가 없었다. 여전히 옥연의 말투는 뻣뻣했다.

"그, 그래. 불편하면 나중에 다시 오마."

시녀가 불편하면 다시 오겠다는 말을 하는 왕자 전하라니! 빠져도 아주 단단히 빠졌구나. 옥연은 입술을 깨물었다. 예초에 대한 원망은 없었다. 지금까지 예초에 대한 원망은 없었다. 하지만 대체 옥연을 두고 어떻게 예초한테 홀릴 수 있단 말인가? 그건 마법이 아니고서야 불가능한 일이 아니겠는가. 옥연의 머릿속에 기발한 생각이 떠올랐다. 그래, 어쩌면 예초가 마법으로 호동의 마음을 사로잡은 것일지도 몰랐다. 그것이 가장 그럴듯한 설명이었다.

호동은 예초가 더 이상 말을 하지 않자 몸을 일으켰다. 알몸의 시녀와 단둘이 앉아 이야기하는 것은 너무나 부자연스러운 일이었다. 더구나 옥연이 죽은 지 며칠 되지도 않았다.

"가, 가지 마세요."

옥연이 손을 뻗어 호동의 소매를 잡았다. 그 바람에 이불이 흘러내렸고 호동은 질겁해서 눈을 질끈 감았다. 옥연이 영문을 모른 채 호동에게 물었다.

"왜 그러세요?"

호동이 빠르게 손을 흔들며 말했다.

"빠, 빨리 옷을 입어라. 나는 보지 않을 것이다."

호동이 뒤로 돌아섰다.

"예? 소녀, 옷을 입고 있습니다만……."

호동이 그렇게 이야기하는 바람에 옥연은 자신이 마치 옷을 벗고 있기라도 한 양 부끄러워져 기어들어 가는 소리로 말했다. 호동이 뒤돌아섰다.

"아후, 그랬구나. 난 또……."

"대체 무슨 일이신지……."

"전에 연랑이, 흠, 옥연 공주가 말하길, 너는 잘 때 옷을 모두 벗고 자는 기괴한 습관이 있다고 했다. 그래서 네가, 네가……. 흠흠."

호동은 더 말을 하지 못하고 헛기침으로 마무리했다. 차마 '네가 벗고 있는 줄 알았다.'라는 말을 하지 못한 것이다. 옥연도 어쩐지 부끄러워 눈을 내리깔았다. 호동이 말하는 것으로 보아 호동과 예초가 잠자리를 같이하지는 않았던 모양이었다. 마법으로도 거기까지는 불가능했던 것일까? 하긴 생각해 보니 그럴 시간과 여유가 있질 않았다. 예초는 대개 옥연과 같이 있었고, 예초가 떠나 있을 때 호동과 같이 있었던 것은 옥연이었다. 호동에게 일말의 양심은 있었던 모양이라 생각하니 조금 마음이 나아졌다. 더구나 그 다정한 연랑이라는 말에 더욱 마음이 풀어졌다.

"많이 여위셨어요."

옥연은 호동의 쑥 들어간 볼을 보며 안쓰럽다는 듯 말했다.

'이건 어디까지나 호동의 마음을 사기 위해서 하는 소리야. 절대 진짜로 안쓰럽다고 생각하는 건 아니야. 절대로!'

"하하, 괜찮다. 너야말로 낯선 궁 생활이 힘들지 않느냐?"

자상한 말투. 그래, 그런 식으로 온 궁의 궁녀들을 다 홀리고 다니는 것이겠지. 옥연은 다시 입술을 깨물었다. 아침나절 복도에서 보았을 때 손목을 잡혔던 은효가 황홀한 표정으로 손목을 쓰다듬었던 것을 기억해 냈다. 대체 평소에 어찌 하고 다녔으면 혼낸다고 잡은 손목조차 아프지 않은 것일까? 저 미소에, 저 친절에 넘어가서는 안 된다.

"시녀 생활이라는 게 여기나 저기나 다를 게 무어 있겠습니까? 시키면 시키는 대로 일이나 하면 그만이지요."

"힘든 일이 있으면 언제든지 내게 와서 고하여라. 내가……"

호동은 '힘이 되어 주마.'라고 말하려다 그만두었다. 어린아이에게 공연한 말일지도 모른다는 생각이 들었던 것이다. 그러다 자칫 자기가 좋다고 첩이라도 삼아 달라고 졸졸 따라붙으면 그것도 골치 아픈 일일 것이다. 하지만 옥연은 뒤에 생략된 말을 자기 마음대로 생각했다. '내가 너에게 그런 일 정도 못 해 주겠느냐.'라는 말로 알아들었다. 옥연은 억지로 마음을 추슬렀다.

"정말이죠? 야아, 신난다. 약속했어요."

그것은 조금 기괴한 광경이었다. 얼굴에는 기쁜 표정이 하나도 없이 목소리만 발랄했다.

"그래, 내가 여기 온 것은 뭐 하나 물어볼 것이 있어서다."

옥연은 '지금'이라는 생각을 했다. 아쉬운 게 있어서 찾아온 것이라면 조건을 걸어 주리라. 자명고의 행방이라는.

"뭔데요?"

"낙랑의 최리왕을 시해한 사람이 누구냐?"

옥연의 심장이 꽉 조여 왔다. 긴 손톱을 가진 손이 심장을 눌러 터뜨리려는 것 같았다.

"너는 보지 않았느냐. 네가 그 옆에 있는 것을 그때 보았다."

옥연이 대답을 못 하자 호동이 재촉하며 말했다. 옥연은 새파랗게 질린 채 아무 말도 하지 못했다. 생각은 순식간에 그때 그 순간으로 달려갔다.

"가슴과 옆구리에 칼을 맞으셨던 것 말고는 아무것도……."

"그때 주위에 아무도 없었더냐?"

옥연은 천천히 고개를 끄덕였다. 아버지 최리왕은 이미 숨을 거둔 상태였다. 눈을 부릅뜬 그 얼굴을 차마 다시 볼 수가 없어 눈도 감겨 드리지 못했다. 무섭고 두려워서 부둥켜안고 울기만 했다. 세상은 죽음처럼 적막했다. 누가 달려가는 소리도, 달려오는 소리도 들리지 않았다. 그리고 한순간, 호동이 달려왔다. 스쳐 지나갔다. 울고 있는 자신을 내버려두고 지나가 버렸다.

"그건……, 그때 그건 무슨 말이었지?"

멍하게 넋을 놓고 있는 동안 호동이 몇 번 물었던 모양이다.

"무슨 말이요?"

"시킨 일을 잘 해냈다고 그랬던가, 그런 말을 했었잖아."

이건 또 무슨 시치미인가? 자명고를 찢으라고 한 말을 예초는 모르고 있다고 생각하는 걸까?

"누가요? 제가요?"

"그래."

"전 그런 말 드린 기억이 없는데요."

시치미를 떼 보기로 했다. 호동이 어찌 나올지 두고 봐야 했다.

"그런가? 나도 똑똑히 들은 건 아니었다."

호동은 잠시 천장을 올려다보고 있다가 자리에서 일어났다.

"그럼 넌 아무것도 모르고 있는 거구나. 알겠다. 쉬도록 해라."

옥연은 대답도 없이 자리에 누워 버렸다. 머릿속이 풀죽을 쑤어 놓은 것만 같았다.

*

은효의 구박은 여전했지만 옥연은 일을 하나하나 배워 나가고 있었다. 아궁이에 불을 땔 때 장작을 어찌 집어넣어야 하는지도 알게 되었고, 침상을 정리할 때 이불을 어떻게 펴야 빨리 반듯하게 할 수 있는지도, 바늘귀에 실을 꿰는 방법도 알게 되었다. 또한 빨래를 할 때 발로 밟는 요령도 알게 되었고, 걸레가 들어가지 않는 틈새를 어떻게 깨끗하게 닦는지도 알게 되었다. 그나마 다행인 것은 숙수熟手 아래가 아니어서 음식을 만드는 방법을 배우지 않아도 되는 것이었다. 그랬다면 일이 정말 쉽지 않았을 것이다. 시녀 생활을 하는 동안 자연스레 왕족과 귀족들이 깨끗하고 품위 있는 생활을 하기 위해 얼마나 많은 종복들이 노력을 해야 하는지도 알게 되었다.

그것은 특이한 경험이었다. 더러워진 장을 닦고 반짝이는 모습으로 되돌리고 나면 떨어져 나갈 듯이 아픈 팔보다 그 아름다움에 감탄하게 된다. 그것을 아름답게 만든 것이 자신이라는 사실이 뿌듯했다. 산더미처럼 쌓인 빨래를 다 해치우고 나면 어쩐지 아무 의미도 없던 이 세상이 조금은 색깔을 가지고 떠오르곤 했다. 자꾸만 자꾸만 침잠하며 꺼져 버리려고만 하는 불꽃이 그 순간에만은 섶이라도 집어넣은 것처럼 확 불타올랐던 것이다.

괴로운 순간은 잠을 자기 위해 누웠을 때였다. 아버지 최리왕의 죽음이 다시 그녀의 심장을 두드렸고, 호동의 배신이 그녀의 심장을 터뜨렸다. 그래서 그녀는 더 열심히 일을 했다. 그러면 아무 생각 없이 잠을 잘 수 있었기 때문에.

더 괴로운 것은 그날 밤을 꿈꿀 때였다. 환상 같던 숲 속에서의 그 밤. 그것이 일생을 지탱할 힘이 되어 주리라 생각했었다. 그 사랑을 가지고, 그 추억을 가지고 자신의 운명을 받아들일 것이라 생각했었다. 아, 얼마나 순진한 생각이었던가! 그 약해 빠진 마음이여, 저주받으라! 그 약한 마음을 타고 들어와 낙랑을 멸망시켰다. 그 다정한 손길을 가진 저 아름다운 왕자 전하가! 그녀의 마음은 찢어지고 찢어지고 다시 찢어져 아무것도 남지 않을 것만 같았지만, 밤이 되면 어느 틈에 붙어 버린 것인지 다시 아프고 아팠다. 그녀는 하루하루 괴로움에 시들어 가고 있었다.

그나마 다행이라면 호동이 의외로 잘 찾아오지 않는다는 것이었다. 또한 잘 보이지도 않았다. 하찮은 시녀의 위치에서 궁의 주인을 본다는 것이 얼마나 어려운지를 잘 알게 해 주었다. 마치 투명한 공기처럼 궁의 주인이 나타나기 전에 청소를 마치고 자신의 흔적은 하나 없이 지우고 사라져야 했다.

한두 번 우연히 만난 적은 있지만 호동은 별말 없이 스쳐보듯이 그녀를 보았고, 그녀를 혼내는 은효를 야단친 다음 인사만 묵묵히 받은 다음에 아무 말도 없이 지나가 버렸다. 그것은 그리 반가운 일은 아니었다. 호동이 그렇게 옥연의 편을 들고 가면 은효의 구박은 두 배로 커졌기 때문이다.

만날 때마다 달라진 것이라면 호동이 점점 더 마르고 날카로워지고 있다는 느낌이었다. 그가 지나가고 난 자리는 금방이라도 서리가 앉을 것처럼 냉랭했다. 그는 은효를 야단쳤지만 그것은 공정한 주인의 자세였지, 옥연을 편드는 형세는 절대 아니었다. 하긴 그것이 차라리 나았다. 다정한 척 이야기라도 걸어왔다면 그날 밤에 열 배, 스무 배의 괴로움이 그녀를 덮쳤을 것이다. 그의 외모에 흔들린 만큼 호동은 그녀를 괴롭혔다. 더욱 나쁜 것은 호동의 얼굴을 보면, 미친 것 같은 이야기지만 그를 미워할 수가 없다는 점이었다.

그동안 옥연을 찾아온 남자는 재하뿐이었다. 자명고의 행방을 알아냈느냐는 채근을 하기 위해서. 그녀는 일부러 호동을 찾으러 가지 않았다. 자명고의 행방을 알아내는 것이 이 부질없는 삶을 이어가는 이유였음에도 호동을 찾아가고 싶지 않았다. 호동을 만나면 그저 욕을 퍼붓고 원망을 쏟아 내기만 할 것 같았다. 결코 그 앞에서 생글생글 웃으면서 정보를 캐낼 수 없으리란 생각에 움직일 수 없었다.

재하는 불같이 화를 냈고, 결국에는 이런 말까지 했다.

"몸을 팔아서라도 자명고가 어디 있는지 알아내!"

옥연은 잠시 충격에 휩싸여 말을 할 수가 없었다. 재하는 차갑게 웃었다. 씀바귀 풀이라도 씹은 듯한 쓰디쓴 미소였다.

"나는 벌써 하고 있는 일이니……."

"그, 그게 무슨 소리냐? ……요."

놀란 나머지 말버릇이 다시 나오고 말았다. 황급히 '요'를 붙이긴 했는데, 더 이상한 말이 되고 말았다. 하지만 자조의 분위기에 푹 빠진 재하는 그런 점을 눈치 채지 못한 모양이었다.

"아무려나 상관없다. 공주 마마의 복수를 할 수만 있다면. 그게 내가 살아 있는 목적이니까."

재하는 돌연 오른손을 뻗어 옥연의 멱살을 움켜잡았다.

"그러니, 너도 주인의 복수를 위해 뭐든 하란 말이다. 웃음을 팔든지, 애교를 팔든지, 몸을 팔든지! 안 그러면……."

재하의 눈이 광기로 번들거렸다.

"……내 손에 죽고 말 것이다."

옥연이 숨 막혀 버둥대자 재하는 그녀를 바닥에 내동댕이쳤다.

"비천한 시녀라 어쩔 수 없는 거냐? 벌써 옛 주인을 잊고 삶의 안락함에 빠져들어 버린 것이냐? 마지막으로 닷새를 주겠다. 닷새 후에도 아무 성과가 없다면 네 눈깔 하나를 파 버릴 것이다. 그리고 닷새를 더 주지. 그다음에는 네 귀 하나를 잘라 가겠다. 다시 그다음에는 코를……."

"그만! 그만!"

옥연은 귀를 막고 소리쳤다. 재하가 얼른 그녀의 입을 막았다.

"조용히 해라!"

재하는 낮은 목소리로 옥연의 귀에 속삭였다.

"자명고가 있는 곳을 알아내라. 살아남고 싶으면."

순간 재하는 흠칫 놀라 옥연에게서 떨어졌다. 누군가 지켜보고 있는 것을 무인의 예리한 감각으로 느낀 것이다.

"둘이 정분이라도 난 거야?"

어린아이 목소리. 하지만 재하는 얼른 무릎을 꿇었다.

"애루 왕자 전하를 뵙습니다."

옥연은 무릎을 꿇어야 한다는 사실은 까맣게 잊어버린 채 그 꼬마 왕자를 바라보았다. 저 아이가 바로 주류왕의 적자구나. 호동을 밀어내고 왕위에 앉히고 싶어 한다는 바로 그 아이구나.

"저 계집은 뭐냐?"

애루가 불쾌하다는 듯이 인상을 찌푸렸다. 다섯 살짜리 아이도 인상을 찌푸릴 수 있다는 것이 놀라웠다. 그러고 보니 이 아이에게서는 어린아이의 귀여움이란 전혀 보이지가 않았다.

"예초, 뭐 하느냐? 이 나라의 적자 되시는 애루 왕자 전하시다. 어서 인사를 올려라."

재하는 애루에게 변명을 늘어놓았다.

"천한 것이 옥체를 뵙고 정신이 나간 모양입니다. 너그러이 보아주십시오."

"그래? 너는 요새 어마마마의 총애를 받고 있다지?"

그 말에 재하는 움찔 놀라고 말았다.

"그런 주제에 시녀와 놀아나고 있단 말이지?"

재하가 이마를 땅바닥에 찧으며 말했다.

"아닙니다. 어디 소신이 감히 그런 불충한 짓을……."

애루는 까르르 웃었다. 그 해맑은 듯한 웃음소리 안에 깃든 잔인함에 소름이 쫙 끼쳐 왔다.

"그래? 불충이라고? 뭐가 불충인데? 어마마마의 총애를 받는 것이 불충이냐, 아니면 시녀와 정분이 난 것이 불충이냐? 말 좀 해 보지? 낙랑 천출 무사 나리."

옥연은 그제야 재하의 말이 이해가 되었다. 몸을 판다는 그 말이 무엇을 의미한 것인지. 재하는 왕비와 사통을 하고 있었던 것이다. 그것도 이 어린 왕자가 알 수 있을 정도로. 옥연의 가슴 한구석이 또 무너졌다. 아직까지 무너질 가슴이 남아 있었는지 몰랐는데.

옥연은 한줄기 눈물을 주르르 흘렸다.

"하하, 저 계집 봐라."

애루가 배를 움켜잡고 웃었다.

"못생긴 것이 그래도 죄가 뭔지는 아는 모양이구나. 질질 짜고 있다니, 하하하!"

애루의 비웃음은 들리지 않았다. 옥연은 땅바닥에 엎드린 채 꼼짝도 하지 않고 있는 재하를 내려다보고 있을 뿐이었다. 낙랑이 멸망한 지 얼마나 되었다고, 옥연이 죽은 지 얼마나 되었다고 벌써 다른 여자를 품었다는 말인가? 남자들이란 이런 동물이었던가. 좋아하는 것도 단지 대상이 살아 있을 때뿐이란 말인가? 어린아이였을 때 만나 호위무사로, 호위대장으로 곁을 지켜 주었던 네가 불과 한 달여 만에 나를 잊고 다른 여자와 시시덕거리고 있단 말이지. 그것도 온 세상이 다 알도록!

비명을 지르고 싶었다. 가슴을 도려내 심장을 꺼내 재하 앞에 내던지고 싶었다. 그런데 할 수 있는 일이라고는 입술을 깨물어 신음을 삼키며 눈물을 흘리는 것밖에 없었다.

"그래, 네가 그렇게 충성스럽다면 그걸 한번 증명해 봐라."

밉살스런 소리가 다시 튀어나왔다.

"저 무례한 계집을 채찍 열 대에 처한다. 네가 직접 집행해라."

"그, 그건……."

재하가 난처해하자 애루가 비웃었다.

"그럴 줄 알았지. 얘들아."

애루가 자신의 뒤를 따라온 시종들에게 한 말이었다. 멀찍이 떨어져 있던 시종들은 애루의 손짓에 얼른 달려왔다.

"저 계집에게 채찍 스무 대를 때……."

"하겠습니다."

재하가 애루의 말을 끊어 버렸다. 애루가 다시 인상을 찌푸렸다.

"지금 저것이 감히 내가 말하는 중간에 끼어든 게냐?"

재하가 다시 이마를 땅에 찧으며 말했다.

"죽을죄를 지었습니다."

"하하, 이거야 원. 그러니까 내가 꼬맹이라 우습게 보이나 봐?"

애루는 재하 옆으로 걸어와서는 재하의 옆구리를 걷어찼다. 사나운 발길질이라 해 봐야 재하와 같은 무사에게는 간지러울 뿐이었을 텐데, 재하는 천하장사에게 차이기라도 한 것처럼 공중을 날아올라 바닥에 뒹굴었다.

"하하하, 이거 재밌는데?"

애루는 다시 달려가 재하를 걷어찼다. 재하는 다시 한 번 허공으로 날아올랐다. 옥연은 욕지기가 치밀어 올랐다. 아주 제대로 하는 아부였다.

"좋아 좋아. 넌 좀 재밌는 구석이 있구나. 저 계집을 열 대만 때려라. 그럼 봐줄게."

재하가 옥연에게 다가왔다. 그러고는 낮은 목소리로 속삭였다.

"참아라."

옥연은 웃음이 나오려는 것을 꾸욱 참았다. 그래, 좀 맞아야 나도 정신을 차리겠지. 옥연이 무릎을 꿇고 앉았다. 재하는 시종에게서 채찍을 건네받았다. 재하가 채찍을 들어 올리자 애루가 손을 내저었다.

"안 돼, 안 돼."

애루는 한쪽 입 꼬리를 올린 채 피식 웃으며 말했다.

"옷을 입혀 놓고 하는 채찍질이 어딨어? 애들아, 옷을 벗겨라."

옥연은 깜짝 놀라 가슴팍의 여밈을 꼭 잡았다. 옥연은 절망적인 눈빛으로 재하를 바라보았으나 재하도 그저 입술을 앙다물고 있을 뿐이었다. 옥연은 눈을 꼭 감았다. 이런 꼴을 당하느니 차라리 죽어 버리는 게 낫겠다는 생각이 들었다. 혀를 깨물면 죽을 수 있다던데, 정말일까? 옥연은 시종들이 손만 대면 혀를 깨물 결심을 했다. 아쉬운 것도 없고 아까울 것도 없는 목숨이었다.

"무슨 짓들이냐?"

옥연의 눈이 번쩍 떠졌다. 호동의 목소리였다.

"형님이세요? 시녀가 버릇이 없어서 좀 혼내 주려던 참이에요."

애루가 싱글싱글 웃으며 말했다.

"호, 그래? 대체 무슨 혼을 내려고?"

"별거 아닙니다. 가볍게 채찍 열 대를 때리라고 했죠."

"그랬군. 그거야 별거 아니지."

그래, 별거 아니겠지. 이따위 시녀의 생사와 체면 따위가 무슨 문제겠어.

"그런데 왜 채찍을 안 쓰고?"

"옷에 피가 묻는데 옷을 입히고 채찍질을 하는 법이 어딨나요? 그래서 옷을 벗기라고 한 참이에요. 형님도 기왕 오셨으니 구경 좀 하시죠. 천한 것들이라 아픈 걸 도통 못 참아요. 채찍 한 대만 때리면 돼지처럼 꽥꽥 비명을 지른답니다. 하하하."

"그래? 그런데 잘못은 뭐지?"

"감히 인사를 올리지 않더군요. 이렇게 상하 간에 기강이 없어서야 되나요. 다 형님이 너무 너그러워서 생기는 일이라 제가 좀 질서를 잡아 놓도록 하려고요."

"그래, 기강이 없는 건 큰 문제지."

"그렇죠?"

애루는 '그렇죠?'라는 말을 완전히 끝내지 못했다. 호동이 뺨을 철썩 때려 버린 탓에.

"이, 이, 뭐야? 왜 이래?"

"어허, 윗사람에게 반말을? 기강은 어디로 간 거지?"

"감히, 감히 날 때려?"

애루가 살기를 띠고 호동을 노려보았다. 호동도 지지 않고 눈을 부릅떴다.

"감히? 마치 아우가 내 형쯤 되는 것 같군그래?"

"형님, 형님 해 주니까 이게 아주……."

호동이 다시 한 번 애루의 뺨을 올려붙였다. 순식간에 양쪽 볼이 발갛게 부어올랐다. 애루가 분을 참지 못하고 꽥 비명을 내질렀다. 호동은 피식 웃었다.

"천한 것들만 꽥꽥대는 줄 알았는데, 옥체 귀하신 왕자 전하가 이 무슨 꼬락서니냐?"

애루가 고함을 삼켰다.

"너는 나를 보고 인사를 했느냐? 오늘만 안 한 것이 아니다. 너는 늘 내게 인사를 올리지 않았어. 나는 여태 네가 어려서 예법을 몰라서 그런다고 생각했다. 그런데 이제 보니 너, 예법을 잘 알고 있었구나. 그런데 왜 형님한테 인사를 올리지 않았느냐?"

"으……, 두, 두고 보자. 감히, 감히 나한테!"

애루는 발을 한 번 쾅 구르고는 달려가 버렸다.

호동이 재하를 보고 말했다.

"넌 중궁전에 있어야 하지 않느냐? 요즘 이리로 자꾸 오는 모양이던데, 대체 왜 오는 거냐?"

재하는 이번에도 고개만 조아렸다.

"잘못했습니다. 한 번만 용서해 주십시오."

호동이 설레설레 고개를 저었다.

"그래, 원비 마마께서 날 감시하라고 하던가?"

"그, 그런 것이 아닙니다."

"됐다, 됐어. 매인 몸이 어쩔 것이냐? 썩 가거라. 하지만 두 번 다시 내 궁에서 내 눈에 띄지 마라. 그때는 채찍 열 대 따위 벌은 내리지 않을 거다."

재하는 얼른 몸을 일으켜 뛰쳐나갔다.

호동은 쯧쯧 혀를 차더니만 예초에게 말했다.

"많이 놀랐겠구나. 이젠 걱정하지 마라."

옥연의 손이 아직 덜덜 떨리고 있었다.

"난 네가 했던 일을 잊지 않고 있다. 내 도움이 필요하면 말해라. 해 줄 수 있는 일이라면 무엇이건 해 줄 테니까."

호동은 슥슥 옥연의 머리를 쓰다듬고는 자리를 떴다. 옥연의 가슴은 다시 또 천 갈래 만 갈래로 갈라졌다. 호동의 손길에서 깊은 애정을 느낄 수 있었던 것이다. 죽어 버린 옥연은 아무렇지도 않다는 거냐. 모두의 기억에서 지워지려고 예초가 된 것이었더냐. 미쳐 버리고 싶었다. 미쳐서 아무것도 모르는 백치가 되어 버리고 싶었다. 옥연은 찢어진 심장을 토해 내며 울고 말았다.

*

"오늘은 천신제가 있는 날이다. 모두 궐 밖으로 나가서 시중을 든다."

시녀장의 말에 시녀들의 입술이 비죽 나왔다. 시중을 들러 나간다고 해서 안에서 하는 일이 하나라도 줄어드는 법은 없었다. 오히려 왔다 갔다 하고 나면 밀린 일거리가 한꺼번에 밀어닥쳐 고생만 두 배로 할 뿐이기 때문이었다. 또한 궁의 시녀들을 희롱하는 일은 엄히 금지

되어 있었지만 나라를 쥐락펴락하는 대귀족들은 그런 것은 아랑곳하지 않는 이가 많았다. 만에 하나 그런 꼴을 들키기라도 하는 날이면 꼬리를 쳤다는 이유로 시녀만 죽도록 혼나기 마련이었으니 그런 행사는 나가지 않는 것이 가장 좋았던 것이다.

물론 모두 다 제사에 나갈 수는 없었다. 궁에도 사람들이 있어야 하는 건 당연한 일이었으니까.

"은효야, 네가 있으렴. 나랑 예초랑 다녀오마."

혜궁의 말에 은효가 활짝 웃었다.

"어머, 정말이요? 대신 제가 우리 방 몫의 청소, 빨래는 다 해 놓을게요."

보통은 제일 큰언니가 행역에 나가지 않는 것이 당연했지만, 은효와 예초가 함께 나가면 은효가 예초를 또 얼마나 구박할지 뻔하디 뻔한 일인지라 혜궁은 자기가 나가겠다고 한 것이었다.

옥연은 아무 말 없이 혜궁을 따라 궁을 나왔다. 응당 고맙다는 말을 해야 할 것인데, 도무지 그 말이 입에서 떨어지지가 않았다.

"고맙지?"

갑자기 혜궁이 뒤를 돌아보며 말했다. 아직은 쌀쌀하지만 그 안에서 살가운 기운을 느낄 수 있는, 지금 불어오는 봄바람 같은 말이었다.

"에? 예."

옥연은 어정쩡하게 고개를 끄덕였다.

"너, 처음 와서 정신 못 차리고 있을 때, 네 손이 너무 고와서 깜짝 놀랐었는데, 너 그거 아니?"

옥연은 손을 뒤로 돌렸다. 고된 일을 한다고는 하지만 아직도 손에 굳은살이 박이지 않고 보들보들하기만 했다. 아직 해 뜨기 전이라 보이지도 않을 거라는 생각은 전혀 떠오르지도 않았다.

"네 손은 일이라고는 한 번도 하지 않은 손이었어. 더구나 바느질은 잘도 하면서 바늘귀에 실을 꿸 줄 모르다니, 어찌 그럴 수가 있는지 참 신기하더라."

그럴 수밖에 없었다. 색을 이야기하면 예초가 바늘에 실을 꿰어서 내밀었었다. 처음 그 일을 직접 했을 때, 실을 저 멀리 잡고서 바늘귀에 집어넣으려 하는 꼴을 보고 은효는 머리통을 한 대 쥐어박았고, 혜궁은 혀를 끌끌 차다가 실 끝에 살짝 침을 묻혀 바늘귀에 실을 꿰어 주었었다. 한동안은 그 요령도 잘 몰라서 실에 침이 너무 많이 묻어서 바늘귀를 통과하지 못하기도 했었으니, 그 얼마나 한심한 꼴이었을지 자기가 생각해도 우스운 지경이었다.

"그게 좀 철이 없어서……."

옥연은 늘 말끝을 흐리고 있었다. 자칫하면 명령조의 반말이 튀어나왔고, 존대를 하려고 생각해도 늘 뜻대로 되지 않았기에 말하는 데 자신감이 없어져 버린 탓이었다.

"아무리 봐도 어디 반편은 아닌데, 왜 부러 얼뜨게 행동하는지 모르겠단 말야."

혜궁이 싱글싱글 웃으며 말했다. 옥연은 가슴이 철렁했다.

"이제 보, 봄이 왔나 봐요. 바람이 참……."

필사적으로 화제를 돌리려고 했는데, 그걸 아는지 모르는지 혜궁이 장단을 맞춰 주었다.

"그래, 바람 속에 들었던 동장군의 칼날이 이제 저 멀리 날아가 버린 모양이구나. 하긴 벌써 삼월이잖니. 너 살던 남쪽은 봄이 더 빨리 올지 모르겠다만 여기도 삼월이면 봄이란다."

삼월 삼짇날. 강남으로 갔던 제비가 돌아온다고 하는 그날이다. 고구려는 이날이 되면 봄이 왔음을 선언하고 하늘과 산과 강에 제사를 올린다.

역부役夫들이 나와 제단을 만들고 있었다. 매년 해 오던 일이라 이미 기둥을 꽂을 곳은 다 정해져 있었기에 기둥을 맞추고, 차일을 치고, 단상에 오를 계단을 놓으면 되는 일이었다. 하지만 그 어느 것 하나 힘들지 않은 일이 없었다. 웃통을 벗어부친 구릿빛 몸통에 옥연은 살짝 눈살을 찌푸리고 말았지만, 곧 그들의 끈기와 노력에 감탄하고 말았다.

처음 보는 광경이었다. 언제나 모든 것이 완성된 뒤에 그곳을 밟고 섰을 뿐이었다. 그리고 돌아간 뒤에 또 어떤 일들이 남아 있었을지 한 번도 생각해 본 적이 없었다. 저것들을 다시 분해하고, 그리고 다음 행사를 위해 쓸고 닦아서 광에 모셔 둘 것이다. 그리고 그 모든 일에는 언제나 저 역부들의 힘이 필요하리라.

당장 해야 될 일은 밥을 짓는 것이었다. 궁에서부터 물을 지고 날라 온 사인舍人들이 있었고, 역부들이 아궁이도 벌써 만들어 솥을 걸어 놓았다. 솥.

예초는 왜 그런 말을 했을까? 자기가 솥이었다고 했다. 그 숲에 있었다고 했다. 그것도 호동이 시켰던 것일까? 호동이 나를 농락하기 위해 만든 것이었을까? 마음이 울적해지고 말았다. 이른 새벽, 먼동이 터 오는 그 어스름 속에서 단내 나는 땀내를 풍기며 생명이, 삶이 살아

자명고 269

있음을 보고 느꼈던 감동이 싸늘하게 식어 버렸다. 가슴이 자꾸만 하얗게 하얗게 재가 되어 무너졌다.

"예초야, 얘! 정신 차려!"

깜빡 정신을 놓기라도 했던 걸까? 옥연은 얼른 고개를 들었다.

"밥 다 태울 작정이냐?"

"죄, 죄송합니다."

호동이 말해 주었던 솥이 생각났다. 불을 때지 않아도 뜨거워져서 음식이 절로 되었다던 그 솥. 비류원에서 얻었다는 그 솥. 옥연은 어쩌면 자기는 옛날에 솥을 만드는 공인工人이었던 모양이라는 생각이 들어 피식 웃어 버리고 말았다.

굳기름이 나눠지고 고기와 야채들이 주어졌다. 봄철의 가장 큰 제사다웠다. 아침 시간이 끝나자, 그때서야 귀족들이 활을 하나씩 차고 등장하기 시작했다. 그런데 모두 빈손이다.

"제물은 귀족들이 준비한다고 들었는데?"

중얼거리듯이 말하자 용케 혜궁이 알아듣고 대답을 해 주었다.

"이제 잡아 와야지."

저 멀리 호동이 위수와 함께 나타났다. 이제 마지막 기회라고 했다. 재하의 협박이 문제가 아니었다. 그녀 자신도 이 문제를 끝장내야 한다고 생각하고 있었다. 하루하루 몸을 혹사하면 버틸 수는 있었지만, 대체 왜 살고 있는지를 알 수 없는 삶이었다. 더구나 조금이라도 틈이 있으면 시간은 불내성이 함락되던 그날로 돌아가 버린다. 만일 호동에게서 자명고가 어디 있는지 알아내지 못한다면, 그냥 약물을 써서 자신의 정체를 밝히고 죽음을 청할 생각이었다.

정체를 밝힌다. 아니다, 그럴 순 없다. 가장 절망했을 때, 그가 가장 절망했을 때 모습을 드러내고 비웃어 줘야 한다. 고구려가 멸망하고 이 궁궐의 주춧돌 하나도 남지 않았을 때, 바로 그때 너는 나를 죽이지 못했다, 라고 모습을 드러내 주어야 한다. 그리하여 나를 농락하고 낙랑을 유린한 죗값을 치른다는 것을 알게 해 주어야 한다. 내가 스스로 자명고를 찢어 낙랑을 멸망시키게 한 것처럼 그도 스스로 내게 자명고를 내주어 자신의 나라를 멸망시켰다는 죄책감을 느끼게 해 주어야 한다. 그때가 바로 내 정체를 밝힐 때다. 지금은 아니다. 그리고 그 앞에서 죽어 주리라. 그 앞에서 죽어 내 죽음에 대한 책임까지 묻게 만들어 주리라.

죽음을 생각하자 심장이 두근거렸다. 낙랑의 하늘과 땅과 바다가 보고 싶었다. 불내성은 바다 바로 옆에 있는 성이어서 날이 따뜻해지면 바다로 나가곤 했다. 그래, 이맘때면 풍어제豊漁祭를 지낼 때다. 바다를 다스리는 용왕님께 한 해 고기잡이를 허락받고 전년도에 바다에 빠져 죽은 사람들의 혼령을 위로하는 제사.

첩첩이 산으로 막힌 여기 고구려에서는 천신과 산신, 가람신에게 제사를 지내지만 이 사람들은 모를 것이다. 끝없이 속삭이고, 끝없이 몸을 흔들며, 끝없이 광대한 바다라는 것이 어떻게 사람을 사로잡는지를. 그 흐느낌이 어떻게 가슴을 흔들고, 그 하얀 손짓이 어떻게 사람들을 부르는지, 그리고 그 부름에 따라 하늘과 물이 맞닿은 곳까지 나가 세상의 소멸을 어떻게 느끼게 되는지를. 산들 사이에 갇혀 단지 동그랗게 올려다볼 수 있는 하늘 말고는 보지 못한 이 사람들은 모를 것이다.

아, 그리하여 배가 돌아올 때면 그 각종 물고기들이 그물에서 펄떡인다. 노어 鱸魚도 첩어 鮻魚도 아름답지만 역시 최고의 물고기는 국어 鮈魚였다. 그 매끈한 몸, 그 아름다운 눈, 그리고 등 위로 솟은 영롱한 광채의 지느러미. 어부들도 국어는 다시 바다로 돌려보냈다. 폭풍우 불어오는 밤이면 그들이 어부들을 구해 준다고 하면서. 그 물고기는 다른 물고기들과 달리 사람처럼 숨을 쉰다고 이야기했다.

아, 그 바다를 한 번만 더 볼 수 있다면. 한 번만 더 볼 수 있다면……. 하지만 부질없는 일이었다. 부질없다는 생각이 든 순간 옥연은 앞치마를 벗어던지고 호동을 향해 달려갔다.

"야, 야, 예초야! 너, 뭐 하는 거야?"

뒤에서 혜궁이 지르는 고함이 들려왔지만 아랑곳하지 않았다. 옥연은 그냥 호동 앞으로 달려갔다. 팔이 앞뒤로 흔들리고 다리가 재게 놀려졌다. 옥연은 스스로도 놀라고 말았다. 뛰다니! 내가 뛸 수도 있었구나! 철이 들면서 배운 가르침이 뛰지 말라는 것이었다. 언제나 구름이 흐르는 것처럼 우아하게 움직여야만 했다. 그것은 천천히 움직여야만 이룰 수 있는 것이었고, 당연히 천박한 뜀박질 같은 것은 단 한 번도 해 본 적이 없었다. 하지만 지금은 죽어라고 달리고 있었다. 무릎이 들리면서 허벅지의 근육이 팽팽해지는 것을 느낄 수 있었다. 발바닥이 땅을 박차며 종아리가 당기는 것도 느낄 수 있었다. 기분이 좋았다. 한 걸음을 내디딜 때마다 호동이 가까워졌다.

검은 옷. 호동은 온통 검은 옷으로 몸을 감싸고 있었다. 머리 위의 절풍도 검정색에 검은 깃털이었고, 옷깃과 신발까지 모두 검은색이었다. 그날, 갈사국의 장막에 찾아왔던 그 복장이었다. 옥연은 순간 가슴이 설레 할 말을 잊고 말았다. 호동의 검은 눈동자가 그녀를 향했다.

"무슨 일이냐? 무슨 일이라도 생긴 거냐?"

옥연의 정신이 돌아왔다.

"자명고는 어디 있죠?"

호동은 무슨 말인지 몰라서 어리둥절한 눈치였다. 달덩이 같던 얼굴이 홀쭉해져서 광대뼈가 다 도드라져 보였다. 그래, 일말의 양심이라도 남아 있어서 괴로웠던 모양이구나. 분명 고소해야 했는데, 전혀 마음이 편하지 않았다.

"자명고, 찢어진 그 자명고는 어디 있나요?"

호동은 그제야 그녀의 말을 알아들었다. 호동의 미간이 찌푸려졌다.

"그건 왜 알려고 하는 거냐?"

옥연도 당황해 버렸다. '고구려를 멸망시키려고요.'라고 이야기할 수는 없지 않은가.

"말씀드릴 수 없어요, 지금은……."

옥연의 머리에 스쳐 지나가는 생각이 있었다. 도박이라 생각했지만 다른 방법이 없었다.

"소녀를 믿고 좀 알려 주세요."

호동과 예초가 모종의 관계에 있었다면 이 말은 반드시 위력을 발휘하리라 생각했다. 호동은 물끄러미 그녀를 바라보았다. 옥연이 예뻐하던 시녀. 주인을 위해서 도적들 앞에 뛰어가는 일을 마다하지 않았던 충성스런 시녀였다. 자명고는 이미 망가져 버린 것. 들고 오기는 했지만 그것을 아껴서 가져온 것은 아니었다. 오늘 그 이유를 밝힐 참이었다.

"자명고는 내가 가지고 있다. 그리고 가지고 갈 것이다."

전혀 뜻밖의 대답에 옥연이 말을 더듬었다.

"어, 어디로요?"

"너 요새는 말을 길게 안 뽑는구나?"

호동이 살짝 미소를 띠고 그녀의 머리를 거칠게 쓰다듬었다. 그러더니 더 말을 하지 않고 걸어가 버렸다.

"자, 잠깐만……"

그러나 쫓아갈 수가 없었다. 위수가 사나운 눈초리로 버릇없는 시녀를 바라보았고, 혜궁이 위수한테 머리를 조아리며 옥연을 잡아끌었기 때문이다. 알게 된 것은 그저 자명고가 고구려에 있다는 사실 하나뿐이었다. 그건 이미 알고 있던 사실이니 새로 알게 되었다고도 할 수 없었다.

옥연은 혜궁의 야단을 한 귀로 듣고 한 귀로 흘리며 음식 나르는 일을 아무 생각 없이 하고 있었다. 머릿속이 텅 비어 있는 것만 같았다. 아무 생각이 없으니 시간은 잘도 흘렀다. 문득 정신을 차린 때, 이미 해는 서쪽으로 기울어 그림자가 키를 두세 배 넘기고 있었다. 그림자가 향하는 저 길의 끝에 낙랑이 있을 것이었다. 그리운 손짓을 하며 포말을 남기는 바다가 있을 것이었다. 아무 목적도 없이 살아가는 그녀를 저주하는 수많은 원령들이 있을 것이었다. 옥연은 살갗을 타고 오르는 오한에 부르르 몸을 떨었다.

"춥냐?"

혜궁이 물었다.

"아, 아니……."

"이것아, 정신 좀 차려라. 왕비 마마께서 밀과蜜果 찾으신다니 어여 가져가고."

그래, 아무 생각도 하지 말자. 옥연은 소반에 밀과 접시를 올려 원비가 있는 단상으로 올라갔다. 이 행사는 본래 국왕이 진행해야 하는 것이나, 주류왕이 여전히 낙랑에서 돌아오지 않았기에 원비가 국왕의 자리에 앉아 있었다. 낙랑은 사방의 적으로부터 위협을 받고 있는 나라였고, 고구려의 통치 아래 들었다 해도 그 점이 달라지지는 않았다. 그때문에 주류왕은 옥저와 동예의 몇몇 나라와 싸우고 있는 중이었다. 정복이 마무리되어야 돌아올 수 있으리라. 때문에 이 제사를 주류왕은 주류왕대로 낙랑의 언덕에서 올리신다고 했다.

재하가 원비 옆에 무릎을 꿇고 앉아 있었다.

원비가 말했다.

"그래? 황룡국에서 내어 준 게 북 하나는 아니었단 말이구나?"

"분명 처음 호동왕자 전하가 갈사국에 왔을 때 가지고 있던 활이 아니었습니다."

"신통력이 있는 활이란 말이지?"

"무엇이든 겨누기만 하면 맞힐 수 있는 활이라 했습니다. 갈사국에서는 호동왕자 전하가 그 활로 집채만 한 곰을 잡기도 했습니다."

"무엇이든 겨누기만 하면 맞힌다? 그것 참 재미있구나."

원비가 돌연 날카로운 눈으로 옥연을 바라보았다.

"무엇을 하고 있는 거냐? 내려놓고 가라."

옥연은 밀과를 내려놓았다. 그녀가 터벅터벅 걸어서 돌아가는데 재하가 따라와 어깨를 툭 쳤다.

"자명고가 어디 있는지 알아냈냐?"

"호동이 가지고 있다고 한다."

"이것이 뭘 잘못 먹었나? 왜 반말이야!"

재하가 버럭 화를 냈지만 옥연은 아랑곳하지 않았다. 만사가 귀찮았다. 모두 다 망해 버렸으면 좋겠다는 생각뿐이었다.

"활 이야기는 뭐냐? 호동의 활도 보물이었더냐?"

"후후, 그 이야기를 들었나 보군. 호동하고 같이 갈사국에 왔던 일구 놈에게 들었지."

일구. 옥연은 갑자기 심장으로 피가 역류하는 느낌에 가슴을 움켜잡았다. 일구, 그것이 호동의 명을 가져왔었다. 자명고를 찢으라고 강요했다. 그 말에 넘어가지만 않았다면.

"일구 놈은 아주 더러운 호색한이더군. 아 참, 너도 잘 알지?"

알다니, 뭘? 호색한이라는 걸 잘 안다고? 예초는 대체 무슨 짓을 하고 돌아다녔던 거지?

"너한테 꺾인 음경이 아직도 덜 나았다고 하소연하더구나. 하하하."

옥연의 얼굴이 붉어졌다. 저런 더러운 용어를 스스럼없이 입에 올리다니.

"너도 참 대단하다. 어떻게 사내의 낭심을 쥐어 꺾어 버릴 생각을 다 했느냐?"

그 호색한이 어린 예초한테까지 달려들었다가 쥐어 꺾인 모양이었다. 옥연은 조금 마음이 놓여 작게 한숨을 내쉬었다.

"일구 놈이 양가의 처녀를 건드린 일이 한두 번이 아니고, 비류부장으로 있으면서 재물과 전답을 빼앗은 것도 여러 번이더군."

"그런 건 어찌 아는……."

"일구가 왕비의 그거였거든."

재하가 껄껄 웃었다. 그 짧은 사이에 사람이 이리 망가지다니. 옥연은 혀를 찼다.

"그런데 갑자기 왕비를 멀리한 거야. 그래서 안달이 난 왕비가 내게 일구가 낙랑에서 어떤 계집을 데려왔는지 조사를 시켰는데 뭐, 그건 아니었어."

재하는 다시 웃었다.

"너한테 꺾인 데가 너무 아파서 아직도 계집을 제대로 볼 수가 없다고 하더구나. 대체 무슨 짓을 한 거냐?"

옥연도 궁금했지만 알 도리는 없었다.

"그놈의 비리를 덮어 주는 대신 호동의 비밀을 불라고 했지. 그랬더니 그 활 이야기를 털어놓더군. 나도 갈사국에서 이놈하고 술 마실 때만 해도 호동의 심복인 줄 알았는데, 알고 보니 이놈은 호동에게도 별 신뢰가 없는 놈이었어. 호동하고 위수라는 놈이 이야기 나누는 걸 엿들은 거더라고."

일구가 호동에게 신뢰가 없다고? 분명 심복이라 하지 않았던가? 옥연의 생각은 일구를 만났던 그때 그 시간으로 날아가 버렸다.

재하는 다시 목소리를 낮췄다.

"그 활을 빼앗아 버릴 테다. 그걸로 호동을 겨눠 줄 거야."

"뭐라고?"

"못 들었으면 관둬. 그래, 자명고는 어디 두었다더냐?"

"모르겠다. 오늘 말하겠다니 너도 들어 보아라."

"그게 대체 무슨 소리냐?"

"나도 모른다."

재하는 기가 막힌다는 눈초리로 그녀를 노려보았다. 한 손으로 그 가는 목을 확 비틀어 버릴까 생각도 했지만, 어쨌거나 시도는 해 보았다는 이야기이니 조금 더 기다려 보자고 마음을 고쳐먹었다. 그리고 그 기다림은 그리 길 필요가 없었다.

사냥에서 멧돼지와 사슴을 한 수레 가득 싣고 돌아온 호동이 단상에 올랐을 때, 위수가 북 하나를 들고 그 뒤를 따라왔기 때문이다. 자명고였다.

옥연은 자명고를 보는 순간 그 자리에 주저앉고 말았다. 북에 칼을 찔렀을 때 들었던 야수의 단말마가 다시 들려왔다. 그 비명과 함께 뿔을 가지지 않은 그 시뻘건 입의 용머리도 생생하게 살아났다. 순식간에 온몸이 땀으로 젖어 들었다.

"너, 왜 그래?"

혜궁이 다가왔다가 땀에 흠뻑 젖은 옥연의 모습에 놀라고 말았다.

"이리 몸이 약해서 어디다 쓸꼬? 차가운 데 앉지 말고 이리 와서 누워라."

혜궁은 음식 만드는 아궁이 뒤에 보자기 하나를 풀고 옥연을 불렀다. 하지만 옥연은 도리질을 쳤다. 들어야 했다. 지금 뭐라 뭐라 떠드는 호동의 저 소리를 들어야 했다. 귀에는 아직도 야수의 울부짖음이 멈추지 않았지만 옥연은 호동의 말을 들으려 정신을 집중했다. 용 대가리가 사라지기 시작하면서 차츰차츰 호동의 말이 들리기 시작했다.

호동은 큰 소리로 외치고 있었다.

"……우리는 떠나야 한다! 이 북, 적이 오는 것을 알려 준다는 이 북은 본디 우리를 노리고 만들어진 것이었다. 우리를 안심시키고 기습을 가하고자 만들어진……."

호동의 군건한 어조가 여기서 잠깐 흔들리는 것 같았다. 아니, 흔들려야 한다고 믿는 옥연의 마음이 일으킨 착각이었을지도 몰랐다.

"……황룡국의 죄는 명명백백하다! 이제 겨울은 끝났다. 들어라, 태양의 자손들이여! 이제 겨울은 끝났다. 빛이 우리를 감싸고 태양이 우리에게 승리를 가져다줄 것이다! 황룡국은 그동안 얼마나 우리를 멸시해 왔던가! 우리 고구려는 잊지 않았다. 명태자를 죽음으로 몰고 간 황룡국의 흉계를! 그러나 우리는 너그러운 마음으로 선린의 덕을 쌓았고, 사해가 동포라는 성현의 말에 따라 저들과 어울려 지내고자 했다. 그러나 우리의 선의에 저들은 무엇을 보냈는가! 이 북이다! 저주의 기운을 그 안에 가득 담아 나라를 위하는 척 위장을 하였으나, 그 더럽고 추한 악취가 대체 어디로 가겠는가!"

호동의 연설은 그 하나하나가 화살이 되어 옥연의 가슴에 꽂히고 있었다. 옥연은 가슴속으로 피를 토하며 외치고 있었다. 그런데도, 그런데도 그 북을 낙랑으로 보냈군요. 사랑하는 사람의 안위를 걱정하는 척하면서 그 북을 찢어 버릴 칼날을 들려 지옥으로 날 집어넣었군요.

"이제 더 이상 참는다는 것이 무슨 의미가 있겠는가! 황룡국이 두려운가?"

원비가 깜짝 놀라 자리에서 일어났다.

"저것이, 저것이 대체 무슨 소릴 하고 있는 거냐?"

원비는 좌우를 둘러보다가 말했다.

"추발소! 경이 가서 얼른 왕자의 말을 막으시오."

반백의 구레나룻이 그럴싸한 풍채 좋은 노인이 몸을 일으켰다.

"왕자 전하의 말을 막을 필요가 있겠습니까?"

원비는 아차 싶었다. 깐깐한 노인네라는 걸 잊고, 그 정도는 되어야 호동을 말릴 수 있으리라 생각하고 부탁한 것이 잘못이었다. 무슨 말을 할지 뻔히 알면서도 호동을 말리지 않겠다는 이야기였다. 원비는 다시 다급하게 주위를 둘러보았다.

좌보左輔 을두지乙豆智와 장군 마로麻盧는 주류왕을 따라 낙랑에 가 있고, 우보右輔 송옥구宋屋句는 졸본卒本을 지키느라 여기 없었다. 추발소가 엄히 꾸짖은 뒤 용서를 받은 일구는 애초에 호동의 상대가 되지 않았고, 그 옆으로 허수아비인 양 서 있는 구도仇都나 분구焚求 같은 것들도 마찬가지였다. 아부나 할 줄 알지, 정작 써먹을 곳이라고는 하나도 없었다.

"내가 묻겠다. 황룡국이 두려운가?"

"아니요!"

함성이 울려 퍼졌다.

"황룡국에게 이 원수를 갚을 것인가?"

"예!"

원비의 얼굴이 일그러졌다. 탄식이 절로 흘러나왔다. 교활한 녀석. 사냥을 나가 피를 맛보고 돌아온 날, 전쟁을 하자고 선동을 하고 있다. 피가 끓어오른 전사들을 충동질하고 있다. 나라의 주인이 궁을 비운 틈을 타 군권을 노리는 행위, 이것은 반역이다!

원비는 호동에게 박수를 보내고 있는 추발소를 째려보았다. 그 능글맞은 웃음이라니. 이 기회에 전공戰功이라도 세워 보겠다는 심보인가? 아아, 믿을 놈이 없다면 내가 나설 수밖에.

"멈추시오! 왕자는 지금 무슨 말을 하는 거요!"

호동이 천천히 원비 쪽으로 돌아섰다. 원비가 보좌에서 일어나 단상으로 내려왔다.

"지금 국왕 폐하가 없는 이때에 이웃 나라와 전쟁을 일으키고자 하다니, 이것이 상식이 있는 사람의 행동인지 심히 의심스럽소!"

호동은 동갑내기 계모를 천천히 바라보았다.

"애루는 어디 있습니까?"

호동은 잠시 뜸을 들였다가 한마디를 덧붙였다.

"어머니."

애루, 그의 조카이자 동생인 원비의 아들. 이제 다섯 살인 애루는 온갖 미운 짓은 다 하고 다니는 어린 망나니였다. 원비조차 자기 아들을 다스리지 못한다는 것은 이미 유명한 이야기 아닌가.

약점을 잡힌 원비가 싸늘한 어조로 말했다.

"흥, 그거야 애루 왕자를 때린 사람이 알겠지."

사실 애루는 호동을 만나기가 무서워 천신제에도 나오지 않았다. 원비가 몇 번이나 채근을 했지만 애루는 요지부동으로 고함, 아니, 비명을 질러 대며 나오지 않겠다고 발버둥을 쳤다. 그런 애루를 기어이 끌고 와 봐야 대신과 귀족들 앞에서 망신살만 뻗칠지 모른다는 생각에 원비도 결국 데리고 나오지 못했던 것이다. 결국 원비 입장에서는 기가 한풀 꺾이고 만 셈이었다.

원비는 이를 갈며 다시 말했다.

"지금 애루를 왜 찾으시오? 엉뚱한 이야기는 말고 지금 행동이나 똑바로 하시오!"

호동은 싱긋 웃어 버렸다. 마치 어린아이한테 어른이 '크면 다 알게 된단다.' 라고 말하는 식으로.

호동은 도열해 있는 귀족과 대소 신료들을 향해 돌아서서 외쳤다.

"병법에 이르기를 최상의 방어는 공격이라고 했다! 가만히 앉아 있다가 죽을 것인가, 원수를 쳐서 승리할 것인가?"

"승리한다!"

"전쟁이다!"

"출정! 출정!"

곳곳에서 환호가 터져 나왔다. 이미 호동이 뿌린 첩자들이 곳곳에 틀어박혀 사람들을 선동하고 있음이 틀림없었다. 이제는 뭐라고 말한다 해서 되돌릴 수 있는 상황이 아니었다. 원비는 차라리 시간을 두는 것이 낫겠다고 생각을 바꿨다. 내일 아침 해가 떠오르고 나면, 피 맛을 본 오늘 밤의 일이 후회될 것이 틀림없다. 지금 국왕의 정예군은 이곳에 없다. 대체 나라의 남북으로 동시에 전쟁을 벌이겠다는 게 무슨 미친 짓인지 귀족들도 금방 깨닫게 될 것이다. 설령 동조하는 귀족이 있다 치더라도 어차피 군사를 모으려면 다만 며칠이라도 걸리기 마련이다. 그 사이에 압력을 넣어서 흔들어 버리면 된다. 왕이 자리를 비운 틈에 왕자가 군사를 동원한다는 것, 이것은 반역이다.

원비의 손톱이 살을 파고들어 갔다. 낙랑에 이 사태를 알리고 환궁을 요청해야 한다. 궁을 너무 오래 비우니 이런 일이 생기는 것이다. 대체 무슨 생각으로 이리도 오래 궁을 비우고 있는 건지 알 수가 없었다. 원비는 몸을 돌려 보좌로 올라갔다.

"재하!"

재하가 무릎을 꿇었다.

"낙랑에 가서 지금 이 일을 대왕께 아뢰어라. 왕자가 감히 독단으로 군사를 일으켰다고, 이 반역자를 응징해야 한다고 알려라."

재하가 고개를 들었다.

"송구스러우나 소신에게 다른 생각이 있습니다. 말씀 아뢰어도 괜찮겠습니까?"

원비의 얼굴이 굳어졌다. 하여간 조금만 예뻐하면 겁도 없이 기어오르는 게 일인 모양이다. 하지만 어젯밤 재하가 봉사한 열락을 생각하면 말 한마디 정도는 허락해 줄 수도 있는 일이었다.

"주제넘게시리…… 그래, 무슨 할 말이 있는 게냐?"

"전쟁입니다. 이는 참 좋은 기회가 아니겠습니까?"

"무슨 좋은 기회?"

재하가 눈치를 보았다. 그런 것을 모를 원비가 아니었다. 원비가 손짓을 하자 주위의 신하들이 모두 물러났다.

엿듣는 사람들이 없어지자 재하가 조용히 말했다.

"전쟁터란 누가 눈먼 화살에 맞을지 모르는 곳입니다. 그리고 우리는 무엇이든 겨누기만 하면 빗나가지 않는 활이 어디 있는지 알고 있잖습니까?"

원비의 눈이 반짝였다.

"그래서?"

"소신에게 종군을 명해 주시면 소신은 왕비 마마께서 원하시는 그 일을 성사시키고 돌아오겠습니다."

원비의 입 꼬리가 올라갔다.

"내가 원하는 그 일을?"

"그렇습니다."

"오호호호, 건방진 놈. 그게 뭔지 알고 있다는 거냐?"

"그저 소신이 짐작하여 드리는 말씀일 뿐입니다."

원비가 다시 한 번 소리 내어 웃었다. 웃지 않을 수가 없었다.

"좋다. 낙랑에 갈 사신으로는 일구를 보내도록 하지. 한 번 가 본 길이니 어려울 건 없을 테니. 너는 감군監軍으로 임명해서 호동 옆에 붙여 주겠다."

그때 호동이 다가왔다.

호동은 원비 앞에 무릎을 꿇고 말했다.

"황룡국을 치겠습니다. 윤허하여 주십시오."

"호호호, 왕자는 참 재미있는 말을 하시오? 이미 솥에서 물이 끓고 있는데 뭘 어쩌라는 소리요?"

"그 말씀, 윤허하신 것으로 여겨도 되겠습니까?"

"이 대가는 반드시 치르게 될 것이오."

"상관없습니다."

대담한 원비였지만 호동의 이 말에는 놀라고 말았다. 호동의 모습은 마치 한 마리 악귀와 같았다. 다시는 돌아오지 않으리라는 맹세를 하고 있는 것처럼 보일 정도였다. 하지만 그 생각이 원비의 기분을 좋게 했다. 그래, 다시는 돌아오지 못하게 되리라.

"하지만 황룡국과 싸운다면서 황룡국의 물건을 들고 가는 것은 바람직하지 않은 것 아니오?"

호동이 영문을 모르겠다는 얼굴이 되었다.

"왕자의 그 활……."

"화백궁 말씀입니까?"

"오호라, 이름까지 있었던가? 그래, 그 화백궁. 그 활은 황룡국에서 만든 것으로 알고 있소."

호동의 미간이 살짝 찌푸려졌다. 대체 그것을 어떻게 알고 있는 거지? 왕비의 간세가 대체 어디까지 침입해 있는 것인지 알 수가 없었다.

"그 활을 들고 나가는 것은 상서롭지 못하니 내게 주시오. 잘 간직하고 있다가 황룡국을 멸하고 나면 돌려주겠소."

호동의 눈에서 번쩍 빛이 났다. 이것은 의외였다. 왕비는 끝까지 전쟁을 반대하리라 생각했다. 그런데 이깟 활 하나와 출정을 바꿀 줄이야. 호동은 아무 소리도 하지 않고 화백궁을 풀어 원비 앞에 내려놓았다.

"또 하나, 재하를 감군으로 삼아 함께 출정시킬 것이오."

상관없는 일이었다.

"명을 받듭니다."

"출정식은 언제 할 것이오?"

"내일 아침 저부터 출발할 것입니다."

원비가 깜짝 놀랐다.

"무, 무슨 소리요?"

"병兵은 신속을 귀히 여기는 법입니다. 모든 군대가 준비를 갖추도록 기다릴 수는 없습니다. 제 휘하에 당장 동원할 수 있는 병력이 오천. 이는 선발대로 족합니다. 나머지 군사들은 모이는 대로 뒤따르면 됩니다."

"세상에……. 그런 이야기는 듣도 보도 못했소."

말은 그렇게 했지만 원비로서는 하나도 손해 볼 일이 아니었다. 이쪽에서 출진을 방해하면 호동은 적은 병력으로 적진에서 고립된다. 바보 같은 놈. 바보 같은 놈.

"왕자의 뜻이 그렇다면 그리하시오. 대왕께는 내가 전령을 보내 말씀 올리겠소."

그러더니 원비는 너무 순순히 물러난 티를 내지 않기 위해 싸늘하게 한마디 덧붙였다.

"일구를 보내 대왕께 아뢸 것이니 대왕의 진노가 따라와도 놀라지 마시오."

"나라의 영토와 인구를 늘렸는데 부왕께서 어이 화를 내시겠습니까."

호동이 절을 올리고 내려오자 그 앞으로 뛰어든 사람이 있었다.

"소녀도, 소녀도 데려가 주세요."

예초였다.

"전쟁터에 여자가 가는 법이 아니다."

"남장을 하겠습니다."

호동은 풋 웃어 버렸다.

"남장을 하면 여자가 남자가 되는 거냐?"

"따라가겠습니다. 가게 해 주십시오."

"왜?"

자명고를 고치는 방법을 알아내기 위해서.

"황룡국은 우리의 원수예요. 공주 마마의 복수를 하고 싶어요."

"안 된다."

호동은 예초 앞에 쭈그리고 앉았다.

그녀를 그윽한 눈길로 바라보던 호동이 말했다.

"예초야, 나는 이번 길에서 돌아오지 않을 거다. 그러니 너를 데려갈 수가 없다."

예초조차도 이젠 버림을 받는구나.

"이젠, 이젠 소녀도 버리시는 겁니까?"

"너도 버리다니?"

낯빛 하나 변하지 않는구나.

"공……주 마마를 버려서 공주 마마는 돌아가셨습니다. 저를 버리면 저도 죽게 될 거예요."

"버리다니? 누가?"

호동의 기색이 자못 흉흉해서 옥연은 놀랐다.

"나는, 나는 연랑을 버린 적이 없다. 네가 왜 그런 말을 하는지 알겠지만……."

왜 그런 말을 하는지 안다고! 안다고!

"그래요, 알고는 계셨군요. 자명고를 찢으면 무슨 일이 생길지 알고는 계셨군요."

"자명고를 찢으면?"

그래, 자명고를 찢으면.

"그게 무슨 소리냐?"

이젠 시치미를 떼는 거냐? 옥연은 품속에 간직하고 있던 물건을 내동댕이쳤다.

"보시죠."

목간. 믿으라는 신(信) 자가 적혀 있는 목간.

"이게……, 뭐냐?"

기억도 나지 않는다는 거냐? 눈앞이 흐려진다. 안 돼. 울면 안 된다.

"왕자 전하께서 심복의 손에 들려 보내신 물건이지요. 왜, 기억이 안 나십니까?"

"이건 내 물건이 아니다."

시치미.

"누가 이것을 가지고 있었느냐?"

꺼져 버려! 이 비열한 인간!

"말해라! 누가 이것을 가지고 있었느냐?"

그런다고, 이렇게 나를 쥐고 흔든다고 내가 이야기해 줄 줄 아느냐?

"빌어먹을! 말하지 않아도 알겠다."

호동이 벌떡 일어났다. 그러고는 자기 머리를 미친 듯이 때렸다.

"그래, 내 탓이다. 자명고를 애초에 주어서는 안 되는 일이었다."

무슨 소리일까? 옥연의 눈이 처음으로 흔들렸다.

"누가 그런 사주를 했는지 보지 않아도 알겠다. 낙랑에 사신으로 간 인간은 일구였지. 원비의 개 같은 시종."

호동이 뒤돌아섰다. 그러나 일구는 이미 그 자리에 없었다. 낙랑으로 떠나라는 명에 의해 재빨리 자리를 뜬 것이었다. 원비의 입장에서는 일분일초를 다투는 일이었기에 밤을 새워 낙랑으로 말을 달리라 명한 것이었다.

"위수!"

호동의 고함에 위수가 달려왔다.

"지금 즉시 달려가 일구를 잡아 와라! 일구를 잡지 못하면 돌아오지 마라! 그놈은 지금 낙랑으로 가고 있다."

"왕자 전하, 하오나 지금은 출정을 준비해야······."

"시끄럽다!"

호동은 진노하고 있었다. 위수는 더 이상 이야기하지 않고 가볍게 읍을 올리고 달려 내려갔다.

호동이 무시무시한 얼굴로 옥연을 바라보며 말했다.

"너, 따라와라."

호동이 침소로 들어섰다. 옥연은 불안했다. 왜 이곳으로? 호동은 침상에 걸터앉더니 고개를 두 주먹에 묻고는 아무 말도 하지 않았다. 옥연은 어쩔 수 없이 서 있을 수밖에 없었다. 시간이 흐르고 있었다. 호동의 방은 왕자의 침소치고는 너무나 질박했다. 방 안에 장식도 없고 가구도 별로 없었다. 침상도 단순 투박하게 만들어진 것으로 조각도 채색도 그림도 그려져 있지 않았다. 이불도 비단이 아니라 거친 삼베로 만들어진 것이었다. 베개도······. 옥연은 입을 틀어막았다. 자칫 앗, 하는 소리가 튀어나올 뻔했다. 베개 옆에는 붉은 비단이 한 장 놓여 있었다. 인동초무늬가 그려진 비단 가리개. 그녀의 물건이었다. 저것이 왜? 호동을 다시 보자 그의 어깨가 가늘게 떨리고 있다는 것을 알 수 있었다.

울고 있었다. 방금 고구려 귀족들을 호령하고 돌아온 그가 시녀 앞에서 소리를 죽이며 울고 있었다. 옥연의 심장이 네 조각이 나서 차례로 떨어졌다. 북소리처럼.

일구를, 그런 자를 심복이라고 믿은 자신이 바보였다. 어리석었다. 사랑이 그녀의 눈을 가렸던 것이다.

옥연은 호동의 어깨에 손을 얹었다. 그의 떨림이 그녀의 손을 타고 혈관을 거슬러 올라 그녀의 갈라진 심장 사이를 파고들었다.

"보, 고, 싶, 다."

작은 속삭임. 흐느낌 속의 작은 속삭임이었으나 옥연에겐 그 말이 천둥처럼 울렸다.

"볼 수 없다는 것이 형벌일 줄은 정말……, 알지 못했구나."

옥연은 호동 앞에 무릎을 꿇고 앉아 호동의 얼굴을 어루만졌다. 호동의 얼굴이 그녀의 손에 천천히 들려졌다. 호동은 눈을 감고 있었다.

"아느냐? 네게서는 연랑의 향기가 느껴진다는 걸."

그 말에 옥연이 하려던 말이 쑥 들어가 버렸다. 호동이 옥연의 몸을 느끼는 것인지, 그냥 예초에게 흑심이 있는 것인지 알 수가 없었다. 옥연의 손이 호동의 얼굴에서 떨어졌다.

옥연이 입을 열었다.

"오래 함께 산 부부는 서로 닮는다고 하지요. 아마 오래 같이 산 주종主從도 서로 닮는 모양이네요."

호동의 닫힌 눈에서 다시 눈물이 흘러내렸다.

"아아, 미안하구나. 이런 모습을 보이다니. 하하, 정말 이러려고 부른 건 아닌데……."

눈물을 닦아 주고 싶었다. 옥연이 살아 있다는 걸, 지금 이 자리에 있다는 걸 말해 주고 싶었다. 옥연은 넘치는 감정을 자제하지 못해 살며시 호동의 떨리는 입술에 자신의 입술을 가져다 대었다.

"무, 무슨……."

호동은 옥연을 와락 밀쳐 버렸고, 옥연은 바닥에 뒹굴고 말았다. 호동의 얼굴이 붉게 달아올라 있었다. 부끄러움이 아니라 노기로 달궈진 것이었다.

"이, 이……."

호동은 그녀를 향해 손가락을 뻗은 채 차마 말을 잇지 못하고 있었다.

"아니다. 나가 봐라."

옥연이 얼른 자세를 갖추고 무릎을 꿇은 채 말했다.

"부, 부르신 까닭을 말씀……."

"내일 다시 부르겠다. 나가라."

"사, 사실 소녀가 드릴 말씀이……."

"나가라 했잖느냐!"

호동은 호통을 치더니 자신이 나가 버렸다. 옥연이 거푸 불렀지만 뒤돌아보지 않았다. 옥연은 자기 머리를 쥐어박았다. 바보, 바보, 바보. 하지만 가슴 한구석이 훈훈해졌다. 호동은 결코 옥연을 잊지 않았다. 그가 수척해진 것도 결국 옥연의 죽음 때문이었다. 그가 예초를 보살핀 것도 결국 옥연 때문이었지, 둘 사이에 어떤 일이 있어서 그런 게 아니었다. 애초에 목간을 호동이 보냈다는 건 아무 증거도 없는 일이었는데, 덥석 믿어 버린 자신이 바보였을 뿐이었다.

하지만 마음의 다른 한편은 여전히 편편치 않았다. 지금 망국의 공주가 옛사랑을 확인했다고 좋아하는 것이냐? 네가 그러고도 저승에 가서 아바마마와 대신과 궁인과 백성들의 넋을 대할 수 있을 것이냐? 망국의 공주, 망국의 유민이라는 사실이 그녀가 찾은 작은 행복을 다시 짓눌러 터뜨리려 하고 있었다. 어쩔 수 없는 곤경에 빠져 그녀는 울었다. 아무도 그녀를 돌보지 않는다. 아무도 그녀에게 힘이 되어 주지 않는다. 그녀는 혼자였다. 예초의 탈을 쓰고 있는 한 절대로 혼자라는 사실에서 벗어날 수 없으리라는 것을 그녀도 잘 알고 있었다. 하지만 어쩔 것인가? 여기서 망국의 공주라는 사실을 밝힌다 한들 무엇이 달라질까? 과연 달라질 것은 있을까?

한바탕 울고 나자 가슴에 맺힌 독이 어느 정도 빠져나갔는지 생각의 가닥이 잡히기 시작했다. 그녀가 호동과 혼약이라도 맺을 수 있겠는가? 망국의 공주. 고구려의 왕이 보기에는 달가울 것 하나 없는 존재일 뿐이다. 반란의 주체가 될지도 모른다. 더군다나 호동은 그 지위가 불안한 왕자. 그에게 망한 나라 낙랑의 공주가 붙는 것을 누가 반기겠는가? 자신이 나타나 봐야 호동에게 피해를 줄 뿐이다.

생각이 여기에 미치자 순간적인 감정으로 호동의 앞길을 망칠 뻔했다는 것을 알 수 있었다. 세월이 약이라고 했다. 언젠가는 잊을 것이다. 그리고 더 좋은 인연을 만날 것이다. 만날 것이다. 만나야 한다. 좋은 사람이니까. 좋은……

옥연은 다시 울었다. 무엇을 할 수 있겠는가? 우는 것밖에. 이제 어떡해야 좋을지 모를 일이었다. 더 살아가야 할까? 그냥 이대로 사랑을 확인한 지금, 차라리 죽어 버리는 것이 낫지 않을까?

옥연은 비틀거리며 일어났다. 너무 울어서일까, 머릿속이 텅 비어 버린 것처럼 웅웅댔다. 뱃속의 창자도 간장도 모두 녹아서 없어져 버린 것 같았다.

어떻게 숙소로 왔는지 모를 판이었다. 그저 몸이 이끄는 대로, 이제는 자기 집이라 몸이 여기는 그곳으로 비틀거리며 걸어왔을 뿐이었다.

"대체 어디 있었던 거냐?"

누군가 옥연의 팔을 와락 끌었다. 재하였다.

"넋 나간 얼굴을 하고는……."

재하는 갑자기 말을 끊었다. 그가 보기에 그녀의 상태가 정말 말이 아니었던 탓이다.

"너……, 그런 거냐?"

옥연은 멍한 눈으로 재하를 올려다보았다. 무슨 이야기를 하는지 알 수가 없었다.

"흠, 그래, 좋았어. 이제 자명고를 손에 넣는 것은 시간 문제겠구나."

재하는 혼자 중얼거리다가 옥연의 어깨를 붙들고 강한 어조로 말했다. 재하는 드디어 호동이 예초를 취한 것이라 믿어 버렸다.

"쫓아가라. 오늘 그 이야기 아주 잘했어. 쫓아가서 황룡국에서 자명고를 고치는 방법까지 알아내도록 해라. 분명히 방법이 있을 거다. 나도 나대로 황룡국에 선을 대볼 것이다."

옥연은 힘없이 머리를 흔들었다. 이제 그런 일에는 아무 의미도 없었다. 왜 그래야 하는지 알 수가 없었다.

"뭐야? 싫다는 거냐? 왜?"

재하의 눈이 의심으로 가늘어졌다. 재하는 생각했다. 역시 여자란 잠자리를 같이 하고 나면 믿을 수 없는 존재가 되어 버리는 것이라고. 근본이 천출인 예초가 그러는 것은 당연한 일이 아니겠는가. 이제 대고구려의 왕자와 몸을 섞었다. 부귀영화가 눈앞에 왔는데 이제 죽어서 살이 썩어 가고 있을 옛 주인에 대한 의리가 다 무엇이냐, 이거겠지.

"네가 그렇게 나올 줄 몰랐다. 대왕 폐하와 공주 마마가 네게 얼마나 잘해 주었는지 모두 잊어버린 것이냐? 이제 네게 안락한 생활이 올 것 같으냐? 그 전에 내 손에 죽고 말 거라는 생각은 들지 않느냐?"

재하는 한 손으로 옥연의 목을 쥐었다.

"내가 지금 여기서 네 목 하나 부러뜨리는 것은 새끼손가락만 한 힘만 써도 된다. 죽고 싶으냐?"

옥연은 대답하지 않았다. 목이 졸린 채라 대답할 수도 없었지만, 그냥 이대로 목숨을 끊어 주었으면 하는 바람도 없지 않았다. 재하도 그것을 알았다. 재하는 옥연을 내동댕이쳐 버렸다.

"아얏!"

쓰러진 옥연을 물끄러미 바라보던 재하는 갑자기 그녀를 다시 들어 올려 어깨에 메고는 아무 방이나 열고 들어가 다시 내동댕이쳤다. 두 번이나 그런 일을 당하자 허리라도 삐었는지 꼼짝을 할 수가 없었다.

"남자 맛을 보자마자 나라고 주인이고 다 팽개치겠다 이거지?"

재하가 윗도리를 벗어던졌다. 옥연의 눈이 튀어나올 것처럼 커졌다.

"그래, 호동이 잘하는지, 내가 잘하는지 어디 한 번 해 보자!"

"미, 미쳤구나!"

"미친 건 너야! 그동안 색골인 왕비한테 받은 훈육의 성과를 보여 주마. 그 미친년에게 내가 무슨 수모를 당하는지 네년이 알기나 하느냐!"

옥연은 질끈 눈을 감았다. 재하는 바지도 벗어던졌다. 속곳만 남은 상태에서 재하는 옥연을 덮쳤다.

재하가 앞섶을 열어젖히려고 하며 한 손으로는 옥연의 얼굴을 밀어붙였다. 옥연은 재하의 손을 있는 힘껏 물어 버렸다. 어느 손가락이 물렸는지 알 수 없었지만 피가 나도록 물어뜯었다.

"이 미친년이!"

재하가 옥연의 뺨을 사정없이 갈겼다. 옥연이 구석으로 날아갈 정도의 힘이었다. 재하의 왼손 식지에서 피가 흐르고 있었다. 옥연은 아파서 정신이 하나도 없을 지경이었다. 이렇게 무지막지하게 맞아 본 적은 한 번도 없었다.

"너, 너 감히 내가 누군 줄 알고……."

"누군 줄 아냐고? 너 진짜 정신 좀 차려!"

재하는 욕정이 싸늘하게 식어 버려 주섬주섬 다시 옷을 챙겨 입었다.

"네년이 무슨 공주 마마나 되는 줄 알아? 흥, 하긴 공주 마마라면 이럴 때 복수를 위해 용감하게 나서셨을 거다."

"그, 그건 무슨 소리냐?"

부어오른 뺨에서 후끈후끈 열이 나고 있었다.

"호동 그놈이 대왕 폐하를 시해했으니까."

"뭐, 뭐라고?"

어떻게든 충동질을 해 보려고 내뱉은 말이었는데 의외로 효과가 좋았다. 재하는 씨익 웃음을 지었다.

"못 들었나? 그놈이 대왕 폐하를 시해했다니까."

"그게……, 그게 정말이냐?"

"후후, 정말이고말고. 내가 왜 거짓말을 하겠어? 내 두 눈으로 똑똑히 보았다."

재하가 몸을 일으켰다.

"잘 생각해라. 네게 공주 마마에 대한 신의가 쥐뿔만큼이라도 있다면 이래선 안 돼."

재하가 나갔다. 옥연은 어찌할 바를 모르고 눈물을 흘렸다. 결국 자신에게 난데없이 최리왕을 죽인 사람이 누구냐고 물었던 것은 자신이 그 일을 아는지 모르는지 확인하려고 했던 것이다. 왜?

주류왕이 최리왕을 죽이지 말라고 했을지도 모른다. 그래, 그것 말고야 그런 전공을 숨길 이유가 무엇이 있겠는가? 그렇지 않고서야 이런 전공을 세운 사람이 누군지 왜 알려지지 않고 있겠는가? 옥연은 참을 수 없는 고통에 가슴을 부여잡았다.

시간이 얼마나 흘렀을까. 온몸이 텅 비어 버린 매미 껍질 같다는 생각을 하며 옥연이 간신히 몸을 일으켰다. 허리가 시큰거리며 아팠지만 참을 수 있었다. 사방이 어두워져 아무것도 보이지 않았다. 그때 비명 같은 소리가 궁 밖에서 울려 퍼졌다.

"전쟁이다! 황룡국이 쳐들어왔다!"

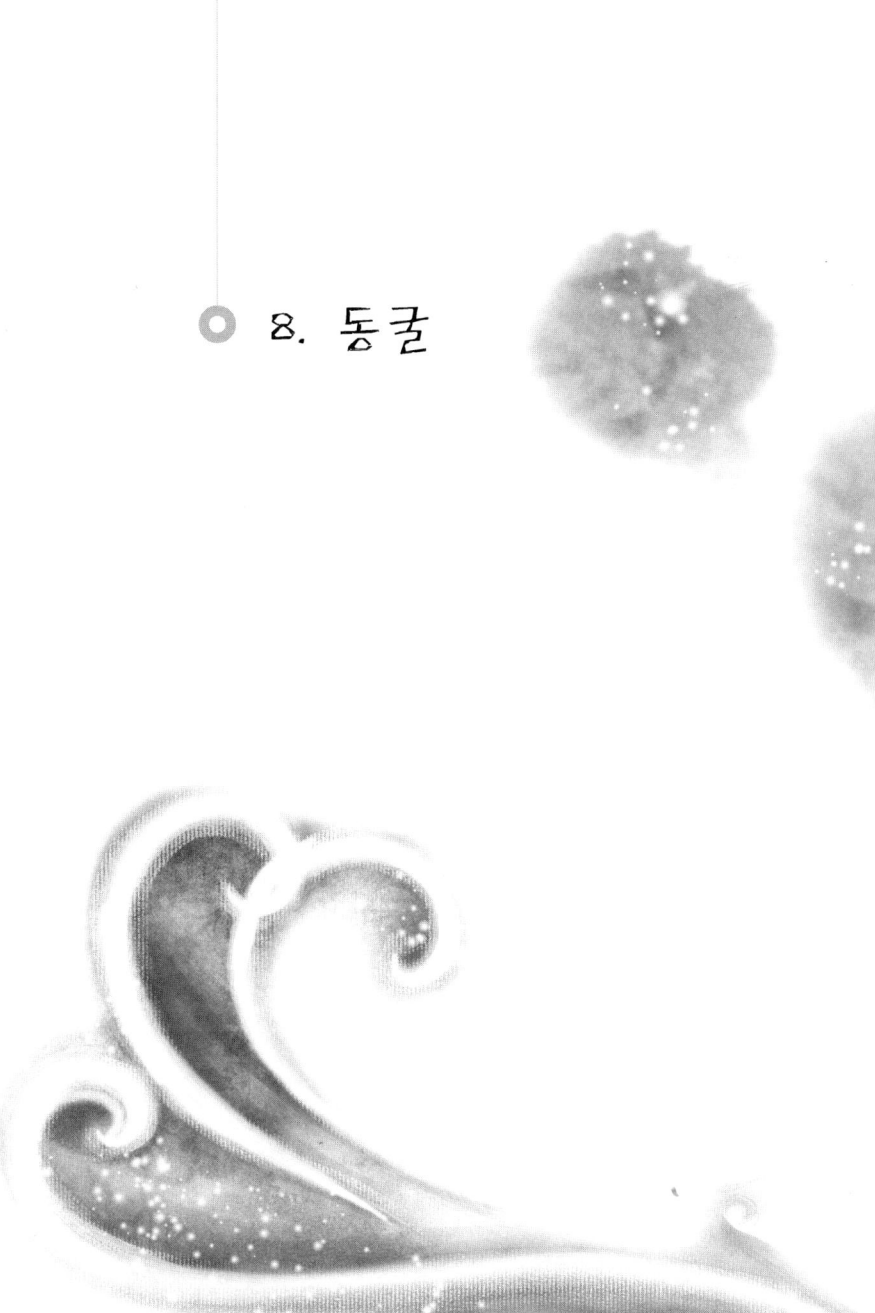

8. 동굴

전쟁의 소식은 졸본에 있는 우보右輔 송옥구로부터 전해졌다. 졸본은 주몽이 도읍했던 곳으로 고구려의 근본이 되는 땅이었다. 명태자가 지키고 있던 곳도 이곳 졸본이었다. 유리명왕이 졸본에서 지금의 국내성으로 도읍을 옮긴 것은 졸본이 평지에 건설된 성이라 방어에 적합하지 않았기 때문이었다. 국내성은 뒤로 험준한 산성인 위나암성을 끼고 있었다. 만길 절벽 위에 건설된 위나암성을 바라보면 저 성을 함락시킬 방법이란 존재하지 않는다는 사실을 뼈저리게 느끼게 된다. 실제로 요동태수의 침입 때 위나암성이 없었다면 어찌 되었을지 알 수 없었다. 주류왕은 위나암성에서 농성을 하며 요동태수 앞으로 연잎에 싼 잉어를 보냈는데, 그것은 이 성에 먹을 것도 물도 충분하다는 뜻이었다. 기가 질린 요동태수는 물러날 수밖에 없었다.

당시 농성을 주도했던 이는 좌보左輔 을두지였고, 환갑이 넘은 노인

자명고   299

네였던 우보 송옥구는 전면전을 펼칠 것을 주장했었다. 그것을 보아 쉽게 알 수 있겠지만 송옥구는 그처럼 호전적인 사람이었다.

사휴왕의 침입에 대해서도 송옥구는 결전을 다짐하며 성 안의 방어는 욕살褥薩 상수에게 맡기고, 자신은 일만 군사를 거느리고 성 밖에 진을 쳤다. 이른바 기각지세掎角之勢를 펼친 것이다.

하지만 그것은 좋은 방법이 아니었다. 우선 황룡국의 군세가 너무 거대했다. 사휴왕이 끌고 온 병력은 총 십만. 그는 삼만의 부대를 보내 송옥구를 고립시키고 칠만으로 졸본성을 쳤다. 졸본성에는 성을 지킬 병력 오천밖에 없는 상황이었는데, 사휴왕은 일만씩 부대를 편성해 차륜 전법으로 공격을 가했다. 일만이 공격하다가 지치면 물러나고, 다음 일만이 공격을 가하는 것이다. 황룡국의 군사는 쉬어 가며 싸우지만 졸본성에서는 잠시도 쉴 틈이 없었다. 성의 위급을 보고 송옥구가 달려들었지만 황룡국의 정예군 삼만을 감당한다는 것은 그가 아무리 나이를 잊은 용맹을 부린다 해도 결코 쉬운 일이 아니었다.

잔인하기로 소문난 사휴왕에게 성이 함락되면 그다음에 벌어질 일은 뻔했다. 학살과 약탈, 강간과 방화가 이어질 것이었다. 아녀자와 노약자들까지 성벽 방어에 매달려 필사적으로 싸웠지만 몇 시간을 더 버틸 수 있을지 알 수 없는 상황이었다.

송옥구는 성을 나오는 게 아니었다고 뒤늦은 후회를 했다. 적을 죽이고 죽이고 또 죽였지만 아무 소용이 없었다. 적의 방어망에서는 빈틈을 찾을 수 없었다. 적의 군세가 상상을 초월하게 많았던 데다가, 성과 군이 의지하지 못하고 서로 떨어져 버린 탓에 효과적인 공격 자체가 무산되어 버렸던 것이다.

"이대로 가면 전멸이다."

송옥구는 하나둘 쓰러져 가는 부하들을 보며 피눈물을 흘릴 수밖에 없었다. 지금이라도 후퇴해서 국내성으로 달아날 것인가? 그렇다면 군사는 지킬 수 있었다. 하지만 성에 남은 백성들은 어쩔 것인가? 송옥구에게는 시간이 없었다. 이 상태라면 전멸일 뿐이었다. 사실 결론은 이미 나와 있는 셈이었다.

"퇴각의 징……."

징을 쳐서 퇴각 신호로 삼으라고 하려는 순간 포위망의 압박이 풀어졌다. 적의 전열이 흐트러진 것이다. 백전노장인 송옥구는 이것이 무엇을 의미하는지 알 수 있었다. 믿기 어려운 사실이었으나 원군이 도착한 것이다. 채 하루가 지나기 전에.

황룡국의 군대가 발진한 것을 안 호동은 즉각 자기 휘하의 군사 오천을 총동원하여 졸본성 구원에 나섰다. 호동은 급하게 출전하는 통에 감군이 된 재하를 챙기는 것을 잊어버렸지만, 물론 그런 것에 신경을 쓰지는 않았다.

졸본성까지 한달음에 달려간 호동은 먼저 탐자(探者)를 보내 전황을 살피게 했다. 그 결과 기각지세를 펼친 송옥구가 그 세를 잃어버리고 각개격파될 처지에 놓였다는 것을 알 수 있었다. 그리고 그것보다 중요한 것을 알았는데, 사휴왕의 본진이 건너편 언덕 위에 있고, 그곳은 지키는 병력이 거의 없다는 사실이었다.

사휴왕 입장에서는 당연한 것이었다. 졸본성의 함락은 이미 기정사실이었으니, 주위를 경계할 필요를 전혀 느끼지 못하고 있었던 것이다.

호동은 보병에게는 미리 임무를 주고, 기병 일천만 따로 거느리고 사휴왕이 있는 본진을 급습했다.

"가자, 우치!"

우치는 미친 듯이 달려 나갔고 그 뒤로 한줄기 흙먼지를 날리며 호동의 전사들이 뒤를 따랐다. 사휴왕은 그들을 바라보면서도 그들이 고구려군일 것이라는 생각은 전혀 하지 못했다. 승리를 알리는 전령이라도 오는 줄 알고 있다가 눈으로 식별이 가능한 곳에서야 앞장선 장수가 호동이라는 사실에 벌떡 일어서고 말았다. 어찌나 놀랐는지 일어서는 서슬에 의자까지 날아갈 지경이었다.

호동이 긴 창으로 사휴왕을 가리키며 외쳤다.

"기다려라!"

놀라긴 했지만 사휴왕 역시 산전수전 다 겪은 늙은 구렁이였다.

"궁수는 뭣들 하느냐! 활을 쏴라!"

숫자는 적었지만 황룡국의 정예가 모인 호위대였다. 즉각 한쪽 무릎을 꿇고 화살을 쏘아 날렸다. 호동은 창을 빙글 돌려 화살을 튕겨 냈다. 기병들이 전력 질주를 하고 있는 상황이어서 제대로 맞힐 수가 없었다. 더구나 두 번째 화살을 쏘고 나자 이미 기병들이 진영 내로 뛰어들고 말았다.

장창수들이 황급히 방진方陣을 짠다고 허둥댔지만, 절대적으로 시간이 부족했다. 고구려 기병들이 일차 진열을 흐트러뜨리며 통과하고 나자, 그 한 번의 공격으로 절반가량의 병사가 나뒹굴고 말았다.

사휴왕은 아차 하면 목숨이 달아난다는 사실을 깨달았다. 그는 결정을 망설인 적이 없었다. 후다닥 달려가 아무 말 위에나 올라타더니 꽁지가 빠져라 달아나기 시작했다. 얼마나 서둘렀으면 그 와중에 금으로 만든 투구까지 흘리고 말았다. 호동이 재빨리 활을 겨누었지만 이미 사정거리 밖으로 달아나 버린 상태였다. 화백궁이 있었다면 잡을 수 있었을까? 원비에게 바친 화백궁이 무척이나 아쉬웠다. 하지만 아쉬워하고 있을 새가 없었다.

비록 왕을 붙잡지는 못했지만 본진을 무너뜨렸다. 때를 맞춰 보병대가 성문을 공격하고 있는 황룡국 군사의 배후를 쳤다. 휴식을 취하다 말고 허둥지둥 전투 채비를 하는 병사들의 눈에 호동의 기병대가 그들에게 달려오는 것이 보였다. 호동이 높이 든 창끝에는 사휴왕의 투구가 매달려 있었다.

"사휴왕은 죽었다!"

황룡국 병사들이 동요했다. 장수들이 진정하라고 부르짖었다.

"속임수다! 거짓말이야!"

"봐라! 사휴왕의 투구다!"

호동이 창을 흔들었다. 투구가 창날에 쨍 소리를 내며 부딪쳤다.

"저곳을 보라!"

호동이 가리킨 곳은 사휴왕이 있던 본진이었다. 장막들이 모두 불길에 휩싸여 있었다.

"항복하면 목숨만은 살려 주겠다!"

호동의 말이 채 끝나기도 전에 후열이 무너지고 있었다. 병사들이 달아나기 시작한 것이다.

"왕자 전하, 참으로 놀라웠습니다."

우보 송옥구가 호동에게 절을 올렸다.

"불과 오천의 병력으로 십만 대군을 무찌르다니, 주몽 성왕 폐하께서 재림하신 줄 알았습니다."

우보 송옥구는 다물후多勿侯 송양의 아들로 어려서 주몽을 친견한 적이 있었다. 또한 명태자의 어머니인 송비宋妃는 바로 송옥구의 누나였으니, 그는 호동에게 외숙조外叔祖가 되었다.

"할아버지도 연세를 생각하셔야지, 그 나이에 어찌 싸우러 나가셨습니까?"

호동이 맞절을 올리고 웃으며 말했다.

"아직 관짝에 들어갈 나이는 아닙니다. 사내대장부가 전장에서 죽어 말가죽에 싸여 돌아오면 그것이 큰 광영일진대, 전하는 어찌 그리 섭섭한 이야기를 하십니까?"

어쩔 수 없는 노장이었다. 호동은 지난 일은 덮고 앞으로의 일을 꺼냈다.

"이번에 기습을 하여 사휴왕이 일단 물러서긴 했지만 그대로 물러날 인간이 아닙니다. 반드시 돌아올 것입니다."

"대왕 폐하께서 환궁하실 것이니 그동안만 잘 지켜 내면 되지 않겠습니까?"

"환궁을요?"

"제가 사절을 각각 보냈습니다. 국내성과 불내성으로요. 내일이면 전갈을 받으실 겁니다."

호동은 쩝쩝 입맛을 다셨다. 그럴 거였다면 차라리 일구가 부왕에게 달려가도록 내버려두는 것이 나았을 터였다. 일구가 모함을 그럴싸하게 하면 할수록 그 거짓됨이 바로 탄로 나면서 몇 배로 크게 보였을 것 아닌가. 더불어 원비의 음흉한 속셈도 끄집어낼 수 있었을 것인데, 오히려 자신이 위수에게 일구를 잡아 오라 한 때문에 원비의 허물이 덮여질 판이었다.

"하하, 어쩔 수 있나. 이것도 하늘의 뜻인 것을."

호동의 생각이 어디까지 나아간 것인지 모르는 송옥구만 당황했다.

"갑자기 어인 말씀입니까?"

"아무것도 아닙니다. 그저 보잘것없는 사람 하나가 생각나서……."

그 찰나에 방문이 덜컹 열렸다.

"그 사람이 소신은 아니겠지요?"

재하였다. 하지만 재하보다 그 뒤에 반쯤 몸을 돌리고 서 있는 예초의 모습이 호동의 눈에 먼저 들어왔다.

"아아, 물론 자넨 아니지. 예초야, 너는 여기 어떻게 온 것이냐?"

재하는 자신을 건성으로 대하고 하찮은 시녀를 챙기는 모습에 순간적으로 자존심이 상했으나, 다시 생각해 보니 그것은 호동이 예초에게 푹 빠져 있다는 뜻이어서 나쁠 게 없는 모습이기도 했다.

"소신이 데리고 왔습니다. 어찌나 왕자 전하 곁에 있겠다고 졸라 대는지 떼어 놓을 수가 없었습니다."

그때 재하를 밀치고 얼굴이 붉게 달아올라 방으로 들어오는 사내가 있었다. 아직까지 갑옷조차 벗지 않은 그는 졸본의 욕살 상수였다. 바로 위수의 형이기도 했다. 그는 호동 앞에서 한쪽 무릎을 꿇고 군례를 올린 뒤 말했다.

"왕자 전하, 무례를 용서하십시오. 소신이 아니 된다 말했지만 저자가 막무가내로 난입하고 말았습니다. 무능한 소신을 벌해 주십시오."

호동은 상수를 일으켰다.

"아, 아니오. 저 사람은 우리 군의 감군이라오. 군정은 무엇보다도 앞서는 것, 너무 섭섭케 생각하지 마시오."

"그, 그렇지만……."

상수는 못내 분한 모양이었다.

호동이 재하를 보고 말했다.

"너는 감군의 막중한 직책을 맡고 어찌 출전에 따르지 않았단 말이냐?"

재하는 억울한 나머지 순간적으로 말이 나오지 않았다. 해가 뜨자마자 질풍처럼 군을 출발시킨 것이 호동이었다. 군사들은 성 밖에 집결했고, 중궁전으로는 아무 기별도 주지 않았다. 대체 이게 누구 잘못인가?

"적군이 쳐들어와 나라의 운명이 풍전등화인데 주장主將이 수하를 일일이 챙겨야 하겠느냐! 네가 낙랑의 구태의연한 습속을 아직 벗지 못한 모양인데, 그리 굼뜨게 행동했다가는 다음엔 내 손에 목이 달아나리라!"

재하가 입을 딱 벌리고 말았다. 곱상하게만 보이는 위인이 호령을 놓자 그 위엄과 압박감이 무시무시했던 것이다. 무술 실력이야 이미 보았지만 저런 모습으로 군사를 지휘하지는 못하리라 생각했던 게 큰 착오였다. 아닌 게 아니라 이미 군영을 지나올 때, 병사들이 입에 침이 마르도록 호동을 칭송하는 소리를 듣기도 했다.

호동은 예초를 바라보고 말했다.

"그리고 너는……."

어디를 따라왔냐고 야단이라도 치려고 하다가 고개를 푹 숙이고 있는 모습에 순간 마음을 바꿨다. 어차피 온 것을 야단쳐서 무엇 하겠는가. 낙랑을 들먹여 한바탕 욕을 했으니, 그것으로 족하다 할 것이었다.

"너는 지금 차를 끓일 수 있느냐?"

"네? 네?"

옥연은 깜짝 놀라 반문하고 말았다. 난데없이 차를 끓이라니, 이게 무슨 말인가?

"하, 하오나 여긴 다구가 없고, 차 또한 없어서……."

송옥구가 껄껄 웃으며 말했다.

"다구와 차라면 내가 빌려 줄 수 있다."

송옥구는 호동을 돌아보며 말했다.

"언제부터 차를 드셨습니까?"

"아, 할아버지도 차를 드십니까?"

"사실 노부는 차를 잘 모릅니다. 다만 지난번 요동 군사들과 한판 붙었을 때 뺏은 물건들 중에 그런 것이 있습니다. 말린 나뭇잎을 물에 끓여 먹는 거라고 해서 마셔는 보았는데, 뭐 떫고 시고 천하에 몹쓸 맛이었죠."

송옥구가 고개를 설레설레 저었다.

"왕자 전하가 차에 취미가 있다 하시니, 모두 드리도록 하겠습니다."

호동은 사양했지만 송옥구는 막무가내였다. 호동 역시 차가 좋아서 즐기려고 마시려 한 것이 아니었다. 다만 옥연이 끓여 주었던 그 추억을 다시 한 번 되새겨 보고 싶었을 뿐이었다.

송옥구가 다구를 꺼내 주기 위해 옥연을 데리고 방을 나갔다.

재하가 냉랭한 어조로 입을 열었다.

"팔자가 좋으시군요."

호동도 싸늘하게 말을 받았다.

"윗전에게 함부로 입을 놀리지 마라."

"허허, 그러십니까? 네, 알겠습니다."

"더 이상 할 말이 없으면 물러가라."

호동은 재하가 왜 자신에게 싸늘하게 대하는지 짐작할 수 있었다. 일구의 농간에 넘어간 것이리라. 하지만 그렇다 하여 재하에게 그 일들을 설명해 주고 싶은 생각은 전혀 하지 않았다. 더구나 재하처럼 원비에게 들러붙어서 온갖 추잡한 짓을 하고 다니는 놈에게 그런 것을 설명할 이유가 있을 리 없었다.

"내일 어떤 작전을 펼 것인지 감군으로서 알아야……."

"잠깐!"

호동이 재하의 말을 끊었다.

"너는 알고 있느냐?"

"무엇을 말씀입니까?"

"최리왕을 죽인 놈이 누구냐?"

일순 재하의 몸이 굳었다.

"모릅니다. 소신이 보았을 때는 이미 도, 돌아가신 후였습니다."

"그랬군."

"이, 이만 물러가겠습니다."

재하는 처음 묻던 말도 잊어버린 채 방에서 빠져나왔다.

상수가 그 뒷모습을 보며 투덜거렸다.

"무식하게 덩치만 커다란 놈 같으니라고."

상수는 호동에게 돌아서며 말했다.

"왕자 전하, 동생 놈이 보이질 않는데……."

"걱정 말게. 내가 따로 심부름을 보내 놓았으니 며칠 안에 졸본으로 올 것일세."

"아하, 그랬군요. 잠깐 걱정을 했습니다. 항상 전하 곁에 붙어 있던 녀석이라."

"하하, 걱정하지 말게. 그리고……."

호동은 목소리를 낮췄다.

"……위수가 데리고 올 잡놈이 하나 있네. 만일 내가 돌아오지 않는다면 그놈부터 처치해 주게."

"네? 돌아오지 않으시다니 그게 무슨 말씀입니까?"

"내일 나는 사휴왕 사냥을 나갈 것이네. 그러니 혹시 내가 돌아오지 않는 일이 벌어진다 해도 그놈만은 꼭 죽여 달라 이 말일세."

"아, 아니, 어떤 놈인지는 모르겠지만 왕자 전하를 위해 소신이 그런 일 하나 하지 못하겠습니까? 하오나 내일 출정이라는 말씀은 거둬 주십시오."

"시끄럽네! 자네는 그저 내 말만 지키도록 하게."

그때 방문이 열리며 송옥구가 들어왔다. 옥연이 뒤를 따라 들어왔다.

"너 얼굴이 왜 그 모양이냐?"

옥연의 얼굴 반쪽이 심하게 부풀어 있었다. 어제 재하에게 맞은 것 때문이다.

"누가 이리 심하게 때린 것이냐?"

"아니, 맞은 것이 아니오라……, 그냥 엎어져서……."

"말도 안 되는 소리. 이건 맞아서 생긴 것이다. 누군지 어서 아뢰지 못하겠느냐?"

"저, 저……, 차를 끓이겠습니다."

옥연은 끝내 더 말을 할 수가 없었다. 호동과 이야기를 하는 것 자체가 힘들었다. 실수였을까? 아바마마와 이야기를 하려고 했을까? 하지만 아바마마는 호동을 보는 순간 분노로 이성을 잃으셨을 거다. 말이 통할 상황이 아니었겠지. 하지만 그렇다고 해도 어찌 나를 생각한다면 그런 일을 저지를 수가…….

호동은 끝내 대답을 하지 않는 그녀를 보며 누가 저런 짓을 저질렀을까 생각했다. 그날 밤 방에서 나왔을 때는 이미 어두워진 상태였다. 그러니만큼 밤에 그녀를 만난 사람이 저지른 일이거나, 아니면 이곳에 오는 동안 일어난 일일 수밖에 없었다. 한방을 쓰는 그 사나운 시녀, 은효일까? 호동은 몇 번이나 은효가 예초를 혼내는 것을 보았다. 궁녀들 사이의 일에 윗전이 개입하는 것은 꼴사나운 일인지라 그냥 지나치려고도 했으나 이상하게 참을 수가 없었다. 예초가 서 있는 모양, 예초가 일하는 모양, 무엇을 보아도 자꾸만 심장이 두근대었다. 자기가 미친 게 아닐까 싶었다. 예초의 얼굴을 보면 그런 감정이 금세 진정되었지만, 문득문득 지나치다가 예초를 보면 그냥 안아 주고만 싶었다. 그때마다 혀를 깨물며 자기 자신을 질책했다. 그러니 예초가 야단을 맞거나 매를 맞는 걸 보면 참을 수가 없었다. 하지만 은효가 한 짓은 아닐 것 같았다. 시녀에게 그처럼 힘이 있을 것 같지는 않았다.

그렇다면 재하의 짓일 수밖에 없었다. 재하. 그래도 괜찮은 무장武將이라 생각했는데 여자에게 손찌검을 하는 무뢰배에 불과했단 말인가?

호동은 안타까운 눈길로 차를 준비하는 그녀를 바라보았다. 차를 다마에 갈고 일어나 찻물을 따를 준비를 한다. 호동은 숨이 막혔다.

어쩜 저렇게 옥연과 똑같은 동작을, 그 우아하고 품위 있는 동작을 흉내 내고 있는 것일까? 저 모습은 예초가 차를 만들던 때와는 전혀 다른 것이었다. 호동은 처음에 예초가 만든 차를 마셨고, 두 번째는 옥연이 만든 차를 마셨다. 예초가 차를 준비할 때는 아무 느낌이 없었지만, 옥연이 차를 준비할 때는 그 품격에 감탄했었다. 그런데 지금 저 여인의 동작은 분명 옥연의 것이었다.

송옥구는 그 모습에 흐뭇하게 웃었다. 드디어 때가 되니 여자에게 관심을 보이는구나 싶었기 때문이다.

예초가 차를 따랐다. 호동은 자신의 눈을 의심하고 있었다. 저 손놀림, 저 소맷자락의 흔들림, 저 차의 양을 조절하는 힘. 모든 것이 옥연이었다.

"다 되었습니다."

옥연은 물러나 뒷자리에 다소곳하니 앉았다. 호동의 눈길이 자신에게서 떨어지지 않고 있다는 것을 그녀도 알고 있었다. 다쳤기 때문일까? 참으로 다정하기도 한 사람이다. 하지만 이제는 어떻게 할 수가 없다. 차라리 잘된 일일지도 몰랐다.

"오, 이것! 이게 정말 차라는 것이군."

송옥구가 큰 소리로 외치는 통에 호동과 옥연은 모두 정신이 돌아왔다.

"정말 그윽하면서도 깊은 맛이 느껴집니다."

상수도 고개를 끄덕였다. 호동도 이제야 차라는 물건의 오묘함을 느끼게 되었다. 점점 더 끌어들이는 마력이 있는 물건이었다.

"그나저나 우보 나리, 왕자 전하를 말려 주십시오."

"어허, 쓸데없는 소리를!"

호동이 황급히 상수의 입을 막으려 했으나 소용이 없었다. 상수는 얼른 호동의 계획을 일러바쳤다. 그 말에 놀란 것은 송옥구뿐이 아니었다. 옥연도 깜짝 놀라고 말았다. 사휴왕을 기습한다고? 황룡국의 군대는 십만이라고 하지 않았던가? 여기 병력은 아무리 많이 쳐도 이만도 되지 않는다. 그건 자살 행위나 마찬가지였다. 아니, 들어 보니 병사를 데려가겠다는 것도 아니었다. 자객이 되어 적진에 침투하겠다는 이야기였다.

"안 됩니다. 성공한다 해도 결코 살아 돌아올 수 없는 길입니다. 아무리 조심스럽게 간다 해도 사람의 명을 끊는데 소리가 아니 날 도리가 없습니다. 왕의 처소입니다. 바늘 떨어지는 소리만 나도 전군이 일어날 것입니다. 이것은 어린아이 같은 생각입니다. 결코 행할 수 없는 생각입니다."

호동은 찻잔을 비웠다.

"할아버지 말씀을 들으니 과연 옳은 말씀입니다. 제 생각이 짧았습니다. 부왕께서 오실 때까지 농성을 하는 것이 최선의 방책이겠습니다."

송옥구와 상수가 안도의 한숨을 내쉬었다. 본래 무모한 성격이 아니었기에 성심으로 말리면 그만두리라 생각했던 것이 적중했다고, 그렇게 여겼다. 하지만 옥연은 그런 속임수에 넘어가지 않았다. 어차피 우겨서 행할 수 있는 일이 아니므로 그냥 충고에 따르는 척만 하는 것이 틀림없었다.

모임이 끝난 후 호동이 나가자 옥연의 마음도 급했다. 다구를 챙겨 놓고 얼른 쫓아가려는데, 송옥구가 그녀를 불렀다.
"너는 이 방에 있다가 시녀장을 따라가라. 시키는 대로만 하면 큰 상을 내릴 것이다."
꼼짝없이 붙잡히고 말았다. 잠시 후 방으로 온 시녀장이 그녀를 데리고 간 곳은 욕탕이었다. 언제 준비한 것인지 벌써 나무로 만들어진 탕 안에는 더운물이 허연 김을 연방 토해 내는 중이었다. 옅은 향기가 나는 것이 물조차 장미 꽃잎을 달여서 만든다는 장미수薔薇水임에 틀림없었다.
"탕에 들어가라."
옥연은 차마 어쩔 줄 몰라 앞섶만 말아 쥐고 옷을 벗지 못하고 있었다. 시녀장이 눈짓을 하자 두 명의 시녀가 득달같이 달려들어 옷을 벗기기 시작했다.
"이, 이러지 마세요."
옥연이 몸을 뒤틀었으나 시녀들의 완력에서 벗어날 수가 없었다.
시녀장이 싸늘하게 말했다.
"그러다 몸에 상처라도 나면 큰일이다. 옷을 찢어라."
시녀들은 전혀 주저하지 않고 바로 옥연의 옷을 찢어 버렸다. 옥연은 너무 놀라 정신이 나갈 지경이었다. 옷이 찢어져나가는 것보다 향낭 속에 넣어둔 예초의 약병이 깨질까 무서웠다. 간신히 정신을 차리자 욕탕에 담겨져 있는 자신을 발견할 수 있었다.

두 시녀는 팥과 녹두를 갈아 만든 조두 가루로 옥연의 몸을 닦아 주다가 그 매끄러운 피부에 감탄하고 말았다.

"어머, 살결이 정말 비단결 같네."

"호동왕자 전하께서 반할 만하다."

"조용히!"

시녀장이 호통을 쳤다. 바짝 얼어 있던 옥연이 그제야 조금 마음을 놓았다. 송옥구가 흑심이 있어 이런 일을 꾸민 줄 알았던 것이다. 하지만 역시 실망스러운 감정은 마찬가지였다. 전장에서, 이 긴박한 상황에서 시녀의 몸을 탐하다니. 정을 떼라는 하늘의 뜻일지도 모른다. 옥연은 낮은 한숨을 내쉬었다.

송옥구는 단장을 마치고 나오는 옥연을 보고 흐뭇한 웃음을 지었다. 꾸며 놓으니 그런대로 볼 만했던 것이다. 누구한테 일을 잘못 했다고 맞기라도 한 것처럼 부어 있던 얼굴도 시녀들의 정성스런 손길 덕분에 많이 가라앉아 더는 흉해 보이지 않았다. 어차피 본부인이 될 신분은 아닌지라 이것저것 따질 필요도 없었고, 여자를 보는 눈이 낮은 편이라 오히려 좋은 점도 있었다. 적당한 가문의 여식이면 큰 문제 없이 혼사도 치를 수 있을 거라 지레짐작한 것이다. 먼저 운우지락을 깨치는 것이 제일 큰 관건인데, 그것은 눈앞의 이 시녀가 잘 해내리라 여겼다.

옥연은 차라리 얼른 호동의 방으로 들어갔으면 싶었다. 통섶으로 된 겉옷 이외에는 아무것도 입고 있지 않았기 때문에 사람들 앞에서 걸어 다니는 것이 부끄러웠다. 그러나 막상 방에 들어서자 얼른 뒤돌아서 나가 버리고 싶었다. 호동이 뜨악한 표정으로 그녀를 바라보고 있었다.

"무슨 일로 온 거냐?"

"시중을 들라 명하셔서 찾아왔습니다."

어찌 나오는지 보고 싶었다.

"시중을 들라니? 이제 자야 할 시간 아니냐? 너도 가서 자 두도록 해라."

그렇게 말하는 호동의 복장은 침의寢衣와는 거리가 멀었다. 당황하고 부끄러워 금방 눈치 채지 못했던 것인데, 예의 그 검은 복장을 하고 있었다.

"혼자 떠나시려는 겁니까?"

옥연의 목소리가 조금 떨렸다.

"아, 저, 음……. 네 배필은 내가 좋은 짝이 될 남자로 구해 줄 테니, 이러지 말고……."

"지금 그런 이야기가 아니에요!"

"쉿! 일단 목소리는 낮춰라. 음, 그래. 내가 면천免賤도 시켜 줄 것이다. 그러니 이번 일은 좀 눈감아 다오."

"그럴 순 없습니다."

옥연이 단호히 거부했다. 하지만 목소리는 저도 모르게 낮아진 상태였다.

"대체 왜 일부러 죽으려고 하시는 거죠?"

자명고

"연랑의 복수를 하고 싶을 뿐이다."

이를 악문 듯한 소리였다. 옥연은 말을 하지 못했다.

잠시 후 호동이 한숨을 내뱉으며 말했다.

"그래, 사휴왕을 죽이면 나도 죽겠지. 하지만 죽으면 저승에 간다고 하지 않더냐."

무슨 뜻으로 하는 말인지 몰랐다.

"그게 뭐 어떻단 말이냐? 거기 가면 연랑이 있을 텐데."

옥연의 가슴속에서 뭔가가 울컥하고 치받쳤다.

"연랑은 나를 믿었고, 나를 믿어서 죽은 것이다. 자명고를 그때 내가 내 손으로 찢어 버렸어야 하는데. 내가 그 단도를 주지 않았던들 북을 찢을 수 없었을 것이다. 그렇다면 연랑이 죽는 일도 없었을 것이고."

호동은 정말 모르고 있었다. 그 북이 나라를 멸망케 하는 북이라는 것을. 옥연의 눈에 눈물이 하나 가득 고였다.

"아, 나는……, 나는 그저 연랑이 그 북을 원했기 때문에 연랑의 뜻을 거스르지 않고자 했을 뿐이었다. 사랑에 눈이 멀면 판단력이 흐려진다더니, 내가 바로 그렇게 될 줄이야."

그럼 왜 아바마마를 죽이셨나요? 그 물음이 입 안을 뱅뱅 돌았지만 꺼내 놓을 수가 없었다. 확인하고 싶은 마음이야 이루 말할 수 없이 간절했지만, 그것을 호동의 입으로부터 확인하면 간신히 붙잡고 있는 이성의 끈을 놓치고 말 것이 분명했기 때문이다.

"고, 공주 마마께서 살아 계셨다면 왕자 전하께서 이런 무모한 일을 하시게 내버려두지 않았을 거예요."

"그랬겠지. 하지만 중요한 건 연랑이 지금 이 세상에 없다는 거야."

호동은 막무가내였다. 옥연의 가슴이 점점 더 심하게 요동쳤다.

"사휴왕은 부친의 원수, 나라의 원수다. 사휴왕과 내 목숨을 바꿀 수만 있다면 왕자로 태어나 일생에 단 한 번 쓸모가 있어지는 거지. 후후."

"그러시면 안 돼요."

호동이 다시 쓱 손을 뻗쳐 그녀의 머리를 쓰다듬었다.

"널 위해서는 내가 편지를 한 통 써 두도록 하겠다. 앞날은 걱정하지 마라."

기어이, 기어이 그런 참혹한 죽음을 선택하겠다는 건가? 옥연은 더 이상 참지 못하고 버럭 소리를 질렀다.

"제가 돌아올 수 있다면요?"

"응?"

말을 잘못했다. 옥연은 입술을 살짝 깨물고는 다시 말했다. 잠깐 감정이 흔들려 자신의 정체를 밝힐 뻔했다.

"아니, 저……, 옥연 공주 마마가 다시 돌아오실 수 있다면, 그렇다면 말이에요?"

호동이 살짝 웃음을 띠었다. 그녀의 이름만으로도 웃음이 지어졌다.

"그런 일은 있을 수 없다. 죽은 사람이, 하아……, 어찌 살아 돌아올 수 있겠느냐. 찢어진 북은 고칠 수 있을지 몰라도 죽은 사람은 살아 돌아올 수 없는 법."

옥연은 그 말에 번쩍 정신이 들었다. 그 생각이 너무 그럴듯해서 저

자명고

도 모르게 큰 소리를 내고 말았다.

"살아 돌아올 수 있어요!"

"응?"

"공주 마마는 자명고를, 자명고를 찢어서 돌아가신 거예요. 자명고의 저주를 받으신 거죠. 자명고를 원래대로 되돌릴 수 있다면 공주 마마도 살아나시는 거예요."

"터무니없는 소리!"

호동이 자리에서 일어나 방 안을 왔다 갔다 하기 시작했다. 터무니없는 소리라고는 했지만 옥연의 생사에 대한 문제인지라 내심 동요하고 말았던 것이다.

"대체 어디서 그런 말도 안 되는 소리를 들은 거냐?"

듣지는 않았다. 지금 떠오른 생각이었을 뿐이다. 재하가 그렇게 말했었다. 자명고를 고치는 방법을 알아내라고. 그러면 고구려를 멸망시킬 수 있다고. 호동이 죽는 모습은 볼 수 없지만 고구려가 멸망하는 거야 무슨 상관이랴. 낙랑의 멸망에 대한 책임을 마땅히 져야 하는 나라다. 아바마마의 한을 위해서 최소한 그 일만은 해내야 했다.

"자명고를 고치는 방법을 사휴왕은 알고 있을 겁니다. 그러니 사휴왕을 죽여서는 아니 됩니다. 그걸 알아내야 하는 거죠."

이제 호동은 사휴왕을 죽이러 갈 수 없을 것이다. 그렇게 옥연이 안심한 순간 호동이 신경질적으로 발을 들어 쾅 소리가 날 정도로 세게 바닥을 내리쳤다.

"그런 사실을 어떻게 알고 있느냐니깐!"

호동의 얼굴에 노기가 서려 있었다.

"지금 되도 않는 말들을 멋대로 꾸며 대고 있는 건 아니겠지?"

"아, 아니에요. 절대로."

"그럼 그런 말을 어디서 들었는지 이실직고해라."

호동이 바짝 얼굴을 들이밀었다. 그의 콧김이 닿을 정도였다. 옥연은 뒤로 한 걸음 한 걸음 물러나다가 침상에 걸려 발랑 넘어지고 말았다. 앞섶이 크게 벌어지는 바람에 화들짝 놀라 섶을 여미었다. 덕분에 호동도 조금 뒤로 물러나 주었다.

"어서 말해 봐라. 어디서 들은 이야기냐?"

어쩌지? 어쩌지? 망설이던 옥연은 불현듯 예초를 떠올렸다.

"시, 실은 그 북을 만든 게 바로 소녀입니다. 그래서 알고 있을 뿐입니다."

"뭐?"

호동이 깜짝 놀라 다시 얼굴을 들이밀었다.

"뭐라고 했느냐?"

"저기, 저……, 저는 사실 숲의 정령이에요."

호동이 웃어 버렸다.

"제가 있던 그 숲 생각나지 않으세요?"

호동의 웃음이 멈췄다. 생각나지 않을 리가 없었다. 이상하게도 따뜻했던 그 숲. 그 몽환적이고 비현실적이었던 세발솥.

"그래서 네가 그 북을 만들었다고?"

호동의 눈에 살기가 돌았다. 영 말을 잘못 한 것일까? 예초가 마지막으로 한 말이었다. 어찌 그런 사실을 알아냈느냐는 호동의 추궁에 딱히 할 말이 없어서 엉겁결에 댄 말이었는데, 거짓말이 자꾸 거짓말을 부르는 형국이 되고 말았다.

"그래, 그럼 여기서 솥으로 한번 변해 보지?"

"지금은 할 수 없어요."

"왜?"

옥연은 필사적으로 이유를 생각했다. 그럴듯한 이유가 있어야 했다.

"그날 힘을 너무 썼어요."

"그날이라니?"

"낙랑이 멸망하던 날이요. 어떻게든 공주 마마를 살리려고요. 그런데 아바……, 대왕 폐하까지 돌아가셨지요."

옥연은 호동의 눈을 똑바로 쳐다보며 말했다. 아바마마라고 이야기할 뻔했을 때는 조금 당황했지만, 호동이 아바마마의 죽음에 대해서 부끄러움을 느낄 것이므로 더 이상 추궁하지 못하리라 생각했다. 역시 호동은 아무 말도 하지 못하고 옥연의 눈길을 피해 버렸다.

"그날 저는 마법의 힘을 모두 잃어버리고 말았어요."

호동은 천장을 올려다보다가 길게 한숨을 내쉬었다.

"그래? 방법이 없구나."

호동이 일어났다.

"그럼 다녀올 테니 너는 여기 꼼짝 말고 있도록 해라."

"네?"

다녀오겠다고?

"사휴왕에게서 그 방법을 알아 오겠다. 그리고 네 말이 사실이 아니라면 거짓말이 탄로 나는 순간 죽여 버릴 테다."

"하, 하오나……."

"시끄럽다. 잔말 마라."

"아니, 아니 됩니다. 그럼 소녀도 따라가겠습니다."

"뭐?"

"왕자 전하가 돌아가신다면 소녀도 그곳에서 죽을 것입니다. 그래야 왕자 전하가 살아 돌아오시겠지요."

"지금 내 말을, 왕자의 말을 못 믿겠다는 거냐?"

옥연은 호동의 손을 붙잡았다. 호동이 깜짝 놀라 손을 빼려 했지만 옥연은 놓아주지 않았다.

"소녀를 조금이라도 생각한다면 소녀와 함께 가 주세요. 제발 부탁드립니다."

마음만 먹으면 얼마든지 손을 빼낼 수 있었겠지만 호동은 그렇게 하지 못했다. 예초의 손이 자신의 손을 잡는 순간 가슴이 두근거리기 시작한 것이다. 왜 이리 심장이 뛰는지 호동은 도무지 알 수가 없었다. 다시금 예초의 손에서 옥연의 손길이 느껴지고 있었다. 자신이 자꾸만 미쳐 가고 있다고밖에 생각할 수 없었다. 구름 속을 걷는 듯 멍해지고 말았다.

"왕자 전하."

예초가 이미 몇 번이나 불렀던 모양이다.

호동이 정신을 차리고 대답했다.

"왜, 왜 그러느냐?"

"소녀도 옷을 챙겨 입고 오겠습니다."

"뭐? 옷? 그래, 그러려무나."

자명고

"그럼 저, 손을 좀 놓아주십시오."

호동은 화들짝 놀라 예초의 손을 놓았다. 처음엔 분명 예초가 잡았던 것인데, 지금은 호동이 그 손을 꼭 쥐고 있었다.

호동은 헛기침을 하며 말했다.

"흠흠. 옷이……, 흠, 어쨌다는 거냐?"

"이, 이거 하나밖에 주지 않아서……."

호동이 홱 몸을 돌렸다. 여인의 알몸이 생각나면서 얼굴이 붉어져버렸다.

"알았다. 잘 챙겨 입고 와라. 날이 아직 춥다."

나가던 예초가 돌아보며 다시 다짐했다.

"혼자 떠나시면 안 돼요."

호동이 고개를 끄덕였다. 옥연은 급히 방으로 달려갔다.

"재미가 좋군."

옥연이 방에 들어섰을 때 어둠 속에서 재하의 목소리가 들려왔다. 얼굴 반쪽이 다시 화끈거리는 것 같았다.

"무, 무슨 일로……."

"이젠 절대로 호동 옆에서 떨어지지 마라."

재하가 옥연 옆으로 걸어오며 말했다.

"하긴 오늘 밤도 즐거웠을 테니 이제 떨어지려 해도 떨어지지 못하겠지."

뿌드득 이를 가는 소리가 들렸다.

"그래, 나라를 망하게 한 놈과 붙어먹은 기분이 어떤가?"

옥연은 주춤 뒤로 물러났다. 다행히 재하가 가까이 다가오지는 않았다.

"떠날 거다. 자명고를 고칠 방법을 찾으러."

"떠난다고? 전쟁을 하는 게 아니고?"

"왕자 전하는 사휴왕에게 직접 그걸 알아내려고……."

"호오, 그래? 역시 대담한 녀석이야. 좋아, 방법을 알아내면 밤이 된 뒤에 내게 신호를 보내라."

"신호라니?"

"불을 피워서 허공에 세 바퀴를 돌리는 거다. 내가 멀찌감치 따라가고 있을 테니까. 위치만 알면 호동은 죽은 목숨이야."

"어찌 그런 일이……."

"후후, 가능하다. 이 활을 본 적이 있느냐?"

재하가 메고 있던 활을 내려서 보여 주었다. 옥연은 본 기억이 없는 활이었다.

"이건 본래 호동의 활이었는데 몰라보는구나."

"아, 그럼 이 활이 화백궁?"

"그래, 바로 화백궁이다. 하얀색 부분을 검정색으로 물들였지. 이 활은 백발백중의 신궁이야. 궁사가 원하는 과녁을 맞혀 준다. 보이지 않아도 상관없어. 쏘기만 하면 백발백중이지. 그러니 네가 위치만 알려 주면 호동을 향해 쏠 것이다. 드디어 공주 마마와 대왕 폐하의 원수를 갚겠구나."

재하는 소리 죽여 웃었다.

"알겠지? 결코 호동의 곁을 떠나면 안 된다. 도망치지 마라. 나도 지옥까지 너희를 따라갈 테니까."

도망치지 않을 것이었다. 호동과 같이 있는 시간은 고통이자 축복이었으니까. 매순간 사랑받고 있음을 다시 확인하고, 매순간 나라를 배반한 고통이 그녀를 담금질하고 있었다.

*

옥연은 호동과 함께 우치를 탔다. 낙랑에서 보던 작은 말이 아니었다. 낙랑의 말은 작아서 말을 탄 채 과일나무 밑도 지나갈 수 있었다. 그런 연유로 과하마果下馬라 불렸다. 하지만 호동의 우치는 신마 거루의 혈통답게 두 사람이 올라타도 여유가 있을 정도로 커다란 말이었다.

"떨어지지 않게 꽉 잡아야 한다."

욕살 상수는 호동의 약속을 믿었고, 우보 송옥구는 호동의 젊은 혈기를 믿고 있었다. 시녀와 즐거운 방사房事를 나누고 곯아떨어져 있으리라 생각한 것이다. 그러나 호동은 조용히 전각을 빠져나와 마구간에서 우치를 꺼내고, 대장의 권한으로 성문을 열게 한 뒤 마치 산책이라도 가는 양 태연하게 성을 나왔다. 옥연은 말구종 노릇을 했다. 그리고 성문에서 충분히 떨어졌다 싶자 호동이 옥연을 안장 위에 올려놓은 것이다. 말구종 노릇을 위해 남장을 하고 바지를 입은 터라 어렵지 않게 말 위에 오를 수 있었다.

"사휴왕은 북으로 삼십 리 떨어진 곳에 목책을 세우고 진영을 갖췄다고 하더군. 찾아가는 것은 어렵지 않은 일이야."

그것은 정말 어렵지 않은 일이었다. 십만 대군의 군영이 벌판에 펼쳐져 있었으니까. 그들이 켜 놓은 횃불이 사방 십 리 밖에서도 보일 것 같았다. 문제는 호동도 그들 눈에 쉽게 띌 수밖에 없다는 것이었다. 하지만 호동은 근방의 지리를 샅샅이 알고 있었다.

"저것들 진영 뒤편으로 그리 높지 않은 산이 하나 있다. 분명 그곳을 의지하고 있는 것이니, 산에서 절벽을 타고 내려가면 진영 안으로 들어갈 수 있다."

호동은 말을 천천히 달려 적진을 우회했다. 호동과 옥연은 반나절도 걸리지 않아 진영의 뒤편에 깎아지른 듯이 서 있는 절벽에 도달할 수 있었다.

"여, 여길 내려가시겠다고요?"

현기증이 핑 나서 옥연은 엎드린 자세 그대로 뒷걸음질쳤다. 날이 아직 어두워 발밑도 제대로 보이지 않는 상황이었다.

"너는 여기서 기다려라. 내가 다녀올 것이니."

호동은 일말의 주저함도 없이 절벽을 내려갔다. 밧줄을 몸에 감은 그가 평지를 달리듯 내려가는 소리만이 툭툭 들렸다. 옥연은 나무에 묶어 놓은 밧줄을 가만히 잡아 보았다. 흔들린다. 팽팽하게 당겨졌다가 어느 틈에 헐렁헐렁 느슨해진다. 밧줄이 노는 양이 마치 자기 마음 같아서 옥연은 길게 한숨을 내쉬었다.

이제 어쩔 것인가? 호동이 무사히 돌아온다면? 불을 지펴 세 바퀴를 돌릴 것인가? 내 손으로 호동을, 전하를 죽일 수 있을까? 아아, 이대로 달아난다면! 어느 깊은 산골에 숨어 이름 없는 가시버시로 살아간다면!

옥연은 챙겨 가지고 나온 향낭 속의 병을 꼭 쥐었다. 예초가 준 그 하얀 도기 병이다. 이번 길에는 어찌 될지 알 수 없어 아예 허리띠에 단단히 묶어 가지고 왔다. 그 안의 약물이 자신의 얼굴을 되찾아 줄 생명줄이었다. 이 물로 얼굴을 닦고 호동을 기다린다면! 본래의 얼굴로 호동에게 멀리 달아나자고 애원한다면!

쉬운 일이 아니다. 시녀로 살아 본 두 달이 그것을 잘 알려 주었다. 그냥 공주 마마였다면 차라리 그런 결정이 쉬웠을지 모르겠다. 하지만 시녀들이 하는 일을 통해 인간이 살아가기 위해 꼭 필요한 일들을 귀족들은 하지 않는다는 것을 잘 알 수 있었다. 남자들 일도 마찬가지 아닐까? 걸레질을 치면서 물을 받아 올 줄도 몰랐던, 바느질을 하면서 실을 꿸 줄도 몰랐던 자신을 돌이켜보면, 남자들의 일에도 얼마나 귀족들은 모르는 부분이 많을지 아찔하기만 했다. 분명 먹고살기 위해 해야 하는 일에는 상상도 할 수 없는 어려운 일들이 잔뜩 있을 것이다. 어디를 가서 무엇을 할 수 있을 것인가? 몸을 눕힐 초가삼간은 마련할 수 있을까? 농사는 어떻게 지을 것인가? 씨 뿌릴 줄을 아나, 김을 맬 줄을 아나?

그렇다고 궁에 남을 수 있을 것인가? 그 결론은 이미 내렸던 것. 망국의 공주가 무슨 염치로 호동을 섬긴다고 안채를 차지할 수 있겠는가? 향낭을 쥔 옥연의 손에 힘이 들어갔다. 그러니 얼굴을 되찾는다는 것이 무슨 의미가 있을까?

옥연의 생각은 점점 더 흑암에 가까이 가기 시작했다. 열어 보기가 무서운 그 흑암으로, 가지 말아야 한다고 되뇌는 것과는 별개로 점점 더 그쪽으로 생각이 쏠리기 시작했다. 복수! 옥연이 지금까지 해 온 온

갓 생각을 이글거리는 눈빛으로 바라보고 있는 복수가 거기 있었다. 아바마마에 대한 복수. 낙랑에 대한 복수. 모든 것을 뛰어넘을 수 있다 해도 그 절대 명제가 내리는 명령의 힘을 뛰어넘을 수는 없었다. 호동이 자명고를 넘겨주어 낙랑이 멸망하게 되었고, 호동이 아바마마를 시해했다. 어찌 그와 살을 맞대고 살아갈 것인가? 어찌 그와 같이 운명을 헤쳐 나갈 것인가? 세상의 손가락질은 견딜 수 있을지 몰라도 어찌 망령들의 손가락질을 견디겠는가?

지금 어딘가 이 어둠 속에 숨어서 자신처럼 호동을 기다리고 있을 재하, 그가 갖는 복수의 의미는 무엇일지 궁금했다. 자신의 몸을 팔아서까지 복수를 하려는 그의 마음에는 무엇이 있는 것일지 궁금했다.

줄이 당겨졌다! 옥연은 화들짝 놀라 하마터면 비명을 지를 뻔했다. 호동이 돌아올 것이다. 이제는 결정을 해야 했다. 호동의 목숨이 그녀의 손에 달려 있었다. 식은땀이 바짝 나왔다. 심장이 터질 것처럼 뛰기 시작했다. 옥연은 품속에 넣어 온 화섭자를 만져 보았다. 얌전히 자기 자리를 지키고 있었다. 불을 댕겨야 할까? 아, 호동은 정말 자명고를 고칠 방법을 알아 가지고 왔을까? 그것으로 자신의 나라가 멸망하게 되리라는 것도 모른 채.

줄은 내려갈 때와는 달리 계속 팽팽하게 당겨졌다. 시간이 멈춰진다면! 차라리 이대로 죽어 버리는 게 나을 것 같았다. 옥연은 천천히 절벽으로 다가갔다. 여기서 떨어진다면 분명히 죽을 것이다.

그 순간 가슴속 흑암 뒤에 웅크리고 있던 복수가 소리쳤다. 저승에 가서 무슨 면목으로 아바마마와 대소 신료와 백성들을 만날 것이냐고. 옥연은 심장이 조여 오는 아픔에 그 자리에 주저앉고 말았다. 잠시 후

절벽 위로 호동의 얼굴이 불쑥 올라왔다.

*

 사휴왕은 방심하고 있었다. 절벽 아래 장막을 폈고 그 앞으로는 십만 대군이 진을 치고 있었다. 두려워할 일이 있을 리 없었다. 통상적으로 장막을 지킨다기보다는 그저 그 앞에 서 있을 뿐인 호위병 둘을 쓰러뜨리는 것은 호동에게는 일도 아니었다. 각각 한 방씩 먹여 둘을 쓰러뜨린 뒤, 입에 재갈을 물리고 손발을 묶는 일까지 차분하게 해치운 호동은 장막 안으로 들어갔다.

 장막 안은 술 냄새에 절어 있었다. 머리가 핑 돌 정도로 공기가 나빴다. 호동은 침상에 시체처럼 엎어져 있는 사휴왕을 바닥으로 밀어 버렸다. 생각 같아서는 번쩍 들어서 내팽개치고 싶지만, 축 늘어진 인간을 그렇게 집어던졌다가 죽어 버리기라도 하면 곤란했기 때문이다.

 바닥에 나자빠졌지만 사휴왕은 일어날 생각을 하지 않았다. 일어날 수 없을 정도로 취한 것 같았다.

 호동은 사휴왕의 배 위에 올라타 그의 뺨을 때리기 시작했다. 왼쪽으로, 다시 오른쪽으로 번갈아 가며 따귀를 올려붙였다. 때리는 소리가 짝짝 경쾌하게 울려 퍼졌지만 사휴왕은 여전히 일어날 생각을 하지 않았다.

 호동은 팽팽하게 부풀어 오른 사휴왕의 볼따구니를 보고 때리는 것을 그만두었다. 이런 방법으로는 깨울 수가 없었다. 주위를 돌아보는데, 탁자 위에 물병 하나가 보였다. 냄새를 맡아 보니 분명 물이었다.

그것을 들어 얼굴에 붓기 시작했다.

"어푸푸!"

물이 다 떨어질 때가 되어서야 부르르 몸을 떨면서 사휴왕이 게슴츠레 눈을 떴다.

"이제야 정신이 좀 드나?"

"흠, 일어날 때가 되었느냐?"

사휴왕의 목소리는 기어들어 가고 있었다.

"꿀물이나 좀 가져오너라."

호동은 픽 웃어 버렸다.

"이거야 원. 아직도 정신을 차리지 못했군."

호동이 다시 뺨을 올려붙였다. 이미 부을 대로 부어 있었기에 손가락만 대도 아플 참이었다. 사휴왕이 비명을 꽥 질렀다. 호동은 재빨리 그 입을 손으로 막았다.

"조용히 해라."

동시에 단도를 들어 그의 목을 겨눴다. 사휴왕의 눈이 점점 커지고 있었다. 이제야 호동을 알아본 것이다.

"읍, 읍읍."

"됐다. 조용히 하란 말이다."

사휴왕의 눈은 공포에 물들어 있었다. 어떻게 여기에 호동이 와 있는 건지 짐작도 되지 않았다. 악몽을 꾸는 것일까? 그러기엔 목 밑을 찔러 들어오는 칼끝이 너무나 생생했다.

"조용히 하겠느냐?"

호동이 물었고 사휴왕은 천천히 고개를 끄덕였다. 천천히 끄덕였지

자명고

만 골이 띵하고 흔들려 아팠다.

"널 죽일 생각은 없다. 아직은."

호동이 천천히 손을 뗐다.

"하지만 고함을 지르거나 허튼수작을 하면 나도 어쩔 수 없다. 알겠지?"

"그래."

탁한 목소리였다. 하지만 고개를 움직이는 것보다는 나았다. 입을 놀리는 것으론 머리가 아파 오지 않았다.

"네놈의 더러운 목숨 따위는 내가 언제든지 사라지게 해 버릴 수 있다. 그걸 원하지는 않겠지?"

사휴왕은 대답하지 않았다. 호동도 대답을 원한 질문이 아니었다.

"빨리 군사를 물리는 게 좋을 거다. 대왕 폐하가 진군을 시작했으니까. 너희가 그동안 졸본은 함락시킬 수 있을지 몰라. 하지만 국내성과 위나암성을 굴복시킬 수 있을 것 같으냐?"

사휴왕의 입 끝에 비웃음이 스쳐 갔다. 호동은 사휴왕을 노려보았다. 뭘까, 저 알 수 없는 자신감은? 호동은 알지 못했다. 사휴왕이 흑요에게서 받은 신탁을 철석같이 믿고 있음을. 그 순간 사휴왕은 오히려 드디어 주류왕이 목을 바치러 오는구나 싶어서 환호작약했다는 것을 호동이 알 도리는 없었다.

"흥, 물러날 생각이 없다는 거냐?"

호동의 칼날이 다시 목을 파고들었다. 한줄기 피가 흘러내렸다.

"아, 아니다. 물러나겠다."

눈앞에서 손해를 보지 않겠다는 심사. 호동도 그것은 알 수 있었다.

"흥. 목에 칼이 들어와야 후회를 하시는군."

시간을 오래 끌 수는 없는 일이었다. 순라를 돌다 묶어 놓은 초병을 발견할지도 몰랐고, 날이 밝기 전에 다시 빠져나가야만 했다. 호동은 본론으로 들어갔다.

"자명고를 만든 사람이 누구냐?"

사휴왕의 입장에서는 난데없는 질문이었다.

"자명고?"

"그래, 누가 만들었느냐? 나는 자명고가 필요하다."

"자명고는 낙랑에 있고 낙랑은 너희가 멸망시켰잖느냐. 자명고도 분명 너희 수중에 있을 것인데 이게 웬 소란이냐?"

"낙랑을 치는 과정에서 자명고가 부서졌다. 고치든 새로 만들든 해야겠으니 빨리 만든 장인의 이름과 사는 곳을 대라. 그러면 어디 한 군데 자르지도 않고 조용히 돌아가겠다."

하마터면 웃음이 터져 나올 뻔했다. 이런 멋진 일이 있나? 사휴왕은 터져 나오려는 웃음을 참느라 얼굴이 실룩거릴 정도였다. 마음에 드는 제안이었다. 흑요에게 호동을 보낸다! 이것보다 좋은 일은 또 없을 것이다. 신통력이 광대했던 부정 씨도 흑요의 손에 걸려 벽감에 놓인 장식품이 되지 않았던가.

"흑요다. 자명고를 만든 사람은."

"흑요? 그게 솥의 정령이냐?"

사휴왕이 살짝 놀라는 것을 알 수 있었다.

"그걸 어떻게 알고 있지?"

"묻는 건 나다. 흑요가 솥의 정령이냐?"

"아니다. 솥은 가죽을 삶았을 뿐이다. 용의 가죽이니 아무 솥이나 쓸 수 없었지."

호동이 고개를 끄덕였다. 예초의 말이 틀리지 않았다.

"흑요는 어디 있느냐?"

칼끝이 다시 사휴왕의 목줄기를 파고 들었다.

*

"빨리 일어나라. 시간이 없다."

호동이 채근을 하는데 옥연은 도무지 일어날 기운이 없었다. 어째야 좋을지 아직도 결정이 서지 않았다.

"자명고를 만든 노파가 있는 곳을 알았다. 다행히 가 본 적이 있는 곳이다. 이물림에 있다고 하더구나."

이물림. 들어 본 적이 있는 이름이었다. 주류왕이 지나갔다던 마법의 숲.

"사휴왕은 어찌 되었습니까?"

"살려 두겠다 약조해서 살려 주었다."

의외의 대답이었다. 호동도 그런 옥연의 마음을 읽었는지 말했다.

"그런 목숨 따위 어차피 내 손아귀에 있다. 너는 믿지 못한 모양이지만."

호동은 잠시 말을 끊었다가 작게 한숨을 쉬고 말했다.

"자명고에 대해서 거짓말을 했다면 다시 물어야 하니까 잠시 명줄을 붙여 두었을 뿐이다."

옥연은 일어나 호동의 뒷자리에 올라탔다. 호동의 말처럼 자명고를 고칠 방법이 있을지도 모른다. 말을 달리며 호동은 자명고를 고치면 옥연을 어떻게 살리냐고 물었고, 옥연은 입에서 나오는 대로 아무렇게나 주문을 만들어서 말해 주었다. 그러면 낙랑공주가 생전의 모습으로 나타나게 된다고. 그녀의 머릿속은 온통 복수에 휩싸여 있을 뿐이었다. 고구려야 멸망하거나 말거나 알 바 아니었지만, 그것이 망령들의 원한을 풀어 줄 수 있다면야 못 할 일은 아니었다. 그렇다면 가겠다. 흑암 속의 복수가 다시 소리쳤다. 너는 지금 호동을 살려두기 위해 얕은 수작을 부리는 것에 불과하다고! 하지만 옥연은 호동의 등에 얼굴을 묻고 그의 단단한 복근에 깍지를 끼며 복수의 말에 귀를 닫아 버렸다.

삼월이긴 했지만 야영을 하면 바람이 칼날 같은 초원의 밤은 견딜 수 없이 추웠다. 하루 만에 갈 수 있는 곳이 아니어서 어쩔 수 없이 하룻밤은 야영을 할 수밖에 없었다. 작은 천막을 치고 불을 지폈지만 추위는 장막을 뚫고 들어와 피부를 아프게 찔러 왔다. 어쩔 수 없이 호동과 옥연은 부둥켜안고 잠을 청해야만 했다. 서로가 너무 부끄러웠기에, 둘은 아무 말도 하지 않고 그냥 안고 있기만 할 뿐이었다.

옥연은 호동의 품에 안긴 채 영영 일어나지 않았으면 싶었다. 금방 잠이 들어 버린 호동이 새근새근 숨을 내뱉으며 자는 모습을 보고 있자니 그리 애틋할 수가 없었다. 얼굴만 바뀌었을 뿐인데 자신을 몰라보는 호동이 갑작스레 야속하게 느껴졌다. 하지만 이렇게 곤히 잘 수 있다는 것이 바로 옥연에 대한 사랑 때문이라는 것을 잘 알고 있었기에 그녀의 가슴은 다시 찢어지고 있었다. 이처럼 착한 사람인데, 이처럼 사랑밖에 모르는 사람인데, 그를 사랑해서는 안 된다는 사실이 그녀를 죽음보다 깊은 절망에 빠뜨리고 있었다.

호동이 이상한 기미에 눈을 떴다. 예초가 울고 있었다.

"왜 그러느냐?"

옥연은 말하지 않았다. 할 말이 없었다.

"내가 뭘 잘못했느냐?"

호동이 몸을 일으키려고 했다. 옥연은 호동을 꽉 끌어안았다. 호동은 짐작이 간다는 듯 고개를 끄덕였다.

"미안하구나. 내 마음엔 다른 사람을 품을 아무런 공간도 없단다. 내 마음은 이미 연랑과 함께 저승으로 넘어가 버렸다."

그 말에 옥연은 더 서럽게 울면서 호동을 끌어안았다. 호동으로서는 난감하기 짝이 없는 일이었다. 마음으로는 연랑뿐인데, 이 아이가 끌어안으면 안을수록 심장이 뛰기 시작하며 점점 신체에 반응이 왔던 것이다. 호동은 살그머니 몸을 뒤로 빼며 자신을 탓했다. 이러고서도 연랑을 생각한다고 말할 수 있는 것일까? 얼굴이 붉어지고 말았다. 아아, 하지만 예초가 자신을 끌어안으면 안을수록 연랑의 체취가 느껴지고, 연랑의 체취를 느끼면 몸이 미친 듯이 반응해 버리니 이거야말로 진퇴양난이었다. 이미 상처를 충분히 준 것 같은데, 여기서 또 예초를 밀치기까지 할 마음은 호동에게 전혀 없었다. 자신을 사랑한다는 게 죄는 아닐 것이다. 그런 마음에 상처를 주고 싶지 않았다.

그렇게 한 사람은 서럽게 울고, 다른 한 사람은 본능에 시달리며 그 밤을 샐 수밖에 없었다. 정말 다행인 것은 다음 날 아침, 그들이 이물림에 도착했다는 사실이었다.

흑요의 동굴을 찾는 것은 어렵지 않았다. 마치 마법의 힘이 그들을 이끄는 것처럼 쉽게 동굴을 찾을 수 있었다. 호동은 환두대도를 뽑아 들고 긴장해서 한 걸음 한 걸음 신중하게 움직였지만, 그럴 필요도 없었다. 동굴 입구에는 지키고 있는 자도 없었고 지키고 있는 괴물도 없었다. 거적이 드리워져 있는 동굴 입구만이 제대로 찾아온 것임을 증명해 주고 있었다.

"내려갈 테니, 너는 여기서 기다려라."

"싫어요. 따라가겠어요."

"안 돼. 무슨 일이 있을지 모른다. 흑요라는 노파는 몇백 년을 산지 모르는 요물이라고 했다. 네가 진정 솥의 정령이라고 해도 함께 가는 건 위험해. 그리고 위험이 닥쳐오면 널 보호해 줄 수 없을지도 모른다."

"제 몸은 제가 지키겠어요. 기다리는 일은 지겨워요. 다신 왕자 전하를 기다리며 바보처럼 앉아 있지 않을 거예요."

벼랑 위에서 겪은 죽음보다 깊은 절망을 또 느끼고 싶지 않았다. 죽을 수도 있다고? 차라리 죽는 게 나았다. 어디선가 이곳을 뚫어지게 바라보고 있을 재하의 눈길을 생각하면 죽는 게 차라리 나았다. 보이지 않는 재하의 눈길은 가슴속 흑암의 복수와 마찬가지로 그녀를 계속 채찍질하고 있었다. 복수를! 복수를! 피의 복수를! 그들은 그렇게 외치고 있었다.

"그래? 그럼 떨어져서 쫓아와라."

그러더니 호동은 검대에서 단도 하나를 떼어 주었다.

"넌 무기가 없으니 이거라도 가지고 있도록 해라."

받아 쥔 옥연의 손이 파르르 떨렸다. 그 칼이다. 자명고를 찢은 그 칼. 자명고 안에 떨어뜨리고 왔던 그 칼. 예초의 목숨을 앗아 간 그 칼!

옥연이 신(信) 자가 적힌 목간을 보여 주었던 그날 호동은 그 보검을 목갑에서 다시 꺼냈다. 자신의 복수가 완성되면 옥연을 죽인 그 칼로 자신의 목숨도 끊으리라 결심했던 것이다. 하지만 이제는 죽을 필요가 없어졌다. 자명고를 되살리고 연랑도 되살릴 것이다. 그리고 고구려를 떠나 저 먼 다른 나라에서 새로운 삶을 살리라. 그 칼은 이제 필요 없었다. 고구려의 혈통을 증명하는 칼, 그까짓 게 뭐란 말이냐? 일개 시녀의 손에 들어간다 해도 하나도 아쉽지 않은 일이었다. 가능하다면 예초도 데리고 떠날 것이다. 연랑도 분명 좋아하리라. 하지만 만에 하나 예초를 데려가지 못한다 해도 그 칼이 이 아이의 신분을 증명해 줄 것이다. 우보 송옥구가 동침을 증언하고, 또 이 칼이 정표로 남을 것이니 이 아이가 고구려에 홀로 남는다 해도 힘들지는 않으리라.

"무서워하지 마라. 네가 그 칼을 뽑을 일은 없을 테니."

그녀가 부르르 떠는 것을 두려움 때문이라 해석한 호동이 부드럽게 말했다.

"자, 그럼 슬슬 들어가 보자."

호동이 거적을 올리고 동굴 안으로 쑥 들어갔다. 위로 오르는 계단이 나타났다. 인공적으로 만든 것이 아니라 오랜 세월 사람들이 밟고 다녀서 생긴 형상이었다. 호동은 양손으로 환두대도를 단단히 부여잡고 천천히 계단을 올라갔다.

정점에 도달하자 대청마루만 한 공간이 눈에 들어왔다. 여기저기 내걸린 횃불들이 일렁이며 그 공간을 밝혀 주고 있었다. 하지만 사람은 보이지 않았다.

오는 것을 알고 숨은 것일까? 아니면 그냥 외출을 한 것일까? 흑요라는 노파가 외출 나간 것이기를 바랐다. 그렇다면 이쪽에서 오히려 유리한 고지를 점하게 될 것이다. 호동은 동굴 중심으로 내려갔다. 그 뒤로 옥연이 슬그머니 고개를 빼고 아래를 내려다보았다. 호동이 조용히 손을 들어 그곳에서 기다리라는 신호를 했다. 다행히 그녀도 알아들었는지 움직이지 않았다.

동굴 안 한가운데에는 커다란 검은 솥이 놓여 있었다. 물론 숲에서 보았던 솥과는 전혀 판판의 솥이었다. 세발솥 밑에는 장정 허벅지만 한 통나무들이 들어 있었고, 솥 안에서는 뭔가 역한 냄새가 나는 것이 끓고 있었다.

역시 아무도 보이지 않았다. 호동은 어깨 너머로 들고 있던 칼을 내려놓았다. 벽면 한쪽에 선반이 있었고, 작은 병들이 수없이 놓여 있었다. 옥연이 가지고 있는 것 같은 도기로 만든 하얀 병으로부터 붉은색, 푸른색, 초록색, 노란색 등 형형색색의 병들이 진열되어 있었다. 같은 색의 병은 거의 없었다. 동굴 벽면에는 크고 작은 바구니며 여러 크기의 합閤, 통桶, 궤櫃, 함函이 널브러져 있었고 그 안에는 온갖 풀이나 말린 벌레와 독물들, 그리고 보석과 알 수 없는 돌들이 담겨져 있었다.

"예초, 넌 문을 잘 지키고 있어라."

아무래도 흑요라는 노파가 안에 없는 모양이라 생각한 호동이 소리를 질렀다. 그 순간 쿵쿵거리는 소리가 어디선가 들려왔다. 돌아보니 제법 큰 궤짝에서 나는 소리였다. 한걸음에 달려간 호동이 궤짝을 열었다. 그 안에 웬 여인이 꽁꽁 묶여서 갇혀 있었다.

호동이 여인을 궤짝에서 꺼내는 것을 보고 옥연도 달려왔다. 흑요가 무슨 목적으로 잡아 둔 여인이었을까? 우선 입을 막고 있는 천부터 풀어낼 일이었다. 옥연은 매듭을 찾아서 얼굴을 반이나 덮고 있던 천을 풀었다.

천이 떨어져 나가는 순간 동굴 안이 밝아지는 것 같았다면 너무 과장된 표현일까? 궤 안에서 나온 여인의 미모가 동굴에 불을 밝히는 것 같았다.

"고맙습니다. 고맙습니다."

촉촉한 목소리. 일렁이는 불빛이 그 목소리에 묘한 힘을 더 실어 주고 있는 것 같았다. 호동은 그녀의 고혹적인 눈빛 속으로 빨려 들어가는 것을 느낄 수 있었다. 윤기가 흐르는 머리 위에는 옥구슬로 만들어진 금색 장신구가 이마로 내려와 있었다. 금 사이사이에는 또 비취와 마노가 박혀 찬란하게 반짝였다. 살짝 치켜 올라간 눈은 짙은 검정색의 긴 속눈썹 아래 맑고 투명한 갈색 눈동자를 그윽하게 내비치고 있었다. 오뚝한 콧날과 도드라진 붉은 입술이 살며시 열렸다.

"혹 북국 신왕의 자제분이 아니신지요?"

호동이 깜짝 놀랐다.

"맞습니다. 저를 아십니까?"

"인세人世에 또 어떤 분이 있어 이런 귀골貴骨을 자랑하겠습니까? 소녀의 목숨을 구해 주신 은혜, 어찌 갚아야 할지 모르겠사옵니다."

말끝마다 아양과 애교가 넘쳐흘렀다. 여인의 뒤에 앉아 있던 옥연은 호동이 점점 더 홀린 듯한 표정을 짓자 불현듯 가슴속에 의심의 불꽃이 피어올랐다. 옥연은 두건을 밑으로 내리고 바람막이를 위로 올려 얼굴을 감췄다. 이 여인과 마주 보는 일을 피해야 한다는 생각이 들었다.

여인이 몸을 일으키자 분가루와 같은 것이 분분히 날리는 것을 볼 수 있었다. 호동은 여인의 몸에서 나는 짙은 향기에 더욱 매료되었다.

"어머!"

여인은 치맛자락을 잘못 밟는 통에 자연스럽게 호동 쪽으로 쓰러지고 말았다. 호동이 얼른 몸을 받쳐 주자 여인은 호동의 품 안으로 파고들었다.

"몸이 아직 얼어 있습니다. 녹여 주십시오."

간드러지는 목소리. 하지만 호동은 예초를 밀어내듯 그녀를 밀어내지 않았다. 오히려 더 바싹 그 여인을 안았다. 호동은 몸무게가 사라져 버리는 것 같은 황홀경에 빠져들었다. 온몸의 뼈와 힘줄과 근육이 쾌감의 환호성을 내뱉고 있었다. 발뒤꿈치에서 정수리 끝으로 거대한 용암과 같은 쾌감이 흘러 하초로 몰려가고 있었다. 이제 그 용암이 분출되려는 순간이었다. 이성은 그래서는 안 된다고 이야기하고 있었지만, 그 소리는 너무나 미약해서 들리지 않았다. 단전을 지팡이로 꾹꾹 누르는 것 같았다. 그때마다 쾌감이 찌릿찌릿 흘러나와 온몸을 녹여 버릴 것만 같았다. 마지막 한 선을 넘으면 영원히 지속될 쾌감을 얻을 것 같았다.

옥연의 의심이 확신으로 변했다. 여인은 수상하기 그지없었다. 호동의 얼굴이 흑색으로 변하고 있었다. 그 표정은 황홀했으나 생기가 사라지고 있는 것이 분명했다. 이대로 가만있으면 호동은 죽는다. 지금까지의 갈등 같은 것은 생각나지 않았다. 옥연은 호동이 준 단도를 꺼내 여인의 등에 내리꽂았다.

쨍! 여인의 손에도 한 자루 단검이 있었다. 호동의 맑게 빛나는 단도와 달리 그것은 거무튀튀하고 보잘것없어 보이는 것이었다. 여인이 그것을 교묘하게 세워 옥연의 칼을 받아 낸 것이다.

"조금만, 조금만 기다리시와요. 곧 그대의 차례가 오니까요."

여전히 애교와 음탕함이 질펀하게 묻어나는 소리였다. 옥연은 그때서야 이 여인이 자기도 남자라고 생각하고 있음을 알았다. 하긴 왜 안 그렇겠는가? 여전히 말구종 복색을 하고 있었으니. 옥연은 마치 벙어리인 것처럼 입을 다물고 두 사람 사이로 칼을 들이밀었다.

"어머, 욕정이 너무 지나치시와요."

흐느적거리며 호동의 상체를 밀어낸 여인은 몸을 뒤틀며 옥연을 안으려 했다. 하지만 아랫도리는 여전히 단단하게 얽혀 있는 상태였다. 호동은 이미 정신을 잃었는지 상반신을 뒤로 젖힌 채 움직임이 없었다.

옥연은 여인의 손을 피해 얼른 뒤로 물러났다.

"어?"

여인의 얼굴에 처음으로 색기가 아닌 다른 표정이 서렸다. 당혹감이었다. 색공色功이 통하지 않아서 당황한 것이다. 그러나 여인은 다시 눈웃음을 치며 말했다.

"이리 오세요, 도련님."

남자였다면 피할 수 없을 강력한 주술이었다. 하지만 옥연에게서 돌아온 것은 단도의 공격이었다. 하마터면 손목이 잘릴 뻔한 여인은 호동을 얽고 있던 다리를 풀고 옥연을 향해 돌아섰다.

"너, 남자가 아니구나? 바보 같은 사휴왕! 비둘기를 보내면 뭐 해? 정보를 제대로 줘야지. 쯧쯧."

색기 가득한 목소리가 아니었다. 음색은 그대로였으나 그 소리에서는 음습한 기운밖에 돌지 않았다.

"넌 누구냐? 네가 흑요냐?"

이제 더 이상 여자인 것을 숨길 필요가 없었다.

"호호호. 그래, 내가 흑요다."

"거짓말. 흑요는 노파라고 했다. 흑요는 어디 있지?"

"호호호, 순진하기는!"

여인이 웃었다.

"내가 너희를 이리로 오게 허락하지 않았다면 너희가 이곳을 찾을 수 있었을 것 같으냐? 이 흑요의 보금자리가 그렇게 우습게 발견될 것 같으냐?"

"그, 그럼……."

"너희는 이미 거미줄에 걸린 먹이일 뿐이야!"

여인이 소리치며 칼을 쥐지 않은 왼손을 옥연 쪽으로 내밀었다. 무슨 짓인가 했는데, 여인이 손을 활짝 펴자 그곳으로부터 세찬 기운이 밀려나와 옥연은 허공에 붕 떠올랐다가 바닥에 콰당 처박히고 말았다. 옥연은 꼼짝 못한 채 축 늘어져 버렸다.

"호호호, 이제 주제를 알았겠지? 먼저 호동을 처리하고 네년을 손봐 주마."

여인은 호동 쪽으로 돌아섰다.

"곱상하게 생겨서 숙맥인 줄로만 알았더니, 벌써부터 계집질에 도가 텄구나."

호동은 여전히 꼼짝 못하고 땅바닥에 쓰러져 있었다.

"그래, 하지만 네 정기는 무척 맛있구나. 마저 다 흡수해 주마."

여인이 호동의 몸 위로 올라갔다. 호동이 큰 소리로 신음을 내뱉었고, 그 소리에 놀라기라도 한 것처럼 옥연이 눈을 떴다. 지난번 재하가 집어던졌을 때처럼 이번에도 허리가 아파 몸을 추스를 수가 없었다. 이대로 두면 분명 호동은 죽고 말 것이다. 옥연은 다급한 마음에 여인의 등짝을 향해 칼을 냅다 던져 버렸다.

"헉!"

여인의 입에서 비명이 터져 나왔다.

"마, 말도 안 돼. 이룡의 가죽을 뚫다니……."

여인은 손을 더듬어 칼을 뽑으려고 했다. 하지만 등 복판에 꽂힌 탓에 손이 닿지 않았다. 여인이 정기를 빨아들이는 작업을 멈추자 호동도 정신이 차츰 돌아왔다. 마치 물에 빠져 허우적대다 간신히 빠져나온 것처럼 숨이 가쁘고 온몸이 무거운 상태였다. 호동은 아직도 자신의 몸 위에서 꿈틀대는 여인을 옆으로 밀쳐 냈다. 간신히 상반신을 일으키는데, 여인의 등에 박힌 단도가 눈에 들어왔다.

"예초구나. 예초, 어디 있느냐?"

호동이 부르자 구석에서 가느다란 소리가 들렸다.

"여기예요, 왕자 전하."

호동도 옥연도 서로에게 다가갈 기운은 없었다.

"앗, 조심하세욧!"

약한 소리였지만 호동은 옥연의 말을 들었다. 쓰러져 있던 여인이 어느 틈에 거무튀튀한 단검, 박룡검으로 호동의 가슴을 찌르려고 했던 것이다. 호동은 몸을 뒤틀며 여인의 등에 꽂혀 있던 단도를 뽑아 여인의 박룡검을 날려 버렸다.

"하아, 뜻대로 안 되는군."

박룡검을 놓친 여인이 거칠게 숨을 내쉬며 말했다.

"이, 이상한 것들……. 어디서 이런 것들이…….."

"너만큼 이상한 것이 또 있겠느냐?"

호동이 되도록 여인에게서 떨어지려고 하며 차갑게 말했다. 몸에 도통 기운이 들어가지 않았다. 이번에 단검을 받아친 것이 마지막 기운이었다. 만일 한 번 더 공격한다면 그때는 정말 피할 수 없을 것 같았다.

"아직 죽지 마라. 물어볼 것이 있다."

"호호, 정말 이상한, 것들……."

"네가 흑요 맞느냐?"

"그렇다."

"흑요는 노파라고 들었는데?"

"나한테는 역용 물약이 있다. 그걸 쓰면 누구의 모습으로든지 변할 수 있지."

그녀의 목소리에서 점점 힘이 빠졌다.

"이젠 아프지도 않군. 물어볼 건 그게 다냐?"

"네가 진짜 흑요냐? 믿을 수가 없는데?"

"의심도 많군. 저기 궤짝, 금괴가 있는 위쪽의 벽감을 봐라."

호동은 여인이 가리키는 곳으로 눈을 돌렸다. 벽감. 벽에 늘어선 벽감에는 온갖 얼굴들이 들어 있었다. 오래전의 사람들 머리들이 어떻게 처리한 것인지 별로 변하지 않은 채 생생한 모습을 보여 주고 있었다.

"내 본래 얼굴은 저 중에 있다. 궁금하면 찾아보려무나."

어차피 더 따질 계제가 아니었다.

"네가 자명고를 만들었냐?"

"그래. 그리고 나라가 망했지. 멋진 일이야. 아주 멋진 일."

"자명고는 찢어졌다. 어떻게 고칠 수 있지?"

호동의 목소리는 다급했지만 흑요의 목소리는 점점 더 나른해져 갔다.

"자명고는 찢어지지 않아. 그건 이룡의 가죽이라고. 절대 찢어지지 않아."

"헛소리하지 마라! 이 칼로 찢었다. 네 등짝을 파고들어 간 것처럼 자명고도 파고들어 갔다고!"

"이룡. 이룡의 가죽. 그래, 내 실수야. 내가 왜 이룡의 가죽으로 옷을 지었지? 모든 무기로부터 주인을 지켜 줄 것이나 결국 주인을 잡아먹을 것이었는데! 내가 왜 그랬지?"

흑요는 정신을 잃어 가는 중이었다. 호동이 무릎걸음으로 기어가 흑요의 눈앞에 단도를 휘두르며 보여 주었다.

"보라고! 이게 고구려 왕가의 혈통을 증명하는 보배다. 이 칼이 자명고를 갈랐다!"

흑요의 눈이 조금 커졌다.

"항룡도亢龍刀! 이게 왜 여기에? 이게 왜……."

"항룡도? 그게 이 칼의 이름인가?"

"호호, 그랬구나. 그러니 용의 가죽을 베어 낼밖에. 그 칼은 내 검, 박룡검과 한 쌍……. 하나가 축복받은 칼이라면 하나는 저주받은 칼이지. 영광과 권세를 가진 단도와 불운과 몰락을 지닌 단검. 동시에 태어나서 각기 자신의 운명으로 분리된 칼."

노파는 그 칼을 보더니 조금 생기가 돌아온 모양이었다.

"그래, 이걸 어떤 놈이 훔쳐 갔지. 훔쳐 갔었어. 그게 네놈 조상인 주몽이었구나."

그런 단도와 단검을 왜 만들었는지 궁금했지만 그보다는 자명고를 고칠 방법을 먼저 알아내야 했다.

"그래서, 찢어진 자명고를 고칠 방법은 있는 거냐?"

호동이 재차 물었다.

흑요의 눈이 먼 곳을 꿈꾸듯 바라보았다.

"무, 묶어 주기만 하면 돼."

"묶어 주다니. 뭘로?"

"용의 심줄로."

"용의 심줄? 그건 어디 있지?"

"활시위……, 활시위로 썼지. 네가 가지고 있지?"

화백궁. 화백궁의 시위가 용의 심줄이란 말인가?

"괜찮으세요?"

간신히 몸을 추스른 옥연이 엉금엉금 기어왔다.

"넌 괜찮으냐? 난 시간만 좀 있으면 괜찮아질 것 같다."

옥연은 엎어지는 통에 두건과 모래막이가 다 풀어져 맨얼굴이 드러난 상태였다. 무심히 옥연을 바라보던 흑요가 깜짝 놀랐는지 입으로 피를 토했다.

"너, 이년……."

옥연은 영문을 몰라 그 자리에 멈춰 섰다. 절대 방심할 수 없었다. 어떤 흉계를 꾸밀지 모르는 상대였다.

"솥이구나……."

흑요의 눈이 어디론가 향하는 듯하더니 더 이상 움직이지 않았다. 수백 년을 살아왔다던 노파가 옥연, 그 연약한 여인에게 죽임을 당하고 만 것이다. 옥연은 수많은 청소로 단련된 자신의 팔뚝에 잠시 고마움을 느꼈다. 그러나 다음 순간 그녀는 비명을 지르며 호동에게 정신없이 매달렸다.

흑요의 입이 스르르 벌어지고 있었다. 호동도 놀라 칼을 고쳐 잡았다. 죽은 게 아니었단 말인가? 입속에서 뭔가가 꾸물거리며 기어 나왔다. 그것은 커다란 송충이처럼 생긴 벌레였는데 말라붙은 핏자국처럼 검붉은 몸뚱이를 가지고 있었다.

호동이 옥연을 옆에 살며시 내려놓았다.

"아무 소리도 내지 마라."

갓난아이 팔뚝 같은 그 벌레는 마치 눈이라도 있는 것처럼 몸을 들어 올리고 천천히 주위를 둘러보는 것 같았다. 호동이 박룡검을 집어 던졌다. 벌레가 몸을 옆으로 뒤틀었다. 그러나 다음 순간 항룡도가 벌레를 뚫고 땅에 박혔다. 있을 수 없는 일이었지만 벌레의 비명이 들리는 것만 같았다. 벌레는 몸부림을 치다가 녹아내리기 시작하더니 끈적

끈적한 검붉은 액체로 변해 버렸다.

"저, 저게 뭐죠?"

옥연은 아직도 벌벌 떨고 있었다.

"들은 적이 있는데, 아마 고독蠱毒이라는 것일 게다. 저걸 먹으면 그 어떤 사람도 주인을 거역할 수 없게 된다고 하더구나. 만약 말을 듣지 않으면 저 벌레가 뇌를 파먹는데, 그 고통은 상상할 수도 없다고 하더군. 잔악한 사휴왕다운 짓이야."

말을 마친 호동은 스르르 그 자리에 주저앉았다. 아무튼 죽을 것같이 피곤했다. 온몸의 정기가 다 빠져나가 그냥 가죽으로만 남아 있는 느낌이었다.

"너, 진짜 솥이었구나……."

호동은 중얼거리다가 잠에 빠져들고 말았다. 사실 전쟁이 벌어지고부터 제대로 잠을 잔 적이 없었다. 아무리 무쇠 같은 체력이라 해도 버틸 수 없는 일을 해 오던 중이었다.

"잘 주무셨어요?"

호동은 흠칫 놀라 허리의 칼부터 찾았다. 공연히 놀란 셈이었다.

"너도 잘 쉬었느냐?"

예초가 고개를 끄덕였다.

"배고프지 않으세요?"

"그래, 배가 고프구나."

종일 잠을 잔 것일까? 동굴 안에서는 시간이 가늠되지 않았다.

"대체 몇 시나 된 거냐?"

"점심때는 지난 것 같아요."

"여기 뭐 먹을거리가 있더냐?"

"뭘 믿고 여기 물건을 먹겠어요?"

맞는 말이었다. 호동은 몸을 일으켰다. 배는 고팠지만 아까처럼 몸이 텅 비어 버린 느낌은 사라졌다.

"이 안에 있는 물건들일랑 건드리지 마라. 또 어떤 저주가 걸려 있을지 모르니."

"하오나……."

호동이 돌아보자 예초가 뭔가 망설이는 눈치였다. 하긴 금은보화가 굴러다니고 있으니 갖고 싶은 물건이 있지 않을까 싶긴 했다.

"뭐든 탐나는 것이 있으면 말을 해라. 똑같은 것을 내가 구해 주마. 그러니 여기 것은 가지고 나가지 마라."

"그게, 그런 게 아니라……."

예초가 손을 내밀었다. 그 손 위에 두 개의 칼이 나란히 놓여 있었다. 하나는 단검이고 하나는 단도. 두 자짜리 칼은 세상의 빛을 다 담은 듯이 빛나고 있었고, 한 자짜리 검은 진흙탕에 빠지기라도 한 것처럼 어두웠다.

"이 칼들은……?"

"흑요가 서로 한 쌍이라고 했어요. 기억나시죠?"

물론 기억이 났다. 영광과 권세를 가진 단도와 불운과 몰락을 지닌 단검. 동시에 태어나서 각기 자신의 운명으로 분리된 칼들 항룡도와 박룡검.

"이것들은 본래 한 쌍이었다 하니 가지고 나가는 것이 어떻겠어요?"

"저주받은 칼이라는 것을 가지고 나갈 필요가 있겠느냐?"

호동은 그것이 썩 마음에 들지 않았다.

"결국 이 칼이 저주받은 것은 다른 칼이 축복을 받은 때문이지요. 축복받은 칼이 저주받은 칼을 거두지 않는다면 그 저주는 끝없이 사람들을 해치지 않겠어요? 또한 세상에 축복이란 그 보이지 않는 곳에서 빛을 내게 해 주기 위해 끝없이 노력하는 피와 땀을 바탕으로 성립하는 것이잖아요."

귀족을 위해 보이지 않는 곳에서 모든 노력을 기울이는 하인들이 있는 것처럼.

"그럼 축복이고 저주고 모두 버리고 가자. 이곳은 다시는 사람이 쓸 수 없게 불 질러 버릴 생각이다."

"하지만 이 검들은 불타 없어지지 않을지도 몰라요. 역시 가지고 가는 것이 좋지 않을까요?"

옥연은 이 칼들을 태우고 싶은 생각이 전혀 없었다. 그것은 그녀에게 두 번이나 정표로 주어졌던 칼이 아닌가.

"알았다. 이리 내. 일단 가지고 가 보자. 어서 나가자. 이 탁한 곳에 더 있고 싶지 않다."

호동은 두 자루 칼을 품속에 집어넣었다. 그때 문득 구석에 쓰러져 있는 흑요가 눈에 들어왔다. 창백해진 얼굴이었으나 여전히 요염한 모습이었다.

"죽어서도 마법이 풀리지 않다니, 참으로 무서운 마법이구나."

옥연이 옆으로 와 호동의 팔을 붙잡았다.

"흑요는 지배당하는 삶에서 벗어나고 싶었을지도 몰라요."

자명고

"응? 그게 무슨 말이냐?"

"흑요가 굳이 저주받은 용의 가죽으로 옷을 해 입은 건 죽고 싶었기 때문일지도 모른다는 생각이 들었어요."

옥연도 그랬다. 가슴속의 애정과 머릿속의 증오가 그녀를 조금씩 죽이고 있는 것만 같았다. 그 고통에서 벗어날 수 있다면 스스로 저주를 내리는 일도 능히 할 수 있을 것 같았다. 옥연은 흑요가 이제는 안식을 찾았기를 진심으로 바랐다.

호동이 슬며시 옥연의 팔을 떼어 놓으며 말했다.

"더 이상 이런 것들이 나타나지 않도록 모두 태워 버려야겠다."

솥 밑의 불은 꺼져 가고 있었다. 하지만 그 재 밑에서 불씨를 찾기는 어렵지 않았다. 호동은 바짝 말라 있는 풀과 나무로 된 상자들을 죄 부숴서 쌓아올리고 불을 붙였다. 하얀 연기가 쏟아져 나왔다.

"어서 나가자."

밖은 이미 어둠이 내리고 있었다. 정말 오랜 시간 잠을 잔 폭이었다. 동굴 속에서 펑펑 뭔가 터지는 소리가 났고, 그때마다 불빛이 동굴 밖까지 뿜어져 나올 것처럼 번쩍였다. 그 불빛을 보는 순간 옥연은 재하와의 약속이 생각났다.

'불을 피워서 허공에 세 바퀴를 돌리는 거다. 위치만 알면 호동은 죽은 목숨이야.'

옥연은 그 말이 떠오른 순간 호동의 몸을 밀쳤다. 호동이 영문도 모르고 쓰러지는 찰나 호동의 몸에는 검은 깃털의 화살이 깊숙이 박혔다.

9. 침입

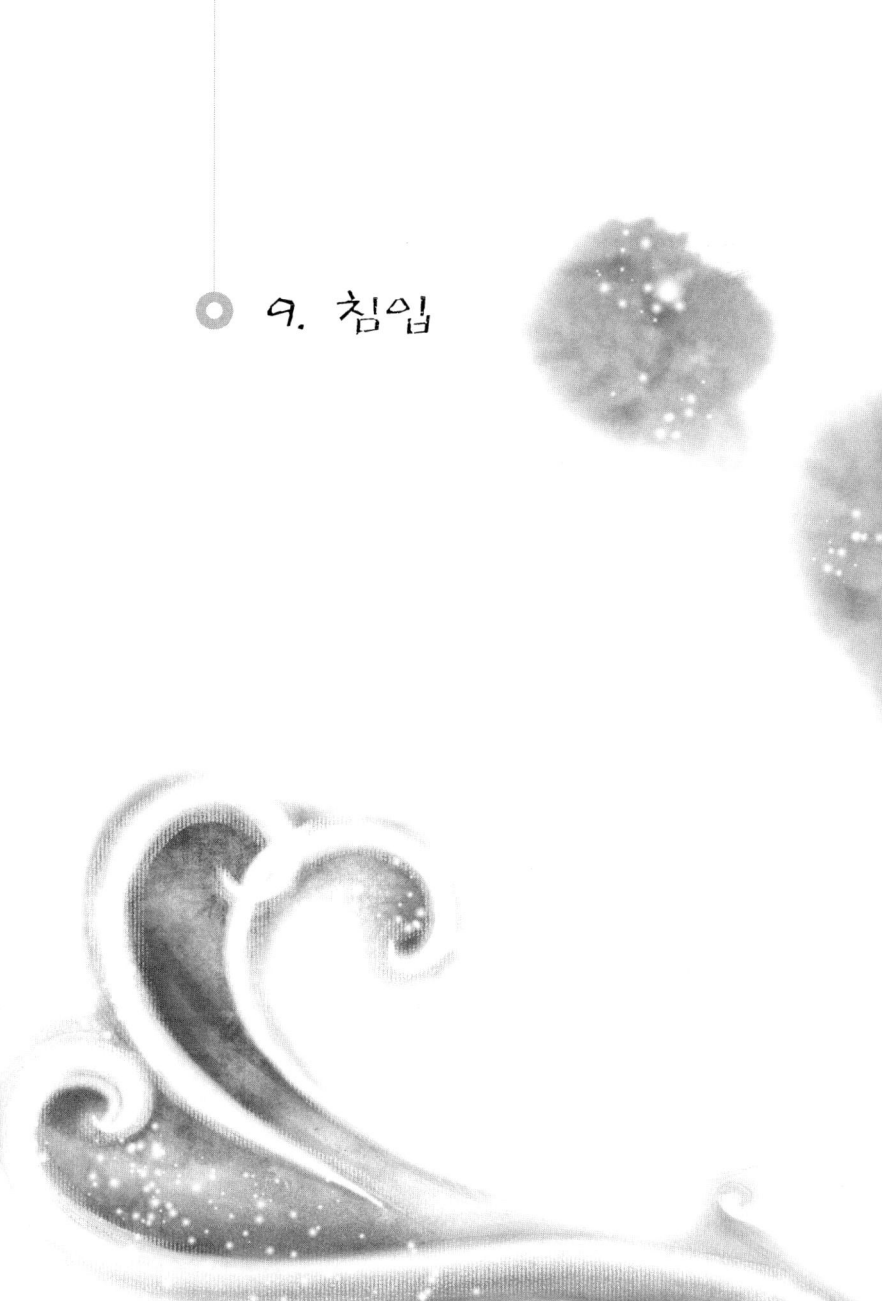

"하하하, 정말 대단한 활이야!"

재하가 호탕하게 웃으며 나타났다. 대체 우치가 달려온 그 길을 어떻게 따라붙은 것인지 알 수가 없었다. 하지만 그 불가능해 보이는 일을 재하는 해냈고, 마침내 호동을 죽였다. 넋이 나가 버린 옥연이 재하를 노려보았다. 어두웠던 탓인지 재하는 옥연의 눈초리를 전혀 의식하지 못했다.

"저 동굴은 뭐야? 뭘 태우고 있는 거지?"

동굴 안에서는 여전히 펑펑 소리가 간간이 들리고 있었다. 옥연은 대꾸하지 않았다. 재하도 그다지 궁금해하지 않았다.

"그래, 아무튼 저 불빛 덕분에 호동을 맞힐 수 있었군."

그랬던 거구나. 저 불 때문이었구나. 옥연은 입술을 깨물었다.

"어떻게, 자명고를 되살리는 방법은 좀 알아냈나?"

알려 주고 싶지 않았다. 호동을 죽인 재하에게는 그 무엇도 알려 주고 싶지 않았다. 옥연은 그냥 도리질을 했다.

"쳇, 여기까지 꾸역꾸역 오기에 뭔가 알아낸 줄 알았더니. 그럼 여긴 왜 온 거야?"

옥연은 여전히 아무 대답도 하지 않았다. 재하가 그 곁에 무릎을 굽히고 앉았다.

"그래, 어찌 되었건 같이 지낸 사이니 정이 없진 않았겠지. 네 심정 모르는 것도 아니다. 하지만 생각해 봐라. 저자가 없었다면 우리는 지금, 지금……."

재하는 말을 잇지 못했다. 옥연이 천천히 고개를 돌려 보니 재하는 울고 있었다. 덩치가 산만 한 사내가 줄줄 참지 못하고 눈물 콧물 범벅이 되어 있었다.

"공주 마마의 원한을 누가, 누가 풀어 드렸겠느냐? 우리가 지금 풀어 드린 거다. 공주 마마, 공주 마마!"

재하는 바닥에 엎드려 울었다. 그동안 참았던 눈물이 이제야 모두 쏟아지고 있었다. 그가 그동안 스스로에게 퍼부었던 모멸감, 몸 안에 독처럼 쌓이기만 했던 그 모멸감이 모두 눈물에 씻겨 토해지듯 흘러나왔다.

한참을 울던 그가 그저 엎드린 채 중얼거렸다.

"너는 모를 거다. 내가 얼마나 공주 마마를 사랑했는지. 그래, 언감생심 나 같은 무사가 넘볼 수 있는 분이 아니셨지. 천상의 선녀가 강림한다 하여도 어디 우리 공주 마마처럼 고우시겠느냐? 나는 열두 살 때부터 무사가 되기 위한 고된 훈련을 받았다. 훈련이 너무 힘들어서 언젠가는 달아나려고 마음먹었다. 3년 후였지."

*

"저 나무다. 저것만 넘으면 집에 돌아갈 수 있다."

열다섯 살 재하는 그렇게 믿고 있었다. 한밤중 훈련장에서 슬금슬금 기어 나온 재하는 냅다 나무를 향해 달려갔다. 후다닥 나무 위로 오를 때까지 아무에게도 들키지 않았다. 나뭇가지는 담장 너머로 뻗어 있었다. 재하는 조심스럽게 가지 끝으로 몸을 옮겼다. 가는 가지라 자칫 부러지기라도 하면 만사휴의가 될 판이었다. 다행히 노송의 가지가 질겨 그는 무사히 담장 끝까지 도달할 수 있었다. 간신히 재주를 넘어 담장 밖으로 뛰어내렸다. 예전 같으면 엄두를 낼 수 없을 일이었지만 지독한 훈련 덕분에 실수 없이 뛰어내릴 수 있었다. 몸이 가벼워진 것만은 분명했다.

그러나 그곳은 밖이 아니었다. 단지 다른 집이었을 뿐이었다. 그는 몰랐지만 그곳은 불내의 거수 최리의 집이었다. 아직 낙랑국이 세워지기 전이었다.

빨리 대문을 찾아 밖으로 나가야 했다. 하지만 낯설고 큰 집, 달도 없는 어두운 밤에 그 일은 쉽지 않았다. 모퉁이를 돌다가 그만 누군가 저벅저벅 걸어오는 소리에 재하는 아무 방문이나 열고 굴러 들어갔다. 역시 배운 대로 아무 소리도 내지 않고 조용히 잠입했다고 생각했다. 하지만 방의 주인은 보통 사람보다 훨씬 예민했던 모양이었다.

"누구야?"

자명고

소녀의 물음이었다.

"아, 저, 저……."

재하는 대답하지 못했다. 소년 시절, 그다지 말재주가 없었던 탓이다. 하긴 말이 필요 없는 시절이었다. 물으면 답하는 것이 다였으니까.

"길을 잃었니?"

소녀가 일어났다. 등잔을 찾는 것이 분명했다. 재하는 얼른 그 앞에 엎드렸다.

"살려 주세요. 불을 켜면 소인은 죽습니다."

하얀 삼베옷을 입고 있는 소녀는 그 말에 불을 켜지 않았다.

"넌 이름이 뭐야? 난 옥연이라 하는데."

"소인은 재하라고 합니다. 저희 동네를 흐르는 강물 이름이에요. 여기선 다 그렇게 부릅니다."

"여기라니? 난 처음 듣는데."

"저, 저기 사실은 저는 옆 건물에서 넘어왔어요."

"옆 건물? 무사들 훈련하는 곳 말이냐?"

"네."

"왜?"

그 왜라는 말이 너무나 부드러워서, 재하는 울고 말았다. 그것은 호기심도 아니고 힐난도 아니었다. 정말 말하는 상대를 이해하고 싶어서 마음속 깊은 곳에서 나온 말이라는 것을 느낄 수 있었다.

"흑흑, 너무너무 고돼서요. 너무 힘들어서 집에 가고 싶었어요."

소녀가 귀족이긴 해도 자기보다 더 어리다는 생각조차 들지 않았다. 마치 엄마를 만나 투정부리듯이 재하는 울면서 말했다.

"힘들었구나. 그래, 힘들었어."

옥연은 부드럽게 그의 눈물을 닦아 주었다. 재하는 옥연을 부둥켜안고 한참을 더 울었다.

얼마나 지났을까. 울음이 더 나오지 않고 딸꾹질로 변했을 때 옥연이 말했다.

"그런데 난 무사가 좋더라."

"네?"

놀라는 바람에 딸꾹질이 멈췄다.

"무사는 그냥 힘만 센 사람이 아니라고 아버지가 말씀하시더라. 무사는 지켜 주는 사람이라고."

"지켜 준다고요? 뭘요?"

"그러니까 나라일 수도 있고, 마을일 수도 있고, 소중한 사람일 수도 있고."

한 번도 그런 생각을 해 본 적이 없었다. 무엇이 되기 위해 무술을 배운다는 생각이 없었다. 그냥 시키니까 하는 일이었을 뿐이다. 하지만 그 순간 재하에게도 목표가 생겼다. 재하는 무사가 되기로 마음먹었다. 이 소녀를 지켜 주는 무사가 되고 싶었다.

하지만 돌아갈 방법이 없었다. 담장은 높았고 재하의 무공은 그 담장을 뛰어넘기에 역부족이었다. 얘기를 들은 옥연이 꾀를 내었다.

"이층 전각에 가면 건너뛸 수 있을 거야."

둘은 손을 잡고 서각書閣으로 뛰어갔다. 그곳은 이층으로 지어진 건물. 그곳에서 뛰어내려 마당의 나뭇가지를 붙잡고 탄력을 주면 훈련장으로 돌아갈 수 있다는 게 옥연의 설명이었다. 하지만 그것은 쉽지 않아 보였다.

"가지를 놓치면 어떡하죠? 소인은 자신이 없어요."

"어렵지 않다니까? 나는 더 어릴 때도 해 봤어. 옆집으로 넘어간 건 아니지만."

"아가씨가 해 보셨다고요?"

"응. 그럼 한번 볼래?"

말릴 틈도 없이 옥연은 뛰어내렸다. 가지를 붙잡을 뻔했다. 손가락이 걸리긴 했다. 하지만 쾅당! 제대로 붙잡지 못하고 떨어지고 말았다. 삽시간에 여기저기에서 소리가 들리기 시작했고 불이 켜졌다. 이제 사람들에게 잡히는 건 시간문제였다.

그때 나무 밑에 죽은 듯이 쓰러져 있던 옥연이 황급히 손을 흔들었다. 그 뜻은 분명했다. 빨리 넘어가라는 것이었다. 망설일 틈이 없었다. 재하는 뛰어내렸고, 나뭇가지를 잡는 데 성공했다. 거수 가의 하인들이 몰려왔을 때, 그는 담장 너머에 있었다.

*

"그때 공주 마마께서 크게 다치셨다는 건 훨씬 나중에 알았지."

그랬다. 옥연은 골반에 나 있는 인入 자 모양의 상처가 다시 욱신거리는 기분이 들었다.

"그분이 공주 마마가 되었을 때, 나는 기뻤다. 그런 지위에 당연히 계셔야 할 분이었으니까. 하지만 그 때문에 그 고운 품성이 하나둘 휘장 속으로 가려지는 것을 보면서 내 가슴이 얼마나 아팠는지 너는 모를 것이다. 공주 마마는 들판의 어린 꽃잎 하나에도 사랑을 나눠 주실 수 있는 분이셨으니까."

재하가 몸을 일으켰다.

"바로 저자가, 저자가 나타나지 않았다면 공주 마마는 지금도 살아 계실 거다. 나는 절대 용서할 수 없다. 내 생명을 바쳐서라도 호동을 죽이고 고구려를 멸망시키리라 맹세했었다. 이제 그 맹세의 절반이 이루어졌구나."

재하가 절절한 감정을 털어놓았지만 옥연의 마음에는 그 무엇 하나 울림이 없었다. 그녀의 세계는 이미 닫혔기 때문이다. 그녀의 눈은 이미 멀었고, 그녀의 귀로는 소리가 들리지 않았다.

"가자, 이제."

재하가 손을 내밀었다. 옥연은 도리질을 했다.

"가자. 바보같이 굴지 말고."

"필요 없어! 너나 가!"

재하는 갑자기 짐승 같은 고함을 내지르더니 호동을 걷어찼다. 옥연이 비명을 질렀다.

"전하를, 전하를 건드리지 마!"

옥연은 호동을 몸으로 감싸 안고 재하를 노려보았다.

"흥! 시체라도 좋다는 거냐? 더는 말리지 않겠다."

"가, 가!"

옥연은 울부짖듯 말했다.

"그래, 가겠다. 말을 두고 갈 테니 너 혼자서도 돌아올 수 있을 거다. 넌 언제나 돌아왔으니까. 하지만 이 기회에 달아나 종의 신세를 면하겠다면 그것도 말리지 않겠다."

재하는 잠시 말을 끊었다가 옥연을 안쓰러운 눈으로 보며 말했다.

"내가 공주 마마를 사랑한 것처럼, 어쩌면 너도 호동왕자를 사랑했는지 모르겠구나."

재하가 떠났다. 이제 오로지 그녀와 호동만 남았다. 옥연은 호동의 파리한 얼굴을 하염없이 바라보았다. 이렇게 끝날 줄은 몰랐다. 복수가 이루어졌다는 생각 같은 건 하나도 들지 않았다. 가슴이 먹먹하기만 할 뿐 아무 생각도 들지 않았다. 옥연은 호동을 안고자 몸을 기울이다가 옆구리에 박힌 화살에 부딪쳤다. 호동의 목숨을 앗아간 화살이다. 옥연은 부르르 떨리는 손으로 화살을 쥐었다. 이 저주받은 화살을 그대로 놔둘 수는 없었다.

눈을 질끈 감고 화살을 뽑아 버렸다. 딸각거리는 소리와 함께 피가 솟구쳤다. 이렇게 피가 나는구나. 이렇게 피가 붉구나. 그녀는 그 상처에 손을 댔다. 그 순간이었다. 옥연의 손길을 기억한 것인가, 호동의 몸이 움찔 움직였다.

"전하? 전하? 사, 살아 계시는군요!"

영락없이 죽은 줄 알고 있었다. 백발백중의 마법이 걸린 활이라 하지 않았던가. 분명 밀쳤음에도 화살이 휘어지며 호동을 맞히는 것을 보지 않았던가. 하지만 그런 것이 무슨 상관이랴. 호동이 죽지 않았다는 것이 중요할 뿐이었다.

급한 것은 상처에서 피가 나지 않도록 막는 일이었다. 옥연은 급히 호동의 옷을 벗겨 내고 상처를 살펴보고자 했다. 호동의 옷을 찢듯이 벗겨 낼 때 그 안에서 쨍그랑 소리를 내며 뭔가가 떨어져 내렸다. 항룡도와 박룡검이었다. 두 칼이 모두 부러져 버렸다. 축복과 저주가 호동을 지켜 준 것이었다. 화백궁의 화살이 여기에 맞아서 그 힘이 반감되었고, 결국 호동의 심장을 꿰뚫을 수 없었던 것이었다.

"고맙다 칼들아. 너희 덕분에 전하가 살아나셨다."

호동의 상처는 세모꼴로 찢어져 있었다. 심장 가까운 곳이라 그런지 출혈이 쉬 멈추지 않았다. 어찌해야 할지 알 수 없어 옥연은 옷을 둘둘 뭉쳐 상처에 대고 누르고만 있었다. 하염없이 눈물이 나왔다. 다행히 호동이 간신히 눈을 떴다.

"뭐였지?"

호동이 낮고 갈라진 목소리로 물었다.

"화백궁이었어요. 그 저주받은 용의 심줄로 만들어진 활이 전하를 노렸어요."

옥연은 울다 웃다 미친년처럼 이야기를 했다. 호동이 말을 하는 것을 보니 기뻤고, 호동이 아파하는 것을 보니 괴로웠다.

"부, 불을 가져와라. 나무에 붙은 것으로."

호동의 말을 알아들을 수가 없었다. 그런 걸 왜 가져오라는 걸까?

"어서. 어서 빨리."

호동은 금방이라도 다시 기절할 것 같았다. 옥연은 동굴 안으로 뛰어 들어갔다. 매캐한 연기가 가득 차 있으리라 생각했는데, 동굴의 윗부분 어딘가가 외부와 통하고 있었던 모양인지 생각보다 연기는 많지 않았다. 불길도 이제 거의 사그라지고 있었다. 옥연은 덜 탄, 본래 어떤 궤짝의 한 부분이었을 나무토막을 들고 다시 뛰어나왔다. 불길이 제대로 붙은 놈이었다.

"좋아, 잘했다. 그걸로 상처를 지져라. 피가 멎게 하려면……."

옥연은 차마 그렇게 할 수 없었다. 저 옥 같은 피부에 영원히 남을 화상 자국을 남긴다는 것이 말이 되는가?

"에잇."

호동은 나무토막을 낚아채더니 자신이 직접 상처에 대고 찍어 눌렀다. 하지만 인간이 견딜 수 있는 고통에는 한계가 있는 법이다. 호동은 금방 나무토막을 놓치고 말았다. 다행히 옥연이 반사적으로 나무토막을 잡았다.

"그래그래."

호동의 말은 칭찬이었을 것이다. 하지만 그는 그대로 정신을 잃었다. 옥연은 부들부들 떨면서 상처를 지졌다.

바위들이 보였다. 기운이 없었다. 어딘지 알 수가 없었다. 생각나는 것도 없었다. 하지만 잠시 후 하나하나 생각이 돌아오기 시작했다. 가슴에서 옆구리가 당기듯이 아프다는 것도 알 수 있었다.

호동은 옷을 들춰 보았다. 왼쪽 가슴 아래 옆구리 가까운 곳에 네모난 화상 자국이 남아 있었다. 상처는 잘 아문 편이었다. 이만큼이나 되었다면 시일이 상당히 지났을 터였다. 대체 며칠이나 정신을 잃고 있었던 것일까? 뒤죽박죽 뒤엉킨 생각을 정리하자 희미하게 기억이 돌아왔다. 울고 있는 예초. 추워하자 자신의 몸으로 감싸 주는 예초…….

"에퉤퉤. 이거도 아니네."

이곳은 흑요의 동굴이었다. 그 한쪽 구석에서 소리가 들렸다. 어딘가 발음이 새고 있는 것같이 불안정했다.

"예초냐?"

"어머나! 왕자 전하, 깨어나셔군요."

머리는 산발에 얼굴까지 온통 검댕 범벅인 재투성이 처자가 부스스 일어났다. 말을 하는데 이와 입술이 시퍼렇다. 이건 대체 무슨 꼴인지 알 수가 없었다.

"뭘 했기에 몰골이 그 모양이냐?"

호동은 자신의 목소리가 너무 힘이 없고 작은 것에 놀라고 있었다. 소리가 채 전달되지도 않을 것 같았다.

"죄소해요. 소녀가 음식을 만드 줄 모라서……."

"몰라서?"

"식재료르 구분하 줄 모라요. 그래서 우치가 먹는 풀을 캐 왔어요."

이제 나물들이 산에서 나올 시기이기는 했다.

"말이 머는 거니까 사람도 머을 수 있지 않으까 싶어서요. 하지만 아무거나 전하께 드릴 수도 없어서 소녀가 먼저……."

그 풀들을 먹고 있었던 것이었다. 저 애도 배가 고파서 목소리에 힘이 없는 걸까? 그게 아니면……. 호동은 화들짝 놀라 자리에서 상체를 일으켰다가 옆구리가 당기는 아픔에 눈살을 찌푸렸다.

"일어나지 마세요. 아직 화농이……."

화농? 고름이 나오고 있단 말인가? 잘 아문 것 같았는데? 고개를 갸웃거리는 호동의 곁으로 예초가 다가왔다.

"이제 간신히 아무었는데, 또 찢어지셔자나요."

그녀는 침상 옆에 무릎을 꿇고 앉더니 상처에 서슴없이 입을 갖다 대었다.

"뭐, 뭐냐?"

호동이 기겁을 하고 예초를 밀어내려 했지만 힘이 돌아오지 않아서 소용이 없었다. 예초가 상처에서 화농을 빨아들이고 있는 것을 느낄 수 있었다. 가슴이 시원해지는 느낌이었다.

"퉤!"

뽑아낸 화농을 뱉어 버리는데, 뭔가 이상해 보였다.

"보, 보지 마세요."

"너? 너 입에 마비가 왔구나?"

혀가 굳어서 제대로 화농을 뱉지 못하는 것이 틀림없었다.

"별거 아니에요. 독초를 씨었던 모양이에요. 금방 푸려요. 이제 무리하지 마시고 누워 계세요. 금방 죽 쑤어 오게요."

"내가 며칠이나 누워 있었던 거지?"

"얼마 안 돼어요. 나흐밖에 안 되었어요."

아찔했다. 나흘이라. 우치에게 실었던 식량은 이틀분밖에 남지 않았다. 그걸 온전히 내게만 먹인 게 아닐까?

"처음엔 죽도 끄일 줄 모라서 태워 먹고 막 울었어요."

불을 지피며 예초가 말했다.

"너도 좀 먹고 있는 거냐?"

"그럼요. 걱정하지 마세요."

너무 시원시원 대답하는 것이 더 미덥지 못했다.

"전하께서는 정신이 없어서 다 잡수지를 모했어요. 그래서 소녀도 충분히 먹을 수 이었어요."

그럴 리가 없었다. 호동은 아프면 더 잘 먹는 체질이었다. 분명 거의 먹은 것이 없었을 거다. 어떻게든 움직여야 했다. 이대로 있을 수는 없었다.

호동은 예초가 끓여 온 이상한 풀죽을 절반쯤 먹고 밀어 버렸다.

"죄송해요. 맛이 이상하죠?"

"아니다. 꿀맛보다 낫다. 하지만 너도 좀 먹어야지. 이제 길을 가야 하니까."

"안 돼요."

예초가 펄쩍 뛰었다.

"아직 어림도 없어요."

"아니다. 가야 한다. 어서 먹어라. 식으면 맛없다."

동굴을 나오자 맑은 바람이 심신을 씻어 주듯이 불어왔다. 그사이에 날은 한층 더 풀려 이제 완연한 봄날이었다.

"먼저 물이 있는 곳으로 가자. 어디 있는지 알고 있지?"

예초가 가리키는 곳으로 말을 몰았다. 작은 샘이 있었다.

"여기도 우치가 찾아낸 곳이에요. 우치가 없었으면 우린 다 죽었을지도 몰라요."

더운 죽을 먹은 덕분인지 예초의 굳었던 혀도 원래대로 풀렸다. 호동은 물을 마신 뒤 예초를 옆에 앉혔다. 그러고는 그녀의 얼굴을 닦아 주기 시작했다. 처음에는 깜짝 놀라 도리질을 치던 예초는 잠시 후 호동의 손에 얼굴을 맡겼다. 호동은 이어 그녀의 손을 씻어 주고 신도 벗겼다.

자명고

"어머, 여긴 안 돼요. 소녀가 하겠습니다."

예초가 화들짝 놀라서 발을 움츠렸지만 이제 기운을 되찾기 시작한 호동의 힘을 당할 수가 없었다. 호동은 발을 꼼꼼하게 닦았다. 까마귀 같던 발이 호동이 가져온 잿물에 담겼다가 나오자 하얗게 빛나기 시작했다. 그 발은 호동에게 죽은 옥연의 발을 연상케 했다.

"너, 발이 참 곱구나."

예초는 아무 말도 하지 못했다. 부끄러워서 얼굴이 새빨개진 상태였다.

"연랑의 발도 이렇게 고왔지. 너는 참 연랑과 닮은 데가 많은 것 같다. 졸본성에서 차를 끓이던 날도 연랑과 자태가 어찌 그리도 똑같은지 너무너무 놀랐었단다. 갈사성에서 네가 차를 끓이던 모습과는 전혀 딴판이더구나."

"그, 그건……."

하마터면 자신의 정체를 밝힐 뻔했다. 하지만 마지막 순간에 여전히 가슴속에 도사리고 있는 흑암의 기운이 그녀를 붙잡았다. 아바마마를 생각한다면 결코 이래서는 안 되는 것이었다. 이미 천고에 씻을 수 없는 죄인이 된 몸이었다. 호동이 무사히 살아나기만 한다면 아무 소원이 없겠다고, 그가 정신을 잃고 있는 동안 그 얼마나 천신에게 빌었던가. 그런데 이제 새삼 정체를 밝혀 무엇을 어쩔 것인가?

"아아, 어쩌면 내가 연랑을 그리워하다가 조금씩 미쳐 가는 건지도 몰라. 연랑의 발을 일개 하녀의 발에 비교하다니. 연랑이 알면 토라지지 않을까?"

완전히 예초가 된 옥연은 어색하게 웃었다. 어떻게 말해야 할지 알 수가 없었다. 다행히 호동은 더 이상 말을 걸지 않았다.

호동은 잠시도 쉬지 않고 말을 달렸다. 밤을 다시 지새울 자신이 없었다. 날도 추웠을 뿐만 아니라, 다시 한 번 그녀에 대한 욕정이 솟구친다면 이번에는 정말 참을 수 없을 것 같았기 때문이다.

"예초야."

"네?"

말 위에서 말을 걸었다.

"무슨 이야기든 좀 해라. 자꾸 졸음이 와서 큰일이니까."

"아는 이야기가 없는데요."

"그래도 무슨 말이든 하는 게 좋다. 너도 자다가 굴러 떨어지면 안 되잖아."

"전하께서 소녀에게 얘기를 해 주세요. 소녀가 맞장구를 쳐 드릴 테니."

"하하, 그래. 그럼 그러자꾸나."

"무슨 이야기를 해 주실 건가요?"

"흑요의 칼이 내 목숨을 구해 주었다 하지 않았냐?"

"그랬죠. 칼들은 모두 두 동강이 나 버렸어요."

"흑요는 그 칼 중 축복받은 칼을 주몽 폐하가 훔쳐 간 거라고 말했지만, 곰곰이 생각해 보니 그 칼은 본래 우리 집안의 물건인데 흑요가 훔쳐 갔던 모양이다."

"왜 그렇게 생각하신 거예요?"

"본래 내려오는 이야기가 있단다."

"들려주세요."

"우리 집안은 천제의 아들인 해모수 대왕의 후손이란다. 해모수 대왕은 다섯 마리 용이 끄는 오룡거를 타고 하늘과 지상을 오갔는데, 하루는 웅심연이라는 연못에서 놀고 있는 하백의 따님들을 만났었지."

"아름다운 분들이셨겠죠?"

"그럼. 그중에서도 맏이인 유화부인이 가장 아름다워서 해모수 대왕과 백년가약을 맺게 되었단다."

"공주 마마만큼 예쁘셨을까요?"

호동은 바로 대답하지 못했다.

"아니야, 그렇진 않았을 거다. 세상 어떤 여인도 연랑보다 예쁠 순 없지."

그렇게 말하자 어쩐지 예초가 자신을 더 꼭 껴안는 것 같았다.

"하지만 그 사실을 안 유화부인의 아버지 하백은 불같이 노했단다. 그래서 해모수 대왕을 초대한 뒤에……."

"불같이 노했는데 왜 초대를 했대요?"

"함정이었지. 초대를 해서 술을 잔뜩 먹인 뒤에 두 사람을 한 가죽 부대에 넣어서 오룡거에 실었다지."

"아니, 그건 또 왜 그러셨대요?"

"유화부인을 천상에 올려 보내려고 하신 거지. 그 가죽 부대는 절대 뚫을 수 없는 희한한 것이었대."

"이룡의 가죽 같은 거였나 보죠?"

"그래, 그랬나 봐. 그런데 해모수 대왕은 오룡거가 움직이자 술에서 깨어났다지. 그래서 유화부인의 황금 비녀를 뽑아서 가죽을 뚫어 버리고 혼자서 천상으로 돌아갔다지."

"어머, 못됐어라. 왜 그랬대요?"

왜 그랬을까? 호동이 본래 이 이야기를 꺼냈던 것은 그 황금 비녀를 가지고 칼을 만들었다는 전설이 생각났기 때문이었다. 그 칼이 지금의 항룡도나 박룡검이라는 말은 아무 데도 없었지만 호동은 어쩐지 그때 두 칼이 만들어졌으리란 생각이 들었다. 그 칼들을 무슨 연유로 흑요가 차지했던 것이고, 그중 축복이 깃든 칼만 주몽 폐하가 찾아왔던 것이리라. 그런데 이 대목에서 예초가 왜 유화부인을 데려가지 않았냐고 묻자 할 말이 없어지고 말았다.

"그, 글쎄. 뭔가 피치 못할 사정이 있지 않았을까? 나중에 해모수 대왕은 천상에서 빛을 내려 보내 유화부인을 잉태케 하는데, 그때 태어난 이가 바로 주몽 폐하시란다."

"피치 못할 사정이 대체 뭐였을까요?"

옥연은 호동의 등에 얼굴을 묻으며 조그맣게 속삭였다.

"해모수는 하백을 죽여 버린 것이 아니었을까요?"

날이 밝은 뒤 둘은 호동이 잡아 온 토끼로 간단히 요기를 했다. 요리는 호동이 직접 했다. 예초에게 토끼 가죽을 벗기라고 시켜 봐야 할 수 있을 리가 만무했다. 호동은 사냥을 다니며 터득한 요령으로 토끼 고기를 만들어 냈다.

오랜만에 음식 같은 음식을 먹은 뒤 둘은 나무 아래 자리를 잡고 앉았다가 그만 잠이 들었다. 호동이 잠이 들자 옥연은 호동의 몸을 돌려 나무 밑에 눕힌 뒤 그녀도 자연스레 그의 옆에 몸을 눕혔다. 지난 나흘 동안 호동의 체온을 그렇게 유지해 왔다. 호동도 잠결에 그녀를 가만히 안아 주었다. 옥연은 호동의 옆얼굴을 바라보았다. 많이도 수척해졌지만 그 미모는 빛을 잃지 않고 있었다. 그동안 보이던 아픈 기색도 사라졌고 수심에 가득 찼던 모습도 벗어 버렸다. 옥연의 가슴이 설레었다. 여긴 그 마법의 숲과 같았다.

"잊어버리세요."

그때는 호동에게 했던 말을 이번에는 자신에게 했다. 지금 이 순간만은 잊어버리자. 아바마마의 원수라는 것도 잊어버리자. 그냥 사랑하는 가시버시로 남자. 옥연의 눈에서 구슬 같은 눈물이 흘러내렸다. 옥연은 호동의 이마에, 코에, 입술에 봄바람에 떨어지는 꽃잎처럼 입을 맞췄다. 그러나 그녀의 눈에서 떠난 봄비가 호동의 뺨으로 흘러내린 것을 알지 못했다.

호동은 예초의 눈물에 잠이 깨었다. 그녀의 입술이 자신의 입술에 수줍게 닿는 것을 알았다. 이 아이가 나를 사랑하는구나. 넘볼 수 없는 천상의 열매를 탐하는 심정인 게로구나. 하지만 그 순간 호동도 그녀를 껴안고 싶었다. 그녀의 숨결이, 볼에 스치는 숨결이 호동의 숨을 막히게 했다. 호동은 자신의 뛰는 심장 소리가 예초에게 들릴까 싶어 잠을 설치는 양 몸을 돌렸다.

둘은 차마 일어나지 못했고, 그런 탓에 졸본성에 도착했을 때는 또다시 한밤중이었다.

행방불명되었던 호동의 도착으로 성은 발칵 뒤집혔다. 하지만 호동은 만사를 제쳐 두고 일단 자야겠다며 방 안으로 들어가 버려 다시 한 번 사람들을 어리둥절하게 만들고 말았다. 더구나 당당하게 시녀까지 데리고 입실했던 것이다. 둘은 너무나 자연스럽게, 그것이 남들에게 이상하게 보일 거라는 생각도 하지 않고 그냥 자 버렸다. 그러더니 다음 날 점심때가 가까이 되어서야 이 뻔뻔하고 황당한 남녀는 방 밖으로 모습을 나타냈다.

"대체 어디에 가 계셨던 겁니까?"

송옥구의 물음에도 빙긋 웃기만 할 뿐 아무 말도 하지 않았다.

"일구를 만나시겠습니까? 반드시 돌아오실 줄 알고 아직 처형하지 않았습니다."

하지만 상수의 말에는 즉각 반응을 보였다.

"갑시다."

호동은 상수와 함께 일구가 붙잡혀 있는 감방으로 향했다.

"폐하가 오만 군사를 이끌고 사휴왕을 치러 가셨는데, 오늘쯤 승전의 소식이 전해지지 않을까 생각하고 있습니다."

"내가 떠난 지 채 열흘도 되지 않았는데 그리 신속하게 오셨단 말이오?"

"예, 정말 빨리 움직이셨습니다. 동생 위수는 전하를 대신해서 출전했습니다."

"위수는 잘 해낼 것이니 걱정 마십시오."

"걱정은 하지 않습니다. 전하의 은덕에 감읍할 따름입니다."

월권이라 노하지 않은 것에 감사의 인사를 올린 것이었다. 일구는 초췌한 모습으로 목에는 칼을, 발에는 차꼬를 차고 맥없이 앉아 있었다.

"와, 왕자 전하!"

호동이 나타나자 일구는 일어서려 했다. 하지만 큰칼을 차고 벌떡 일어나려 하는 행동은 그저 목에 상처만 나게 했을 뿐이었다.

"일어날 것 없다."

병사가 얼른 의자를 하나 가져왔고, 호동은 거기 앉아서 일구를 바라보았다. 상수는 시립하듯이 호동의 뒤에 섰다.

"솔직하게 대답하면 참작의 여지가 있겠다. 하지만 거짓을 조금이라도 섞는다면 다시는 햇빛을 보지 못할 것이다. 다행히 전쟁 중이니 전사로 처리해 주지. 단 비겁하게 도망치다가 처형된 것으로."

일구의 얼굴이 흙빛으로 변했다. 호동은 목간을 꺼냈다. 신(信) 자가 적혀 있는 그 목간이었다.

"이걸 누가 시켜서 들고 간 거냐?"

"폐하가 시키신 겁니다. 소신은 폐하의 명을 따랐을 뿐입니다."

역시 그랬다. 그 목간의 필체는 제법 자신의 필체와 비슷했다. 물론 옥연이 자신의 글자를 본 적이 없었던 관계로 그런 것이 영향을 주지는 않았겠지만, 그것은 매우 가까운 사람이 써넣은 글자였을 거라 이미 짐작하고 있었다.

"낙랑공주는 내 글씨를 본 적이 없다. 아마 이 목간만으로는 설득할 수가 없었을 것이다. 또 어떤 걸 동원했느냐?"

이번에는 일구가 빨리 대답하지 못했다. 호동이 상수에게 손을 내밀자 상수는 실팍한 몽동이 하나를 얼른 건네주었다. 일구의 튀어나온 눈이 한층 더 튀어나왔다.

"자, 자, 자, 잠시만……. 잠시만 시간을 주십시오."

"무슨 말로 낙랑공주를 꼬드겼느냐 말이다."

"저, 저, 아, 생각났습니다. 연랑의 자명고, 아니, 저 그러니까 자명고가 되어……. 자명고가 된다는……."

다급한 나머지 아무렇게나 마구 주워섬기고 있는데도 호동은 무슨 말인지 대번에 알아들었다.

"그 말을 어디서 들었지?"

호동의 몸에서 살기가 뿜어져 나왔다.

"호, 호, 호위대장에게서……. 호위대장에게서……."

할 수만 있다면 납작 엎드려 빌었을 것이다. 하지만 목에 찬 칼 때문에 그럴 수가 없었다. 얼마나 놀랐는지 일구는 오줌을 흘리고 말았다.

"재하, 이놈……."

호동이 일어섰다. 그의 눈동자가 활활 불타오르고 있었다.

*

주류왕은 과연 대무신왕의 칭호를 받을 만한 전략가였다. 주류왕은 이 모든 것을 예상하고 있었다. 그가 낙랑에서 돌아오지 않은 것은 황룡국이 움직이게 만들기 위한 덫이었다. 자명고가 고구려로 이동한 것을 알면 사휴왕은 반드시 움직인다고 주류왕은 판단하고 있었다. 그 때문에 마치 낙랑에 있는 것처럼 꾸미고 있었지만, 사실은 얼마 멀지 않은 매구곡에 병사를 모아 두고 있었다. 그 때문에 그렇게 신속하게 등장할 수 있었던 것이다.

주류왕이 예측하지 못했던 것은 이번에도 호동의 행동이었다. 호동이 그렇게 신속하게 국내성에서 병사를 끌고 올 줄은 정말 몰랐다. 더구나 거기서 죽어 버리기라도 하는 것이 나았을 텐데, 불과 오천의 병력으로 십만 대군을 무찌르기까지 했다. 그 소식을 듣고 주류왕은 불처럼 화를 냈다. 그 패전에 사휴왕이 겁이라도 먹고 돌아가 버리면 오랜 시간 걸쳐 파 놓은 덫이 아무짝에도 쓸모없이 되고 마는 것이었다. 그러나 사휴왕은 진군했다.

주류왕은 한 번의 패전으로 사휴왕을 계곡으로 끌어들였고, 그곳에서 적들에게 큰 타격을 주었다. 적잖은 병사들을 잃었지만 사휴왕은 여전히 신탁을 믿고 물러나지 않았다. 두 번째 전투는 평원에서 이루어졌다. 아직도 고구려의 병사가 적었지만 주류왕은 이번에도 승리를 거두었다. 수없이 연습해 온 그대로였다.

주력군이 뒤엉켜 싸우는 동안 기병 오천이 숲 속을 우회하여 황룡국 주군의 뒤를 공격했다. 보병이 방진을 형성하면 전면, 측면의 공격은 막아 낼 수 있지만 배후를 공격당해서는 지킬 방법이 없는 것이다. 사휴왕은 눈에 보이는 병력이 주류왕의 모든 병사들이라는 오판을 하고 일거에 밀어붙여서 쓰러뜨리려 했다. 자신들의 군세를 너무 믿은 것이었다. 배후 공격을 대비한 예비 부대가 아예 없었던 것은 아니지만 그들은 보병이었고, 이들이 고구려의 기병을 쫓는 동안 이미 황룡국 주군의 후위는 붕괴되기 시작했다. 군대에서 가장 중요한 것은 사기士氣이다. 사기가 떨어지면 더 이상 진형을 유지할 수 없기 때문이다. 등 뒤가 무시무시한 상황에서 사기가 오를 턱이 없다. 공포는 순식간에 퍼져 나간다. 졌다는 생각이 드는 순간 전쟁은 지고 마는 것이다.

전군이 붕괴되는 순간 사휴왕은 넋이 나간 듯 도망도 치지 않은 채

전차 위에 오도카니 앉아 있었다고 했다.

"하하하, 그 꼴을 보셨어야 하는데요."

위수는 배꼽을 잡고 웃었다.

"대왕 폐하가 다가가자 사휴왕이 그때서야 정신이 돌아왔는지 머리를 붙잡고 관을 내팽개치며 울부짖더라고요."

"뭐라고 하던가?"

"아니야! 아니야! 아니야!"

위수는 제법 사휴왕의 목소리를 흉내 내었다. 곁에 있던 상수도 웃었다.

"신탁이 말했어, 신탁이 말했다고."

"신탁이라니?"

"뭐, 전쟁 전에 예언이 나왔던 모양입니다. 근데 그게 또 걸작이었어요. 사휴왕이 계속 중얼대는데 '황룡과 고구려가 싸울 것이니 그 강대함이 허물어지리라. 다시는 제사를 이어가지 못하리라. 흑암이 닥쳐오리라. 흑암이 천하를 덮으리라.' 라는 말이더군요."

상수가 웃으며 위수의 등을 탁 쳤다.

"용케도 기억을 하는구나. 네 녀석 머리로."

"이거 왜 이래? 나도 한다면 하는 놈이라고."

"그래서 어찌 되었느냐?"

"대왕 폐하가 껄껄껄 웃으시더니 말씀하셨죠. '그 신탁이 용하구나. 황룡국의 강대함이 허물어지고 우리 고구려가 승리한다는 이야기 아니냐. 놀랄 것도 많다.' 라고요."

호동의 입에도 미소가 걸렸다.

"그러더니 대왕 폐하가 친히 목을 쳐 주셨죠. 사휴왕은 죽었습니다."

호동이 주먹을 꽉 쥐었다. 원수 하나가 또 사라졌다. 이 모든 일을 꾸민 부왕에게 복수할 수 없음이 통한일 뿐이었다.

"재하는? 재하를 보았느냐?"

위수가 고개를 끄덕였다.

"뒤늦게 나타나서 그 싸움에 끼어들었죠."

"지금은 어디 있지?"

"대왕 폐하 옆에 있습니다. 그놈 제법 싸움을 할 줄 알아서 대왕 폐하 눈에 들었거든요."

위수의 눈치를 보니, 이번 전쟁에 참여하지 않아서 호동의 평가가 대폭 하락했음을 알 수 있었다. 그나마 처음 졸본성의 위기를 구해 낸 공이 있으니, 아마 공과 허물이 서로를 상쇄하게 될 것이다.

"전쟁도 끝났으니 나는 국내성으로 돌아가겠다. 너는 뒤처리 좀 하고 병사들을 데리고 돌아와라."

"아니, 대왕 폐하라도 뵙고 가심이……."

"지금 부왕을 뵈어야 역정에 꾸중만 들을 게 뻔한데, 너 바보냐?"

"아니, 저……."

뭔가 더 항의하고 싶어 하는 위수를 버려두고 호동은 상수에게 말을 한 필 달라고 했다.

"그야 어렵지 않습니다만, 무엇에 쓰시려고요?"

"내가 그걸 일일이 보고해야 되겠소?"

"아닙니다. 바로 준비해 놓겠습니다."

호동은 두 사람을 내보내고 예초를 불렀다.

"말 탈 줄 알지?"

예초가 들어오자 다짜고짜 호동이 질문을 던졌다. 그가 동굴에 누워 있는 동안 예초는 꽤나 많은 지역을 돌아다녔다. 말을 탈 줄 몰랐다면 불가능했을 것이다. 그러고 보니 그 긴 거리를 같이 타고 갔을 때도 그다지 힘들어하지 않았다. 말을 처음 타는 사람이었다면 바로 앓아누웠을 거리와 속도였었다.

예초가 당황해하며 대답했다.

"네? 네."

"그래, 그럴 줄 알았다. 말을 준비했으니 나와 같이 국내성으로 돌아가자. 여기에서 볼일은 끝났다."

"네."

예초가 물러나다가 방문 앞에서 멈춰서더니 물었다.

"국내성에 급히 가시려는 것은 설마 자명고 때문인가요?"

"그렇다. 원비에게 말하여 화백궁을 돌려받을 것이다. 그 시위로 자명고를 되살리겠다."

예초가 돌아섰다.

"그것을 되살리면 나라에 큰 해가 될 것입니다. 고구려가 멸망할지도 모릅니다. 그래도 그것을 고칠 것입니까?"

"그런 것은 네가 상관할 일이 아니다."

"소녀가 살고 있는 나라입니다. 왜 상관하지 않겠습니까?"

"시끄럽다. 애초에 연랑을 살릴 수 있다고 말한 건 너였다. 빨리 준비해서 궁문 앞으로 나오기나 해라!"

예초가 문을 닫았다. 호동은 그녀의 마음을 이해한다고 생각했다. 자신을 사랑하게 된 것이리라. 그래서 연랑이 살아 돌아오는 것을 싫어하게 된 것이겠지. 하지만 연랑이 살아 돌아올 수 있다면 나는 못 할 짓이 없다. 왕자라는 지위? 궁궐? 부하들? 모두 버릴 수 있다. 모두 버릴 것이다. 이제 공주가 아닌 그녀를, 그러나 여전히 공주처럼 모실 것이다. 그녀를 위해 나무를 하고 씨를 뿌리고 짐승을 사냥하리라. 그녀를 위해 노래 부르고 춤을 추리라. 그녀를 위해 바람을 막고 햇빛을 가리고 비를 멈추게 하리라.

예초, 네게는 평생 감사의 마음을 지니고 살겠다. 네게 최고의 배필을 골라 주마. 나라는 사내를 잊을 수 있는, 그런 남자를 찾아 주겠다.

말을 따로 달리게 되자 좋지 않은 점이 있었다. 이물림에서 돌아올 때처럼 호동을 안아 볼 수 없음은 물론이고 호동과 이야기를 할 수도 없었다. 호동의 말이 빨라서 따라잡기도 힘들었지만 호동이 의식적으로 한 마장 이상의 거리를 벌리고 있어서 사실 어떤 이야기도 붙일 수가 없었다. 호동이 그렇게 거리를 벌린 것은 당연히 의도적인 것이었다. 예초가 자꾸만 보내는 자신에 대한 애정을 그만큼의 거리로 벌려 본 것이다. 호동은 그것이 사실은 자신이 예초에게 느끼는 감정이라는 것을 아예 모르고 있지는 않았다. 그녀가 화농의 고름을 빨아낼 때, 이제는 희미하게 기억나는 그녀가 먹여 준 죽에 대한 기억이 그의 가슴을 뛰게 했다. 그가 숟가락으로 떠서는 도저히 죽조차 받아넘기지 못하자 그녀는 죽을 자신의 입에서 호동의 입으로 넣어 주는 방식으로 죽을 먹였다. 단 한 방울도 흘리지 않게 하려고.

그런 헌신에 대해서 애정이 싹트지 않을 도리는 없었다. 그렇게 예초의 자리가 커질수록 옥연의 자취가 희미해지는 것 같아 호동은 몸서리를 쳤다. 그럴 수는 없었다. 자신을 믿었기에 죽음을 당한, 그 가련한 여인을 잊는다는 것은 죄악이었다.

호동의 말은 한참 더 앞서 나가기 시작했다.

*

국내성에 도착한 호동은 불문곡직하고 원비를 찾아갔다. 가슴이 두근거려 잠시도 인내할 시간이 없었다.

"무슨 일이오, 왕자? 기별도 넣지 않고."

원비는 퉁명스럽게 호동을 맞이했다. 하지만 원비의 모습에서 일말의 긴장감을 느낄 수 있었다. 평소와 다른 모습이었다.

"돌아온 것을 보니 전쟁은 잘 마무리가 된 모양이오?"

호동은 속으로 고소함을 느꼈다. 일구를 중간에 잡아 온 것을 아직 모르고 있을 것이다. 그렇다면 나를 모함한 격이 되어서 지금 찔리는 부분이 없지 않을 터. 바로 그 약점을 공략해야 한다.

"대왕 폐하께서는 두 개의 다른 정보를 받으셔서 잠시 혼동이 있으셨던 모양입니다."

"그건 무슨 소리요?"

호, 시치미를 떼겠다는 건가?

"왕자 호동이 마음대로 군사를 일으켰다는 첩보도 받으셨던 모양입니다."

"그건 제대로 된 정보였군요. 우연히 황룡국이 그때 쳐들어왔다는 게 사실 믿어지지 않는 일이잖소?"

원비도 녹록한 위인은 아니었다. 이렇게 되면 호동을 적국과 내통한 자로 몰아가겠다는 심산이었다.

"그렇지요. 그것이야말로 천신이 우리 고구려를 보호하고 있다는 증거 아니겠습니까?"

원비가 속으로 욕하는 것이 들릴 지경이었다.

"그런데 어찌 벌써 환궁을 하셨습니까? 폐하가 돌아오신다는 기별도 없는데."

"제 물건을 돌려받으려고 왔습니다."

"왕자의 물건이요?"

"화백궁 말씀입니다. 이제 황룡국과의 전쟁은 끝났으니 그 물건도 돌려주시지요."

원비의 얼굴에 살짝 당혹감이 지나갔다.

"그, 그건 저주받은 물건이잖소. 그런 것을 왜 굳이 가지려 하는 거요?"

"저주받은 물건을 어찌 왕비 마마에게 맡겨 둘 수 있겠습니까? 당연히 제가 챙겨야지요."

"그, 그럴 필요는 없소."

호동이 빙그레 웃었다. 살기가 담긴 웃음이었다.

"물론 그러실 필요가 없으시겠죠."

"무슨 무엄한 태도요!"

목소리는 높아졌지만 원비의 자세는 이미 많이 흔들린 상태였다.

"그 활로 누군가가 제 목숨을 노렸답니다. 하마터면 죽을 뻔했지요. 자객은 제가 죽은 줄 알고 돌아갔습니다. 그 정도로 위중했어요. 상처를 보여 드릴까요? 그런데 어째 안타까우신 표정입니다?"

"그, 그럴 리가 있소. 아, 정말 무서운 이야기구려. 누가 왕자의 목숨을 노렸단 말이오?"

"글쎄, 누굴까요? 이 시점에서 제 목숨을 노릴 이가? 애루가 그러진 않았겠지요?"

"터무니없는 소리!"

원비가 고함을 질렀다.

"함부로 동생을 으, 음해해서는 아니 되오."

"저를 쏜 활은 분명 화백궁이었습니다. 그 활이 지금 왕비 마마에게 있다면 다행이겠지요. 하지만 그 활이 왕비 마마에게 없다면? 이것 참 일이 재미있게 되지 않겠습니까?"

"그 활은 내, 내게 있소."

"그럼 제게 돌려주시지요."

"지……금은 아니 되오."

"왜 아니 됩니까?"

원비는 버럭 화를 냈다.

"내가, 고구려의 왕비가 일일이 모든 것을 설명해야 하오? 사흘 후에 돌려주겠소. 이만 물러나시오."

"역정을 내실 일이 아닙니다만, 그리 말씀하시니 사흘 후에 오겠습니다."

호동은 군말 없이 물러났다. 그에게 중요한 것은 화백궁을 되찾는 것이지, 왕비를 골려 주는 것이 아니었다. 물론 재미는 있었지만.

호동이 물러나자 원비가 바빠졌다. 원비는 급히 파발을 띄워 재하를 불러들였다. 국내성에서 졸본은 빠르면 반나절이면 갈 수 있는 거리. 한나절이면 재하를 불러들일 수 있었다. 과연 재하는 호출을 받자마자 달려와 부복했다. 아직도 해가 남아 있었다.
"찾으셨습니까?"
원비는 다짜고짜 재하의 뺨을 때려 버렸다.
"이 바보 같은 놈!"
칭찬을 기대하고 있다가 벌을 받자 그 효과는 두 배 이상이었다.
"호동이 살아 있다."
하지만 항의고 뭐고 다 필요 없었다. 어떻게 그럴 수가. 백발백중의 명궁이다. 분명 심장에 화살이 꽂힌 것을 눈으로 보았다. 발로 걸어차 보기까지 하지 않았던가.
"목을 베어 버릴 것을……."
탄식이 절로 나왔다. 예초가 있어서, 그녀의 사랑을 읽을 수 있어서 그대로 돌아온 것이 실수였다. 불구덩이에 던져 넣든지 목을 베어 버리든지 확실히 처리했어야 했다.
"그래, 목을 베어 버렸어야지! 이제 호동이 그 책임을 내게 묻고 있다. 어쩔 것이냐? 일이 안 되면 네가 책임을 지는 수밖에 없다. 알겠느냐?"
"걱정 마십시오. 소신이 책임을 지겠습니다."
"흥, 당연히 그래야지. 그리고 그 활은 이제 내놓아라."

"네?"

"호동이 돌려 달라고 한단 말이다."

재하는 활을 풀어 원비 앞의 탁자에 올려놓았다.

"이걸 왜 찾는 걸까요?"

"마법이 깃든 활이니까 아까워서 그러는 거겠지. 됐으니 나가서 근신하고 있도록."

재하는 바로 물러나지 않았다.

"전승을 고하는 제사도 올리지 않았는데 왕자가 바로 환궁한 것은 이 활이 그만한 가치가 있기 때문입니다. 결코 소홀히 하지 마십시오."

원비의 눈에 교활한 기운이 흘렀다.

"흠, 그럴듯한 이야기야. 뭔가 우리가 모르는 비밀이 숨겨져 있겠지. 내 침소에까지 가지고 가 잘 보관하고 있겠다."

원비의 마지막 말에는 음탕한 기운이 흘러넘쳤다. 밤이 되면 침소로 찾아오라는 뜻이었다. 금방 전장에서 피 맛을 보고 온 무사와의 정사는 언제나 짜릿했다.

"그럼 물러가겠습니다."

재하는 물러나서 바로 예초를 찾아갔다. 절대 아무 이유 없이 화백궁을 찾을 리가 없었다. 필시 무슨 곡절이 있는 것이 틀림없었다. 졸본에서 날이 밝기가 무섭게 국내성으로 돌아왔다. 주류왕이 크게 분노한 것을 알면서도 사죄도 청하지 않고 이곳으로 달려온 것이다. 그런 주제에 기껏 활을 내놓으라고 했다고? 있을 수 없는 일이었다. 분명 뭔가 다른 것이 있었다.

호동이 다시 궁에 얼쩡거리면 가만두지 않겠다고 말한 것을 재하도 잊지 않았다. 재하는 조심스럽게 예초의 처소로 다가갔다. 다행히 예초는 혼자 방을 지키고 있었다. 살그머니 다가간 재하는 얼른 예초를 둘러업고 조용한 광을 찾아 들어갔다. 피륙을 쌓아 두는 곳이었다. 재하는 한쪽 피륙 더미에 예초를 집어던졌다.

"왜, 왜 이러는 거냐?"

"대단하다. 대단해."

재하가 박수를 쳤다.

"네가 호동을 살려 냈지? 대체 심장이 뚫린 놈을 어떻게 되살린 거냐, 이 반역자야!"

"반역자? 내가 반역한 나라는 어느 나라인데?"

"낙랑이지. 아주 제 나라를 잊었구나! 개 같은 년!"

생전 처음 듣는 욕설에 옥연은 정신이 멍할 정도였다.

"낙랑은 없어, 이제!"

낙랑은 없다.

"그래, 없지. 없는 나라에 대한 슬픈 충성이 있을 뿐이지! 그래, 맞아! 그걸 난 복수라고 부른다! 그걸 난 정의라고 불러!"

재하가 고함을 질렀다. 감정이 격해진 것이었지만 현명한 행동은 아니었다. 그의 큰 목소리는 원치 않는 이목을 불러들였다. 은효가 지나가다가 그 소리를 듣고 광을 엿보기 시작한 것이다. 재하가 서 있는 것이 보였는데, 상대가 누군지는 알 수 없었다.

"호동이 왜 돌아왔지? 왜 화백궁을 원하는 거냐? 그것만 이야기하면 곱게 보내 주마. 하지만 말하지 않는다면 이번엔 분명히 각오를 해야 할 거다."

은효는 침을 꼴깍 삼켰다. 각오? 뭘?

"말하지 않겠다."

한마디만 듣고도 누군지 눈치를 챘다. 예초다. 저게 돌아오자마자 사고를 치는군. 이건 좋은 기회였다.

"말해라. 너는 이제 낙랑을 완전히 잊었단 말이냐?"

오호라, 저것이 간세奸細였던 거구나. 은효는 벌떡 일어나 호동을 찾아 달리기 시작했다. 이번에야말로 저 밉살스런 것을 없애 버릴 절호의 기회였다. 제일 좋은 것은 계속 뻗대다가 강간이라도 당하는 장면에서 호동이 들이닥치는 것이겠다. 그러려면 어서 호동을 찾아야 했다.

"자명고지? 자명고와 관련이 있지? 말해라, 어서! 말하지 않으면 이번에는 호동을 반드시 죽여 버릴 거다. 어떻게 살아났는지 모르겠지만 내게 화백궁이 있다는 걸 잊지 않았겠지? 이번에 쏘면 반드시 죽는다."

"안 돼!"

"그러니 어서 말해라!"

예초가 부들부들 떨고 있었다. 협박이 확실하게 먹힌 것이다. 어떻게 살아난 것인지 알 수는 없었지만 결코 쉽지는 않았을 거다. 그러니 이번에 확실히 죽는다는 것도 이해를 했을 것이다.

"좋다. 내가 하나는 양보하지. 이유를 말해 주면 호동을 죽이지 않겠다. 고구려를 멸망시키는 것으로 나는 족하니까."

"믿을 수 없어!"

"맹세하마."

"공주 마마의 이름을 걸고 맹세할 수 있어?"

재하는 추호도 망설이지 않고 말했다.

"옥연 공주 마마의 이름을 걸고 맹세하지. 호동왕자의 목숨을 해하지 않을 것이며, 만약 그런다면 그 대가로 내 목숨을 내놓을 것이다."

옥연은 고개를 끄덕였다. 재하는 명예를 아는 무사다. 일구이언을 하지는 않을 것이다. 그렇게 생각했다. 옥연의 오산이었다. 재하에게는 이미 명예란 아무 가치가 없는 것이었다. 나라가 망했으니까. 망한 나라의 무사에게서 무슨 긍지를 찾을 것인가. 그를 좌우하는 가치는 오직 복수였을 뿐이었다. 고구려가 멸망하고 호동이 죽는다면 재하는 그 자신도 목숨을 끊을 생각이었다. 더 이상 살 가치를 느낄 수가 없었다. 낙랑도 없고 옥연도 없다. 지킬 것이 없어진 무사가 무엇 때문에 구차한 삶을 더 살아갈 것인가? 그렇기 때문에 재하는 자신의 맹세가 굳이 잘못된 것이라 생각하지도 않았다.

"화백궁의 시위가 있어야 자명고를 고칠 수 있다고 했다. 그걸로 찢어진 부분을 묶어야 한다고."

"그랬군. 그랬어!"

재하는 주먹을 불끈 쥐고 환호로 들끓어 오르는 마음을 진정하고자 했다. 이제 그 활을 호동이 가져가면 자연스럽게 모든 문제가 해결된다. 고구려는 멸망할 것이다. 호동은? 호동은 어떻게 죽이지?

옥연은 재하의 눈에 환호와 살기가 동시에 스쳐 지나가는 것을 보고 있었다. 그것은 광기였다. 없는 것에 대한 집착으로 빚어진 광기. 저 가련한 영혼을 구하는 길은 자신의 정체를 드러내는 길밖에 없지 않을까? 옥연은 망설였다. 어떻게 해야 하는 것일까?

"잘 지내라. 이제는 더는 널 볼 일도 없겠구나. 내 일을 방해만 하지 않는다면 말이다."

"그래, 이제는 더 볼 일이 없을 거다!"

재하가 깜짝 놀라 고개를 돌리는데 발이 코앞으로 날아들었다. 얼굴이 화끈해지는 것을 느낀 순간 재하는 피륙 더미로 날아가 버렸다. 코피가 터져 피륙 위로 뚝뚝 떨어졌다.

"호……동?"

호동이었다. 어떻게 알고 왔는지 알 수 없었지만 눈앞에 있는 것은 분명 호동이었다.

"내 궁에 또 들어오면 가만두지 않겠다고 이미 말해 준 것 같은데?"

재하는 코피를 훔치며 일어났다.

"옛 친구를 만나러 왔다고 질투가 너무 심하지 않으십니까?"

"뭐?"

"왕자로서의 체통을 지키셔야 하지 않겠습니까, 전하."

"이 녀석이!"

호동의 손이 번쩍 올라갔다. 재하는 아랑곳하지 않고 호동의 왼쪽 옆구리를 재빨리 가격했다. 호동이 바로 고꾸라졌다. 채 비명도 지르지 못했다. 비명은 오히려 광 바깥쪽에서 들렸다. 시녀 하나가 깜짝 놀라 달려가는 것이 보였다.

"하하, 역시 부상은 당하셨군요. 그런 상처가 쉽게 나을 수는 없는 법이죠. 자기 활에 당한 기분이 어떠신지요?"

"으……. 이런 미친……."

"궁지에 몰린 쥐는 고양이도 무는 법입니다. 왕자라는 신분을 벗으면 전하나 소신이나 다 같은 사내일 뿐이죠. 안 그렇습니까?"

들을수록 분통이 터지는 말이었다. 옆구리의 상처만 아니었다면 그런 주먹은 맞아도 상관없었다. 약점을 공격하고 잘난 척하고 있다는 것이 더 울화통이 터지는 일이었다.

"비……겁한 놈!"

"비겁이요? 네, 그렇지요. 소신이 비겁한 짓을 했습니다. 하지만 여인의 마음을 빼앗고 그것을 이용해서 나라를 도적질한 누구보다는 비겁하지 않답니다."

호동은 허탈하게 웃었다. 이제 일국의 왕자가 저런 사리 분별조차 못 하는 놈에게 일일이 사정을 고하고 이해를 얻어야 한단 말인가? 차라리 죽으면 죽었지 그런 짓을 할 수는 없었다. 호동은 억지로 몸을 일으켰다. 상처에서 피가 스며 나오고 있었다.

"저런, 피가 나는군요. 옥체에서 피가 나면 되겠습니까? 어서 약전藥典을 찾아가셔야지요."

"널 죽여 버리고 가도 늦지는 않을 것 같다."

호동의 눈에서 살기가 불을 뿜었다. 재하는 잠깐 머리를 굴렸다. 이건 좋지 않았다. 호동의 궁에서 호동과 싸운다는 것은 죽겠다는 이야기와 별다를 게 없었다. 호동이 죽는다면 자신도 살아 나갈 수 없음은 자명했고, 그렇다고 자신이 죽어 줄 수도 없는 노릇이었다. 더구나 아까 달려간 시녀가 분명 병사들을 데려올 것이니 이도 저도 다 좋지 않은 상황이었다.

"이런 싸움은 원하지 않습니다. 아무에게도 득이 되지 않는 일입니다."

"시끄럽다."

"자, 잠깐. 화백궁에 대해서 말씀드릴 게 있습니다."

"시간을 벌겠다는 수작이냐?"

"천만의 말씀입니다. 듣고 나서 쓸모없는 이야기라 생각하시면 소신의 목을 베셔도 좋습니다."

"좋다. 말해 봐라."

"대신 정보가 유용하다 생각하시면 소신의 목숨을 살려 주셔야 합니다."

"알았다. 약속하마."

"원비 마마께서는 내일 천지신명께 제際를 올리고 화백궁을 파괴할 것입니다. 불태워 없애실 작정이지요."

"뭐?"

예상대로 호동이 깜짝 놀랐다.

"무엇 때문에?"

"아시지 않습니까. 자명고는 나라를 멸망시킨다는 것을. 일국의 왕비로 당연히 하실 일일 텐데요."

몰랐다. 모르고 있었다. 자명고가 나라를 멸망시킨다고? 그러나 호동은 놀란 기색을 억누르고 차갑게 물었다.

"그 사실을 또 누가 아느냐? 예초 너도 알고 있었느냐?"

예초는 어쩔 줄 몰라 하다가 고개만 떨어뜨리고 말았다.

호동이 다시 재하에게 물었다.

"누가 또 아느냐?"

"그까짓 게 무슨 상관입니까?"

자명고

"말해라."

"대왕 폐하도 아십니다."

호동은 속으로 신음을 삼켰다. 대단하신 부왕.

"지금 화백궁은 어디 있느냐?"

"원비 마마께서 직접 챙기셨으니 침소에 있을 것입니다."

호동이 이를 으드득 갈았다. 일이 쉽지 않게 되었다. 화백궁으로 자명고를 고칠 수 있다는 것을 원비가 어떻게 알았을까? 호동은 예초를 돌아보았다. 왜 그걸 이야기한 거지? 네가 바라는 건 대체 뭐냐? 고구려의 멸망이냐, 옥연의 부활이냐?

이유는 알 수 없었지만 뭔가 아귀가 맞지 않는다는 것은 깨달을 수 있었다. 시간이 맞지 않았다. 언제 예초가 그것을 재하에게 전달했고, 재하가 다시 왕비에게 고했을까? 그 사실은 지금 전해진 것이 아닐까? 의심은 들었지만 확인할 방법이 없었다.

"좋다. 약속대로 널 죽이지는 않겠다."

이미 궁의 시위(侍衛)들이 달려오고 있었다.

호동은 재하를 옥에 가두라 명했다.

"아, 이건……."

재하가 항의했으나 호동이 싸늘하게 받아쳤다.

"널 죽이지는 않겠다고 약속했을 뿐이다. 뭣들 하느냐? 끌고 가라."

지금 당장 취할 수 있는 방법은 한 가지뿐이었다. 원비의 침소에 들어가 화백궁을 가져오는 것.

밤. 호동은 검은 복장을 다시 입었다. 야행을 하는 데는 이보다 좋은 복장이 없다. 사슴 가죽으로 만든 신은 걸을 때 소리가 나지 않는다. 원비의 침소를 찾아가는 가장 좋은 방법은 전각의 지붕을 타고 가는 것이었다. 소리가 나지 않을수록 유리했다.

예초는 몇 번이나 호동을 찾았다. 그때마다 호동은 몸을 숨겼다. 그녀를 원망하지는 않았다. 그녀가 왜 그랬는지 호동은 이제야 십분 이해할 수 있었다. 처음엔 고구려를 멸망시키고 싶었겠지. 상전도 살리고 싶었겠지. 하지만 자신을 사랑하게 되어서 그 일을 막고 싶었던 것이다. 그럴 것이다. 하지만 그 사랑을 받을 자격이 있을까? 제 나라를 잡아먹으려 하는 왕자라니, 이런 놈을 왜 사랑한단 말이냐? 생각해 보면 되살아난 연랑이라 해도 그런 자신을 용납할지 알 수 없는 노릇이었다.

하지만 그것은 그때의 문제였다. 지금 중요한 것은 연랑을 살리는 것이었다. 억울하게 잃은 목숨을 되찾아 주는 것. 그것만 생각하기로 했다. 그런 만큼 예초를 만나서는 아니 되었다. 그 아이를 만나면 마음이 행여 약해질지 모른다. 그래서는 아니 되는 것이다.

옥연은 정신없이 온 궁을 누비고 있었다. 호동을 찾아야 했다. 원비에게는 아무것도 전해지지 않았다는 것을 알려야 했다. 무슨 짓을 할지 알지 못해서 더 무서웠다. 자신에게 화를 내지 않아서 또한 무서웠다. 자신이 살아 있다는 것을 알리고 모든 것을 멈추게 하리라 생각했다. 그러나 호동을 찾을 수가 없었다. 아무 데도 보이지 않았다. 옥연은 호동의 침소에서 쓰러져 울음을 터뜨리고 말았다. 도무지 방법을 찾을 수가 없었다.

그 시각 호동은 이미 왕비의 침전 위에 가 있었다. 방은 고요했다.

호동은 처마에 거꾸로 매달려 살그머니 문을 밀어 보았다. 문이 잠겨 있지도 않았다. 밀직密職을 서는 시녀도 보이지 않았다. 도무지 일국의 왕비가 잠을 청하고 있는 곳 같지 않은 풍경이었다. 일이 너무 쉬워서 믿어지지 않을 정도였다. 호동은 조용히 조금씩 문을 열었다. 다행히 바람도 없었다.

몸 하나가 들어갈 만큼 문이 열리자 호동은 반 바퀴 재주를 돌며 방 안으로 들어갔다. 조용하게 바닥에 내려섰다. 아무 소리 하나 나지 않는 깔끔한 솜씨였다. 화백궁은 뻔히 보이는 곳에 있었다. 왕비의 방에 다른 무구가 있을 까닭이 없었으니 보이는 활이 화백궁일 것은 분명했다. 호동이 조용히 활을 들어 보았다. 무게와 감촉으로 알 수 있었다. 분명했다. 재하가 검은 칠로 하얀 부분을 가린 것을 그때서야 알 수 있었다. 이 정도로 자기 활을 못 알아보았구나, 하는 가벼운 자책이 들었다. 그때였다.

"뭐 해? 어서 들어오지 않고."

호동은 너무 놀라 활을 떨어뜨릴 뻔했다. 들킨 건가? 호동이 가만히 서 있자 이불이 들춰지는 소리가 났다. 비단이 스적거리는 소리.

"기다리느라 죽는 줄 알았다. 왜 이리 늦은 거야?"

원비는 코맹맹이 소리를 하며 뒤에서 호동을 껴안았다. 몸에 느껴지는 감촉으로 보아 벌거벗은 것이 틀림없었다.

"분구, 계속 이렇게 뻣뻣하게 굴 거야? 그래그래, 내가 재하 놈을 먼저 불렀다고 삐쳤군."

분구? 일구와 어울려 다니는 그 파락호? 호동은 이제 이해가 됐다. 이 바람둥이 왕비가 또 새로운 짝과 놀아나고 있는 중이었고, 자신을 그 상대역으로 잘못 본 것이다. 그래서 전각 주위에 사람이 하나도 없었던 거다. 바람을 피우기 위해 모두 내보낸 것.

"그 미친놈이 오질 않은 죄는 내일 단단히 물을 테니 그만 화 풀지 그래? 뻣뻣한 건 자기 물건으로 족하다고."

재하를 불렀다가 오지 않자 또 다른 사내를 불러들였단 이야기였다. 이런 막돼먹은 여자가 또 있을까 싶었다. 하지만 그 정도는 약과였다. 왕비가 체통도 없이 덥석 남자의 양물을 잡으려 할 줄은 진정 몰랐다. 호동은 깜짝 놀라 다리를 오므리고 말았다.

"어머? 지금 튕기는 거야? 감히 왕비의 명을 튕긴다고?"

원비의 손이 다시 배를 거쳐 가슴으로 올라오기 시작했다. 그러다가 손이 딱 멈췄다.

"뭐, 뭐야? 넌 누구냐?"

분구가 아니라는 걸 깨달은 모양이었다. 하지만 더듬는 손은 멈추지 않았다.

"분구가 보내서 왔느냐? 그놈이 제 한계를 느낀 모양이구나. 넌 이름이 뭐냐? 몸이 정말 근사하구나. 이런 근육, 이런 살결……."

원비의 손은 호동의 목덜미에 이르렀다. 원비는 얼마나 흥분되는지 벌써부터 신음을 내뱉고 있었다.

"정말 근사한 몸이구나. 으음, 네 물건도 이렇게 근사하겠지? 아, 나는 벌써 다 젖어 버렸다. 왕비의 몸이 어떤지 궁금하지 않느냐?"

도저히 더 이상 들어줄 수 없는 말이었다. 호동은 참지 못하고 원비를 밀쳐 냈다.

"무슨 짓이오! 체통을 지키시오!"

"호오동!"

원비도 어지간히 놀란 모양이었다. 후다닥 침상으로 올라가 이불로 몸을 감쌌다. 하지만 호동은 그럼에도 여전히 뒤돌아서지 않았다. 다시 비단 이불이 움직이는 소리가 들렸다.

"네, 네놈이, 대체 여긴 왜 온 것이냐? 왜?"

사실 할 말이 없었다. 도둑질을 하러 왔다고 할 수도 없는 노릇.

"호호, 사실은 너도 내 몸이 탐났던 건 아니냐?"

원비가 호동의 옆으로 다가오는가 싶더니 어느 틈에 호동의 정면에 서 버렸다.

"호호호, 자 보려무나. 왕비의 아름다운 자태를."

원비는 조금씩 비단 이불을 내리기 시작했다. 어깨가 드러나고 그 아래로 가슴골이 보이기 시작했다. 하얀 비단이 달빛을 받자 원비의 하얀 피부도 반짝이듯이 빛났다.

"미쳤군!"

호동이 몸을 돌려 전각을 뛰쳐나가려 했다. 그 순간 원비가 호동의 허리를 붙잡았다. 몸을 감싸고 있던 이불은 당연히 떨어져 나갔고 날씬한 등과 잘록한 허리, 풍성한 둔부까지 한눈에 들어오고 말았다.

"왜? 내가 싫어? 감히 내 모습을 보고 그냥 가겠다고? 나를 이렇게 모욕하다니! 나를, 나를……."

"감히 부왕을 모신 몸으로……."

"호호호, 그 대단하신 영웅 말이냐? 허구한 날 원정에 나가 있고 돌아와서는 정치밖에 모르는 그 인간? 제 계집 하나 만족시키지 못하는 그 영웅 폐하 말이냐?"

원비는 호동을 더 꽉 끌어안았다.

"놔라! 이 음탕한……."

마지막 욕은 차마 할 수가 없었다. 어쨌거나 국모國母가 아닌가. 그때 문밖에서 발짝 소리가 들렸다.

"흠흠."

짐짓 점잖은 척하는 기침 소리. 원비가 본래 기다렸던 분구가 온 것이다. 이제는 어쩔 수 없이 놓아주겠지. 호동은 그렇게 생각했다. 하지만 그것은 너무나 순진한 생각이었다. 다음 순간 원비가 비명을 질렀다.

"사람 살려! 도적이다!"

화들짝 놀란 분구가 지체 없이 문을 열어젖혔다.

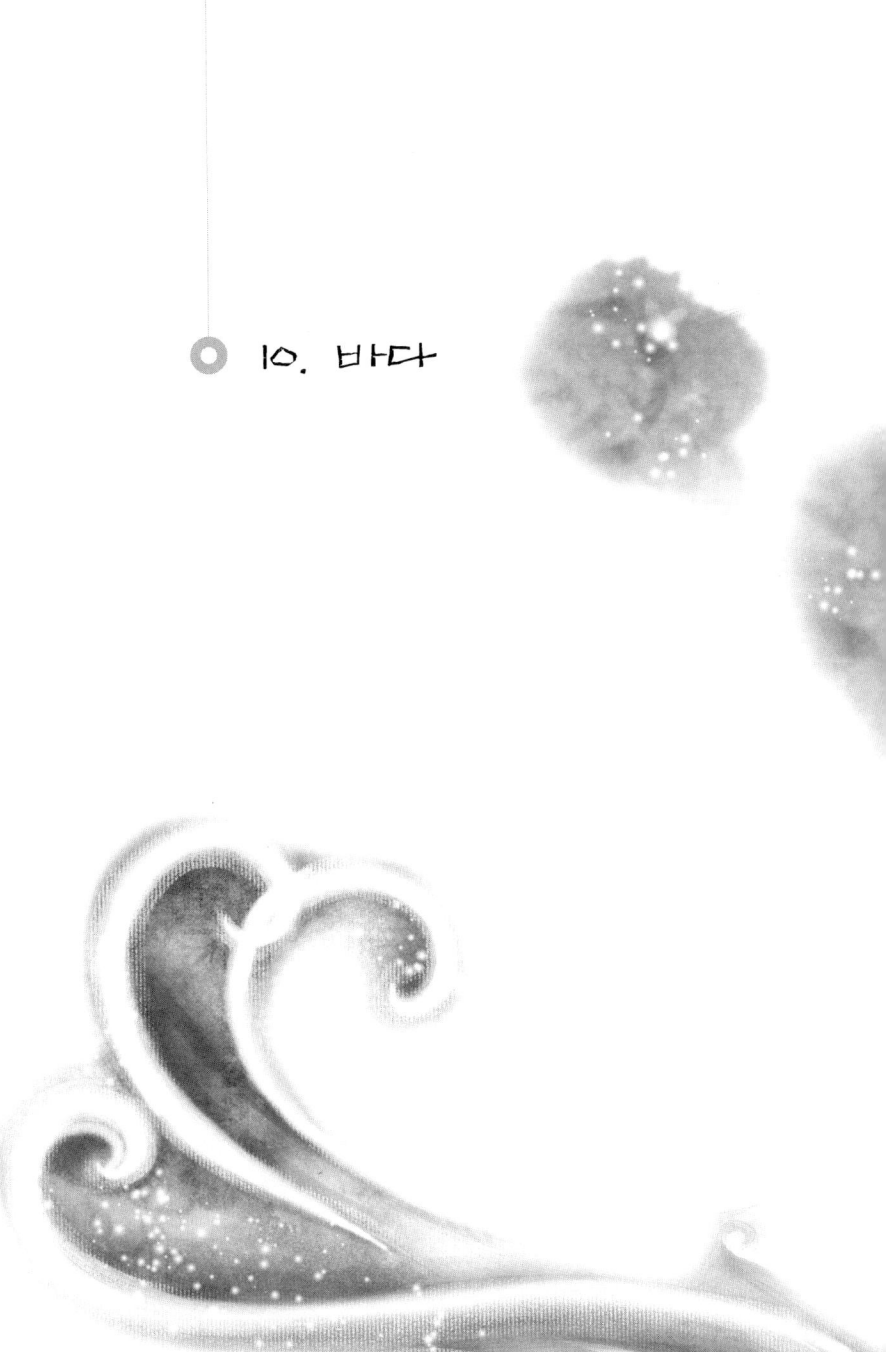

10. 바다

모두들 수군대고 있었다. 호동이 계모를 범하려 했다. 비류부장 분구가 지나가다가 그것을 알고 왕비를 지켰다더라. 아니다. 예전부터 원비와 호동이 그렇고 그런 사이였다더라. 원비가 본래 음탕한 것은 잘 알지 않느냐. 아니다. 순진한 호동왕자를 원비가 농락하다가 분구에게 들킨 것이다. 아무튼 대왕 폐하가 오쟁이를 진 것은 분명하다. 졸본에 계신 폐하가 오시기만 하면 일도양단이 날 게 틀림없다. 폐하가 황룡국의 서울 금룡성金龍城에 가시려다 이것 때문에 떠나지 못하셨다더라. 수군수군.

호동은 개의치 않았다. 그런 것은 아무 상관이 없었다. 이제 화백궁을 되찾았다. 시위를 풀어 놓았다. 자명고만 다시 고치면 된다. 그것으로 자신의 일은 모두 끝나는 것이다. 무슨 낯으로 옥연을 만나겠는가? 그동안 옥연을 한 번만 더 볼 수 있기를 꿈에도 그리워하고 있었다. 하지만 화백궁을 훔치러 가던 날, 더 큰 혼란에 빠지고 말았다. 예초를 향한 알 수 없는 그 감정은 대체 뭘까? 예초가 자신을 사랑하는 것은 분명했다. 하지만 자신도 예초를 사랑하고 있는지는 알 수가 없었다. 그 아이를 보면 가련하고 애처롭지만 그 이상은 분명 아니었다. 하지만 대체 왜 심장은 그리도 두근대는 것일까? 왜 예초에게서 자꾸만 연랑을 느끼는 것일까? 예초에게서 그리도 연랑의 모습을 자꾸 보는 것은, 점점 더 예초를 사랑하게 되어 간다는 뜻은 아닐까? 그렇지 않은 모습마저 그런 모습으로 점점 착각하게 되었던 것일까? 그럴 순 없었다. 그렇다면 자신은 어찌 순백처럼 아름다운 옥연을 볼 것인가? 그것은 있을 수 없는 일이었다. 나라마저 잃은 옥연을 책임져야 할 사람은 이 천하에 오직 자신, 호동뿐이었다.

쾅! 호동은 애꿎은 서탁을 내리쳐 부숴 버렸다. 예초를 어찌할 것인가. 그 불쌍한 아이를 홀로 두고 떠날 수 있을까?

"왕자 전하, 소녀 예초입니다."

"오지 말라 했다."

"꼭 보셔야 합니다. 제발 부탁드립니다."

호동은 대답하지 않았다. 다른 시녀가 와서 예초를 달래는 소리가 들렸다.

"일어나라. 이러는 거 아니다. 우리는 시녀란다."

혜궁이었다.

"우리는 궁에서 있는 듯 없는 듯 그 존재가 드러나면 안 되는 사람들이다. 총애를 받았다고 잘난 척해서도 안 된다. 이러지 마라."

"그런 게 아니에요. 그런 게……. 왕자 전하의 목숨과 관련된 일이란 말이에요."

더는 그 애원을 못 본 척할 수가 없었다. 더 미룬다고 될 일도 아니었다.

"좋다. 들어와라."

호동의 말이 떨어지기 바쁘게 예초가 들어왔다.

"왕자 전하, 자명고는 이제 필요 없습니다. 자명고를 잊어버리세요."

예초는 울고 있었다.

"너를 부른 건······."

호동은 힘겹게 입을 열었다.

예초가 다시 말했다.

"전하, 지금껏 전하를 기망한 것을 용서······."

"쉿. 먼저 내가 이야기하겠다. 네게도 시간을 줄 테니 우선 내 말을 들어라."

옥연은 입을 다물었다. 여기서 호동의 심기를 거스르면 될 일도 안 될 것이 분명했다. 일단 호동의 말을 듣고, 그러고 나서 자신의 정체를 밝히면 되리라 생각했다. 어리석게도.

"우선 자명고는 반드시 되살릴 것이다. 듣자니 네가 바느질을 잘한다 하더구나. 네가 저 시위를 이용해서 자명고를 꿰매도록 해라."

옥연은 부린활이 되어 탁자 위에 있는 화백궁을 바라보았다.

"그러면 연랑이 되살아날 것이다. 네가 연랑의 되살아남을 마음속 한편으로 기뻐하면서, 다른 한편으로는 저어하고 있음을 다 알고 있다."

알다니? 무엇을?

"하지만 나는 남녀의 도리를 다해야 하고, 너는 주종의 도리를 다해야 하지 않겠느냐? 그러니 이 일에는 이의를 달지 말아 다오."

나라는? 나라의 운명은?

"네가 나라의 운명을 이야기하는 것도 잘 알고 있다. 하지만 운명이란 그것이 절대적인 것은 아니다. 봐라. 화백궁의 저주가 있었지만 나는 살아남았다. 고구려가, 이 나라가 용의 저주로 그리 쉽게 허물어지지는 않을 것이다. 나는 그렇게 생각한다."

호동은 자리에서 일어났다.

"낙랑이 멸망한 것은 자명고에 의지했기 때문이다. 사람이 무엇에 의지하기 시작하면 그 의지가 사라졌을 때 무너지고 만다. 사람이건 나라건 마찬가지다. 고구려는 자명고에 의지하지 않을 것이다. 부왕은 그런 것에 의지할 사람이 아니다. 따라서 자명고를 고친다 하여 나라가 망할 것이라 이야기할 것은 없다."

그럴지도 모르지만 부러 위험을 자초할 필요가 있나요?

"연랑이 살아난다면……, 연랑이 살아난다면……, 나는 모든 것을 버릴 수 있다."

호동은 왕자로서는 할 수 없는 말을 내뱉고 말았다. 옥연이 고개를 들었다. 그 순간이었다.

"왕자 호동은 어명을 받으라!"

문밖에서 난데없는 소리가 들렸다. 호동이 문을 열었다. 석 자나 될 듯싶은 흰 수염을 길게 기른 근엄한 표정의 대신이 서 있었다. 좌보 을두지였다. 그 뒤로 병사들이 도열해 있는 것과, 또 그 병사들 뒤로 위수가 안절부절못하고 있는 것도 보였다.

"좌보 어르신, 이 무슨 일입니까?"

"우선 어지御旨를 받으십시오."

호동이 을두지 앞에 꿇어앉았다.

"죄인 호동은 들어라. 오호 통재라, 천명이 이 땅에 내린 뒤로 기이 난측한 일이 하나둘이 아니었으나 하늘과 땅의 기강이 흐트러지는 일은 있지 않았거늘, 호동은 자식이 되어 감히 그 어미를 증烝하려 하였으니 이는 하늘과 귀신이 함께 미워하는 일이로다. 왕가의 기강이 바로 서지 않고 어찌 사士와 민民의 기강이 바로 서리오. 역대 조종이 차마 용납지 못할 일임에 명하노니, 호동은 불효를 죽음으로 씻도록 하라."

증. 그것은 자식이 부모를 범한다는 뜻으로 인간 세상의 망종에게서도 쉬 찾아볼 수 없는 일이었다. 그러나 주류왕은 원비의 무고를 받아들여 호동이 증했다고 자결을 명한 것이다. 그 속내는 뻔한 것이었다. 네 살 차이가 나는 왕자, 그 위험을 제거하고 친자인 애루에게 왕권을 넘기겠다는 이야기일 뿐.

"좌보 어르신, 이게……."

호동이 이를 악물었다. 더 말을 이을 수가 없었다.

"쉿! 말씀을 아끼시지요. 잠시 들어갑시다."

을두지는 허연 수염을 쓰다듬으며 호동을 데리고 방으로 들어갔다. 병사들이 그 앞을 철통같이 둘러쌌다. 위수가 들어가 보려고 기를 썼으나 병사들은 미동도 하지 않았다.

"할아버지는 어찌 되셨습니까?"

호동은 방에 들어서자마자 송옥구의 안부를 물었다. 자신을 죽이려

든다면 결코 가만있을 할아버지가 아니었으니까.

"우보께서도 투옥되시었소. 졸본 욕살 상수도 투옥되었고요. 왕자 전하가 가둬 놓은 일구는 풀려났소이다. 그 일구 놈의 헛바닥이 이번 일을 결정하는 데 큰일을 하였습니다. 그놈을 왜 살려 두시었습니까?"

이미 할아버지가 이곳에 같이 오지 않은 것을 보고 짐작은 했지만 역시 생각한 대로였다.

"하하, 아무리 그렇다 해도 자결을 명할 줄이야 몰랐습니다."

허탈했다. 기막힌 웃음이 나올 정도로 분노가 머리끝을 뚫고 하늘로 치솟았다. 참을 수 없는 노여움의 불길이 가슴을 태웠다. 그래, 죽어 주마. 죽어서 부왕에게 치욕을 안겨 주리라. 결심이 서자 오히려 마음이 편해졌다.

"잠깐만. 저 아이를 물리고 말씀을 계속하시지요."

을두지가 예초를 가리켰다.

"상관없는 아이입니다. 예초야, 차를 좀 내오도록 해라."

예초가 일어나 나갔다. 넋이 나간 듯한 모습이었다.

"차요?"

"요즘 배운 도락입니다. 나뭇잎을 끓인 물인데, 맛이 참 오묘합니다."

"허허, 참 대담하십니다. 이런 순간에도 도락을 찾으시다니······. 그보다 말씀을 해 주십시오. 대체 어찌 된 일입니까?"

"어찌 되긴 뭐가 어찌 되겠습니까? 애루를 태자로 삼으려고 저를 내치는 거지요."

을두지도 길게 한숨을 내쉬었다. 왕을 말릴 방법이 없다는 걸 알고 있었던 것이다.

"왕자 전하, 설마 정말 자결하실 생각은 아니시지요?"

"뭐 어떻습니까? 저는 세상에 별 미련은 없습니다."

"아니 됩니다. 그건 아니 될 말씀입니다."

을두지가 정색을 했다.

"달아나십시오. 과거 성인이신 순임금도 그 아비 고수가 후처의 말을 듣고 때리려 하면 달아났습니다. 왜 그릇된 명을 따르려 하십니까?"

호동이 씩 웃으며 말했다.

"그렇게 하면 부왕이 역사에 아들을 죽인 폭군으로 남을 것 아니겠습니까?"

을두지의 얼굴이 굳어 버렸다.

"그, 그런……, 말씀은 거둬 주십시오."

"괜찮습니다. 그렇다고 제가 부왕을 시해할 수도 없는 노릇 아니겠습니까? 여태 부왕에게 복수할 방법을 몰라 답답했는데 부왕이 제 난제를 풀어 주셨네요."

호동은 진실로 만족해하고 있었다. 죽음으로써 주류왕에게 씻을 수 없는 오명을 세세연년토록 남겨 줄 것이다. 이 얼마나 멋진 복수인가.

"아닙니다. 아닙니다. 춘추시대 진헌공의 세자 신생은 해명을 하지 않고 명받은 대로 자살하여 아비를 독살하려 했다는 오명을 남겼습니다. 왕자 전하도 이대로 자결한다면 어미를 증한 패륜아로 남게 될 것입니다."

"하하하, 좌보 어르신의 말씀 자체에 어폐가 있음을 아십니까? 신생이 해명을 하지 않고 죽어 오명을 남겼다 하시니, 오명이란 게 대체 무엇입니까? 해명을 하지 않고 죽었음에도 좌보 어르신은 그것이 누명이었음을 다 알고 계시지 않습니까?"

"그, 그건……."

생각해 보지 못한 일이었다. 을두지는 그만 입이 막혔다. 하지만 그럴수록 왕자의 재능이 아까웠다. 분명 성군의 재질을 타고 태어난 분이거늘 이렇게 보낸다는 것은 있을 수 없는 일이었다.

"제발 다시 생각해 주십시오."

"제 결심은 섰습니다. 더 말씀하지 마십시오. 애루를 잘 부탁드립니다."

"늙은 신하는 그 시절을 보지 못할 것입니다."

예초가 차를 받쳐 들고 들어왔다.

호동이 잔을 잡으며 말했다.

"좌보 어르신도 드셔 보시지요."

"전하!"

을두지가 다시 비통하게 호동을 불렀으나 호동은 그윽한 차 향기를 맡을 뿐 대답도 하지 않았다.

*

호동의 결심은 바뀌지 않았다. 자명고를 고치고 자결하겠다는 것이 그의 결심이었다. 옥연과 예초에게 모두 면목이 서지 않는 그로서는 그것도 괜찮은 일이라고 생각했다. 사실 그보다는 부왕에 대한 맹렬한 반발심과 증오, 그리고 원비에 대한 더럽고 추잡한 감정이 그를 붙들고 있었던 것이다.

옥연은 어떻게라도 틈을 내 호동의 결심을 돌이켜보려고 했지만 호동은 옥연이 다가올 틈을 주지 않았다. 어쩌다 얼굴을 마주치기라도 하면 화를 내며 어서 화백궁을 갖고 나가 북을 꿰매라는 말만 하고 있었다. 주변에 있는 사람들은 북이라도 치면서 죽을 작정인가 하는 의문이 생길 정도로 자주 그 말을 하고 있었다. 사람들이 끊임없이 호동을 찾아왔다. 도무지 단둘이 이야기할 시간도 가질 수가 없었다. 사람들은 호동을 홀로 두는 순간 그가 죽을 거라 생각하는 것 같았다.

누군가가 호동을 설득해 주리라 생각했다. 하지만 누구도 호동의 주장을 꺾지 못했다.

을두지는 두 번이나 더 방문해서 달아나기만 한다면 모든 준비를 자신이 해 놓겠다고 말했으나 역시 호동은 말을 듣지 않았다. 마지막으로 위수를 데리고 을두지가 호동의 방으로 들어왔다. 옥연은 그 다툼을 더 이상 두고 볼 수 없어서 물러나고 말았다.

옥연은 호동의 방에서 물러났다. 호동을 두 번이나 쓰러뜨렸던 한 사내를 알고 있었다. 그에게 도움을 청할 수밖에 없었다.

재하가 옥에 있었다.

재하는 믿지 않았다. 믿을 수 없는 이야기였다. 죽은 것은 예초고, 산 것은 옥연 공주 마마라니.

"네가 지금 나를 희롱하는 거냐? 내가 마음만 먹는다면 이런 옥사쯤 무너뜨리고 나가는 건 일도 아니다. 나를 더 이상 놀리지 마라."

"재하야, 내가 이미 정체를 밝혔거늘 네가 어찌 내게 이리 무례할 수 있단 말이냐. 내 키를 봐라. 예초가 이렇게 컸더냐? 내 손을 봐라. 이것이 예초의 손이더냐?"

옥사의 틈으로 옥연이 손을 넣었다. 재하의 가슴이 두근거렸다. 그랬다. 이것은 분명 예초의 손이 아니었다. 더 희고 더 가늘었다. 그리고 저 말투. 결코 예초 같은 까불이가 할 수 있는 말이 아니었다. 다시 생각해 보니 예초가 늘 하던 그 특유의 말투도 이곳에 온 이후로는 들어 본 적이 없었다. 언제나 존대를 하던 예초가 갑자기 하대를 하던 것도 마찬가지였다. 재하는 두려운 마음에 식은땀이 흥건하게 배어 왔다. 그의 마음속에 불안의 그늘이 깊어졌다. 예초의 말이 사실이라는 것을 몸은 이미 알아 가고 있었다.

공주 마마가 살아 계신다면 자신은 여태 무엇을 한 것인가? 자신은 이미 공주 마마를 배반하고 왕비와 놀아난 죄인이었다. 게다가 자신은 공주 마마를 범하려고까지 했었다. 아니, 자신은 천인공노할……

"아니야! 아니야! 이럴 순 없어! 아니야! 너 뭐야? 너 뭐냐고?"

그 모습에 옥연도 옥사 기둥을 붙잡고 무너지고 말았다.

"미안하다. 미안하다, 재하……"

옥연은 다시 마음을 부여잡았다. 지금 이러고 있을 시간이 없었다. 티끌만 한 가능성이라도 찾아야만 했다. 무슨 방법이라도 찾아야 했다.

"왕자 전하를 쓰러뜨릴 수 있는 사람은 너밖에 없다. 전하를 모시고 우리 떠나자. 전하를 모시고 우리 아무도 찾을 수 없는 곳으로 떠나자."

재하는 부들부들 떨고 있었다. 처음으로 마음속 깊은 곳에서부터 느끼는 공포였다.

"나를 못난 계집이라고 욕해도 좋다. 아바마마의 원수를 사랑하는 천하의 망종이라 해도 좋다. 왕자 전하를 살려만 준다면 무슨 일이라도 하마. 내 머리카락으로 짚신이라도 삼을 터이니 제발 왕자 전하를 구해 다오."

"제 이름의 유래를 말해 주실 수 있습니까?"

난데없는 질문이었다.

재하가 다시 말했다.

"그것은 아무에게도 말한 적이 없습니다. 오직 공주 마마께만 말씀 드렸던 일입니다. 진정 공주 마마시라면 그것을 알고 계실 겁니다."

"알다마다. 내 그것을 어찌 잊겠느냐? 그 이름은 네가 살던 고향에 흐르던 강 이름이라 하지 않았더냐."

옥연의 말에 재하는 비명을 질렀다. 자기 목을 졸라 죽어 버리고 싶었다. 재하는 벽에 머리를 짓찧었다.

"그만, 그만!"

옥연이 소리쳤다. 재하는 동작을 멈추었다.

"그러지 마라. 내가 잘못한 것이지, 네가 잘못한 게 아니다."

"아닙니다, 아닙니다. 공주 마마, 공주 마마를 뵙고도 모른 이 불충하고 불충한 죄인을 죽여 주십시오! 죽여 주십시오!"

"그만! 그만 하라 하지 않았느냐!"

옥연의 명이 차츰 힘을 발휘했다. 재하의 마음이 조금씩 가라앉았다. 이 불충은 죽음으로 갚아 드릴 것이다.

"네가 모르는 것이 또 있다. 자명고를 찢으라고 한 것은 왕자 전하의 명이 아니었다. 주류왕이 일구에게 시킨 일이었다. 일구가 어떻게 해서 왕자 전하께서 하셨던 말씀까지 알고 있었는지는 잘 모르겠지만……."

그 말이 다시 한 번 재하의 가슴에 파문을 던졌다. 가슴이 뻥 뚫리는 느낌이었다. 일구에게 호동의 험담을 늘어놓으며 말을 옮긴 사람은 바로 자신이었다. 결국 이 모든 고난의 책임에는 자신의 몫도 만만찮게 놓여 있었던 것이다. 공주 마마의 뜻을 이루어 드리고 죽음으로 사죄하는 수밖에 없다. 그렇게 마음먹자 마음이 한결 가벼워졌다.

"궁금한 것이 하나 있습니다. 말씀해 주실 수 있습니까?"

"물어보아라."

"예초의 얼굴은 어떻게 가지게 되신 겁니까?"

옥연은 그날 있었던 일을 이야기해 주었다. 재하가 고개를 끄덕였다.

"그럼 그 약물을 아직도 가지고 계십니까?"

옥연은 향낭 속에 넣어 둔 하얀 도기 병을 꺼내 흔들어 보였다. 짤랑짤랑 약물이 흔들리는 소리가 났다. 이제는 의심할 것이 없었다. 모든 이야기가 아귀가 맞아떨어졌다. 재하는 옥연에게 잠시 물러나 계시라고 말하고는 감방의 문짝을 뜯어내 버렸다. 옥연이 입을 딱 벌렸다.

"소신이 이미 말씀드리지 않았습니까? 이런 감방쯤 나가는 건 일도 아닙니다."

호동의 거처까지 옥연과 함께 온 재하는 주변을 둘러보더니 한숨을 내쉬었다.

"왕자 전하를 구해 내는 것은 결코 쉽지 않겠습니다. 사람들이 너무 많이 지키고 있군요."

설령 호동을 때려눕힌다 해도 어떻게 그를 데리고 나오겠는가? 심지어 병사들은 지붕 위에까지 올라가 지키고 있었다.

방법, 방법을 찾아야 했다. 한 가지 생각이 머리에 떠올랐다.

"공주 마마, 고백할 것이 하나 있습니다."

"우선은 왕자 전하를 구하는 것이 급하다. 다른 이야기라면 나중에 하자."

도무지 무슨 이야기를 들을 기분이 아니었다.

"지금 아니면 말씀드리지 못할 것입니다. 대왕 폐하의 죽음과 관련된 이야기입니다."

"뭐?"

"대왕 폐하를 시해한 것은 왕자 전하가 아닙니다."

옥연이 깜짝 놀랐다.

"그게 사실이냐?"

"소신이 이제 공주 마마임을 알았는데 어찌 거짓을 아뢰겠습니까? 그때는 제가 예초를 격동시키고자 거짓으로 꾸며 말했을 뿐입니다."

"그랬구나, 그랬어. 고맙다. 정말 고마워."

옥연의 가슴이 두방망이질 쳤다. 호동을 사랑해선 안 될 이유가 사라졌다. 그 버거웠던 어깨 위의 짐이 없어지자 몸이 하늘로 날아오를 것만 같았다.

"공주 마마, 왕자 전하를 사랑하시지요?"

옥연의 얼굴이 붉어졌다. 그것으로 대답은 충분했다.

"왕자 전하가 팔이 하나 없거나 다리가 하나 없으면 싫어하시겠습니까?"

"그렇지 않다. 하지만 왜 그런 것을 묻는 거냐?"

"왕자 전하가 어떤 모습을 하건 사랑하실 수 있겠습니까?"

"그렇다. 모습이 사람인 것은 아니다. 지위도 사람이 아니고. 사람은 그저 사람일 뿐이다. 시녀로서 살아 보니 분명히 알 수 있었다."

"그럼 됐습니다. 공주 마마, 제가 진실을 알려 드리겠습니다."

재하가 일어섰다.

"소신은 그날, 불내성이 함락되던 날, 대왕 폐하가 공주 마마를 손수 죽이는 모습을 목격했습니다. 그 때문에 정신이 나간 저는 대왕 폐하를 쫓아가 폐하를, 폐하를 시해하고 말았습니다."

옥연의 입이 경악으로 벌어지는 순간, 재하는 가볍게 그녀의 목 뒤를 내리쳤다. 옥연은 맥없이 쓰러지고 말았다.

"공주 마마, 이 불충을 용서하십시오."

재하는 옥연을 담벼락에 잘 기대어 놓고 호동왕자의 방을 향해 걸어갔다.

*

"이젠 너까지? 누가 널 풀어 주었느냐?"

호동이 삐딱하게 의자에 앉아서는 그다지 놀라지도 않고 재하를 바라보며 말했다. 자결을 명받은 왕자궁의 죄수 따위야 누구라도 꺼내 줄 수 있는 법이다. 놀랄 것도 아니었다.

"왕자 전하, 그동안의 무례를 용서해 주십시오."

"하하, 갑자기 철든 척하지 마라. 지금껏 죽이려고 하다가 네 손으로 죽일 수 없게 되니 섭섭한 거냐? 너, 정말 미안하다면 앞으로는 예초 앞에 얼씬도 하지 마라. 또 나타나면 귀신이 되어 널 쫓아갈 거다."

"예초를, 어찌 생각하십니까?"

호동이 짧게 한숨을 내쉬었다. 재하는 그 한숨의 의미를 오해했다.

"예초를 좋아하시는군요."

"쓸데없는 소리!"

호동이 자세를 바로잡았다.

"대체 네놈이 내게 그런 것을 묻는 저의가 무엇이냐?"

"두 분이 천생연분이라는 사실이 새삼스러워서입니다."

"뭐? 천생연분?"

저것이 무얼 믿고 그런 무례한 말을 늘어놓는지 도무지 알 수가 없었다.

"자명고를 고치면 공주 마마가 살아 돌아온다 믿으셨는데, 그럼 공주 마마와 혼인하실 생각이십니까?"

"하하하! 자결을 명받은 내게 무슨 미래가 있다고 그런 것을 묻는 거냐?"

"미래가 있다면 어찌하실 겁니까?"

호동은 와락 짜증이 났다.

"너 뭐야? 안 그래도 유쾌한 기분은 아니다. 나가라."

재하가 바닥에 엎드렸다.

"그동안의 무례를 사과드립니다. 부디, 소신의 말을 들어주십시오."

호동도 그 모습에는 더 이상 뭐라 하기가 어려웠다. 재하는 지금 무사의 자존심을 걸고 사과를 하는 것이었다. 비열하게 한때의 방편으로 엎드리는 일구와는 다른 모습이었다.

"말해 봐라."

"자명고를 고치면 공주 마마가 되살아나는데, 무책임하게 자결하시면 공주 마마는 대체 어쩌라는 것입니까?"

"연랑의 뒷일은 위수에게 부탁할 생각이었다. 위수가 예초와 알아서 연랑을 모실 거다."

"왕자 마마가 돌아가시면 심복인 위수가 어찌 성하겠습니까?"

재하의 말이 맞았다. 호동이 고개를 끄덕였다.

"그렇군. 내가 죽음에 눈이 멀어 그 점을 미처 생각하지 못했다. 위수에게 어서 예초를 데리고 불내성으로 떠나라고 해야겠다."

"그러실 필요는 없습니다. 자결하지 않으시면 되는 문제입니다."

"그건 네가 간섭할 문제가 아니다. 네 주제를 알아라."

그렇게 말하긴 했지만 호동은 속으로 신음을 흘리고 말았다. 복수라는 맹목에 빠져 죽어 버리겠다 마음먹었으나 그것이 옥연에 대한 또 다른 배신이라는 점을 모르지 않았다. 시간이 지날수록 이 문제가 그를 괴롭혔다. 풀 수 없는, 해답 없는, 빠져나갈 구멍이 없는 난제였다.

"만일 되살아난 공주 마마가 예전과 같은 미모가 없다 하면 어쩌실 겁니까?"

그런 일은 한 번도 생각해 본 적이 없었다. 하지만 대답은 한가지였다.

"그게 무슨 상관이겠느냐. 설령 무덤에서 해골로 돌아온다 해도 상관없다."

 이 대답은 모순이었다. 자신이 살아날 수 없다면 살아난 옥연을 볼 수 없는 것. 무슨 의미가 있겠는가? 호동은 다시 신음을 삼켰다. 죽지 않아야 했다. 죽어서는 안 되었던 것이다. 가슴에 납덩이가 든 것처럼 답답해졌다. 호동은 끝내 참지 못하고 길게 한숨을 내쉬었다. 이제는 돌이킬 수 없었으니.

"그럼 됐습니다. 왕자 전하, 부디 놀라지 마십시오."

 재하가 일어서더니 품에서 하얀 도기 병을 꺼냈다. 손바닥에 병에 든 액체를 쏟아 붓고는 병을 던져 버렸다. 그러고는 그것을 두 손에 철퍼덕 묻힌 뒤 오른손은 호동의 얼굴에, 왼손은 자신의 얼굴에 갖다 댔다. 호동은 그의 손짓에 살기가 없었기에 무심히 있다가 난데없는 일격을 당하고 만 셈이었다.

"무, 무슨 짓이냐, 이게!"

"잠시만 참으십시오. 잠시만."

 얼굴을 떼 내려 했지만 재하의 손바닥은 무슨 흡반이라도 된 것처럼 호동의 얼굴을 끌어당기고 있었다. 얼굴 전체가 따끔거리는 것 같기도 하고, 불길이 확 오르는 것 같기도 하고, 다시 얼음장 속에 내던져진 것 같기도 한 그런 느낌이 한꺼번에 몰려왔다. 그리고 모든 감각이 사라졌다.

"됐습니다."

 재하의 목소리가 낯설었다.

"으악! 이게 뭐야?"

 거기에 서 있는 사람은 호동, 자신이었다.

"이제 왕자 전하는 제 얼굴로 살아가시게 됩니다. 공주 마마도 살아 계십니다. 예초의 모습으로."

"뭐라고?"

"부디 공주 마마를 행복하게 해 주십시오."

재하는 대답하지 않았다. 그는 호동 방 벽의 좌대座臺에 걸려 있는 장검 중 하나를 꺼내 들더니 자신의 목에 겨누고 그대로 바닥에 엎어졌다. 호동은 뭐가 어떻게 된 것인지 영문을 알 수 없었다.

"이봐! 이리 와 봐라!"

제일 먼저 달려온 사람은 위수였다.

"이 새끼!"

위수는 방 안을 보자마자 일단 재하를 걷어차고 호동에게 달려갔다. 이미 호동은 의식이 없었다. 다른 사람들은 방 안을 살펴볼 뿐 차마 안으로 들어오지 못하고 있었다.

"왕자 전하! 왕자 전하!"

하지만 위수는 곧 이상하다는 느낌을 받았다. 뭐라 설명할 수 없는 위화감. 분명 호동을 부둥켜안고 있는데 호동이 아닌 느낌이었다. 우선 몸통이 너무 컸다. 호동의 몸은 누구보다도 잘 알고 있지 않았던가. 위수는 재하를 돌아보았다. 재하는 걷어차인 옆구리를 꾹꾹 누르고 있었다.

"위수, 야 임마! 좀 살살 쳐라."

"왕, 자, 전, 하?"

침상 뒤로 나가떨어진 재하가 일어나는 모양이 완전히 호동과 똑같았다.

"쉿, 거기 죽은 게 나야. 네가 좀 증명해 주라."

재하가 무슨 짓을 한 것인지는 알 수 없었다. 하지만 이로써 내일을 볼 수 있는 기회가 생긴 것은 분명했다. 호동은 탁자 위의 화백궁을 집어 들었다. 우선은 예초를 찾아야 했다. 호동의 머리는 믿을 수 없는 가정을 찾았고 심장은 터질 듯이 뛰고 있었다.

옥연이 정신을 차렸을 때, 궁은 발칵 뒤집힌 상태였다. 옥연은 아직도 아픈 뒷목을 한 손으로 부여잡고 간신히 일어났다. 재하는 어디로 간 걸까? 왜 그런 짓을 했던 걸까? 은효가 울면서 뛰어가고 있는 게 보였다.

"저, 저······."

은효가 돌아보더니 대뜸 옥연의 뺨을 때렸다.

"너 때문이야. 너 같은 재수 없는 것이 들어와서!"

은효는 아예 발길질을 해 대기 시작했다.

"재수 없는 년! 너 같은 건 나가 죽어야 해! 너 따위를! 너 따위를! 왕자 전하를 살려 내! 이년아, 왕자 전하를 살, 려, 내라고!"

때리다가 지친 것인가 은효가 제풀에 허물어졌다.

"뭐야? 전하가 그럼? 전하가 그럼?"

"그래, 이것아!"

은효가 다시 악에 받쳐 발길질을 하는데 누군가 그 발을 툭 걷어찼다.

"함부로 그러지 마라."

재하!

"예초, 가자."

"재하, 무슨 낯으로 여길 다시……."

"아아, 잠깐만. 다 설명할 테니, 가자."

"가긴 어딜 가! 가긴!"

옥연은 재하에게 달려들어 그를 때렸다. 그의 가슴을 때렸다.

"아! 거긴 좀……."

옥연의 동작이 멎었다. 거기? 얼굴은 재하였지만 몸은 재하보다 작았다. 옥연은 조심스럽게 옷 위로 옆구리 쪽을 더듬었다. 상처가 있었다. 옥연의 눈이 마치 샘이라도 된 것처럼 눈물을 밀어 올렸다.

"왕……."

"쉿! 큰일 날 소리."

호동은 예초를 안았다. 예초의 단단한 허리가 아니었다. 이것은 분명 옥연의 나긋한 허리였다. 그 스스로 재하의 마법을 보지 못했다면 믿을 수 없었을 것이다. 그러나 이제는 알 수 있었다.

"연랑이었군요, 연랑이었어요."

호동의 목소리가 떨렸다.

옥연도 흐느끼는 목소리로 말했다.

"네, 왕자 전하. 소녀 연랑입니다."

그 가는 허리와 부드러운 몸이 그녀가 누구인지 알려 주고 있었다. 점점 미쳐 간 것이 아니었다. 호동의 몸은 그녀의 몸을 기억하고 있었던 것이다. 그에게 끊임없이 진실을 호소하고 있었던 것이다.

"예초가, 연랑을 살린 겁니까?"

옥연은 말하지 못했다. 고개만 끄덕였다. 눈물이 말을 가로막고 있었다. 호동은 이제 진짜 미친 것처럼 옥연을 부둥켜안았다. 그의 손에서 화백궁이 떨어졌다.

"이제 이런 것은 필요 없습니다. 자, 갑시다."

옥연은 아무 소리 하지 않고 호동의 뒤를 따라갔다. 은효가 넋 나간 표정으로 둘을 바라보았다.

*

"그러니까 어디로 가고 싶은 건지요?"

호동이 물었다.

"바다가 보고 싶어요. 전하는……."

"전하 소리는 이제 하지 말라 했습니까, 안 했습니까?"

"하셨습니다."

옥연이 기가 죽어 말했다.

"자꾸 그러면 나도 공주 마마라 부르겠어요."

호동은 예초와 옥연이 동일 인물이라는 걸 쉽게 믿지 않았다. 끝까지 우기는 통에 결국 옥연은 치마끈을 풀어 골반 위의 상처를 보여 주어야만 했다. 그것도 자꾸만 어두워서 안 보인다고 하고, 나중에는 그려 넣은 것인지 손으로 확인해야 한다고 우기는 통에 만지게까지 해야 했다.

호동과 옥연은 단단대령을 넘어가고 있었다. 지금은 불내성도 전화戰禍를 많이 극복했다고는 하지만 옥연은 그곳에 가고 싶지 않았다.

"바다를 따라가다가 빈 오두막이라도 발견하면 거기서 살아요. 고기를 잡아서 사는 거지요."

"공주와 왕자가 어부가 되어 산다······."

"이제는 공주도 왕자도 아니고 예초와 재하인 거죠."

"문제가 있어요. 난 물고기는 손질할 줄 모릅니다."

"소녀도 몰라요."

"그럼 뭘 먹고 살지요?"

"시장이 반찬이고 물고기도 고기인데, 뭐 어떻겠어요?"

그렇다. 뭐 어떻겠는가? 이제 봄인 것을. 나무들에 새잎이 돋아나고 있었다. 아직 여린 그 잎 사이로 햇빛이 지나가자 잎들은 모두 연두색으로 변해 싱싱한 생명을 뽐내고 있었다. 그 사이로 시푸른 봄 하늘이 지나가고 있었다.

"바다는 저 하늘을 보는 것 같은지요?"

"아니요. 바다는 저 하늘과 저 햇살에 하얀 구름을 더하고, 그리고 그 위에 다시 소리를 더해야 해요."

"소리?"

"네. 바다는 늘 우리를 불러요."

호동이 상반신을 살짝 일으켰다.

"늘 내가 연랑을 부르는 것처럼?"

호동이 입을 맞추려 하자 옥연이 움찔 몸을 움츠렸다.

"또!"

호동이 투덜댔다.

"하지만 그러시면 재하가 입을 내미는 것 같아서 놀라게 된단 말이에요. 낭군과는 불 없는 곳에서만 놀 거예요."

"나는 싫단 말이오!"

"하지만 놀라게 되는 걸 어째요?"

그렇게 말하며 옥연은 일어나 한달음은 달아나 버렸다.

"왜 사람을 얼굴로 판단하려는 거요?"

호동도 어쩔 수 없이 일어나 옥연의 뒤를 따라가며 투덜댔다.

"쳇, 낭군께선 잠깐밖에 안 본 얼굴이지만 난 십여 년을 본 얼굴이란 말이에요. 어디 같을 줄 아세요?"

"하아, 이거야 원."

호동이 한숨을 내쉬었다.

"내가 왜 흑요의 소굴을 불태워 버렸는지……. 정말 후회막급이오."

"그러니 딴생각 마시고 어서 바다로 가요. 바다에 가면 소녀가 상을 드릴게요."

"상이라니, 그게 뭐요?"

옥연이 까르르 웃었다.

"그게 뭘까요? 천하제일 미녀?"

"내게는 이미 천하제일 미녀가 있으니 그건 상이 아니 되오."

"낭군께 있는 건 촌뜨기 시녀 예초지, 천하제일 미녀가 아니랍니다."

"아하, 위수에게 연락을 해서 내려오라 했습니까?"

눈물 콧물 흘리는 위수를 떼어 놓고 오며 이야기했었다. 자리를 잡으면 부르겠노라고. 위수가 잘 막아 주지 않았다면 재하가 변한 시체를 호동이라 아니 할 사람이 있었을지도 몰랐다. 화백궁과 자명고가 인세에 다시 나타나지 않도록 하는 일도 위수가 알아서 처리해 주었다.

"그것도 하긴 해야죠."

"그럼 할아버지라도 부르실 거요?"

"글쎄요."

송옥구는 무사히 풀려났다. 애초에 애루를 태자로 만드는 게 목적이었으니 굳이 적을 늘릴 필요가 없었던 것이다. 상수도 물론 다시 졸본 욕살의 자리를 되찾았다. 하지만 원비는 두 번 다시 주류왕의 방문을 받지 못했다. 태자의 모후로서 대접은 받았으나 기실 그곳은 냉궁이 되고 말았다.

"그럼 뭐요, 대체?"

"글쎄, 뭘까요?"

옥연이 깔깔 웃으며 달려갔다. 그녀의 손에는 향낭이 들려 있었다. 그 향낭 속에는 흑요의 동굴에서 몰래 가져온 하얀 도기 병이 들어 있었다. 약물이 짤랑짤랑 소리를 내며.

종장

"공주우마마."

옥연이 눈을 떴다. 예초가 방실방실 웃으며 앉아 있었다.

"예초야!"

"모든 일이 잘되어서 정말 다행이에요오."

"너, 어떻게 여길?"

"전 어디든 잘 다니잖아요. 저 무시하지 마아세요. 본래는 저 먼 중원 땅에서 태어났다고요."

"그래, 하지만 넌……."

"네, 전 죽었어요. 하지만 전 소망이 있었어요. 저는 세상을 다스리기 위한 도구로 태어났고, 사람들은 저를 갖기 위해 서로 속이고 죽고 지배하고 으스댔지요. 정말 지겨웠다아니까요. 그래서 어느 날 폭풍우 치는 강에서 탈출했지요. 힘들었어요. 도망치느라. 잠시 잠깐은 인간의 모습을 취할 수 있지만 계속 그럴 수는 없었거어든요."

"힘들었겠구나."

"그뿐이 아니라 중원에서는 온갖 도사들이 연단煉丹을 만든다고 절 잡아가려고 난리였어요오. 한번은 정말 잡히기도 했어요오. 그래서 고구려에 끌려가기도 했고요. 흑요 밑에 있기도 했죠. 그런데 흑요한테 용을 삶아 주는 대신 영영 사람의 몸을 가질 수 있는 방법을 얻은 거예요오. 아, 그 용은 생각만 해도 지긋지긋해요. 독기가 얼마나 강했는지 제 신통력이 팍 줄어들었지 뭐예요. 하지만 덕분에 좋은 점도 있었지요."

"어떤?"

"사람들이 이렇게 번성하는 것은 분명 전쟁 때문이 아닐 거라고 생각했거든요오. 다른 뭔가가 있을 거라 생각했어요."

"뭐였는데?"

"몰라아요. 하지만 공주 마마가 세상에서 제일 아름다운 사람이라고 흑요가 말하더라고요. 그래서 공주 마마를 찾아왔던 거예요. 그래서 전 사아람이 되었어요. 뭐, 완전한 사람은 아니었지만."

"그래서 그걸 찾았니?"

"그때는 몰랐는데 지금은 알 것 같아요. 전 두 분을 뵈었을 때, 딱 천생연분인 줄 알았다고오요. 두 분을 맺어 주려고 얼마나 고생했는지 아세요?"

"그 숲 말이니?"

"그게 제일 힘들었지만, 메엣돼지 사냥 때도 일부러 호동왕자 전하 화살이 빗나가게 하고 호동왕자 전하와 공주 마마가 함께 장막에서 이야기할 수 있게 꾸미기도 했어요오. 그때 숲 속에서도 참 멋대가리 없이 왕자 전하가 혼자 나무하러 간다고 하기에 제가 공주 마마 마음속에 좀 무우서운 생각을 불어넣어서 쫓아가게 만들었지요. 호호."

"자명고에 대한 이야기는 왜 안 해 줬던 거야?"

"그 망할 할망구 흑요가 그 말을 하면 죽어 버리게 저주를 걸었지 뭐예요. 어차피 죽을 거 불내성에서는 말씀을 드리려 했는데……, 그만 제가 좀 빨리 죽어 버렸지 뭐예요. 처어음 죽어 봐서 잘 몰랐어요."

예초가 겸연쩍게 웃었다. 옥연은 눈물이 났다.

"정말 네가 애를 많이 썼구나. 그런데 나는 네게 아무것도 못 해 주어서 정말 미안하다."

"아니에요. 제가 신세 좀 지려고오 찾아온 거예요."

"신세를?"

"네에."

예초는 그렇게 말하더니 옥연에게 와락 달려들었다. 엉겁결에 옥연이 예초를 얼싸안았는데 예초는 흔적도 없이 사라져 버렸다.

"예초야! 예초야!"

옥연은 당황해서 예초를 불렀다.

"연랑, 왜 그러시오?"

꿈이었다. 와락 눈물이 나왔다. 왠지 알 수 없는 눈물이었다. 옥연은 호동을 꼬옥 안았다. 호동은 아무 말 없이 옥연을 안아 주었다.

"아기를 낳으면……."

"아기를 낳으면?"

"……예초라 하겠어요."

호동이 옥연의 이마에 입을 맞췄다.

"그거야 당연한 이야기지요."

옥연은 눈물 방울진 얼굴로 웃다가 쑥스러워 호동의 가슴에 얼굴을 파묻었다. 분명 예쁜 아기가 태어날 것이다.

「자명고」 끝

작가 후기

〈숙세가〉를 내놓고 3년 하고도 반이 지나가고서야 그때 생각했던 〈자명고〉를 세상에 내놓게 되었습니다. 그 오랜 기간 〈자명고〉는 어서 글을 토해 내라고 밤마다 제 가슴을 때리고 있었습니다.

사랑 때문에 나라의 운명을 건 북을 찢고, 아버지에게 죽임을 당한 여인. 나라의 명으로 사랑하는 여인을 잃고 누명을 쓴 채 자결해야 했던 사내. 이들의 이야기를 처음 써 보았던 것은 중학생 때였습니다. 유치하고 한심한 이야기를 연습장에 삐뚤빼뚤 써 놓고 좋아했던 기억이 참 새삼스럽습니다.

그냥 사랑하고 살 수 있는 세상이라면 얼마나 좋을까마는 우리 사는 세상에는 왜 이리도 걸림돌이 많은지요. 오해가 억측을 부르고, 억측이 비극을 낳는 것이 세상사일지도 모릅니다. 하지만 사람들 사는 세상이 이리 오래 계속되는 것을 보니 – 호동과 낙랑공주의 사랑은 이

천 년이나 된 이야기잖아요 – 세상을 움직이는 것은 오해와 억측만은 아닌 모양입니다.

그것을 찾아 나섰고, 그래서 그것을 찾아낸 예초의 다음 생에 축복이 있기를 바랍니다.

이 소설은 서력기원 1세기의 고구려를 무대로 하고 있지만 결코 역사적 사실로 이루어진 역사소설은 아닙니다. 마법과 환상이 주름잡고 있는 세계지요. 사실 〈삼국사기〉 고구려본기의 동명성왕–유리명왕–대무신왕의 이야기가 모두 한 편의 판타지 소설처럼 보이기는 합니다만 말이에요.

대무신왕은 열다섯 살에 즉위했고 그가 스물아홉일 때 낙랑국을 멸망시켰습니다. 그런데 그해에 그의 아들 호동이 왕비를 희롱하다가 자결을 명받았다고 하죠. 호동은 낙랑국의 사위이기도 했습니다. 그럼 대체 대무신왕이 호동을 몇 살에 낳았다는 이야기일까요? 열다섯에 호동을 낳았다 해도 열다섯밖에 되지 않습니다. 이 점에 의문을 품게 되면서 이 이야기가 머리에 떠올랐습니다. 호동이 대무신왕의 형이었던 비극의 태자 해명, 그의 아들이라고 하면 완전히 새로운 이야기를 만들 수 있다고 생각했죠.

그리고 해명을 죽음으로 몰고 간 황룡국을 설정하고, 둘의 애달픈 사랑을 새롭게 만들어 줄 환상의 장치들을 고안하기 시작했습니다. 그리고 그 모든 무대장치를 만들고 나니 훌쩍 3년이 지나갔네요. 부지런히 쓴다고 썼지만, 썼다 지웠다를 반복하느라 남은 시간을 다 보내고 말았습니다.

본래 호동왕자와 낙랑공주의 이야기는 봄에 시작해서 겨울에 끝나는 이야기였지만 여기서는 그 시간을 조금 옮겼습니다. 이야기의 편의를 위해서 후대에 등장하는 소품들, 건물들, 심지어는 단어까지도 조금씩 앞으로 당겨 온 것들이 있습니다. 가령 활에 대한 묘사는 각궁으로 이 시대에 아직 등장하지 않은 활일 가능성이 높습니다. 궁궐의 묘사도 기원 1세기의 상황으로는 지나치게 복잡하지요. '지옥'과 같은 단어는 불교에서 온 것이므로 시대를 앞지르고 있습니다. 극적 재미를 위해 이런 부분들을 사용한 것을 너그럽게 보아주십시오. 역사적 상황 또한 편의에 따라 변형이 있었습니다. 영고를 '북맞이'라 쓰고 각국이 모여 제사를 지낸다는 것은 전적인 허구이고, 낙랑군과 낙랑국을 따로 분리한 것에 대해서 의아하게 생각하실 분이 있을 것도 같은데, 역사학계에 이런 추정도 실제로 있습니다. 여기 나오는 낙랑국은 지금의 함흥 정도에 위치한 것으로 생각하시면 됩니다. 낙랑국이 형성되는 과정도 〈자명고〉에서 나오는 것과 동일하게 이루어진 것으로 생각하고 있지요. 〈자명고〉 안에는 사실과 상상이 교직으로 섞여 있기 때문에 그저 소설은 소설로만 읽어 주시면 좋겠습니다. 좀 더 관심이 생기신다면 시중에 훌륭한 역사학자들이 쓴 좋은 책들도 많이 있으니까요.

한국인이면 누구나 알고 있는 너무나 유명한 이야기를 마음대로 바꿔 버린 감이 없지 않지만, 바로 이렇게 마음대로 바꿀 수 있는 이야기를 우리에게 전해 주신 것이 바로 우리의 조상님들이라는 생각을 하며 우리들의 이야기를 전하고 지켜 주신 이름 모를 분들께 감사의 말씀을 드립니다.

오랜 시간 늘 마감을 연기시키고 있었던 게으른 작가를 군소리 없이 기다려 준 파란미디어에 감사드리고, 특히 글 하나하나를 꼼꼼히 살피고 한 편의 이야기로 완성시킬 수 있게 등불을 환히 밝혀 준 임수진 편집장과 교정에 늘 애정을 아끼지 않는 박준용님께 감사드립니다. 물론 최대의 감사 인사는 이 책을 여기까지 읽어 주신 독자님들의 것입니다.

2009년 3월
문영